A GENIUS IN THE FAMILY

Hilary du Pré　Piers du Pré

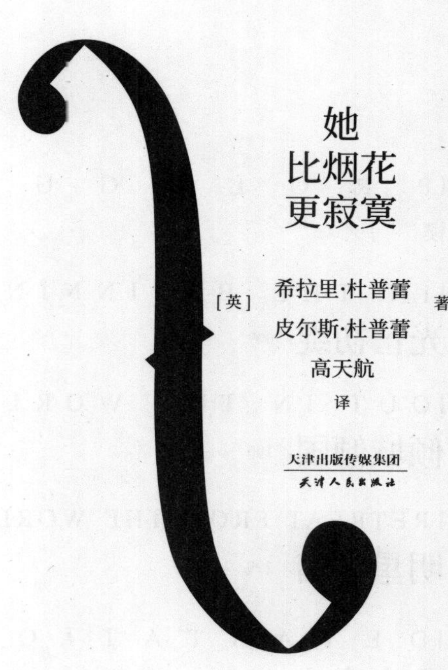

她
比烟花
更寂寞

[英] 希拉里·杜普蕾
皮尔斯·杜普蕾 著

高天航 译

天津出版传媒集团
天津人民出版社

目录 CONTENTS

P R O L O G U E
楔 子

杰姬（杰奎琳的昵称）在某个礼拜一去世，两天后，她的灵柩便要下葬了。

我和弟弟皮尔斯、弟媳琳赛开车到白金汉郡的洛克豪斯接父亲——他正按照犹太拉比所要求的那样，头戴礼帽，在大门口等着我们。说到底，我们谁也不曾参加过犹太式的殡葬大礼，自然不知道究竟会出现怎样一番情形。

我们是挤在一部车子里去的哥尔德斯园，由于得从伦敦北部一路寻找过去，所以特意留出了充足的时间。

然而，我们也实在到得太早了些，只见墓园里一派荒芜、凄凉的景象。车子在离墓地最近的地方停下，皮尔斯便把父亲从车里往轮椅上抱。趁这工夫，我索性走进墓园，去寻找杰姬将要长眠其中的那一眼空穴。此时那里还用东西蒙着呢，自然呈现出一副冷漠无情、虚位以待的样子。

很快便有花圈接连送进来，这倒令我吃了一惊：我原是从园子里摘了不少花朵，打算献给杰姬的，哪知道今天竟全忘了，此时仍搁在厨房的餐桌上呢。

于是，我便向人打听，离此地最近的花店在哪儿，有人告诉我就在不远处的大马路上。于是，我立刻向那儿奔去——在既悲戚又阴森的今日穿行，直跑到铁路桥下才又向右拐了个弯，终于看到那家花团锦簇的花店了——他们把明媚鲜艳的花束直摆到便道上来，仿佛一张五色挂毯。

我小心地从这片花海中穿过——“不可思议，从哪儿弄来这么些花？”

有人接口道：“可不是，今儿有一场大葬礼哪——杰奎琳·杜普蕾去世了。到底是了不起的大提琴家啊，因此，订花的单子多得都应付不过来。那么，您又是要买什么的？”

我竟滴下泪来，花店老板娘自然难掩惊讶。

我只得哭道，自己是要给妹妹献一束花。泪眼迷蒙中，我最后挑中的是一束白中略带些淡妃色的玫瑰花，这花味道很香，杰姬自然会喜欢的。我捧着花泪如雨下。谁知该付账的时候，我才发现钱包没带在身上，而且是落在家里了。

老板娘真心实意地把花送给了我，我原想说几句得体的话谢谢她，但哽咽了半天，仍是声调低微、语不成句。

得赶紧见到杰姬才行啊！我失魂落魄地奔回墓园，正遇上守墓人在门口迎着我。他答应一定会把我的这束玫瑰花与我家人所献的花放在一起。我又问他，葬礼会在哪儿办，他便把那边的犹太小教堂指给我看。我走过去，推开了小教堂的门。

教堂里十分沉静，杰姬的灵柩暂时放在一辆推车上，上面还蒙了一层黑纱。我也不晓得自己究竟在此陪了她多久，到底，我们俩终于又有机会独处了。待要走时，我只默默对她倾诉了爱意，便与她告别了。

这时，一阵声音传来，拉比正肃立在门口等候我。他的面容之仁慈和善，着实是我之前从未见过的。拉比便走过来把我抱住了。

他说道："自然，有许多人会说自己与她是最要好的朋友，还有许多人会宣称只有自己才晓得她真正想要的是什么。但是，你对你妹妹的回忆却是迥异于众人的、独一无二的，仅仅为你所有。因此，你今后万万不可受他人影响，更不要让别人剥夺了你的回忆。"

说罢，他再次拥抱了我，低声地叮嘱："千万牢记！"

我正要向他道谢时，门却被推开了，一干社会名流蜂拥而入，将我俩团团围住。

1987年10月

IN THE BEGINNING

光芒初绽

第一章

希拉里

杰姬去世以后，过去父亲深藏密敛的那些东西，关于她的新闻剪报也好，她写来的信件也罢，还有日记和全家合影，这些原是当作家族档案的，如今全被父亲收起来了，再无人敢动。谁会想去看这些劳什子呢，看了只会让自己更加心痛罢了。

日子一天天过去，我们竟渐觉自己是在扮演着“杰奎琳·杜普蕾代言人”的角色，参加各类有关杰姬的活动，纪念她的匾额揭幕啦、她的周年纪念啦，又或者是特别追思会。当然，还有些更隽永的纪念方式，比如牛津大学圣西尔德学院为杰姬建一个新音乐厅；举办“杰奎琳·杜普蕾大提琴比赛”，这原是早就开始策划的，如今才终于付诸实践——举办“杰奎琳·杜普蕾大提琴比赛”是为了给年轻的大提琴手一个登台演奏的机会，以提携、鼓励他们，而赞助商一直都是EMI唱片公司。

正是因为有这些事情可做，我们才得以继续与杰姬神会。这些浮华之事把杰姬彻底偶像化了，我们一味地满足着虚荣心，暂时忘记了满心酸苦。我们并不曾意识到，这只不过是在有意回避那些痛苦而炽烈的思念之情。

杰姬去世后的第五年，有一位作家登门拜访我们，才终于使我们过度压抑的情感爆发出来。当时那人问我们，她能不能把与杰姬有关的信件和资料都拿去，作为她的写作素材。我和弟弟告诉她，我们收集的这一类东西非常多，然而她却笑着说：“这么点资料，约莫只够我写一个章节的。”

我瞟了一眼弟弟皮尔斯，看得出，他和我想到一块儿去了——一个章节！这些原是我们小心珍存、时刻不忍离身的东西，不管是现在还是将来都是如此，我们岂能容忍他人由着性子对它们挑挑拣拣呢？

1994年，我们曾去克拉里奇参加一个募捐活动，活动快结束的时候，放了一部由克里斯托弗·努朋导演的介绍杰姬的新纪录片给大家看。努朋诨名“小猫咪”，是杰姬十八九岁时认识的朋友，待她20出头时，努朋曾为杰姬拍了好几部电影。那一天的纪录片讲的是处于艺术事业辉煌时期的杰姬与绰号“犹太音乐黑手党”的乐团一起演奏的事情，里面有如下几个重要人物：杰姬的丈夫——乐队指挥兼钢琴家丹尼尔·巴伦伯英，小提琴家伊萨克·帕尔曼和平切斯·祖克曼，还有指挥兼低音提琴演奏家祖宾·梅塔。

然而，当银幕上出现杰姬时，我着实吃了一惊。片子旁白说她天赋异禀、才华非凡，但我最为震惊的还是她眼中的神情。我所看见的绝非伟大的大提琴演奏家杰奎琳·杜普蕾，而是隐藏在她超凡才华背后的我妹妹杰姬。她的眼神原是怯生生、柔弱弱的，但在演奏时却变得非常自信、活力四射，这样的反差令我大跌眼镜。

活动之后的晚宴，我怀着满腔愁思，一句话也说不出。有谁能知道，正是杰姬的出众才华，才导致她最终成了一个与世人格格不入的畸零之人。在众人面前，她总是一副果敢无惧的架势，然而她内心里真正的自我，却时时刻刻因“世上最杰出的大提琴演奏家”这一身份纠结不已。杰姬渴望能够长久地沉醉于伟大的艺术世界，这我能理解，但我实在无法忍受公众因赞叹妹妹的绝世才华而将其捧上神坛的做法。妹妹的才华不仅侵害了她本人，也伤害了我们的家庭。

从克拉里奇回家的路上，压抑在我们心头良久的对于杰姬的感受和炽烈情绪，被皮尔斯坦率地道出。我们打定主意要将这份独属于我们一家人的回忆永远保存好——烧掉一切关于杰姬的资料。因此，我俩约定，去他家会面，以便把盒子里的东西再最后看上一遍。

见面那日，我带上那个装满了照片、信件和资料的匣子动身了。当我从上巴克伯利开车往皮尔斯家去的那条乡间小路上蹒跚而行时，原本满腹的期待渐渐变成了淡淡的忧思。终于到了皮尔斯家时，满心的恐惧竟令我干呕起来，身子僵硬，几乎动弹不得。

皮尔斯

如此多的家庭档案，看过之后，我心里五味杂陈，往事不由地浮上心头。这美妙的回忆也是相当令人痛苦的。所谓痛苦，皆因我忽然发现，无论是母亲、杰姬，甚至父亲，我竟从未因他们的过世（显然此时，他们的父亲已去世。——编者注）而真正感到悲伤过——他们走得太仓促了，况且杰姬又太公众化了。

希拉里马上就要过来同我一起翻开这份家族回忆了。听到她的车子声，我便跑到大门口去接她。谁知过了许久她还不肯下车，反而只是一味地坐在车里呆呆地凝视着远方。过了好半天，她才注意到我，这才犹如从梦里惊醒一般，从车里下来。我们姐弟俩黯然地拥抱着，为了马上要做的事情而抱头痛哭。

地下室里，我们打开标有“杰姬的信——第一箱”的盒子，里面的东西被父亲归置得整整齐齐。第一封信便是给我的，我认得那个信封，一下子就想起了当年第一次撕开信封时的种种情形。我俩都不说话，在一片压抑窒息的沉默中开始读信：

亲爱的巴尔……

杰姬在信里惯爱用这种昵称称呼我。

我日日想你念你，想知道在你美好的生活里发生什么故事了没有……

还有一封信是这样起头的："亲爱的屁屁。"

第三封信竟是写在手纸上的，在结尾处，她写道："补充一句，这张手纸是没用过的哟！"

这许多的信一封封涌出来，仿佛是杰姬本人在与我们交谈。她个性张扬，顽皮而富有幽默感，对人对事拥有敏锐的观察力。这一切又回来了，我们好像又在一起放声大笑。

继续读信，重温过去的每一个细节。渐渐地，我们收敛了笑容，将目光投向对方。

我对姐姐说："希尔（希拉里的昵称），若把这些东西都烧了，不就等于把杰姬也烧了吗？"

第二箱里全是关于杰姬的新闻剪报。

1964—1965年这一届纽约音乐节的亮点，或许你会说是卡拉斯演唱了《托斯卡》啦，霍罗维茨重返独奏舞台啦，查理·艾普斯的《第四交响曲》终获公演啦，然而，我却只记住了杰奎琳·杜普蕾。她是个圣女一般的存在，年方20，却已攀上了只有极少数卓越艺术家方能够达到的至高境界。

在她演奏那部宁静、安详而富有英伦特色的作品(《埃尔加协奏曲》)时，卡内基音乐厅内的观众们陷入了一种从未有过的专注聆听状态。一曲终了，许多观众的眼中都含着热泪。“这演奏能够使人重拾信心”。我听见身后有人低声说道。

希拉里

往事犹如洪水，劈头盖脸地涌来，我和皮尔斯在这记忆中拼命挣扎，竟陷入了迷乱之中。还记得这个吗？还记得那个吗？最后我倒怔住了，心情变得十分复杂：我当然记得我们的开心往事，这点令我欢喜；如果能像杰姬一样登台演奏该多好，这是我的渴望；还有，杰姬的死令我悲观厌世，同时我又感到内疚；况且，我也害怕这些记忆，生怕从中找到她离我们而去的原因。

自那日开始，再谈及杰姬，我们没有一次不落泪的。我慢慢明白了，经过多年的病痛与苦难的摧残，其实，我们早与藏于内心深处的妹妹失去了联系。我们并不愿意选择焚毁资料而彻底忘掉她，相反，必须得通过回忆把她从心底唤起才行，哪怕是要面对那痛苦的记忆——关于这一点，我们彼此都是深知的。

希拉里和皮尔斯

我们所讲的故事，皆是从过去的生活追溯而来，但愿能够塑造出一个真实的杰姬——那个公众人物背后的——我们所了解的姐妹。之所以要如此做，不过是为了找回那个我们已失去多年的姐妹罢了。

第二章

希拉里

我对于音乐最早的记忆，是在广播里听母亲的演奏。我记得收音机是放在碗橱上的，外祖母总是格外兴奋，把我举起来，温柔地放在收音机旁边。“希拉里，来来，咱们要听你母亲弹钢琴了哟。”每当播音员的声音传出来，外祖母便会令我噤声——“今天，由年轻的英国钢琴家爱丽丝·格里普为我们独奏巴赫、舒曼和勃拉姆斯的曲目。”

在我看来，从收音机里听母亲演奏实在是满心愉悦的事，因为我知道这机会是颇为难得的，也知道是母亲在弹琴——那些曲子我曾听她弹奏过无数遍。甚至偶尔我还能从收音机里听见她时而低沉、时而急促的喘息声呢。每每这时，房间里的气氛便会转为凝重、肃穆，令我油然生出一股似是而非的敬畏之感。

外祖母则会端坐于椅子上，纹丝不动。而我一直却想弄清楚的是，到底母亲和钢琴是如何进到这个小盒子里去的？这个疑问着实困扰了我好几年呢。母亲好像离我很近，每次我都不由得盼着一曲终了时，她能从收音机里走出来。

母亲芳名爱丽丝，是德文郡人。外祖母闺名莫德·维多利亚·米切尔，出身于一个海员家庭，她是7个子女中最小的。外祖母一家住在普利茅斯的巴比肯镇上，仅一间小屋，日子过得相当拮据，可谓艰难度日。太外祖父是以打鱼为生的，打来的鱼晾鱼干也好、腌咸鱼也好，怎么都能吃。大人们常打发外祖母去帮着买东西，又或者让她去用大罐子将牛奶取回家。

家中的每一样东西都必须物尽其用：连鸡腿肉都要撕下来烧菜；衣裳和鞋都是大的穿过小的穿，有时鞋子难免会不合脚，引起脚趾红肿的情况是常有的。待到要烤面包时，则得借用当地面包师的烤炉，塞一炉子的面包和水果蛋糕混着烤。玩具自然没有——哪有闲钱买这个——但外祖母却说他们兄妹童年时过得十分充实、愉快。每年开春时分，采到第一株白屈菜的孩子还可以得到1个硬币的奖励呢。

母亲5岁时便进入当地一所小学念书了。开始时她还兴趣盎然，由于天生聪慧，她的成绩比班里的其他同学强多了，所以，渐渐地她就觉得没意思了。外祖母因为想着让母亲学学钢琴也是好的，便买了一台二手的立式钢琴，又请了老师来教。母亲随即展露出了她在音乐上的天赋，进步更是神速，这让众人感到十分惊讶。不久她便参加了音乐节的演出且大获成功。外祖母到底是否早早就看出了母亲的音乐天赋，这一点倒也难说。但在一次音乐节上，一位评委——威克斯教授却是慧眼识珠，他对外祖母说："应该给这个天分极高的女孩请一位更好的老师才是。"外祖母回道："家里交不起那么高的学费。"不想，那位威克斯教授竟主动说愿意亲自给母亲上课。外祖母自是千恩万谢地答应了下来。

又过了一段时间，有人建议让母亲去考德文波特中学的奖学金。母亲考上了，生活自此也就变得不一样起来。受到学校系统培训的母亲，琴艺和学识更是进步非凡。

随着母亲的钢琴技艺日益精湛，赞誉也纷至沓来，外祖母和外祖父都以自己名闻普利茅斯的爱女自傲。然而，虽说她容艺俱佳，但众人却只当她毕业后还是会回到家乡，当一个花布店的售货小姐，毕竟外祖母、外祖父从不曾为她设计一个音乐方面的职业，而且也不允许她离家太远。外祖父家是那种关系亲密的大家族，三亲六眷都住一处，有事相互帮衬，生老病死都是不会离开家的。

到了17岁，母亲尚未毕业，就考取了皇家音乐学院的演出学位，即演出执照。考这个执照的时候，母亲第一次去伦敦。她是坐火车去的，一个家里人陪着她——自然不能让她一个人去。母亲顺利地考过了，满心喜悦。这一趟伦敦之行，她不仅见识了伦敦，更重要的是见识了皇家音乐学院，这让她更加坚定了在音乐道路上走下去的决心。但是，当时的母亲离毕业还有一年光景，因此这只是母亲的一个梦想罢了。

母亲的老师瓦茨小姐深信她会前程似锦，因而总会给予她许多鼓励，而外祖母却因瓦茨小姐对母亲灌输了许多的“歪理邪说”而颇为不满。瓦茨小姐让母亲去学“达尔克罗兹韵律操”，它是由优秀的哑剧艺术家、瑞士日内瓦音乐学院的教授埃米尔-雅克·达尔克罗兹于1900年前后创建并发扬光大的一种音乐教学形式，在当时是既新鲜又颇具争议性的。

达尔克罗兹发现，若将体育运动和视、唱、练、耳训练同时进行，小孩对音乐的感知力就会愈发灵透，这样一来进步就会相当神速。后来，他又用了15年时间去改进这一理论，使其趋于完美。可惜，当时大部分人都不明白运动和音乐之间会有什么联系。

外祖母、外祖父最终同意让母亲去考伦敦达尔克罗兹学校的奖学金，完全是因为瓦茨小姐不屈不挠的劝说。当然，母亲自是不负众望地考上了。

对于达尔克罗兹的课程，母亲倒也是挺喜欢的，但她真正想要的是——弹琴。有一天，母亲满怀对钢琴大家的倾慕之情，信步走进了皇家音乐学院，站在进门的门厅里，只一会儿工夫，便有门房问她何事。

母亲竟当场落下泪来，哭诉道，她实在想成为皇家音乐学院的学生。

门房告诉她，他倒是有一个认识的人可以帮忙。说着，他便引母亲上了楼，来到33号房间——埃里克·格兰特此时正在这里上课。

无巧不成书，埃里克·格兰特正是当年我母亲考皇家音乐学院演奏执照时的考官，而且对母亲一直记忆深刻。母亲向他请教了关于获得达尔克罗兹奖学金的一些事情，又说她最期望的还是来读皇家音乐学院。于是，埃里克·格兰特便领她去顶楼见了另一位当年考试时的考官西奥多·荷兰。

原本要花3年时间方可读完的达尔克罗兹课程，母亲只用2年便完成了。1934年，母亲进入皇家音乐学院学习钢琴，她在师从埃里克·格兰特的同时，还跟西奥多·荷兰学习作曲，跟罗斯拜·伍夫学习中提琴。

自此，母亲便开始绽放出耀眼的光芒。那些设有奖项的钢琴和作曲比赛，只要能得奖的她基本都得了，其中有查伦金牌奖、珍妮特·达夫·格里特奖、安东尼亚·D.默多克奖等。不久之后，母亲便当上了副教授，她能够凭自己的技艺赚钱了，但她却仍喜欢时不时地回到佩雷韦尔去。

假如母亲当年考皇家音乐学院演奏执照时表现平庸，埃里克·格兰特自然不会对她留有印象，也许母亲便无缘进入皇家音乐学院了。再假如那位门房没有引荐她去见埃里克·格兰特，抑或埃里克·格兰特没有把她介绍给西奥多·荷兰，那她便终生无缘与荷兰结识相交。可喜的事实却是，西奥多·荷兰与伊斯梅娜夫妇将来自佩雷韦尔的母亲紧紧地庇护于自己的羽翼之下，从此，他们之间便持续着恒久的情谊。

荷兰夫人原是来自阔绰家庭的奥地利人，夫妇两人因有表亲关系，便特意没有要小孩。因此他们组建了一个“收养家庭”，收养那些需要关护与鼓励的天资聪颖的学生，并对他们十分慷慨，聊慰无子的孤寂之情。母亲到他们家不久便如鱼得水，在肯辛顿埃尔登路上的那幢旧洋房里，她或聆听或弹奏，将自己的全部身心浸淫于音乐之中。

那座楼又高又窄，自从荷兰夫人装修了一次之后，到60年后夫人离世，样子从未变过。整整一个顶层都是荷兰先生的琴房，房间透光通风，天花板、外墙上爬满了植物，令人十分愉悦。

荷兰先生是一位身材魁梧、面容慈祥的长者，尤喜坐在一张大写字台后，身后则放着一架布吕特纳大钢琴。后来，这台钢琴被荷兰夫人送给了母亲，成为我们家生活的一部分。

皮尔斯

我们的父亲叫德里克，他上面还有一个哥哥。祖母叫弗洛伦斯·格特鲁德·肖-格林，昵称甘妮，而祖父则叫詹姆士·威尔弗雷德·杜普蕾，昵称庞杜斯。在泽西岛上，“杜普蕾”是个常见的姓氏，这个家族已在那个岛上居住了好几代，追根溯源的话，可以一路追溯到1480年。

祖父和他的兄长哈罗德在泽西岛上开了一家卢斯香水制造公司，叔祖父哈罗德是个出类拔萃的香水专家，他们生产的卢斯牌科隆香水的品质非常好，因此常常在科隆地区赢得各类奖项，令当地的德国竞争对手大光其火。后来，叔祖父哈罗德又研制出了一种名为“凝冻科隆”的固体科隆香水棒。

我的祖父是个身材高大、面容俊朗、风度翩翩的绅士，负责产品的市场推广及销售。卢斯牌香水卖得极好，在泽西岛、南安普敦、利物浦、伦敦和开普敦都开设了分号，而且在南安普敦及开普敦还有分厂。

祖父早早替父亲筹划好了前程，倒也简单，不外乎是做银行职员或是去当兵。因为参军必须得离开自己深爱着的泽西岛，所以，从1926年11月1日开始，父亲便到圣黑利厄尔的劳埃德银行去上班去了。那时父亲才18岁。两年后，因业务需要，父亲被银行派往伦敦，他对此特别不情愿，可祖父祖母却将这一工作调动看成有助于父亲今后晋升的机遇。

对父亲来说，这犹如一场无妄之灾——他讨厌伦敦那个破地方，怕自己会想家想得发了疯。因此，自1928年接到新职位任命之后，他的忧愁烦闷自是不必详述。不过父亲还是忍耐下来，服从了调动。就这样，父亲在劳埃德银行里一做就是11年，直到1937年10月30日，方才离开银行另就新职——在《会计师》杂志当助理编辑。

希拉里

1938年，父亲参加了一次有奖销售活动，幸运地得到了一张去德国的火车票。当时，正是德国局势危急的紧要时刻，父亲便要求将车票换成去波兰的。父亲选波兰，自有他的道理：两年前，他和好友诺曼曾从捷克这一面爬上高塔特雷山去探险。那次，他在火车上认识了一位乌克兰籍的小提琴手。自此以后，父亲便一直惦记着要徒步穿越波兰，到乌克兰去见见他的这位朋友，顺便再从波兰这一面爬到高塔特雷山上去看看。

那时，正值仲夏，如此“孤身入宝山”令父亲十分兴奋。他的行李十分简单，一双上了油的、为登山而特意在鞋底钉了钉子的旧靴子；一把装满了牛奶、牛奶里又泡了茶叶的旧水壶——只可惜牛奶不几日便坏了，变得酸馊难闻；一个结结实实的帆布登山包；另外就是一台键盘式手风琴。在父亲漫游欧洲的那阵子，这台手风琴可着实有用，因为在路上随处都可以听到巴伐利亚风格的约德尔合唱（瑞士和奥地利山区流行的一种用真假音交替唱出的歌曲）。

在火车上，父亲和几个德国学生交上了朋友，当时有一个学生正好有把吉他，于是，他们便齐声唱起英文、法文和德文歌曲来，引得车厢里的乘客纷纷加入，引吭高歌。不几日，父亲便从当地人那学来了好几首波兰民歌。既会唱又会弹，加上父亲无师自通的手风琴演奏技艺，以及与生俱来的音乐天赋，父亲自然就成为大家眼中魅力四射、亲善可交的人。

父亲先在克拉科夫住了两宿，然后便动身往此行的中转站扎克潘去。他挤上了一辆拥挤的火车，车厢里人员混杂，有戴着念珠的神父、当兵的、当官的、农民，还有来自波兰的旅行者和穿黑袍的犹太人，车上的过道非常拥挤，几乎没有一丝空隙，父亲只好在过道上忍了一夜。

父亲不懂波兰语，因此旅途中交流起来十分困难，幸而不几日他便打听到有一个懂英文的姑娘就住在扎克潘。父亲决定登门拜访，他很容易便打听到了那姑娘家的住址。满怀着期望的父亲叩响了那女孩家的门，塑料地板上响起了脚步声——来了一个女仆。不容父亲开口，那女人便用波兰语喝道：“滚！”随即重重地关上了大门。夜已深沉，父亲并没有因此垂头丧气，反而在别墅外的栅栏底下睡着了，一觉睡到天亮。

次日清晨，天色大亮，父亲便再去敲门。来开门的女仆还是昨天的那个，只是这一回不待她开口，父亲便抢先开了口，用英文请求女仆，请那个懂英文的姑娘出来跟自己讲几句话。女仆返身进屋，再回来时说了一句："小姐忙着呢。"便再一次紧闭了大门。

父亲只好作罢，先去吃早饭。等黑面包、蜂蜜、草莓和奶油下肚之后，父亲总算是恢复了些气力。随后父亲寻了一条小溪，就着冰凉的溪水略作洗漱，等收拾妥当了，便第三次去敲姑娘家的门。

这次，他听到的脚步声变了，来开门的竟是一个面庞柔美的姑娘。父亲面含喜色，本就俏皮的面孔上添了几分欣然之色。两人聊了几句，父亲极力赞美姑娘的英文说得好。姑娘笑道："我原就是英国人。"此话一出，父亲不由吃了一惊。

这位美丽的姑娘正是我的母亲爱丽丝·格里普。此时，她只是一名音乐系的女生，因学业上获得了巨大成就，这才有机会跟波兰顶级的钢琴家埃贡·皮特里学钢琴。

母亲将父亲引进门，便直直地往一间摆着钢琴的屋子去了。当时的母亲只擅长弹琴，其余一切事情都怯生生的。那天，母亲全神贯注地弹了一首布索尼［布索尼（1866—1924），意大利钢琴家、作曲家。］的即兴曲。一曲终了，父亲也借着兴头，用手风琴演奏了一首波兰民歌。

令他意想不到的是，母亲也喜欢徒步旅行。平日里，母亲不允许任何事情妨碍自己弹琴，但是，那一日，母亲为了和这个来自泽西岛并且很能调动人兴致的老乡来一场随性的冒险，竟穿上徒步靴，把钢琴都忘到脑后去啦。

父亲和母亲进了山，因为走得太远，当晚不能及时赶回来，他俩索性便在牧羊人的小棚屋里与其他几位徒步旅行者一同住了一夜。

这次徒步旅行，他们足足用了4天时间。路上，每逢遇到波兰当地的乡下人，他们便会在一起唱歌、跳舞，也接受一些当地人的邀请，去人家家里吃饭。母亲把那些波兰民歌默诵下来，父亲便用手风琴替她伴奏。

后来——整整两年之后——1940年7月1日，父亲和母亲在伦敦登记结婚了。结婚时母亲26岁，而父亲已经32岁了。因为结婚证上两人的住址为同一处，我拿不准他们是否婚前便已经同居了。

两天之后，他们便踏上了蜜月之旅，从佩雷韦尔的外祖父母家去往达特穆尔，开启了他们的探险之旅——白日里享受着田园诗一般的自在惬意，到了夜深人静，他们便会躲到水泥防空洞里，静听着空袭的炮火声。

第三章

希拉里

父亲是在1941年7月21日那天应征入伍的。不到两个星期，入伍通知书便寄到了家里，父亲随即便动身前往苏格兰洛比克的皇家陆军训练营。

在部队里，父亲常常喜欢拉着手风琴唱歌，战友们很快便与他亲近了起来。训练自是艰苦，而远离爱妻的相思之情更是难言。幸而，母亲有了身孕的喜讯给他带来了无尽的慰藉。当时的母亲一边要忙着给学生上课和到广播电台演奏，一边还要尽量多抽些时间去兵营探望父亲。

过了两个月，父亲得了一张相当出色的成绩报告单，便往桑赫斯特（英格兰南部的一个地方，是英国陆军军官学校所在地。）报到去了。

1942年4月25日，我来到了这个世界上，那时父亲还没有离开桑赫斯特。母亲则带着我住在萨里郡沃金镇上，租了麦克劳德太太家的一幢很大的房子，这里的蔬菜都是麦克劳德家自己种的，更有自制果酱，小鸡也是自己家养的。外祖母也常常会过来帮着母亲带孩子。

我人生中第一次体会到爱的滋味，便是在麦克劳德太太家的花园里。当时，花坛里处处姹紫嫣红、明媚鲜妍，母亲常会徜徉在花园的甬道上，俯下身去摘花。那会儿我还是幼童呢，记得自己当时仰望摘花的母亲那年轻的侧影——一条蓝白条纹相间的连衣裙。就在一刹那间，对母亲的挚爱深深地镌刻进了我的心里。

不久之后，父亲便进了冷流卫队，还当上了上尉。1944年，父亲得知自己要被调到牛津，去伍斯特学院当教员。这一新任命是从当年的6月10日正式开始，父亲自此成了“便衣”。当时的父亲已经有些积蓄了，手里的钱足够买套房子的了。于是,6月29日，我们便搬进了牛津山毛榉路33号的新家。

为了庆祝乔迁之喜，父亲特意买了单簧管，与母亲合奏了一曲助兴。对于这份在伍斯特学院当老师的工作，父亲十分中意。当时正处于战争时期，实行严格的定量配给制度，然而父亲却总能把学校的餐桌摆得满满当当，还时常会巧妙地和“出身高贵”的人攀谈。

母亲当时一直怀不上第二胎，只得去医生那里检查。弗雷泽医生给母亲注射了一种含有雌激素的血清。打针的时候，弗雷泽医生开玩笑："这回生的孩子准能当赛马冠军！"

那是50年来最寒冷的一天，杰姬出生了。父亲在日记里这样写道：

1945年1月25日

昨夜宝宝在爱丽丝肚子里折腾了个昏天黑地，早起我们便去了医院。早起的时候，爱丽丝抹了一些海狸油，一口气儿喝了两杯热茶。

1945年1月26日

爱丽丝开始肚子疼时，差不多3点钟光景。我们定时看表计算时间，直到3点45分才罢。之后我便把衣裳穿好，往厨房生炉子烧茶去了。踏着雪前往医院的路上，我们竟还不忘欣赏铺满路面的银雪。

我将爱丽丝拜托给一位满面笑容的护士小姐之后，便赶紧回家去照料火炉、倒垃圾、做家务，直到5点半才又上床休息，却因喝了太多的茶水，怎么也睡不着了，只得照着平日起床的时间起身。

助产医生让我回家等消息，9点15分的时候，我给医院打了个电话，还没有动静呢。至11点半，弗雷泽医生亲自打来电话道："是位小姐，母女平安。"这个喜讯让待在办公室里的我一阵欢腾。12点半，我终于见到了爱丽丝。次女杰姬容貌甜美、星眸圆睁，安安静静地躺在爱丽丝的怀里听我们说话。

杰姬出生时，我才2岁零9个月，她出生的第二天，父亲便送我去了普利茅斯的外祖母家。父亲原是想当天去当天回的，不料我竟感冒了，越病越重，父亲没办法，只得住了下来。后又因外祖父嚷着胃疼而滞留，可医生看了之后，说不过是消化不良罢了……种种琐碎的事情让父亲在外祖母家耽搁了一个多星期。

谁承想不几日后，外祖父竟病情加重了，送到医院去也看不出个所以然来。外祖母的心痛、焦虑自不待言，估计那时外祖母最不情愿做的事就是带我吧。虽然如此，她还是照顾了我两个多星期。

不久，外祖父便陷入昏迷之中。外祖母日日守在医院，只得把我交给埃姆姨祖母带。一日，外祖母正在外祖父身后坐着时，外祖父竟忽然睁了眼，望着外祖母说道：

“基蒂，我刚才去了一个奇妙神绝之地，那里处处都是天使，你不必再为我担心了。此刻，他们正等着我回去呢。”

外祖父对着外祖母微笑，紧握着手不肯松开，眼睛渐渐合拢，随后与世长辞。

后来验尸才知，外祖父是由于十二指肠溃疡导致胃穿孔才去世的。

外祖父走的时候，杰姬出生才12天，母亲当时还躺在产房里呢。父亲深知母亲听见这噩耗会痛不欲生，再三思虑之后，还是认为，以后也没什么合适的机会告诉她，索性也就一天不耽误地径直往母亲那儿去了。父亲到的时候，母亲正在给杰姬喂奶呢。外祖父的死讯犹如晴天霹雳一般，令母亲悲痛欲绝。

当时，母亲实在难以相信慈父竟已撒手人寰了。悲痛使得母亲整个人都显得呆呆的，让人欣慰的是，杰姬的存在减轻了母亲的哀伤。现在回想起来，也就是从那时起，母亲便把对外祖父的思念之情全都转移到了杰姬身上。自打妹妹出生，母亲对她的感情便远非普通的柔情慈爱可比，再加上对外祖父的思念，如此凝聚成的感情更是炽烈，母女之间建起了一条非比寻常的情感纽带。

外祖母送我回到家里时，见母亲将一颗心全放在杰姬身上，外祖母便操持起家务，负责照料一家的日常生活。父亲回去上班了，不过他答应一定会留出足够的时间来陪我玩游戏——领我去散步，还陪我堆雪人。每天晚上，父亲还要洗杰姬那泡在浴缸里的整整24块尿布！虽说父亲干这些家务时兴头很足，时间久了，他还是累得疲惫不堪。

最初记得杰姬，大约是她接受洗礼的那一天。因为父亲是伍斯特学院的教员，所以牧师允许杰姬在教堂里举行洗礼仪式。

母亲替我穿上最漂亮的一身衣裳，一边告诉我："今天你得做个听话的好孩子才成，教堂里要来不少重要的人，还有那里面肯定是静悄悄一片，只有管风琴演奏的声音。到了那儿的时候，你可以抬起头来看看那个屋顶，可以看到许多漂亮的图案。你只管静静地看，千万不要大声说话，要像小耗子那样安静才行。等到喝茶的时候，你可以跟我说说，你看到了几种颜色。"

"母亲，我跟你坐在一起行不行？"

"不行，宝宝，母亲还得抱着杰姬呢。你可以挨着薇拉姨妈坐，跟她在一起。"薇拉姨妈是我的教母，还是父亲的上司，是个让人感到畏惧的严厉的妇人。

初秋的天气大都风和日丽。杰姬受洗那天，当我和儿时的玩伴朱迪恩·赫琳在教堂园子里的草坪上追逐嬉戏正在兴头上时，薇拉姨妈脆生生地朝我喊道：

"希拉里，好宝宝，过来为杰姬祷告吧。咱们跟大伙儿一块儿进教堂里去。"

说罢，她便领着我顺着管风琴的声音走了过去。我们前边是抱着杰姬的母亲，外祖母陪在她身旁，父亲则在与杰姬的教父乔治·拉塞列斯，还有诺曼·格兰治、贝内特叔叔、杰克·卡恩伯特森叔叔、派特·沃克医生和杰姬的教母伊斯梅娜·荷兰夫人说话呢。

坐在薇拉姨妈身边，我也能看到教堂那头的母亲和杰姬。过了不一会儿，管风琴的声音便停了，片刻的寂静中，杰姬咯咯的笑声格外动听，母亲则微笑着翻看一本书。当管风琴再次弹起的时候，大家起立唱起颂歌。薇拉姨妈把我抱到长椅上，让我站着，周遭的混声合唱搅得我晕头转向的。母亲远远朝我指了指屋顶，于是，我便抬起头来看那些妙不可言的壁画，渐渐地，我感觉自己融入了这种神圣的气氛之中。

此时，一个身着白袍的人被杰姬的一众教父、教母围在中间，杰姬也被送到了他手上。我听到他说："给孩子取个名吧。"

我忙挣脱了薇拉姨妈，直直地穿过走廊扑向母亲，嚷道："她叫杰姬！"此时，杰姬的教母也正好开口："杰奎琳·玛丽。"因为我的贸然出声，众人大都略显惊讶，牧师也没顾得上再把杰姬的名字重复一遍。

1946年，父亲退役的第二年，他在伦敦重操旧业，回去给《会计师》杂志当助理编辑。不久之后，我们便阖家搬到了哈福德郡圣阿尔班市的山毛榉大道99号，这样父亲上班会方便一些。每天清早，父亲会把我放在自行车后的座椅上，送我去上幼儿园。那时候，因为特别害怕蒸汽火车发出的轰隆声和汽笛声，所以我最不喜欢穿越铁轨。下午回家之后，母亲也会陪我玩游戏，有时也会用婴儿车推着杰姬，一起出去散步。

1947年9月，薇拉姨妈退休了，父亲便接任了她的职位，成为《会计师》杂志的主编，那是一个十分光彩而体面的职位。

尽管升了职，父亲仍然会抽出很多时间来陪我们。记得有一天，父亲和母亲带着我和杰姬在厨房里玩祖父从泽西岛捡回来的花岗石和贝壳。我把它们放在一碗温水里，有粉红色的、灰色的、蓝色的、黄色的……我非常喜欢这些东西。

母亲把8个月大的杰姬抱在膝头，轻轻地哼唱着歌谣，父亲轻声配合着唱和弦。当母亲开始唱“黑黑黑绵羊”时，杰姬猛地立起身子，也唱了起来。于是母亲便停止了哼唱，听着杰姬唱：

你有羊毛吗？有的呀，先生！有的呀，先生！我有满满三口袋……

杰姬一口气唱完了整首曲子，声调无比优美。那时，我并不知道这有什么稀奇之处，当我听见母亲十分骄傲地逢人便讲此事时，我便意识到，杰姬的天赋肯定是与众不同的。

第四章

希拉里

自我记事以来，便记得母亲会用音乐哄我们玩，要么唱歌，要么弹琴，抑或是拍手、打拍子。音乐确实是相当好玩的游戏呢！只要母亲一弹琴，我们便会满屋子地又蹦又跳，听见不同的曲子，便变换不同的动作。音乐低柔时，我们便把身子蜷得小小的；乐声激昂时，我们又会将身子舒展开来，使劲地往上跳；如果是阴森恐怖的曲子，我们会踮起脚尖试探着行走，再不然就蹲下身去；若是没有休止符或附点音符时，我们定会一蹿老高。

母亲弹奏的乐曲会表现出或强烈或柔肠百转的情感，我们俩的动作只不过是一种下意识的反应罢了。

4岁那年，母亲便开始教我弹钢琴了。那时的我连爬上琴凳都要费一番力气呢，坐定后，便把身子正对着“中央C”(西方音乐术语，代表位于五线谱大谱表正中间的音值。)。我的琴谱上有黑白相间的长颈鹿图案，每页都不一样。只要我新学会一首曲子，一旦手形和指法都掌握了，便会凭着记忆弹给父母和邻居拉蒂默太太听，有时也会弹给送奶的工人听。若赶上外祖母和埃姆姨祖母在，黄昏喝罢下午茶的时候，我们便会开上一场音乐会。我特别喜欢演奏，也特别享受音乐带给我的快乐。小时候，最幸福的事情莫过于听见母亲说我马上可以学习新曲子，每逢这时，我便会热切地盼着再开“音乐会”。

学习新曲子时，母亲绝不许我低头看手，必须全凭耳朵听节奏，眼睛要直视前方。等到我可以不看着谱子弹了，再看着手指弹也没有关系啦。母亲也会给我讲述重音和轻音之间有何分别，让我用心去体会按下琴键时不同的力道。她说，每支乐曲都是一段故事，所以，母亲要求我听曲时必须聚精会神。

就这样，弹琴渐渐成了我的第二天性，我喜欢弹琴，而且也觉得拥有这样一种爱好是相当自然的事情。弹琴是我与母亲分享的美好时光，她总会满怀喜悦地陪我练琴，只要我一弹琴，不管母亲手里正忙着什么，都会立马放下，跑过来听我演奏。

我家在圣阿尔班时，花园尽头原是个沙坑，就藏在种着红花菜豆的那块地后面。我最爱在沙坑里玩儿，带着我的一个金属小桶、一把铲子和那些来自泽西岛的五颜六色、大小不一、各种各样的贝壳，自然也不会少了我的特殊珍宝，什么花岗岩啦、鹅卵石之类的东西。

我把这些玩意儿嵌在湿润的沙子里，最漂亮的紫色贝壳先排一溜，闪闪发光的金黄色贝壳再排一溜，然后是粉白色的宝贝贝壳（一种生于暖洋流地带的腹足海生物），我把它们围成了一个个小巧玲珑的圆圈。

5岁时，一天，母亲给了我3个不同大小的桶和一把崭新的红柄小铲。当我高高兴兴地在花园里的甬道上跑时，3只小桶便会撞得叮叮当当直响。我把所有的贝壳都装在旧桶里，去找埃姆姨祖母，让她替我把贝壳洗干净。

“我一会儿就洗，希拉里，等会再拿去玩。”

可惜我却等不得，姨祖母只好一手抱着3岁的杰姬，一手替我把我的宝贝们洗成了干干净净、闪闪发光的样子。

我在上面开心地玩着。先是将沙坑里的石头都扫掉，堆了3座大小不一的城堡出来；再采来许多的蒲公英、雏菊和毛茛，费尽心思地装饰着城堡；再后来我编了一串雏菊花链，将3座城堡连接了起来。不过，我首先得添些贝壳，尤其是紫色的。

“姨祖母，谢谢您，您先把杰姬抱走吧，也别跟我妈妈说我在做什么，因为我想要给她一个惊喜。”

于是埃姆姨祖母抱了杰姬走了，留下我一个人沉浸在自己的沙坑世界里。我先把贝壳嵌在城堡的外墙上，又在城堡大门前铺了一条贝壳小路出来。我专心致志地玩着，竟都不曾听见杰姬又回来了，忽然间，就见她站在我面前，双眼紧盯着我呢。

“什么也不许碰，杰姬，这是我给妈妈做的！”

“我想要你的那个桶！”她边嚷边往沙坑里跳，登时便把我的3座宝贝城堡给踩坏了。我又气又急地尖声锐叫，一把抓了铲子在手里，拼尽全身力气往杰姬膝盖上打去。

“你滚开！滚开啦！”我号叫着，又用力冲她膝头打了下去。

杰姬踢着双脚挣扎着，满身都是湿漉漉的沙子，伴着尖锐的哭声逃离了沙坑。她在花园的甬道上一路狂奔，用沾满沙子的双手揉眼睛，哭嚷道：“妈妈！妈妈！”

我怔在原地动弹不得，又气又恼，而且十分绝望，徒劳地抢救着我那深受重创的“小世界”。我一定会把杰姬干的好事全部告诉母亲，她原不该那么讨人厌的，母亲听了一定也会生她的气的。

此时杰姬已回到屋里，正靠在母亲怀里抽抽搭搭地哭呢。她的两个膝头被我打得通红紫胀，大人都看到了。此时，埃姆姨祖母正往一个碗里倒温水，而外祖母则像以往一样，往杰姬青紫肿胀的膝盖上抹黄油。

“妈妈！杰姬踩塌了我堆起来的城堡，那原是我想……”

“希拉里，先出去，等我把杰姬哄好了再进来说话。”

我实在难以相信，明明错在杰姬，怎么母亲反要责怪我呢？我原本还想回嘴的，却被大人拉了出去，关上了门。这一场委屈非同小可，我忍不住痛哭起来。

此时，房间里的杰姬已渐渐止住了哭泣，开始低低地回答大人的问话了。母亲和外祖母她们只是一个劲儿地替她又是拿温水洗，又是拿黄油抹，我却深知救不回我的城堡了——连想都甭想啦！此时，我能做的只有等待。最后，终于等到埃姆姨祖母出来了。她当时的模样，活脱脱是温柔的化身。

“走，希拉里，姨祖母带你去散散步。我身上可藏了一块既干净又漂亮的新手绢和一块红色的糖哟，快点跟我来。”

姨祖母领我往我喜欢的那块草地走去。那里的草茎生得比我都高。我俩坐了下来。

“希拉里，你为什么要打杰姬啊？”

“因为她踩坏了我的城堡啊！那原是我要送给妈妈的特别礼物。”

“好宝宝，杰姬才3岁，绝对不是故意给你使坏。可你比她大，打她就不对了。以后千万不可以这样了，答应姨祖母，你再也不会这样做了。你也要答应你可怜的妈妈，再也不打妹妹了。”

“我答应你。”姨祖母剥开糖纸，把那颗红色的糖喂进了我嘴里。

埃姆姨祖母的温柔慈爱给了我极大的抚慰，我消了气。次日早起，我便领着杰姬一起到沙坑里去玩了。

“杰姬，咱们来一起给妈妈一个惊喜，你从那头修，我从这头修，中间再修一条路，把它们连起来。”

一上午工夫，我俩都在高高兴兴地玩着盖富丽堂皇城堡的游戏。虽然姨祖母会时不时过来看看我们玩得好不好，但每次过来都会被我们赶走。我们要建的城堡是个“惊喜的礼物”，没完工之前自然是不能让她看见的。

陶醉在大人的赞许和自己的成就感之中，我和杰姬很快变成了朋友。造城堡是我俩第一次齐心协力做的一件事情，更何况还做成功了呢。自那以后，不管是什么，我俩都形影不离地一起做，渐渐地，彼此间生出了浓浓的依恋。

第五章

希拉里

1948年5月，弟弟皮尔斯出生了。由于我家变成了“3孩之家”，房子自然也得大些才好，于是到了同年11月，也就是皮尔斯在圣阿尔班教堂受洗后的一个月，我们便搬去了萨里郡珀利市马道14号的松树住宅区。

新家是建于20世纪30年代的半独立式别墅，两户人家被前院的一棵紫叶山毛榉树分开。房子宽大舒适、温暖如春，房间也十分充足：3间宽大疏朗的卧室，阁楼上有两间屋子，另外还有一间舒服的房间专给父亲当办公室；楼下是会客间，面积不大不小、十分得体，里面摆了我们的钢琴；后门外还有一个大棚，父亲常在里面做木工活或者赏玩奇石珍藏，另有一台大洗衣机也放在此处。院子非常大，尽头便是我的“温迪屋”(出自童话《彼得潘》，即主人公为好友温迪所造的游戏室。)，背靠着一大片灌木和花丛。

我和杰姬都上了拉蒂汉姆·李德学前班，在学前班里交到的朋友都极少来我们家玩，因为在家时，总是我和杰姬一起玩，我们共同打造了一个只属于我俩的充满生趣的冒险世界。我俩同睡一房，各自的床被放在房间的两边。为了不弄乱房间，我们搭了个帐篷在屋里，假装我俩是到此地来旅游的。后来，父亲竟照着我们房间的样子造了一个极大的玩具屋供我俩游戏，玩具屋就摆在我们房间的正中间，里头还安了真正的电灯哪！

另外，父亲还一边接电话，一边信手画了一只模样奇异却友好亲切的庞然大物送给我们，他给这只大怪兽取名为“吉吉瓦拉普斯”。自然，这幅画被我们挂到了游戏室的墙上。

每日下学回家后，总会有些令人兴奋的事情，吸引着我们迫不及待地去做。我天天跟着母亲学钢琴，弹完了琴，再一起玩音乐游戏。

譬如，当我和杰姬摇晃着身子，装出一副水手在狂风巨浪的大海上立不稳的样子时，杰姬便会问：“妈妈，我能去当兵吗？”

“当然能，宝宝，待会儿你接受检阅时，希拉里便用8分音符的拍子合上你的脚步。”

于是，音乐响起时，杰姬便在屋里踏起正步来了。我则踮着脚，一边留心听母亲弹的节奏，一边跟着杰姬，她走一步时，我便要走上两步。

母亲道：“细细听好，我要变速了，希尔要变到16分音符才对哦。”

音乐慢了下来，此时杰姬走一步，我便得走四步才成。

这时杰姬道：“该我了，希尔当士兵，我负责跳拍子。”

于是母亲接着弹琴，我俩换着踏步和跳拍子，总能合上节奏。

母亲又说：“咱们再玩个新游戏吧。你俩都绕着圈跑，听准了我的节奏，杰姬跑2圈，希尔跑3圈。希尔千万别跑快了，步子略小些才好。待我说一声‘停’，你们再交换过来跑。”

这么跟着几个小节的音乐跑了一会儿，我俩便觉得该由我们主导游戏了。

我低低地对杰姬附耳道：“来，杰克斯（杰姬的昵称），咱俩装袋鼠跳，看母亲弹的能不能跟上。”

说罢我俩便开始绕着圈子蹦跳。谁知母亲竟也立马变了节奏，弹出活泼的调子跟上了我们。

杰姬把双手举在头上，一面径直朝前踏步，一面问道："瞧我现在是什么？"

我哈哈大笑道："是长颈鹿吧？"

"才不是呢，笨蛋！我这是在学爸爸啦！"

母亲之所以用音乐的方式来训育我们姐妹，皆因她自己曾经受过达尔克罗兹韵律操训练的缘故。我想，母亲的这番训育大约不是有意识地培养，只是身为人母总会忍不住想要与孩子分享自己所爱的事情罢了。随着我们对音乐游戏越玩越精通，对于我们而言，用音乐来抒发感情、讲述故事，也是越来越自然的一件事了。

每到晚间，母亲替我们洗澡之后，父亲便会过来与我们道晚安——给我们讲故事，商量着一块儿去探险什么的，而此时，母亲便会坐在钢琴前不停地弹曲子给我们听，一家人享受着这惬意的时光。杰姬和我则会躺在床上，谈论阿拉丁的神灯及整箱的黄金，母亲弹奏的音乐充盈着我们的房间。慢慢地，我们便进入了梦乡，我从记不得母亲的琴声是何时停下来的。

次年，因为杰姬要进医院摘除扁桃体，我们便搬去珀利居住，虽说外祖母陪在我们身边，可母亲却总也无法心安。有人劝母亲万不可把动手术的事告诉杰姬，否则会吓坏了孩子的。当时杰姬才4岁，整日跑跳玩耍，只当母亲是带她出去玩。那阵子母亲干什么都提不起兴趣，外祖母见母亲总是这副样子，也难免闷闷不乐。

我怀着希望问："外祖母，今儿中午吃什么？"毕竟每逢外祖母在家，餐桌上总会有许多美味佳肴。

"谁知道呢，我的希尔宝贝。你想吃点啥？"

我脱口道："烤鸡和卤肉土豆！"

“得了，我还不知道有没有呢。咱们先去看看储藏室里都有什么吧。”

正在这时，杰姬欢快地跳进了厨房里，从外表上看是一个既健康又漂亮的孩子。

“妈妈！”杰姬嚷道，“我要唱给您听。”

母亲正耐着性子给皮尔斯讲故事呢，一见杰姬深吸了一口气摆出一副要唱歌的架势，便忙停了下来。待我和外祖母从储藏室里出来时，杰姬已大声唱起来了：

离开马槽以后，又无摇篮可睡，
小小的耶稣低垂了他可爱的头颅。
……

杰姬兴致勃勃地把一整首歌唱完了，母亲和外祖母被她的表演深深打动了，一时间竟呆呆地立在那里。杰姬唱完便笑着跑开了，全不知她少年老成的演唱将外祖母和母亲感动得泪流满面。

后来，母亲叫了一辆出租车，将杰姬送去了珀利医院。医院方面自有护士照料杰姬，因此医生让母亲回家去，吩咐最好一个星期内别来看孩子——当时医院规定是不许父母探视的，为的是不打搅患儿。

母亲忧思满面、愁容惨淡地熬过了一个星期，去接杰姬时，着实被女儿的可怜相给吓了一跳。杰姬畏畏缩缩地一个人待着，根本没人理睬她。母亲为何要把杰姬独自扔给陌生人呢？为何要让她置身于这么一个阴森可怖之处，四周全是哭哭啼啼的孩子？还有那些大夫和护士，为何会这般地折磨孩子呢？

“妈妈，我喊你，喊了千遍万遍，你却总也不来！”

这一次的遭遇吓坏了杰姬，她开始变得胆小怕生、动辄哭泣。此时的我却因杰姬回家而乐过了头，外祖母只得先领我回佩雷韦尔的老家去，让杰姬单独跟母亲住几日，好在宁静平和、充满柔情的环境里养好身子。

我犹记得，童年早期的时光充满了欢喜，只有怕狗这件事给我蒙上了几分阴影。4岁时，有一天我跟着外祖母走着，后来撒开步子，自己沿着小路跑了起来，岂料一只巨大的黑狗忽然张着血盆大口朝我猛冲过来，一头便将我撞倒在地。我吓得歇斯底里地哭着，外祖母赶来救我，她怒气冲冲地将那条大黑狗给赶跑了。然而，直至今日，每每听见狗叫，我仍会吓得心跳加速。

在家里，可玩的东西数不胜数。下雨天，我们便玩室内帐篷：先用家具、毯子、床单一类的物什布置一番，椅子摞在桌子上，然后蒙上毯子，毯子下边再用厚书压住；床单则是要摊开来铺在楼梯上的。外祖母会做好吃的给我们，所以，我们在自己的小世界里一玩便是好几个钟头。除此之外，我们还有个化妆盒，而且，不时地母亲还会同意我们把她的晚礼服拿出来穿着玩呢。

天气晴朗的时候，我们便会出去玩，推着一辆旧婴儿车当道具，玩探险游戏。我们会站在车上，假装在海上航行，与想象出来的各种艰难险境做斗争。譬如，碰上海盗啦，遭遇鲨鱼啦，当然也少不了沉船什么的，但总要寻尽百宝，然后才会回家——到底是肚子饿了嘛！外祖母总会做出许多的美味佳肴等我们回来。

那天正下着雨，我偷吃了杰姬的巧克力饼干，被母亲惩罚，跑到了楼上。母亲本来是难得发火的，因此着实让我吓了一跳。我百般强辩却无济于事，只得自己回卧房。谁知杰姬竟趁母亲忙着收拾我，去偷了皮尔斯的饼干，自然也让母亲给捉住了。这回，轮到杰姬受教训了——母亲拖着哼哼唧唧的杰姬出了厨房，往客厅里走，反手将厨房门使劲儿摔上。杰姬正忙着哭泣埋怨呢，登时凄厉地尖声哭叫起来。

我一听到杰姬哭得如此伤心，赶忙往楼下奔去，只见她用右手砸着厨房门，而左手却夹在门缝里。

我不由得喊母亲："妈妈，快开门哪！快开门！"

母亲忙开了厨房门，此时杰姬的手指头被夹得血色全无了。母亲满心后怕地哄着杰姬，一面又在自责，生怕自己的这一举动导致杰姬将来无缘演奏乐器了。

有一次，母亲在厨房里熨衣裳，杰姬也跟在她跟前，收音机里，《儿童时间》正播着的一档介绍管弦乐器的节目。母亲的熨斗随着音乐的节奏移动，而杰姬也下意识跟上了母亲的节奏，来回摇摆着身子。节目里先介绍了长笛、双簧管和单簧管，后又讲到小提琴。待大提琴的琴声飘满整个厨房时，杰姬沉静下来，开始凝神细听，竟听得出神。末了，她一跃而起，抱紧了母亲的腿，嚷道："妈妈，我也想弹出那种声音来！"

母亲忍不住欢欣激动。于是，到了1950年1月杰姬5岁时，母亲特意赶在杰姬的生日前夜，在她的床头摆了一把儿童用的略小些的大提琴。早上醒来后，惊喜若狂的杰姬把一家人都吵醒了，她奔出门来，兴奋地连声嚷道：

"妈妈！妈妈！"

然后她便穿过走廊，直奔父母的卧室去了。

"妈妈，你醒醒，快来瞧，有个'大家伙'在我屋子里呢！"

当时的杰姬尚未见过别人拉大提琴，更不知该如何摆弄它。看到杰姬端坐在椅子上，把琴摆在身前，母亲激动不已，竟不由得放声大笑起来。琴大得把杰姬兜头盖脸地挡了个严严实实，然而这又如何呢，她根本不容别人来帮她。母亲教她用琴弓慢慢拉D弦，琴声随之响起。有那么一会儿，乐声又沉寂下去，全家人静悄悄的，直至杰姬终于绽出了笑容。

“我会拉了！会拉了呀！”

杰姬一下子便爱上了这件乐器，不久，这架大提琴便成了她最心爱的一件“玩具”。

在一次音乐节上，母亲遇到了曾同她一起担任评委的著名钢琴家丹尼斯·马修斯及其岳母加菲尔德·豪夫人。加菲尔德·豪夫人应允，以后每个星期六都会来我家给我们上一堂弦乐课。与我们姐妹一起上课的，还有我们的好朋友玛格丽特和威妮弗蕾德·比斯顿。玛姬（玛格丽特的昵称）和我一样是学小提琴的，而弗蕾蒂（威妮弗蕾德的昵称）与杰姬则学大提琴。显而易见，从头至尾，不管老师提出什么要求，杰姬总能轻易做到。她很清楚地知道自己要捕捉什么样的声音，又该怎样拉出这声音来，好像没有任何技术和手法的障碍。然而，我却与杰姬正好相反，无论如何，我都无法把小提琴拉得好听一点，发出的声音总是刺耳。

由于没有适合幼儿演奏的大提琴曲，母亲便决定亲自替杰姬写几首。其实，她已有几部曲谱作品被业余琴手或专业人士演奏过了，包括一部芭蕾舞曲、一部中提琴奏鸣曲、一部歌剧和几支钢琴曲及几首歌。如今，母亲更是一腔热情地把一些自己创作的小曲写在一个笔记本上，并称为《杰姬的第一本大提琴谱》，每支曲子都配了插画，还有相关的故事——都是些适合5岁幼儿的小故事，什么学歌谣知天气啦，参观动物园啦，给海狮喂食啦，女巫的故事啦，自然，也少不了小精灵和跳跳蛙一类，歌词与曲子相得益彰。

母亲总是趁杰姬睡了时，才把笔记本放到她床头上去，待次日晨起，杰姬便会发现，又有新的曲子可弹了！而后，这个兴奋不已的小家伙便会扯着母亲的睡衣把她叫醒。

“妈妈，妈妈！快醒醒，我想要学新曲子嘛！我想要拉《布鲁默斯》。”

布鲁默斯是前一阵我们去伦敦动物园时认识的一头小北极熊的名字。母亲只得强撑着身子起来，穿好睡衣。

母亲先给大提琴校了音。

“弹A音，听大提琴的音准了便告诉妈妈。”

于是杰姬便径直走到钢琴前，按下A音的琴键，仔细聆听，直到大提琴与钢琴的声音完美地吻合。

“停，妈妈，可以啰！”

杰姬又帮着母亲校准了其他琴弦。

然后，她便眼巴巴地拖了大提琴坐下，听母亲大声朗诵起与乐曲相配的歌谣来了：

> 布鲁默斯是头刚刚出生的小北极熊，你可曾见过它？
> 它喜欢调皮捣蛋，弄得自己像只小泥猴。
> 幸而有母亲守护身边，生怕它受人欺负。

每天所学的新曲都会包含一种新指法，技巧上也会有难点，母亲一面悉心地令词曲吻合，一面教杰姬找到所学重点。譬如，这首《布鲁默斯》练习的便是食指按弦和换弓拉弦，要求杰姬用弓弦利索地从一根琴弦换到另一根琴弦上，将每一个音符都清清楚楚地拉出来。杰姬一边拉琴，一边还想着歌词所讲的故事，自然练得津津有味，一遍一遍地根本不会厌倦。

到我们下楼吃早饭时，杰姬竟还没顾上换睡衣呢，此时的她一心要给我们演奏一遍。

母亲弹着钢琴替杰姬伴奏。只听母亲说："我们一起唱。"于是，我与父亲也加入进来，父亲替我们唱和弦。

杰姬才学大提琴没几天，母亲便领她去伦敦参加音乐节演出。我们才到那里，杰姬便一头冲进走廊，谁知却被门房拦住了。

"你是才刚开始学琴吧？"

杰姬回道："才不是呢，我一会儿可是要表演的！"

她强抑着兴奋，丝毫不见紧张情绪。这回她要演奏的是母亲3天前才摆在她床头的一首她极心爱的新曲子。

到杰姬上台时，她把泰迪熊放在我怀里。

"希尔，等会儿我拉琴时，你便轻轻摇着它，哄它睡觉。要好好替我照看它。"

杰姬说罢，上了舞台，母亲替她拿了大提琴。待调好琴凳的高度，又校准了琴音，母亲便把琴递给了杰姬。她背着谱子，迫不及待地拉开了弓：

睡吧，睡吧，熊宝宝

……

此时，母亲还没走到钢琴前，见状忙又回了杰姬身边，轻声提点道："杰姬，等妈妈跟你一起弹！"

杰姬不由得抬起头来。

"等妈妈先坐下来，妈妈弹钢琴替你伴奏。"

杰姬停下来等着母亲，母亲先报出要演奏的曲目，然后，她俩便开始表演了。拉出第一个音符时，杰姬便已沉醉其中、全情投入了。待最后一个小节拉完，母亲便要站起身来，谁料杰姬又重复拉了一遍，母亲只得赶忙又坐下，替她伴奏。殊不知，只重复一遍对杰姬而言哪里够呀，这遍拉完，她又从头拉起，幸而此时母亲已有了准备。杰姬认为拉3遍最合适，待她终于收起弓抬起头时，观众席上立即爆发出掌声和笑声。杰姬把大提琴给了母亲，连蹦带跳地回到了我和小熊身边。

"希尔，小熊宝宝睡了吗？把它给我吧，要轻轻地哟。"

此时，我们仍是每个星期六跟加菲尔德·豪夫人上弦乐课。杰姬的进步可谓日新月异，我却怎么也应付不好小提琴。拉是会拉的，但我却不怎么喜欢小提琴的声音，听着相当不爽。我还是更喜欢钢琴。

每日早起，我家便是一派繁忙景象。父亲越发努力工作，每日晨起就会坐在餐桌前，一边喝茶一边伏案工作。有那么一段时日，家里除了外祖母之外，还请了一位互裨姑娘（以授课或帮忙做家务来换取食宿的年轻女生）替我们烧早饭，待我们喝了粥，吃了吐司、鸡蛋和熏肉后，一天的生活便开始了。由外祖母负责带皮尔斯，这样，母亲便可腾出时间陪杰姬练琴了。

后来，待到我们姐妹都可以自己练琴了，每天便早早起来，7点钟开始练琴，杰姬在顶楼拉，而我则在客厅里拉。这自然会令左邻右舍颇多怨言，隔三岔五就会有人把墙拍得"嘭嘭"响以示抗议。最终，大家商定，我俩可以从早上7点半开始练琴，不可再提早1分钟，否则他们还是会敲墙的。我俩练琴着实吵扰了邻居们，然而，母亲却绝不允许有任何事情妨碍我们的练习。我们越大，母亲对我们这方面的要求便越发严苛。

然而，这样却使我越来越讨厌小提琴了，甚至连弦乐课都厌憎起来。幸而杰姬却劲头十足、进步神速，看情形，她已经需要一对一辅导了。于是，加菲尔德·豪夫人的弦乐课终于停了下来，我也总算得到允许，不必再学小提琴了。

每到德文郡假日的清早，我们姐弟仨便会一起偎到父母亲的床上去，一边在他们的茶里泡饼干吃，一边听父亲给我们讲有意思的故事。过一会儿，便会有早饭的香味飘上楼来，是加了很多德文郡牛奶的麦片粥、腌肉、鸡蛋、土豆、蘑菇、黄油土司、砂锅汤和果酱。

吃罢早饭，收拾好登山包，我们便要出发了。父亲总会穿上他的徒步靴，拿着各类地图，还有指南针。在我们身后，留下一片乱糟糟的景象，却从不用担心被子是否叠好了一类的事体——自有外祖母和埃姆姨祖母替我们打理。她们还会替我们装好野营时要吃的东西：馅饼及埃姆姨祖母做的水果蛋糕。

待晚上回家时，房间早已收拾得窗明几净，屋子里充溢着饭菜香，总会有蔬菜炖鸡肉、烤土豆，再加上老式大米布丁或牛奶冻当作甜品，勾得人食指大动。倘若我们回家时正赶上下午茶，则还有烤饼、自制浓缩奶油、果酱和蛋糕等着我们。

我们最爱去的地方是克雷泽沃尔池塘。那是一个足有百十米宽的大湖，深不见底，人迹罕至，除了达特穆尔小马和绵羊在此出没之外，这里多数时候都是空寂而荒凉的。湖水冰凉冰凉的，杰姬却能玩好几个小时而不觉寒冷。

有一次，我们玩够了，正往车里走时，杰姬忽然大哭起来，吓得母亲赶紧牢牢抱住了她。

“杰姬，你这是怎么了？”

杰姬哭诉道：“我想我的大提琴了。”原来，她把大提琴留在家里，竟感觉像丢弃了一个心爱的玩具或遗失了一份慰藉一般。

从那一天开始，大提琴便愈发与我们形影不离了。

荷兰夫人告诉母亲，伦敦的诺丁汉大街4号有个伦敦大提琴学校，学校的赞助人是巴勃罗·卡萨拉斯，董事是约翰·巴比罗利爵士——这位爵士本人便是拉大提琴出身的，而校长名叫赫伯特·瓦伦。在这间学校里，一学年共有3个学期，每学期上12周课，按照课程长短及授课教师的不同，每学期的学费从4镑4先令至12镑12先令不等，入学的费用则为10先令6便士。另外，学校可以为学生提供大提琴。

荷兰夫人建议，先让杰姬去与瓦伦先生见上一面。母亲听了这话，便带上我和杰姬去了伦敦，这事令才5岁半的杰姬兴奋不已。

杰姬演奏完了之后，瓦伦先生抱着她坐上自己的膝头。

瓦伦先生道：“杰姬，我晓得谁来教你最合适——艾丽森·达尔林普小姐。此刻，她正等着见你呢。”

于是，他便引我们到达尔林普小姐的房间里去，我在屋外等着他们。屋里的气氛既庄重又神圣，我感觉自己仿佛在屋外等了好几年似的。最后，她们终于出来了，母亲手里还拎了另外一把大提琴。原来，达尔林普小姐把杰姬原来拉的“大家伙”换成了一把小了大约四分之一的琴。这令杰姬仿佛不大满意，幸而，对自己刚取得的好成绩和即将开始的新课程，她十分兴奋和喜悦，回家的路上，我们母女都是一副欢天喜地的样子。

一回到家，杰姬便和母亲一起去了起居室，过了好半天，她才精神焕发地奔跑出来。

父亲下班回家时，我们姐弟3人正洗澡呢。听见开门的声音，杰姬忙从浴缸里跳了出来，也顾不得水花飞溅，地板上也洒了许多水。

“爸爸！爸爸！快过来！”

她劲直冲出浴室，母亲拿着毛巾在她身后追。父亲正上楼梯呢，见杰姬要往他怀里跳，便忙接过母亲手里的毛巾，把湿漉漉的杰姬给裹住了。

“爸爸，快带我下楼，我有东西要给你看！”

“等等，杰姬，让爸爸先把你擦干了，然后你穿上睡衣，我再去瞧你的东西。”

“可是人家现在就想拉给你听嘛！妈妈，你帮我校一下音可以吗？爸爸，你不准先偷看，等我拿来了你再看，就在这儿等我。”

然后，一场充满喜悦、令人兴奋的音乐会便开始了，满溢着希望和成就感。那晚，杰姬睡得很沉。

大提琴学校的学生定期要到伦敦大拉萨尔街的玛丽皇后剧场举行音乐会，那里也是我时常演奏的地方。剧场非常正式，大厅里的油画都被转了个面，以免我们这些小孩子看到画上的裸体像。杰姬和我常会穿半透明的有泡泡袖的礼服裙，杰姬的衬里是粉红色，配上一根宽阔的缎子腰带，而我的裙子衬里则往往是绿色的。

1951年11月24日，杰姬参加了一场由艾丽森·达尔林普小姐组织的低年级学生的示范演出，当时杰姬才6岁，她不仅掌握了揉弦技巧，还受到这一指法所带来的全新音色的感染。

那天，杰姬一共拉了3首曲子：弗洛姆巴泽的《小行板》、菲岑海根的《俄罗斯歌曲》和舒伯特的《摇篮曲》。她上台时，剧场里竟出现了片刻寂静，仿佛是在期待。她站在舞台上，以毫不矫揉造作的态度略顿了一会儿，酝酿情绪。剧场里的观众一下子便将注意力聚焦在杰姬与大提琴上。我感到，她仿佛是在用大提琴同我交谈，她将无比热爱的琴声化作自己的声音，令我的脊背一阵颤抖。

杰姬8岁生日的前一个月，即1952年12月，她收到了一封由神秘资助人写来的信。信里说，鉴于杰姬在大提琴演奏方面取得的骄人成绩以及她的勤奋努力，她将被赠予一把由瓦伦先生亲自挑选的大提琴——这把琴只有普通大提琴的四分之三大，最适宜演奏协奏曲。

第六章

希拉里

在我们家院子的最里头——“温迪屋”后面的那棵老苹果树底下，有一排晃晃悠悠的栅栏，其中有一处格外松，我和杰姬发现，只要轻轻一推便可推开它。自此，这里便成了我俩探索神秘天地的大门。我们总是给神秘之地起名为“炮弹废墟”，因为仗打完了，那个地方便惨遭遗弃，整个都荒芜了。然而，对我俩而言，这里却是个庇护所！因为没有人会到此地来，断不会有人发现我俩待在这里。每逢春夏，我俩便会悄无声息地穿过篱笆，消失在从院子里一直蔓延出去的野花丛中。

此地也是毛毛虫和彩蝶的家园。我俩会兴致盎然地带上三明治和扎了孔、蒙着纸的果酱瓶去。那里十分静谧，唯有我俩的低声耳语。首先，要做的自然是搭帐篷；因为铁线莲开花时香气扑鼻，所以我们最爱把帐篷搭在这种花底下，这样待在帐篷里时才享受呢！然后我们会找来圆木放在帐篷里当座椅。

待我们用铁罐子将三明治装好，便会去捉毛毛虫——我们尽可能多地捕捉不同品种的毛虫。另外，我们还喜欢看蝴蝶在阳光中翩翩飞舞，那如万花筒般色彩绚丽、不断变幻的奇妙图案简直就是奇迹——这些漂亮的小蝴蝶竟是由那些肉乎乎的毛毛虫变出来的！一路走着，一对对七彩的翅膀在面前盈盈而动，而那些毛毛虫则在草丛中蠕动着，傻呆呆地爬进我们当作陷阱用的果酱瓶。

有时，我俩也会到密林深处去探险，但那是相当可怕的。在我们很喜欢的一本儿歌书里，有一幅画着衣不蔽体、只得依靠在一起取暖的幼儿的凄惨插画——那都是些找不到回家之路的孩子，只得躺下来等死，自有小鸟叼来树叶盖在他们的尸身上。林间的死寂令我们认为自己必然会迷路，这感受着实令人害怕，吓得我们狂奔回空地上——逃到太阳底下方才安心。

我们也常一步步地顺着周围的栅栏走，偷看人家都在院子里干什么。其中有一位打扮得格外妖娆的太太最令我们好奇，我们常趴在她家栅栏上，借着一个窟窿往里瞧，想要欣赏这个美人儿的丰姿——大红的唇膏，水葱儿似的长指甲上还抹了指甲油，我俩断定她必然是位贵妇人。但她这副样子自然是弹不了钢琴的——譬如我们姐妹，指甲总是剪得极短。

再往前走，能看到一个大鼻子男人，鼻子上还长着一个奇形怪状的大疖子。不过他的园子收拾得极好，一排一排花木整整齐齐的，园子中间还挖了个池塘，只可惜我俩看不到池塘里有些什么。

等我们玩累了，便会给母亲摘几束花带回去，这件事通常都是我们吃过点心、给花花草草浇过水后才进行的。我俩会先进入帐篷——我们的安全庇护所——开始野餐。装在铁罐里的美味有马麦脱酱干酪三明治、西红柿，还有巧克力。

“杰姬，这里没有耗子的，再说它们无论如何也咬不动咱们的铁皮桶呀。”我开始唱：

在汉斯的老磨坊里，有他的3只黑猫在站岗……

杰姬便接上去：

……它们监视着为老鼠小偷准备的捕鼠箱……

起先，我们俩你唱一句我唱一句，后来便开始抢词了，都想争过对方才好：

黑猫跳下来，钻进钻出那口箱子……甩甩尾巴，又用鼻子闻一闻……

“现在一人唱一句，你先唱！”

瘦伶伶的老汉斯，这会儿正睡得打呼噜哩……
直到天破了晓，露出一线天光……

“杰姬，你说咱俩在这里过夜好吗？要是咱们有一支火把就好啦，可以借了它的亮光读《孔雀派》呢。等会儿咱们去问问妈妈，先把巧克力吃了再说。”

我俩剥了糖纸，舔起黏糊糊的巧克力来，粘得鼻子、嘴上到处都是。忽然，有一个声音从远处飘来，仿佛是从另一个世界传来的一般：

“希拉里！杰姬！该回家啰！”

外祖母那唱歌般的声音穿过园子，回响在栅栏和灌木丛中。

“走，杰姬，咱们快走吧。”

我俩快手快脚地收拾好包袱和已经开始打蔫的鲜花，又把装了毛毛虫的果酱瓶也拿上了——毛毛虫紧紧贴在扎了小孔的瓶盖上。我们收起帐篷，带上所有的宝贝往家里赶，如同打猎后胜利归来似的。

在外面过夜的计划此时早已被我们忘到九霄云外了，我俩躺在自己舒适的小床上，杰姬在黑暗中轻声道：

“希尔？”

“嗯？”

床上的青蛙，床上的青蛙，
一下子竟跳进了草莓酱。床上的青蛙呀！

我俩反反复复地唱着，喉咙愈发响了起来，一边乱踢被子：

床上的青蛙，床上的青蛙，
一下子竟跳进了草莓酱。床上的青蛙呀！

1953年的6月18日那天，我和杰姬一道参加了考斯顿和珀利的节庆，当时我11岁，而杰姬才8岁。我俩在唱歌和诗歌朗诵中打败了同组的所有对手，顺利晋级，但杰姬的分数却比我高些——母亲十分欢喜。副校长告诉父亲，以前从未有人在比赛中获得杰姬那么高的分数。

到了7月23日，晋级者举行了一场音乐会，那天，我们的兴奋、喜悦自不必说，但为了保存体力，我俩极力抑制满心的激动，尽力保持冷静。第一，参加演出的衣裳需要烫平，在壁炉架上挂好；第二，需要把一条蓝色和一条黄色的腰带放在衣服旁边。外祖母一面在厨房的炉子上烤鸡和土豆，准备中饭，一面用颤音唱着歌，父亲和皮尔斯则忙着在院子里的棚子底下做木工。

12点半的时候，午饭准备停当了，大家享用了外祖母烹制的美味。和过去每次参加音乐会一样，吃罢午饭，父母亲便催着我和杰姬上楼睡觉去了——窗帘拉得十分严实，我们怎么也得小憩一会儿才成。外祖母在楼下刷碗，哗啦啦的水声和她的歌声似有催眠的功效，我俩很快就进入了梦乡。

我比杰姬先醒，母亲便让我把曲子再练一遍给她听——这是母亲最大的本事了，她总是能让我俩渐渐进入状态，以便在演出时有最好的表现。我和平日里一样，想象着餐桌就是钢琴键盘，这样我便可以不受到键盘和钢琴音效的影响，也便于母亲测验我对乐曲的理解。

“咱们先练巴赫的创意曲，让我‘听到’这首曲子所要表达的东西，你也得弄清楚自己此时弹到哪里了。”

于是我便开始弹奏F大调创意曲。我得把所有的音型、间隔、情感都表达出来才可以，因此必须全神贯注——这样母亲才能从我的演奏中“听到”曲子要表达的东西。她会细细地观察、“倾听”我的每一个动作。

“很优美，希尔！现在你再去钢琴上弹吧。”

如释重负！在钢琴上弹琴自然容易得多，而母亲总会教我如何让自己的演奏保持生动与活泼：“让那些声音显出七嘴八舌、喋喋不休的样子来，希尔……让它们彼此不停地打断……对对！现在让它们发出咯咯地傻笑声……继续弹，要逗笑听众才可以哦！”

待到给母亲弹完了琴，我便去院子里荡秋千。我最喜欢玩秋千了，荡到最高处时，便可俯视到我和杰姬的“炮弹废墟”。客厅里传出了杰姬给母亲拉琴的声音，我知道她一会儿也会出来玩秋千。外祖母则领着皮尔斯给湖面上的鸭子和天鹅喂食呢。

这真是快乐的一天。母亲和外祖母把茶点端到室外来给我们吃：三明治、香蕉、外祖母做的蛋糕，还有牛奶——我们俩都喜欢喝牛奶。等到大人们喝过茶，我们便该上妆了。

我们到了音乐厅后，父亲寻定了几个前排的位子，用节目单放在上面占地儿。观众渐渐入场了，人声鼎沸。晋级者都是盛装打扮，推推搡搡地寻找着座位、阅读节目单，算着自己该什么时候上台表演。待大家慢慢坐定了，人头攒动的大厅也就安静下来，这次节庆的主席——个子矮小的布鲁特先生——走上台去致开幕词，还特别介绍了颁奖嘉宾多萝西·格林斯代的莅临，随后，音乐会便正式开始了。

轮到我表演时，我满心激动地上了舞台，急不可耐地想要表现一番。调好了琴凳的高度，我便开始弹奏，这是我筹备多时也盼了多时的一刻，更是我这段时间以来满怀期待的辉煌时刻呢！

我演奏的第一支曲目是巴赫的《G大调小步舞曲》，需要替听众描绘出一种跳舞的场景才可以——跳舞的人、跳舞的地方都须细细表现。我很快便沉浸在自己的音乐世界，周围的人与事都已消失不见，唯有我自由自在地徜徉、陶醉于音乐之中。钢琴和音乐，均在我的掌控之中。

第二曲是巴赫的《创意曲》，我果真在琴键上弹出了一串串喋喋不休、七嘴八舌的音符，我一边弹，一边倾听着琴声，回忆着心中的故事。

曲终，我鞠躬谢幕，掌声经久不息。在掌声中，我朝父母亲跑去——他俩此时都是一副喜气洋洋的样子。

“再回去给大家鞠躬，快去，希尔。”母亲一边说，一边往舞台那边推我。

我便又跑了回去，这掌声令我满心喜悦，对着台下的张张笑脸，我深深地鞠躬、致谢。我明白，自己弹得很出色，难免有些飘飘然，再看见母亲那样欢喜雀跃，我便愈发得意了。

我真是高兴得过了头，下台后竟没有回到父母身边去，而是一口气儿跑到了音乐厅尽头。之后不久，便是杰姬的表演，她要演奏的曲目是普赛尔的《D小调乐曲》中的一段。母亲把她领到舞台上，在钢琴上弹出A音来，让她自己调了弦。此时，观众们安静下来，杰姬便开始拉琴——她是那样投入，以至整个音乐厅的人都屏住了呼吸。

我很喜欢杰姬的演奏。虽然之前在家荡秋千时已听过一遍，此时再听起来还是觉得震撼。待杰姬拉完最后一个音符，观众情不自禁地爆发出雷鸣般的掌声。

掌声经久不息，夸赞声也不绝于耳。杰姬一回到座位上，便和父母一起被无数的夸奖和提问给包围了。我可以感到，那晚的父亲一定非常自豪。我也渴望能与他们站在一起，只是我不好意思此时再挤进去凑热闹。

此时，多萝西·格林斯代夫人站在舞台上，一袭碧绿长裙，光彩照人，高贵矜持，气度非凡，礼服的颜色衬着她银白色的头发，十分吸引人。布鲁特先生则站在她身旁宣读获奖者名单。我们一个接一个地上台去领奖，然后同多萝西·格林斯代夫人握手，并向她鞠躬。此时的我仍旧异常兴奋，领奖后便又跳下舞台，直奔音乐厅尽头去了。

到杰姬领奖的时候，格林斯代夫人并没有急着给她颁奖，反而笑容满面地发表了一长串的讲话，说杰姬是个了不起的孩子，又说她技艺超群、演奏杰出，这是相当罕见的，大家能够聆听到杰姬的演奏实为一大幸事。然后，摄影师便被请上台去，一群人把杰姬围在中间，一边把奖章和表彰出色选手的特别奖颁发给她，一边拍照——底下的观众都忍不住踮脚观望。

为什么我此刻却没有在台上？母亲对我的表现也很满意，我自己也为自己的演奏而得意。我怎么就不配站在那里拍照呢？格林斯代夫人必然只是忘了夸奖我而已，只是为何现在她没有喊我过去呢——到最后她也没有喊我。

我踮着脚尖，希望能有人瞧见我才好，可惜并没有。一时间，我备感孤寂，身上的每一块肌肉都绷紧了——我是多么渴望被赏识啊，然而，却没人赏识我！

所有人都注视着杰姬，所有人的注意力都集中在杰姬身上。平日里，我们原本是形影不离的，如今却被分隔开了。我异常气愤，忍不住便转身跑了出去，一路沿着黑暗的走廊狂奔。演奏厅里，献给杰姬的掌声此时仍能听到，却没有人喊我回去。这样凄惨的、被人遗忘了的感觉令我不禁流下泪来。我冲过一道敞开的门，钻进了一间大厨房，一屁股在桌子底下坐了下云，奖章也被我丢在了地上。我把头埋在双膝之间，哭得天昏地暗，感到既孤单又绝望，觉得自己就是个失败者！一时间，我竟生出一种迷失感来。

不知在桌子底下藏了多久，过了好长一阵子之后，我才平息了些，也知道自己唯一能做的便是回大厅里去，带着微笑走进人群之中。我便从桌子底下钻出来，抚平礼服，喝了点凉水——每次我哭了，外祖母都会拿凉水来给我洗脸，因此，现在我也用凉水洗了洗脸。挂好奖章后，我便往回走。

此时，颁奖仪式已经结束，人们正凑在一起聊天，然后准备回家呢。

竟没有人想起我！

待我找到父母时，我推说自己刚才头疼——我也真的头疼来着。我想，他们应该不会猜到我身上发生了什么。

颁奖的那一幕对我而言，可谓痛苦得不堪回首，这次经历对我也大有裨益——其实那时我已经看出杰姬在大提琴方面天赋惊人，人们常常会对我讲这样的话："你好呀，希拉里，你那个天才妹妹好吗？"

珀利音乐会也教会了我许多——我该如何对杰姬受到的如潮水般的拥戴和喜爱持什么态度，如何参与其中。这些令我开始更加关注杰姬所做的事情。

另外，这次音乐会也让我变得特别在乎自己的才能及缺陷，我开始学习保护自己，不让自己被妒意和痛苦侵扰。同时，我也开始对自己能否成功、能否更加优秀而感到恐惧。我打心眼儿里明白，杰姬已远远超过了我，我再也追不上她了。

第七章

希拉里

我与杰姬都是极厌倦上学的，我们俩都不擅长当一名合格的班级或团队的一分子，既无拉帮结派的本领，也不爱参加集体活动，虽然些许识了几个字，但还是不爱念书，终归是收获甚微。

有人说算数与音乐有内在关联，然而我俩却丝毫不敢苟同，因为我们都是才学了点数学的皮毛，到学开平方时便已学不下去了。

母亲为了让我俩能多参加些音乐活动，会毫不觉内疚地把我们姐妹从学校里接出来。再说我俩最爱排练和表演，对此正求之不得。然而，有一天，学校里的老师芒西小姐竟把杰姬叫到了前面去，对一众学生说："咱们班里的这个小姑娘竟自认为与众不同，是个特别的人物呢。但是，要我说，她也没什么出奇的。"

一天早起，杰姬一副怏怏之态。

"宝宝，快点了，吃完饭，咱们可就得走了，要不上学就要迟到了。"

杰姬不吵不闹，却十分坚定地道："希尔和皮尔斯要上学便尽管去吧，我今天要待在家里。"

"今天可不成呢，杰姬，今天要上课的。"

"我不想去上学。"

母亲深知杰姬此番的缘故，只得一味哄道："好宝宝，快过来，等你到了学校一切就都好了。丽贝卡不是还等着跟你玩呢吗，你不去，她岂不孤单了？"

谁料皮尔斯也有样学样："妈妈，我也要待在家，求你了，我也一样不喜欢上学。"

母亲说："巴泽（皮尔斯的昵称），上楼去，让外祖母领你去洗手间……妈妈，您快领皮尔斯上楼，给他收拾齐整了。"

"我当然会这么做，愿上帝保佑这个小宝贝。来，宝宝，等你把领结扎好了，就可以从外祖母这儿挑一块糖吃。"外祖母这招对付皮尔斯最灵光不过。

而母亲搂着杰姬道："你听妈妈说，等你放学回家了，会有特别的茶点等着你哦。吃巧克力纸杯蛋糕好不好？"

杰姬却不为所动。

"妈妈，我不要去，我不想去上学。"说罢，杰姬竟滴下泪来。

"学校里谁也不喜欢我，我好害怕，他们还都笑我呢。"

"快别哭，宝宝，等会儿眼睛要哭肿了的。过来擤擤鼻涕吧。"

我也不乐意上学，此时也便凑话道："妈妈，我也觉得上学没意思……"

"希拉里，快上楼去洗漱了。赶紧，现在就去，再耽搁就要误了校车了。"

"可是，妈妈……"

"得，快别闹了，别再给我添麻烦了。快照我的话去做，我还要哄杰姬呢。"

我只得上楼，母亲虽一直哄着杰姬，她却怎么也不肯去上学。

杰姬求道："不管怎样，我只想拉新曲子，想跟妈妈一起演奏嘛！"

这招总归是灵的。

我又闪到母亲的面前。

“书包收拾好了吗，希尔？要走了。”

于是我们一起往车站去了。等校车来了时，只有我和皮尔斯上了车。我俩冲着杰姬、母亲和外祖母挥手再见。

后来，杰姬发现，她居然可以用乐声与人交流，并且能够准确地令观众理解自己的情绪与感受。这一点，只消看一眼观众们不断变化的情绪反应，便可以确定。

学期将尽时，杰姬要在低年级音乐会上拉3支短曲，并由母亲给她弹钢琴伴奏。那一天，芒西小姐正跟几位贵宾一道坐在前排，杰姬特意在观众席上寻了个能瞧见芒西小姐的位子坐下。我挨着杰姬，一边欣赏着台上的独唱、二重唱和合唱，一边在节目单背面写字，传着小纸条，还拿芒西小姐当模特画漫画玩。

终于，轮到杰姬了。母亲从我前面走了过去，含笑做了个抽鼻子的动作。杰姬趴在我的耳边说：“希尔，你瞧好了，看我如何把芒西小姐弄哭。”

《动物狂欢节》是杰姬这天要拉的曲子之一。伴奏尚未开始，杰姬便已完全进入了状态，似乎已超脱到另一个世界。母亲用钢琴弹出柔和轻快的序曲，缓缓绘出一幅宁静湖泊的画面来。当天鹅游进湖面，安详庄严的大提琴主奏乐音便开始响起，听众被笼罩在一派肃穆的气氛之中，仿佛连心跳都停止了。

很快，便有人掏出手绢擦眼泪了……其中便有芒西小姐。

1954年3月，我们姐妹在布罗姆利音乐学习班报了几门课，杰姬属于弦乐组，而我自然是分在钢琴组的。此外，我们还要上室内乐班，在这门课上学了贝多芬的小奏鸣曲。母亲一直告诉我们，仔细聆听伴奏是顶要紧的，但小奏鸣曲却是二重奏，不存在伴奏的问题，而是两个声部都十分重要。于是，她便让我们把二重奏看作两个人在对话，学着用音乐与对方交谈。

我俩一起上台给观众鞠躬，待杰姬摆好椅子转过身来，我俩便开始了演奏。但是，杰姬一上了台便把母亲教我们的话扔到了九霄云外，生生把二重奏变成了她一个人的专场独奏。无奈之下，我只得跟上她，甘当伴奏。

赫伯特·威瑟斯是音乐会的评委，他对我们俩的评价既敏锐又富有洞察力："又听到了这姐妹俩的演奏，实为赏心悦事。但若演奏的是室内乐，那么大提琴手是不该凭记忆独奏的。她俩确实很棒，但实难称之为室内乐。钢琴原本不该被挤成背景音乐的。"

每逢到泽西岛的祖父家过暑假，喝过下午茶后，我们便会又唱歌又玩乐器。一日，祖父忽然把他正吹着的长笛给了我。

"来，希尔，祖父看你能否吹出声音。"

祖父原是不允许我碰他那支极漂亮的黑色木制长笛的，此时我不敢相信，它居然会在我手里。

"我吹得了吗？"

"当然吹得了。"

我常见祖父吹长笛，所以毫不费力便摸准了孔眼的位置。我举起长笛，从吹口吹了下去，竟立时吹出一个音来。不仅祖父怔了一下，我也十分喜出望外。然后，我又用手指按着音孔，不假思索地又吹出几个简单的调子来。方才祖父吹过《耶稣啊，人们渴望的喜悦》，此时我便又吹了给他听。我这般迅速地掌握了长笛，一方面令祖父十分佩服，另一方面，我如此喜欢他所钟爱的乐器，自然也令他满心喜悦。

"希拉里，祖父想把长笛送给你。"

我疑惑地瞅着祖父。

“祖父的意思是，你收下这支长笛。好好学，要喜欢上它才好呢。”

祖父竟泪盈于睫。

秋天新学期开学时，母亲便为我请了一位长笛老师——住在我家附近的老先生塞缪尔·福斯特。祖父的长笛音调实在太高了，不符合校音要求，我只得再找一支低音长笛才成。在没有新长笛之前，我也只得先用祖父的那支对付着。到了后来，每逢假日家人聚在一起吹吹打打时，我仍会使用祖父的长笛。

福斯特先生特意向伦敦的鲁道尔·卡特公司替我打听纯银勃姆〔勃姆（1794—1881），德国长笛演奏家，长笛作曲家及制作家。〕式低音长笛外加套盒的价格。报价竟高达190镑8先令，这价格远非我父母所能承受。然而我也并未等太久，一日放学回家，一支崭新的鲁道尔·卡特长笛出现在我的面前。原来是给杰姬买大提琴的那位赞助人所赠！我一生都未如此开心过！学习目标已确定，我便开始上课了。

在教育子女以及培育我们的音乐才能上，母亲的出众才华显露无遗。然而等杰姬开始爱上大提琴并显示出非凡天资的时候，家里的注意力便都集中到她身上去了。当她拉琴时，总是要求很多，而我们也都一一满足。杰姬同家人的关系一直如此，母亲总是倾其所有去满足她的全部要求。

杰姬也因此特别需要母亲，简直到了谁接近母亲她就恨谁的地步。就连父亲她都不肯放过，父女俩竟为了争夺母亲的情感和注意力而展开了较量。

我倒是还可以用音乐与母亲保持亲密，而父亲就显得孤单了一些。虽说父亲也是极爱音乐的，可惜的是，他未曾受过正规专业训练，用音乐表达起情感来当然无法达到我们的水平，父亲也不太了解音乐的背景知识。

幸而，每逢家里聚会，父亲拉起手风琴时还是很让人欣赏的。他边拉边唱乌克兰民歌，十分悦耳动听。只是每当母亲教他五线谱时，父亲便会说，既然他仅凭听力就能记下旋律，把曲子拉好，识谱就不免多此一举了。虽说他也时常感到自己好像被妻女排除在音乐圈之外，但毫无疑问，父亲是很以我们为傲的。他负责收集与我们的音乐会或所取得成绩相关的信息，且回信回电的事务都由他包办了。但与我俩学琴相关的事务，他则全权交给母亲处理。

皮尔斯的音乐之路却走得不顺。对我和杰姬来说，一切都十分顺理成章，我们有音乐天分，又愿意学习音乐，因此同母亲的共同语言便多一些。皮尔斯的听力与才华与我们姐妹不相上下，也是颇具音乐天赋的一个人，只因他不愿学，自然便失去了机会。后来为了让才华得以施展，他费了好大的劲儿才找到展示自己能力的舞台。看到两个姐姐才华横溢、风头出尽，他一定挺不好受的。

杰姬小时候依赖母亲倒也无可厚非，谁承想随着她渐渐大了，母女间彼此的吸引力反而愈发强烈，以至杰姬跟母亲压根儿分不开了。在上文中我也曾讲过，由于外祖父恰好是在杰姬刚出生时过世的，所以我坚信这一点奠定了母亲与杰姬之间的诚挚感情。前不久，我曾与塔维斯多克诊所的一位儿童心理学家聊天，他说人的许多心理状态是由幼年生活中的某些事件决定的，而这些事件通常是发生在刚出生的时候。如果当时母亲伤心忧愁，宝宝便能够感知到，从此便会与母亲更加贴心。而母亲亦会更加爱护宝宝以示回应。其实，小宝宝对母亲的“体贴”不过是为了自己罢了，毕竟孩子对母亲的需求是最为强烈的。

由于在家里感到愈发孤立，父亲只得寄情于朋友，尤以名叫阿瑟·莫兰特——我们会亲昵地称他“拉拉”——的朋友为最。“拉拉”是个可爱的叔叔，几乎每个周末都会来我家玩。他打扮得活像个“花衣魔笛手”（中世纪传说中解除了普鲁士哈默尔恩鼠疫的魔笛手，然而，因为他未拿到报酬，便把当地的所有小孩都拐走了。），十分愿意同我们一起玩游戏，听我们弹琴。“拉拉”是我们这辈子见到的第一个不会唱歌的人，他发出跑了调的哼哼声，把我们听得目瞪口呆，简直难以置信。

“拉拉”竟能和父亲成为朋友，这是另一件令人难以置信的事——父亲热爱登山和航海，而“拉拉”对这些运动却毫无兴趣。不过，他俩倒是十分喜爱地质学。在地质学方面，“拉拉”可算是个专家。

一日，我和杰姬领“拉拉”去跨温迪屋后面的栅栏。他兴高采烈地穿林爬树，衣裳刮破了也全然不放在心上。

我对他说道：“‘拉拉’，你得赌咒发誓绝不告诉别人才好。这地方原是我和杰姬所独有的呢。”

“拉拉”就这样进入了我们的小天地。他高兴得像个孩子，随着我们穿过灌木丛，来到了“炮弹废墟”。“‘拉拉’你瞧，这儿怕是有几百万只蝴蝶呢！”

他问我们：“你们认得这些蝴蝶吗？”

“认得的，妈妈让我们在书上看过。那只是‘闪紫蝶’——在那儿，看那儿！”

“拉拉”柔声缓气地讲道：“知道不，在还没有人类的时候，便已有蝴蝶了。它们差不多是4000万年以前跟恐龙同时出现的。”

我不禁问道：“你怎么知道的？”

“有一位科学家在科罗拉多的湖里发掘出一枚蝴蝶化石，测试之后便推断出它诞生的时间了。”

“拉拉”原想给我们上一堂自然课的，谁知父亲却在喊他了。

“来了，德里克。”他应了一声，“稍等一会儿我……”

然后他回过身对我俩说：“这些太妃糖留给你们。”

说罢，他便转身往回走，笨拙地翻过栅栏，消失在我们面前。这里又只剩下我和杰姬了。

这是个花香袭人的好地方，我和杰姬在此地可以把自己的秘密尽情地讲给对方，并赌咒发誓绝不会讲出去。虽然并不急于长大，我俩却也会讨论未来。当了大人是要做许多违心的事的，我们都知道父亲不喜欢上班，而母亲也对那些迫不得已的应酬厌倦透顶。每次有交际活动时，父亲都希望母亲能陪他同去，但大多时候他只能一个人去。如此看来，长大真是一件麻烦事，所以我俩也就不盼望长大了。

“拉拉”留下的太妃糖有点融化了，所以我俩赶紧把糖纸剥下来，一边舔食黏在包装纸上的糖汁，一边吃着糖块，一口气吃了好几颗。剥最后一颗糖时，杰姬一脸急切地望着我，悄声对我吐露了一个秘密：

“希尔？”

“啊？”我含糊应着，嘴唇让太妃糖给粘住啦。

“这话你可别告诉大人。等我长大了，肯定会变成一个走不了路也动弹不得的残废。”

一时间，我们俩一动不动，谁也不说话，只紧紧地盯着对方。

第八章

皮尔斯

有一个电视节目名为《拿手好戏》，是由克利夫·迈克摩尔制作、胡·惠尔登主持的，有人说希拉里应去上这个节目。虽然家里没有电视，但母亲还是写信替希拉里报名了。

在1954年11月31日那天，一个星期五——希拉里应邀到牧羊丛酸橙林的电视台去试镜。试镜要求如下：第一，希拉里得准备一个5分钟左右的节目；第二，所穿服装不用在更衣室里折腾替换才可以。到了试镜那日的晚间，BBC来电话了，通知希拉里已被录用的消息。

新年时，希拉里的正式合同寄来了，她的演出报酬为1几尼，另有12先令6便士的车马费及每顿6先令标准的餐费。若以后该节目得到重播，则每次再支付给希拉里10先令6便士。

节目播出的前一日，《旗帜晚报》登出一张我们姐弟3人的照片：希拉里弹钢琴，杰姬拉大提琴，且为了把我们仨凑成一个乐队，可怜的我也只得在脖子底下夹了把希拉里弃之不用的小提琴。我从未拉过这玩意，自然一点也不愿这般装模作样，摄影师却强迫我必须如此。照片上的我明显是不高兴。直至今日，仍会有人问我是否还在拉小提琴。另有《泰晤士报》引用了母亲的话，说希拉里是“下决心要当钢琴独奏家”了。

至录像那日，希拉里只有一次排练机会，又分到最后一个上场。母亲因见其他人演奏完都是一副垂头丧气的样子，少不得鼓励了希拉里一番，尽量使她舒展几分笑颜，以便调动起她的情绪来。所幸希拉里事先并不知道这个节目是要实况转播的，因此把班托克的《幽默曲》和巴赫的《唱名练习曲》弹得精彩绝伦。再之后便是接受主持人胡·惠尔登的访谈了，她亦是超常发挥，令监控室里的制作人一直示意她继续说下去，直说到超时了为止。

待出了电视台，便有人上来请希拉里签名。父亲对她低声说："别写真名字，就写安·梅多斯吧。"

父亲总会在音乐会上拼命把希拉里和杰姬保护得牢牢的。父亲生恐她俩若在一些不知是什么东西的纸上签名，有可能会招来官司，便让希拉里签"安·梅多斯"，杰姬签"玛丽·梅多斯"，"安"和"玛丽"原就是她俩的中间名，而梅多斯则是"杜普蕾"翻译成英文的意思，指的是草地、牧场。

后来因希拉里的这个节目，我们竟收到了几百封赞扬信，父亲一一写了回信。

希拉里

自我在《拿手好戏》中小出风头之后，许多上电视的机会也纷纷降临了，其中一个是母亲受邀指挥她的学生排演海顿的《玩具交响曲》。当时有法律规定，上电视表演的乐手一律不得小于12岁，因此年仅10岁的杰姬便因年龄太小而没法在节目里拉琴。

幸而这条法律倒也有个空子可钻，玩具鼓乐手并不在这一限制范围内。于是，除我弹钢琴之外，还有母亲的学生负责拉奏弦乐或演奏玩具乐器。排练很开心，但我却发现母亲在指导一众学生练琴时，竟会变成一副严厉的样子，这令我大感惊讶。

等到正式演出时，我们分别乘坐几辆不同的车一起赶往伦敦。开始时，我们尚能控制自己，勉强抑制住兴奋之情，等到了演播室，见到强烈的灯光、坐在庞大的移动摄像机上的工作人员和满地的电线，我们都惊呆了。开始时先得做话筒测试——大家试奏了自己的乐器，从钢琴开始，然后是小提琴、大提琴、布谷鸟、鹑笛、玩具小号、颤音鸟，最后以鼓收尾。杰姬十分兴奋地在鼓上敲了一下子，谁知竟把鼓面给敲破了！大家先是吃了一惊，随即哄堂大笑起来。一位工作人员赶紧替我们寻来一面更结实的鼓。

等排练完了，我们便一窝蜂地涌到餐厅去吃午饭。电视台的招待相当棒——我们可以尽情挑自己爱吃的！还有社会名流与我们同席用膳呢！午饭后便要梳妆打扮了。因为当时还是黑白电视，女化妆师便将我和杰姬的眉毛描重了些，免得从电视上看我们好像没有眉毛一般。

演出时，我们先是在演播室规定的地方集合，校了音后便静静地坐着，等待指示灯亮起。一切都按照计划顺利进行着，我们表现得十分出彩，自然也取得了成功。电视台甚至还发出了一份邀请，约我们4个月后再来表演赖内克的《玩具交响曲》呢！

到了1955年，杰姬渐渐觉得跟达尔林普尔小姐学琴有些“吃不饱”了。母亲知道，到了要给杰姬换老师的时候了。母亲读书时曾与大提琴家威廉·皮利斯一起上学，一直都记得他，虽然同窗共读时曾有几分交情，但毕业之后母亲就再也没有与他联络过，只知道他在市政厅音乐学校当教授，是个炙手可热的大人物。若是给他打电话，母亲还真是得鼓起勇气才成。但她还是决定试一试，如果不行再另请高明。

母亲着实踌躇了不少日子，最后终于打了电话。幸好，他接了。恰好那一日，他在接听我母亲的电话之前刚刚更改了上课时间——这一巧合何其幸运，它开启了20世纪一场相当伟大的师生情谊。

杰姬被母亲领到芬奇里比尔（威廉·皮利斯的昵称）家的客厅时，年仅10岁，比尔原以为她是个早熟的小大人，却不承想看到一个率真纯朴的小姑娘。如杰姬般纯净透彻的小孩是十分少见的，这令比尔误以为她是出身于一个严守清规戒律的老派人家。直到杰姬拉琴，比尔才总算看到了她内心深处那股永恒的音乐爆发力。他急于把杰姬的灵魂释放出来，看她会把自己带向何方。

我13岁那年——1955年9月——受邀与埃里克·鲁滨孙指挥的皇家爱乐交响乐团合作，上电视演奏巴赫的《F小调钢琴协奏曲》。这是我首次与专业交响乐队合奏，心里当然是喜悦非常，根本不劳别人多费口舌来动员我。

因官方的排练只有一次，且还是安排在正式演出那日，母亲便私下里帮我练琴，她在另一台钢琴上伴奏，以便我更好地掌握背景音乐。所幸，当时玫瑰街上的一个邻居家有4台钢琴，且允许我们母女在他们家练琴。

演出那日是多么快活啊！又有机会去演播室了。对我来说，这些事情纯粹就是享乐。母亲早早便领我出门，而我简直兴奋得迫不及待。吃饭时，我坐在餐厅里，满怀敬畏地盯着那些身着戏服的演员，还有主持人、乐手和电视台工作人员，竟生出一种置身于另一个世界的感觉来。幸而这时有人抚了我的肩膀一下，这才又把我拉回现实世界。

“你就是希拉里·杜普蕾吧？我是埃里克·鲁滨孙。”

我同他握了手。

“没问题吧？别太紧张了。”

母亲便问：“能让希拉里先试试琴吗？”

“其实我也正想此事呢，我寻思没准儿你们愿意趁此时乐队休息的工夫，再去练练。”

“是，如此最好不过了，我愿意去的。”

我们3人便沿悠长的走廊往演播室走去。此时乐队的座位上空无一人，前面则摆了一台庞大的斯坦威演奏钢琴。我还从未弹过这么大的琴呢。

母亲站在我身边。她从总乐谱里挑了几段出来，让我练习弹奏速度。她当时教我：“指挥也许会要求演奏出不同的节奏和力度。”不过那日指挥并没有这么做。待我练得差不多时，乐队成员陆续用过饭回来了，不大工夫，演播室里便挤满了乐队的人。于是我便停了，开始校音，而其他人此时亦忙于各种准备工作。指挥埃里克·鲁滨孙忽然在谱架子上敲了一下，全场霎时便安静下来。

“先生们，请允许我替你们介绍希拉里·杜普蕾。”

演播室里立时便响起了用琴弓敲击谱架的声音，以示对我的欢迎。

“希拉里，请给我们一个A音……谢谢啦，咱们从头弹起吧。”

指挥举起双臂，我们便开始演奏了。以交响乐作背景，同钢琴弹出的背景音乐天差地别，令人听来无比激动。我保持着自己的节奏，而埃里克·鲁滨宾孙则跟着我。

待排练结束后，乐手们用琴弓敲击谱架的声音更大了，而我则立刻被喊去化妆。

我对公开亮相、上台演出什么的习以为常，因此现场录节目、实况转播对我也不过是小菜一碟。这次的节目一开场便是由埃里克·鲁滨孙向观众介绍我，因他是用手臂搂了我的肩膀的，所以我俩对话时我能察觉到他浑身发抖——仿佛全靠我撑着，他才能站立一般。

一旦坐到钢琴前，我便有种遁入巴赫世界的感觉，飘飘然如升入七重天界。

后来，母亲告诉我，当时埃里克·鲁滨孙十分紧张。这是我第一次知道“紧张”为何物。而对我们姐妹和母女而言，演奏实在太习以为常了，简直跟吃饭一样自然。因此，那时“紧张”是一种我无法感受的情绪。

1956年初，比尔让杰姬去申请为青年大提琴家特设的一项新基金——苏吉亚奖金，当时杰姬年仅11岁，但比尔却深知父母需要钱来给杰姬付学费。虽说这项奖金原是为了更加年长些的学生设立的，但他却仍建议杰姬也去试试。

吉列尔米纳·苏吉亚，身为巴勃罗卡萨尔斯的情妇，这个光彩照人的妇人亦是20世纪少有的几位著名女大提琴家之一。她是1950年去世的，留下遗嘱说要卖掉自己那把斯拉迪瓦里大提琴（斯拉迪瓦里，意大利名琴。），用卖琴的钱为优秀大提琴手设立一项基金，且指定由大不列颠艺术委员会负责基金的相关事务。申请此项奖金的琴手不限国籍，但偏重于有独奏潜质的人。评奖委员会由指挥家约翰·巴比罗利爵士负责，其手下的成员可谓声名显赫，都是伦敦音乐圈的名流，包括安布罗斯·内特利特，艾弗·牛顿，伯纳德·肖，莱昂内尔·特蒂斯。另外，苏吉亚曾特别声明，不许女性加入评价委员会。

比尔为杰姬写了封推荐信去：

> 杰奎琳·杜普蕾是仅有的两名通过我音乐考试的儿童大提琴手之一。而且，她亦是我迄今为止遇到的最非凡的天才大提琴手，心智成熟、老练到不可思议的程度。因此，我深信此女必将

前途无量，任何奖励对她而言都是受之无愧的。

另外，比尔还替杰姬精挑细选了几支曲子让她拉，由母亲给她伴奏。才拉了几分钟，约翰·巴比罗利爵士便扭过身子对着莱昂内尔·特蒂斯，用他的粗嗓音低低地说：

“这孩子成，这孩子成。”

由于拿苏吉亚奖金的条件之一是：每日必保证练琴4小时以上。于是，到了杰姬11岁时，她索性连学也不大上了。

开始时，老师也竭尽全力劝我父母让杰姬正常念书，无奈的是杰姬在学校过得实在不开心，最后甚至连母亲都无法忍耐杰姬所受的折磨了——她时常哭着跑回家，说自己被同学欺侮嘲讽，甚至还有人编了粗俗的小曲拿她寻开心。

况且，获得苏吉亚奖金实在难能可贵。由于母亲已经认清了杰姬不可能依靠正规的学校教育来成长的事实，因此，当女儿因非凡天分与惊世才华而受到专业人士的认可时，她当然也就放下心来。

此时，克罗伊登中学的女校长特批杰姬可以只学数学、德文、英文和法文4门功课。于是，母亲便每日送杰姬去上学，之后一直等着她放学，再接她回家，有时一天竟要往返4趟。这样的安排令杰姬十分高兴——虽然远离学校会令杰姬的视野变得狭窄，但却使她不用再受原先的折磨，可以全心全意地沉浸在音乐的世界里了。由于有了足够的时间和空间来练琴，杰姬的琴技进步神速。

我与同龄人也合不来——我不喜欢流行音乐，还傻呵呵地四处对人诉说自己的好恶。每次有同学带了晶体管收音机来学校，趁课间听流行歌曲时，我便会溜之大吉。不料，后来老师没收了收音机，引得同学们怨声载道，纷纷怀疑是我去告诉老师的。其实，我并没有这样做啊。

我终于也可以和杰姬一样减少在学校的时间了，这是最令我开心畅意的。此时我14岁，正在读O级课程（英国的普通中等教育证书考试高级水平课程），只可惜因参加了许多演出活动，才开学便缺了26天的课，落下许多功课。校方同意我只上英语语言学、英国文学、法语和圣经4门课，另外，由我母亲替我上O级的音乐课。幸而我是骑车上学的，省了母亲不少事，只是我上学的两条必经之路上总有恶犬出没，对我而言真如噩梦一般。而且，就算我想法设法地躲开了家门口玫瑰街上的大狗，学校门口那条却是无论如何也躲不掉的，那狗一见我便要扑上来。

母亲每周三和周六都要送杰姬到伦敦的比尔那里去上课，一天是在市政厅音乐学校，另一天则是在比尔家里。母亲总会开一辆新的墨绿色沃尔西雷12去伦敦，这辆车是比尔舅外祖父——外祖母那位曾经死里逃生的哥哥送我们的，为的是对两个精通音乐的外孙女表达慈爱之情。由于母亲开车的速度只能到每小时25英里（1英里约等于1.6千米），因此，上一趟伦敦便要花好长时间。

幸而，我们的汽油钱是由苏吉亚基金会代为支付的，尤其是在苏伊士危机（又称苏伊士运河战争，是英法为夺得苏伊士运河的控制权，与以色列联合，于1956年10月29日对埃及发动的军事行动。）期间，英国实行石油配给制度，若不是母亲拿到了额外的配给券，只怕伦敦之行也会受到影响呢。

有时，当母亲开车时，她会浮想联翩，忽而变得乐不可支。譬如，有一天，她开车带我们去市政厅音乐学校，那天我们走得晚了些，经过一个路口时，因为红绿灯坏了，便来了个交警指挥交通。谁知母亲竟未看到他，仍沿着她要走的路右转弯——这时，车子忽然“砰”地震动了一下。母亲举目四顾，想瞧瞧到底是怎么了，却见那交警站起身来，一瘸一拐地走到驾驶座的窗口处，敲了几下车窗。母亲忙摇下车窗说道：“对不起，我此时可没工夫跟您说话。”说罢便关上窗，重新发动了车，全然不知那位可怜的警察刚才是被她撞倒了。

听说杰姬是从不练琴的，比尔毫不吃惊。

他说道：“你的本能会驱使你做事情，你根本无力控制或违抗自己的本能。所谓本能，原是一种无法摧毁的天性。有些人就得每天练上5个钟头，可你却会惊讶，练5个钟头岂不是要把他们给累死了？这就像医生给不同的病人开了同一张方子一样。有的人仅仅把音乐放在心里想了一想，便有了足够的收获。练琴的关键在于质，而不在于练了多长时间。”

此时杰姬有两个身体条件造成的问题亟待解决。其一便是她左手有两根手指头是一样长的，有些指法便不好做了；还有，她中指的顶节是弯曲的。过去，在音乐节上，便曾有一位评委让杰姬矫正这一缺陷。比尔倒不大当回事，只是到了指法需要之时，他会另作一番改良。另外，因紧握琴弓会导致手臂肌肉紧张，于是，比尔便让杰姬把小拇指放到弓根的后面去。这个方法非常管用，杰姬一生都是如此做的。

之前，教杰姬的达尔林普小姐替她打下了特别扎实的基础，因此，如今她拉起琴来一点儿坏毛病都没有。比尔教她时，犹如是在一块干干净净的画布上画画一般。杰姬具备一切学琴的条件：学琴的热情，吸收音乐的能力，生动活泼的想象力。与此同时，她对内涵深邃的音乐还会有自己独特的理解和表达，而且还义无反顾地深爱着大提琴演奏。

比尔是唯一一位肯让杰姬“自由发挥”的老师。因为他给予了杰姬无限的自由，所以她才能够以惊人的速度不断进步。杰姬原是一匹烈马，受益于名师点拨，便踏上了一场无与伦比的自我才华发现之旅。

有一些老师出于极端自私的考虑，总是把自己的意志强加于无辜而又善于吸收的学生身上，结果，学生便成了老师的翻版，带上了老师的影子。而比尔却从不束缚杰姬，反而不断地替她开拓思路，用新知识去充实她单纯的头脑。杰姬则单纯朴实、天真柔顺，这份天性与比尔的教学风格十分契合。

他们上课时总是以交谈为主，目的是激发杰姬生动的幻想，从而提高演奏技艺。虽说杰姬很少练琴，但她却一直沉浸在音乐的世界里。所幸，她没有指法上的技术障碍，这令她的想象能够与大提琴达到真正的共鸣。

比尔将杰姬教导得完美无瑕，既无缺点亦无矫饰，所有美好的元素完美地结合于一身，就像一个既无起点又无终点的光滑的球体。

此时，我的长笛技艺也突飞猛进，母亲打算让我去报考皇家音乐学院的初级课程，师从德里克·洪纳，再跟她过去的老师埃里克·格兰特学钢琴——埃里克·格兰特在我早先学巴赫的《F小调协奏曲》时已指导过我几次了。

对于我而言，每周最快乐的时光便是去上长笛课。德里克·洪纳是最棒的老师，教我时总能因材施教，使我不断进步。另外，他还会介绍其他音乐给我，触类旁通地提升我的技艺。而我也十分喜爱这些音乐，所以总会积极、热烈地给予回应。德里克·洪纳教我自己挑毛病，从中学会如何改进；他还有办法将吹奏技巧与音乐表达巧妙地结合起来，令两者相得益彰。以上的种种在德里克·洪纳看来都是我能够达到的——单凭这份信任，便足以令我充满信心。

我一般都是自己坐汽车或火车去伦敦上课。虽说此时我已经14岁，但单独出门到底还是怪害怕的，往往是要挑报警器旁边的位子坐。下课后父亲会来维多利亚车站接我，父女俩一道回家。这段路是我最喜欢的，因为自火车站等车开始，爆米花、花生米等小零嘴便叫我无暇他顾啦。

1957年1月时，应BBC儿童电视台的邀请，我上了一档名为《青年音乐会》的节目，与另外3个少女用钢琴合奏维瓦尔第的协奏曲。这3名合奏者都是母亲亲自挑选的，都是之前音乐节上我见过的姑娘，分别为黛安娜·诺尔斯、希拉里·佩奇和卡罗琳·理查德。平日里，我们4个分头练琴，每星期由母亲再排练一次——把4个活泼顽皮的小姑娘召集在一处合奏，每个人的表现既不能突出也不能落后，这实在是一件难事。因此，当见到聚光灯下4台闪闪发光的钢琴时，我们的指挥斯坦福·鲁滨孙——他是埃里克·鲁滨孙的弟弟——也不由得陶醉起来。待我们演完，便有4个小男孩上来用小提琴合奏跟我们一样的曲目。

1957年夏天，我们去了泽西岛的祖父祖母家过暑假。到此地的第一日，天气酷热，我们便在阿希隆德游泳、堆沙堡玩，又到防波堤上去赛跑。父亲把一艘名叫“杜杜”的小白船划进港湾，我和杰姬便接替他，一路把它划到圣凯瑟琳去。到了目的地，把船停好，杰姬便一头跳进水里，往防波堤方向游去了。防波堤上的花岗岩被晒得暖烘烘的，人躺在上面不由得昏昏欲睡，不想离开。可惜我们答应过祖父祖母，一会儿要去勒库特太太家做客，所以无法在此地耽搁太久。最后，我们调转船头回去了。

回去后，我们看到祖父祖母正坐在一张圆桌边等着我们，桌旁还放着把米色阳伞。我俩饥渴难耐，让烈日晒得遍体通红，头发原本就乱蓬蓬的，现在又沾了海水，就像褪了色一样，越发难看了。

勒库特太太知道祖母的喜好，用精美的盘子盛了满满一盘子小块三明治来给大家享用。祖母则用一把自己独享的青花茶壶倒茶喝。

喝完茶后，我俩便硬拖着祖母去海边看我们游泳，争相炫耀当日才学会的游泳特技，以期赢得祖母的赞许。游完泳后，我们去找祖父，见他正跟我们的父母在一起呢，手里还拿着长笛和大提琴。

祖父对我说道："我一心想听你吹长笛，吹个什么曲儿才好呢？"

"我就吹亨德尔吧，先吹一支慢板，再来一支快板。杰姬还可以拉大提琴配合我，替我伴奏，我来独奏。可惜她才不愿意陪衬我呢，是吧，杰姬？"

这时母亲忙插进来道："得了，希拉里，少说几句吧。祖父希望你们俩都给他演奏。"

我便吹了亨德尔的《F大调奏鸣曲》，而杰姬则拉了曲子的低音部分。祖父听了非常高兴："真想不到我这把老笛子还能有这样好的福气呢，你吹得可比我棒多了！我的小希尔，再吹呀，得给你找个顶好的老师才成呢。祖父盼着能有个极好的人来教你。杰姬，你也拉一段吧？"

杰姬13岁时，比尔便认为她能够拉《埃尔加协奏曲》［埃尔加（1857—1934），英国作曲家，20世纪复兴英国音乐的先驱。］了。这部大提琴协奏曲原是埃尔加在62岁那年——即第一次世界大战结束后不久，其职业生涯快结束的时候写就的，音乐中充满了强烈的怀旧气氛——回忆那早已失去色彩的往日生活，为的是反映这场"为结束所有战争而进行的战争"之后，人们精疲力竭、满腹辛酸的精神状态。

《埃尔加协奏曲》具有相当罗曼蒂克的情调，旋律轻快活泼，且情感变幻犹如狂想一般。因此，不仅演奏技法上的要求非常多，更需要对音乐有深刻的情感认知。杰姬对音乐的直觉向来敏锐，加上与生俱来的天赋，演奏这类情感成熟的作品毫无问题——在教了杰姬一段时日之后，比尔对此深信不疑。他觉得这种训练可以进一步提高杰姬的能力，更有助于挖掘她的潜力。

待星期三的课一上完，比尔便让母亲去买了埃尔加和皮亚蒂·卡普里切斯（皮亚蒂·卡普里切斯，英国知名作曲家。）的乐谱来。

他告诉杰姬："切莫心急，一点点地开拓自己，看你能够拓展到何种程度。"

母亲给珀利当地的音乐书店打了电话，到了星期四下午，两份谱子便都买来了。

过了一天半的工夫，到了杰姬周六去上课时，比尔便让她先试着拉一下皮亚蒂·卡普里切斯，之后再慢慢研究埃尔加。杰姬凭借出众的记忆力，把一整部难度极高的卡普里切斯的曲子一气呵成地拉完，比尔却不动声色，只是问她看了埃尔加的谱子没有。杰姬见老师问，当下便拉出了《埃尔加协奏曲》的第一乐章及半部第二乐章。

比尔瞠目结舌。

对杰姬而言，背谱向来绝非难事，只要她把新曲子拉上一遍，曲谱也就背下来了，一点儿也不吃力。

到那天下课时，比尔已经确定，自己对杰姬的第一印象是十分正确的。杰姬拥有令人迷惑且永不干涸的音乐天分。就像没有两个完全相同的指纹一样，每个人的艺术天赋亦是独一无二的，杰姬绝非某物的翻版、某人的影子，而是一块真真正正未受污染、未经雕琢的无瑕美玉。

1957年11月时，皇家业余管弦乐协会面向所有乐手举办了一场比赛，获奖者不仅能得到一枚银质奖章，还有机会在来年3月与皇家业余管弦乐队合奏一场。我凭借长笛参赛，然后获了奖。之后，我马上敲定了自己在来年音乐会上吹奏的曲目：莫扎特的《D大调长笛协奏曲》（莫扎特作品314号）。

我们将在皇家音乐学院的公爵大厅表演，母亲曾在此地演奏过许多次。这是一段令人难以忘怀的经历。母亲给我买了一件新礼服，是条淡蓝色的长裙（淡蓝色是我最爱的颜色），穿起来十分漂亮。

我跟母亲与乐队合练过多次，越练越开心。

登台演出的日子终于来了，我已准备停当。午饭后，母亲带我回房小憩，我却怎么都睡不着。幸而此时杰姬进来了，便陪着我背诗玩。

那一天，全家人都来看我演出，父母、弟弟妹妹、外祖母和埃姆姨祖母全来了。我好想赶紧上台，都有些迫不及待啦。在吹奏热烈奔放、活泼欢快的第一乐章时，我的激情全部迸发了出来，加上乐队的伴奏同样出类拔萃，真是畅快到了极点。在我听来，这首曲子中的慢板如梦如幻，而最后一个乐章则逗人发笑，我吹奏时犹如躺在起伏的海面上，十分悠然自得，唯愿一直这么吹下去才好。

台下掌声如雷，震耳欲聋。谢了一遍幕后，我仍沉醉在其中难以自拔，满心想着跑回台上重演一遍才好。

我站在后台的最高一级楼梯上出神，忽然有个人轻盈地走了过来，一步步靠近我，向我伸出手道："我很喜欢听您吹长笛，您也很满意自己方才的表现吧？真的好生动，太谢谢您了……"

我同他握了手，一脸灿烂的笑容。

他临走时说："但愿有朝一日还能见到您。"母亲上来了，紧紧地将我拥入怀中。

"真棒，希尔，这是你吹得最棒的一次呢……你认得刚才那人吗？他名叫加勒恩·莫里斯，也吹长笛。他都跟你说什么了？"

"只是说喜欢听我演奏啦！"

一个星期后，杰姬在市政厅音乐学校与该校第一管弦乐队合奏了拉罗的协奏曲，这次演出的指挥是诺曼·德尔·马。这还是杰姬头一回与管弦乐队合作协奏曲呢！拉罗的这支协奏曲具有极高的艺术性，对杰姬而言可谓再合适不过了。

拉罗生于法国，是西班牙人的后裔，擅长在音乐里加入绚丽的舞蹈节奏，演奏起来轻松又活泼。杰姬很快就习惯了这种轻快、明丽的风格，全心全意地投入其中。如此一来，处理这部协奏曲就毫无困难了。

4月，我和杰姬又上了BBC的电视节目，与黛安娜和朱利安·科明斯合奏莫扎特的一部长笛四重奏，就如阿尔特弥斯四重奏组合一般。演播室特邀了查尔斯王子和安妮公主来当嘉宾，所以节目录制结束后，我们便有幸觐见了二位殿下。

查尔斯王子当时年仅8岁，问了杰姬一声能不能玩玩她的大提琴，说完便一下子抓了上去，一手死死抓住琴，一手在弦上来来回回地滑动着。

杰姬毫不相让地一把夺过琴来："你不能这样玩我的琴哪！它又不是一匹马！"

第九章

皮尔斯

从我记事起，便只见希拉里和杰姬不是练琴便是演出，引得众人对我也生出期待来，以为我总归也能演奏一件乐器的。我才不肯呢！谁都甭想哄我去学乐器这等枯燥乏味且极浪费时间的事情。

每日放学回家，我通常都是一头钻进自己房里，把我的那套旧电动火车摆到地板上，将它的轨道一直铺到床底下去，还试验如何能让这列拖着四节车厢的火车跑得快而又不出轨。为了能让火车提速，我不惜花好几个钟头去调整轨道的铺设方式。我有个同学名叫杰里米·阿德，也是个学大提琴的孩子，常来找我玩，谁知有一回大人们却偷偷把他叫过去跟杰姬拉二重奏了，他便一连几个钟头不见踪影。这事儿可把我给气坏了，从此之后，我只去同学家玩，再也不肯带朋友回家了。

我们家的规矩一贯清清楚楚，因此，我自然不可能做什么出格的事。大人们对我耳提面命：要安静，乖乖的，不许闹。然而，这些戒律反而激得我非想引人注意不可——我偏爱冒险，常会干些无法无天的事儿。

我曾和同学杰里米把废旧的婴儿车改装成一辆拖车挂在我的自行车后面，虽然深知母亲肯定不会同意，我还是哄着杰姬坐进了拖车里，随即猛蹬下坡。那段下坡路陡极了，又骑得快，车自然一下子便失控了，绊在一块没压平的铺路石上，害得我们先撞上一棵树，接着便摔到了地上。所幸，谁也没受伤。我和杰姬哈哈大笑起来，决定一定要把此事保密到底。只可惜，经过这场“事故”后，“拖车”便需要修理了。

我一般都是走着去上学的，再不然就骑车或搭公交车。其实我很讨厌去学校，跟同学也交不上朋友，原因无外乎我们家和别的同学家比起来实在显得太特殊了些。姐姐们的时间全被音乐“抢”了去，根本没工夫陪我，但我却仍为她们深感自豪。有时，我总想跟男同学们讲讲希拉里和杰姬，苦于他们误以为我是吹牛，反而纷纷欺负起我来，有个男生甚至竟喊我“奴才”！我起先只是一味忍耐着，一天终于暴打了那孩子一顿，自此再无人敢欺负我了。那是我头一回对他人进行报复行动，自此，我明白了“适者生存”的进化论原理。

母亲总是一心扑在音乐上，根本顾不上理我，这令我十分难过。有一次，我写作业时需要灌钢笔水，桌上的墨水盒又空了，我便只得直接从墨水瓶里吸了些出来，不料竟在地板上洒了些墨水点子。我大喊大叫着想让母亲过来，谁知她因忙着教学生，竟不理睬我，气得我又故意往地上泼了些墨水。然而，不论我怎么喊，母亲仍是不来。最后，我把整瓶墨水都倒在地上，而母亲却始终都没露面。

我孤零零地待着，满心思量着如何引起她的注意才好。最后，学生下课走了，母亲终于过来看我时，着实被我气得够呛。

那时，我很难见到父亲，他每天总是在我睡醒前便上班去了，晚上我睡了之后，他才下班回家。但每个星期二早上，父亲都忘不了把《鹰》和《拳击》这两本杂志摆在我床头，让我一睁眼便能看见。

另外，每个星期六是我的欢乐时光，父亲会陪我接着上星期六的情节继续玩“特别探险”游戏。当时，我们最喜欢的两个特别探险场所是克罗伊登机场和桑德斯代德附近的那片大林子——这时的父亲是我一人所独有的。

第十章

皮尔斯

1958年春天时，父亲换了一份新工作，是到成本会计师协会去做文书。在办公室的楼上，父亲分得了一间宿舍，房子占了波特兰街63号的两层顶楼，面积相当大且又位于伦敦市中心的好地段，出行十分方便。

这样一来，杰姬上课就近多了。加上当时希拉里得到皇家音乐学院长笛和钢琴两份奖学金，住此地的话也便捷不少。而此时我也快预科毕业了，已联系好了汉普斯代德的大学附属学校，至秋天时便要去上课。母亲整个暑假都忙着归置家私、打包装箱，准备举家迁往伦敦。因此，她索性送我去教母家的农场住。

伊丽莎白·范德斯帕教母被我们亲昵地称为“大莉兹”，她先生名叫鲁弗斯，夫妇俩在纽伯利附近的恩堡有一座奶牛场和一片田地，那里简直像天堂一般美好。置身于一望无边的大旷野，你只管尽情玩耍，根本无须注重形象或时刻保持安静；你也不用上学，弄了满手泥也没有关系。当时我才十几岁大，居然在此地学会了开拖拉机，不仅能上路到处跑，还能凭一个单轴就把它倒进车棚里呢！这可让我体验到了无与伦比的成就感。

一天早起，我竟收到一封杰姬写来的信。当时，我得了严重的花粉过敏症，鼻塞涕流，杰姬得知我病了，便忙写了张康复祝愿卡给我——此卡极具她的风格：

亲爱的巴巴：

你好！过得怎么样，你那只长得颇似马尾藻的朝天鼻可好？但愿一切都好，也许正忙着收礼物、拆来信吧？你的早餐吃了啥？是不是水煮“脚趾头”外加烤土豆啊？我估计差不多就是哩。

外祖母刚给妈妈写了封信来，末尾说：“祝你们一家好，艾丽丝、德里克、希拉里、杰姬都好，当然也祝愿小宝贝皮尔斯！”结果姨祖母当时看了便说：“可不是嘛，保佑小心肝皮尔斯！”

这会儿我才吃了饭，吃了冷牛肉、土豆和许多东西哟，超美味的！但愿你也能吃得可口才好。对了，给你形容一番妈妈躺在躺椅上的样子吧，除此之外我也真没啥可说的了。妈妈双眉紧锁、头发披在眼睛上，脖子上挂了一袋子软糖糖糖（这里明显是杰姬的语言风格，跟她的署名风格类似。），一心想把自己的漂亮脸蛋晒成小麦色。

咱家园子里可谓生趣盎然，太阳笑眯眯地当空照着，风吹得挂在晾衣绳上的衣裳翩翩起舞。虎皮鹦鹉比尔正唱歌悼念它不幸往生了的母亲呢。自你走后，我便一直用那个金杯子泡茶喝，杯子现在就可怜兮兮地放在我的卷笔刀旁边，我铅笔的另一头上还粘了张小纸条，因为得把给你写信的要点记在那上头提醒我。

我这会儿就坐在玫瑰花丛边儿上呢，有蚂蚁在玫瑰花枝上爬上爬下，让我替它给你带个好，祝你一秒钟便百病全消。

妈妈笑眯眯地睡着啦，一头金发都散在躺椅边上。椅子略动了一下，她的脸便直接被太阳——挂在蔚蓝天空中被朵朵白云环绕着——晒着了。她醒了一回，冲我眨眨眼，便又把脸扭向另一边睡着了。

我是坐在树荫下给你写这封信的，手臂被太阳晒得通红。

好吧，就聊到这儿吧，祝你这只长得如香肠皮般的海豚能做个好梦。

杰姬姬姬姬姬姬姬姬（姬无限循环）

1958年，恕我忘了是几月几号

说明一下，所谓马尾藻，是指生长于马尾藻海中的一种绿色水草，杰姬拿它来比喻我的鼻子。

到父亲9月1日正式上班时，我们全家便搬去了伦敦。新居并没有完全弄好，尚有些工作，例如给姐姐们的闺房加装隔音板等还没完成。幸好有杰姬的教母荷兰夫人帮忙，带我们去她肯辛顿的漂亮房子暂住。

但是，没过多长时间，来到伦敦的兴奋感便消退了，我反倒是一肚子的沮丧：一来我十分厌烦新学校，连适应都懒得适应；二来我的朋友都不住在伦敦市中心这里，令我深感孤单寂寞。

希拉里也不喜欢此地的新生活。此时她已16岁了，但同皇家音乐学校的学生比起来还是小了很多，且她和杰姬一样——既怕羞认生，又不通人情世故。再说，杰姬就像众人皆知的明星一般，难免给希拉里平添了好多压力。另外，母亲曾是皇家音乐学院里得过全部奖项的高才生，所以大家自然希望有其母必有其女。

杰姬当时也已经13岁了，却仍极需要母亲的照顾。母亲仍如小时候一般，替她拎着大提琴，无论她去哪儿都管接管送。我则像其他男生一样，独自坐地铁上学。至于希拉里，因为音乐学院离家只有几步之遥，所以她大都步行去学校。

希拉里

天赋异禀的孩子总归是特别引人瞩目的，因此，我们家才搬来伦敦，便有不少人登门造访并聆听杰姬演奏。杰姬于是有了多次展示才华的机会，她满心欢喜，而我却愈发敏感起来，暗恼自己被众人所忽视，怕将来人家一见我便会问："希拉里，你好呀，你那了不起的妹妹可好？"

在杰姬拉琴时，我时常会立在门边，把耳朵贴在门上细听，想要找到她的秘诀，可惜却一无所获。我只知道她是"来了灵感"，可我却始终感觉不到"来了灵感"是什么样子。我与她的差距越来越大，简直可说是"天壤之别"了。杰姬的琴声里有一种令听者对她心生爱意的特质，若我也能有这种特质该多好哇！然而，说句掏心窝子的话，我其实深知自己永远也没法拥有。

我不免寄望于音乐学院，但愿此地能够训育、打磨出我的音乐资质来。这是母亲深爱的学校，她在此处曾获得过优异的成绩，后来，她在音乐上获得了巨大成就，甚至可以说，她的整个生活都是在此地打下基础的。

第一次上长笛课时，我按约定时间去了加勒恩·莫里斯房间的对门，在门口一直等到最后一个学生走了，莫里斯先生才同我打招呼，并跟我握了手。他说，他想起了我当年演奏莫扎特《D大调协奏曲》

的往事，我自然也忘不了他当时是如何夸赞我的。在这一刻，我仍对自己往后的音乐事业满怀憧憬，既然杰姬在努力发展她那份受人喜爱的天资，我现在也有了信心，一定也能在音乐史上留名的。

我们先聊了一阵子，然后便进入正题——莫里斯先生说我必须从头开始，彻底变换全部吹奏技巧才可以。如此一来，我必须得放弃音乐会等演出机会，直至把新的吹奏技巧学得炉火纯青。

我跃跃欲试地想要接受这一挑战，毕竟，我一直都能出色完成训练任务。以前，我都是把吹奏技巧融合在曲子里去学，从没有单独学技法的先例。莫里斯先生说，想学新技巧的话，最保险的办法莫过于先吹好低音B，一节课的工夫只学了一个音，着实令我吃了一惊，待我回到荷兰夫人家时，还是乖乖把低音B练习了足足一个星期。

莫里斯在后面的几次课上给我讲了吹奏姿势，长笛位置、运用舌头的方法，吹笛子时的口型以及音质、隔膜的感觉和气息的控制等。所有这一切，我都得在吹好了低音B的基础上从头学一遍。因此，每星期上完课一回家，我便钻进房里开始吹讨厌的低音B，试着用新方法去站立、呼吸和吹奏。

我每天都会为了能吹出完美的“低音B”而老老实实地练足4个钟头。一边练着，一边听着杰姬那边传出的动人琴声。杰姬颇喜上课，比尔也因她进步神速而高兴不已。虽然我在技术上确有不足，但这样的高下差异却令我深感压抑，更何况，我已经推掉了好几次演出邀请，其中一次还是上电视演奏协奏曲——这让我如何不心疼呢。

我仿佛失去了生命的重心。

寄住在荷兰夫人家期间，夫人曾请她的好友、钢琴家和作曲家霍华德·弗格森来欣赏杰姬的演奏。我们早早便得知了这个大人物要莅临的消息，也做好了恭候大驾的准备。待他来时，是我为他开的门，但荷兰夫人、母亲和杰姬随即便在过道上现身了，先向他问了好，之后便一阵风似地簇拥着他上楼往荷兰夫人的琴房去了。

我不由得怔在原地，半晌说不出话来，只觉得自己不存在了一般，身子完全动弹不得。楼上一会儿便有杰姬和母亲的琴声传下来，瞬间，孤独与痛苦便吞噬了我，令我想起小时候在珀利音乐节上的那番经历——两次经历是何其相似啊！我又一次闭门痛哭了一场。

皮尔斯

我们是11月28日那天搬到新家的，新家楼下就是父亲的办公室，因此，我们是一点儿声音也不许出的。希拉里和杰姬的房里装了隔音板，练琴时不会吵到别人，但隔音板那玩意儿也挡住了乐器的共鸣声，令琴声难免沉闷起来。再说，新家既无花园也无近邻，满大街可见的都是些办公楼和大使馆。

父亲每天5点钟便下楼往办公室去了，直至夜里我睡了才回来。虽然同处一楼，白日里我根本看不到父亲的人影。父亲的时间大都被工作吞噬了，他原就是个事事求全的人，每个细节都必得精益求精才行。而母亲则总开着车到处接送杰姬，带她去上课、演出、接受采访、剪裁衣裳。因为上门求见杰姬的人络绎不绝，我也得整日穿得体体面面的，每分每秒都得保持举止端庄、言行得体。这令我不禁烦躁起来，怎么就不见有谁来看看我呢？

于是，我便趁杰姬练琴时坐在她屋外的地上听，只要她一停，我便立刻用力捶门，大喊大叫地让她接着拉！

我也常躲到屋顶上去，那儿是我的秘密基地。因为附近的房子都是连在一起的，我便可以从一排房子的这头，一路探险到那头的土耳其大使馆去。我之前曾做了一台晶体管收音机，只是没有天线，但这种玩法此时倒启发了我。我横跨两面山墙，从土耳其大使馆的房顶上连了根线到我的收音机上，接收信号效果竟十分好。只可惜才几天，收音机便爆炸了，只剩下一堆焦炭。

从6层楼高的房顶往下看，样样事物都既小又毫无真实感。四周寂静一片，自不会有人抬头看我，这令我不由想到，这里是个投掷“水球”的好地方！

于是，我从父亲办公室里弄了几张A3纸出来，叠了一个比半个足球还略大些的“水球”，又在楼上的浴室里灌了些水，小心翼翼地拿着它上了房顶，静待下面出现投掷目标。终于，人行道上走来了一个男的，我忙把水球抛了出去。水球划出一道漂亮的抛物线，往人行道上砸去。我一时竟有些害怕了，还以为真打中了人家。

其实，水球落地时离那人尚有几英尺的距离，迸溅出来的水花四处飞溅，吓得那可怜人儿直跳起来，活似叫雷劈着了一般。这家伙到底没有找到这是谁扔的，因为这天是星期六，办公楼都是大门紧锁，最后，他只得穿着被弄湿的衣服走了，留下我一个人又是笑又是怕。

父亲有一辆米色的沃克斯毫·维克托汽车，一向停在波特兰大街后的德文郡车库里，我总喜欢自告奋勇地替父亲擦车，擦了之后便偷着开出去。当时，我虽说仅13岁，但身材高大，面容又显老，一点儿都不像个未成年的孩子。

我戴着父亲的旧礼帽，把车直开到新卡文迪大街上去。记得有一次，我正在温珀尔大街等红灯时，前面来了一个交警，与我四目相对，彼此凝视了好长时间。幸而待他开始朝我走来时，绿灯亮了，我一脚油门奔驰而去，一路飞车回家，躲到屋后去了。虽说父母并不知道此事，然而这番惊吓着实够我受的。但我并未因此不敢开车，只是更加谨慎了而已，再出去时都会提前计划好路线，专往小路上走。

一天，打扫车库时，我竟找到了父亲许多年前在牛津买的黑管。于是，我从盒子里把它取了出来，掸去灰，在吹口上用力一吹，竟吹出一个音来，既动听又洪亮，令我十分惊喜。

于是，我便带了黑管回家，对着我母亲得意扬扬地炫耀起自己的技艺来。

“宝宝真棒！走，母亲带你去吹几支曲子！”

我便跟着母亲去了希拉里那间有隔音设施的屋子。母亲先教我如何拿黑管，又讲了每个键的用处，很快，我便单凭听力就吹出了一段曲子。母亲在一旁替我伴奏，令我非常开心，可惜，我们的学习很快便停了下来。

“皮尔斯，妈妈得走了，我要去接杰姬啦。”

希拉里

如今，对我而言，长笛课已如噩梦一般可怖了，虽说每天我都勤勤恳恳地练足4个钟头，却怎么也无法令人满意。深秋的一天，在去上课的路上，我竭力回想着最初用祖父的长笛吹出第一个音时的惊喜，以及以前吹长笛时的那种轻松惬意。我好想唤回从前那种轻而易举的感觉来。

就这么一路寻思着，我走到了莫里斯先生家，暗下决心：今天一定要吹出一个完美的低音B来。我努力保持着最佳姿势，手臂举成正确的角度，小心翼翼地将长笛架到唇中央去。然后，我深吸一口气，令肺前后左右都鼓起来，接着对好吹口，吐舌运气。

然而，我却没能吹出声音来！舌头完全被卡住了，屋里一片死寂，静得可怕。

莫里斯先生短促有力地问了一句：“再来一次吧，希拉里？”

我吐出一口浊气，再度深呼吸——仍未吹出声音！我的舌头无论如何也不会动了！

这可着实吓坏我了！我呆呆地望着莫里斯先生。见我连如此简单的技巧都掌握不来，他当然是愈加恼怒了。

强忍着绝望的泪水，我反复试了几回，仍吹不出声音来。这堂课自始至终都死气沉沉、万分压抑。上完课后，我同莫里斯先生居然都产生了如释重负的感觉。

幸而，上课的地方离家不远，下课后，我赶忙逃回家，暗自舔舐伤口。上楼时，因为房门半开着，我听见杰姬的房里流淌出无比动人的琴声，杰姬正跟母亲合奏勃拉姆斯呢，她俩演奏得十分入神。我腿一软便瘫了下去，立时就哭了起来——她们是九重天上歌唱的天使，而我却成了沦落无尽深渊的冤魂。

直到在音乐学院的第一学期期末，我才只能勉强吹出F大调的8音来，且那声音活似伤风感冒时的鼻音。长笛原是我最拿手的，如今我却栽在了这上头，我不禁感到一种深深的挫败感。

因为杰姬会在皇家阿尔伯特音乐厅与欧内斯特·里德高级交响乐团演出《埃尔加协奏曲》，母亲便寻思着，让我担任这场演出的首席长笛应该是极妥当的。因为她与欧内斯特·里德很熟，于是，里德也就同意了我的加入。虽说莫里斯先生禁止我演出，但母亲却仍鼓励我参加。母亲说我吹得音略高些也无妨。另外，詹姆士·高威——原是乐队的首席长笛手——也情愿在本次演出中为了我而退居其次。

作为首席长笛手与杰姬合作演出，实在令我受宠若惊，排练时难免紧张。在第二乐章中原是有一段长笛独奏的，短得很，但声音要高扬于其他乐器之上方可。按说这并不算十分难，然而，轮到我时，我竟吹不出来。欧内斯特·里德让乐队停下来，然后又重新来过，可惜，我仍吹得不成样子，这难免使我心跳过速，自信心也就碎了个七零八落。当我试第三遍的时候，竟发生了从未有过的窘事——连手指头都不听使唤了。欧内斯特·里德对我彻底失望了。

"希拉里，你还不成呢，还是詹姆士上吧。"

我无地自容，连话都说不出了，只得与詹姆士换了座位。

那一天的事情愈加证实了我先前对自己的看法——彻头彻尾的失败者。

后来，经人介绍，父母认识了忠实的艺术支持者——库伊德一家人，也正是因为听了他们的话，父母才下定决心让杰姬继续学琴的。于是，自1959年1月杰姬快过14岁生日的时候，她便开始到哈莱街的皇后学院学琴了。虽说哈莱街离家很近，母亲却仍管接管送的，此事难免令杰姬反感起来。

而我仍在长笛课上受尽折磨，当学院再一次给我吹曲子的机会时，我深知，自己再也不能演奏了。小时候，我们姐妹都是从认识颜色、形状和动作起步的，目的就是表达出音乐故事中的那些快乐和喜悦。如今，若让我在午餐音乐会上来一段，吹长笛给一帮并不爱听的学生，我便只会把心思都放在长笛的位置、气流的角度和吹口上。

我原本是乐于当众表演的，如今却不愿意了，因为我不光心里会紧张，脸上也是一副紧张的样子。我很孤独——深知母亲会对我失望，我便从来不让她来看我上课。

第十一章

希拉里

杰姬14岁那年在BBC演播室里遇见了彼德·托马斯，他是一位优秀的小提琴手，与杰姬差不多大，母亲便经常请他来家里与杰姬一起拉二重奏。杰姬写了封信，措辞委婉客气，先夸他拉琴好，再请他来家里做客。

杰姬对此可谓又喜又怕，此时，她仍喜欢穿着及踝短袜，看起来就像个羞答答的少女。若没有人陪伴，她是无论如何也不肯下楼招呼客人的。我经常与她一起下楼替彼德开门，欢迎他来做客。记得彼得第一次来时，杰姬先是躲到我身后去，僵持了一会儿后，便转身上楼了。不料彼德竟也毫不踌躇地跑上楼去，只剩下我呆立在敞开的大门口。

幸而彼德天性纯良又随和，打这日以后，便形成了规律——他每个周末都来我家，与杰姬一同拉琴拉到好晚，有时几乎没办法回家。

如今，彼德已是伯明翰交响乐团的团长了，却仍能清清楚楚地忆起他与杰姬第一次见面时，杰姬便已能把圣·桑的协奏曲拉得出神入化，根本不像一个年仅14岁的小孩。那时，杰姬已全盘接受了老师的演奏风格，对乐曲的掌握与理解可谓炉火纯青。她完全是凭直觉拉琴的——皮利斯的教学主张便是先吃透音乐的精髓，再从理性层面上去处理乐曲。

机遇纷纷降临到杰姬头上。首先，是她的教父劳德·哈伍德——这是个相当具有影响力的人——为她安排与苏联提琴家姆斯委斯拉夫·罗斯特罗波维奇演奏了一回。当时，罗斯特罗波维奇才30出头，却已是最叫座的大提琴家了。他生于斯大林时代的苏联，曾于莫斯科艺术学院就读，当时的他刚刚与苏联布尔什维歌剧院的首席歌唱家加利娜·维什涅夫斯卡娅结婚。

众所周知，罗斯特罗波维奇为人慷慨且浪漫，当年初遇他未来的太太时，竟买下了整家花店的花送给她——通常别人都只送一把紫罗兰的。1956年，罗斯特罗波维奇在纽约进行演奏，这是他第一次在西方世界亮相。而杰姬认识他时，他还未在伦敦登过台。

杰姬的教父劳德·哈伍德科维从心底里欣赏杰姬的才华，他心急如焚地想弄清楚姆斯委斯拉夫·罗斯特罗波维奇究竟如何看待杰姬。1959年，即杰姬14岁时，他们终于在哈伍德伦敦的家里见面了。当时，罗斯特罗波维奇与杰姬各抱着一把大提琴，面对面地坐下，他让杰姬跟着他做动作。就这样，他带着杰姬做了一系列的手法练习——当然是一个比一个更难、更复杂——杰姬却是一副毫不吃力的样子。

什么都难不倒杰姬，这令罗斯特罗波维奇不由得大吃一惊。

次年，杰姬得了两个相当重要的奖：先是得了市政厅音乐学校金奖，7月时又得了万众可望却不可及的皇后奖。当时的皇后奖参赛者皆为音乐界精英，且年龄一律不能超过30岁。决赛是在皇家音乐学院里举行的，由耶胡迪·梅纽因任主席，大赛规定每位选手可独奏半个小时。

杰姬挑了如下曲目：巴赫的《第二无伴奏组曲》，马克思·布鲁赫的《悔罪祈祷曲》，门德尔松的《D大调无词歌》(作品109号)，由格拉纳多斯作曲、卡萨多改编的《戈雅之画》的间奏曲和圣·桑的《热情的快板》。经4位著名评委一致同意，作为有史以来年纪最小的参赛选手，杰姬获得了150英镑的大赛奖金。

后来，苏吉亚基金会安排杰姬去上一个高级音乐讲习班，地点在瑞士萨梅特的一所夏季学校，由“世界大提琴之父”、84岁高龄的巴勃罗·卡萨尔斯讲授。这是杰姬第一次出国，她为此兴奋异常，可惜她只有15岁，实在是太小了，母亲只好陪她一起去。

一天，才下了课，便有人说，卡萨尔斯应该好好改一改杰姬拉琴时那副“夸张摇摆”的姿态才是，谁知卡萨尔斯却非常不高兴：“你岂敢如此非议这孩子？”接着他又补了一句，“难道你看不出，那是演奏者与音乐身心交融的缘故，她的动作与节奏是浑然一体的？！”

杰姬在萨梅特的最后一次音乐会是母亲替杰姬伴奏的。那次，杰姬拉了圣·桑的协奏曲，现场聆听过杰姬演奏的人无不由衷称赞——她的演奏风格老练脱俗，可谓完美无缺。

母亲同杰姬一共去了18天，她们回家时，我们全家都到维多利亚车站去接站，一见面便七嘴八舌地问了她俩许多问题。直到晚上，我才终于有机会盘腿坐在杰姬床上，跟她单独说话。

“杰姬，那个人怎么样？”

“他瘦瘦小小的，一个劲儿地抽烟。”

“这些我也知道的，我是问你，他是个怎样的老师呢？”

“这个啊，他讲得不多，我也不愿听他讲太多，只爱看他拉琴。对了，希尔，给你说说瑞士的山吧……我最爱置身于群山之中了，妈妈也是。妈妈说瑞士的山会令她想起波兰。”

“杰姬，我想听你说说卡萨尔斯啦！”

“比尔比他教得可好多了，我永远以比尔为大提琴老师。而那卡萨尔斯只要一张口，我便可以猜到他想说啥了。他就是想让大家都使用一种方法拉琴……”

杰姬便又跑题了：“萨梅斯没什么汽车，羊到处都是。山羊总是一早起来便上山去了，晚上才下来。瑞士喜欢爬山的人也好多，但我可不喜欢。”

卡萨尔斯对杰姬怀有一腔热忱，然而，杰姬却不喜欢这位老先生，时常抱怨：“卡萨尔斯身边总围着一大帮崇拜他的莺莺燕燕，接近他都难。”

另外，杰姬也不喜欢他的教法——其实，杰姬一贯只认比尔，对其他任何想教她拉琴的人都持挑剔、批评的态度，很少接受其他人的“干涉行为”——至少在她看来这是一种干涉。不过，由于杰姬越来越关注自己的拉奏技法，她便开始乐于与其他大提琴手交流，对于过去她曾理所当然接受下来的事情，开始生出了质疑。

皮尔斯

直至今日，我才猛然省悟，当时那些我以为是理所当然，且看上去似乎也平淡无奇的事情，其实都是相当反常的。在我们家，音乐是重中之重，其他皆退而求其次，大人总是以杰姬为标准来要求我。

虽说吹黑管也怪有意思的，但我所求不过是让自己略懂点音乐技巧罢了，毕竟我的“才华”绝不可能与杰姬相提并论——二者根本就是云泥之别，对这一点我是深知的。待我的黑管考过4级时，却被告知，再想进步就必须开始学习乐理知识了，真不懂怎么会这样！难道我就不能这么一直吹下去吗？

杰姬并未学什么手法，可靠着天赋不也一样拉琴了？偏偏大人就不许我有样学样。其实，让我学乐理的事，大人们早就决定了，因此，每周六一早我便得到市政厅音乐学校上视唱练耳课、乐理知识课及其他音乐方面的课程。另外，我还参加了学校的管弦乐队。

自此，我便再也无缘与父亲欢度周六上午的好时光了。

每个星期六，我须得先熬过乏味的一上午乐理课后才能上黑管课，只可惜在几个小时痛苦不堪的折磨之后，我根本没了吹黑管的心情。市政厅音乐学校也给了我巨大的精神压力：“小杜普蕾会不会是有其姐必有其弟？”我好想回敬他们：“我是皮尔斯，不是杰姬第二！”

一天，母亲告诉我们，中国大陆来的宣教团请我们去其总部办一场家庭音乐会，我们的缪里尔阿姨正为这一团体工作呢。缪里尔·沃克阿姨的姐姐——杰姬的教母——派特·沃克是爱尔兰人，是个虔诚的基督徒，母亲从上学那会儿便与她要好。

缪里尔阿姨是个身材高大的女人，说话声如洪钟，十分明理，对待生活的态度严肃而认真。小时候，虽然我心里也清楚缪里尔阿姨是十分善良的，但因为她那不怒自威的仪态，我们对她都相当畏惧。而派特阿姨则常年在非洲宣教，只要回国便会来看我们。可惜，在我们看来，她与缪里尔阿姨一样非常厉害。

在音乐会前的那几个星期中，我实在拿不准自己吹奏到什么水平了，只能努力练习，一遍遍地央求母亲陪我练习。母亲很会鼓励人，渐渐激起了我的自信心，到后来，我甚至"反客为主"——开始指导母亲应该如何为我伴奏了。

我的"大日子"终于降临啦！那一日，台上摆了一台旧的立式钢琴，然而，我却并不知道这台钢琴调高了四分之一个音。我神采奕奕地走上台去——这还是我头一回登台表演呢！我本来不知道在舞台上该是怎么个做派，幸而，之前曾看过许多次姐姐们的表演，现在便有样学样。

我觉得观众仿佛座无虚席，且所有人的眼睛都盯在我身上。过去，我常见独奏的乐手会在演奏前给乐器调音，于是我也依样画葫芦，吹出了个A音。母亲也在钢琴上弹了个A音，可惜这两个音听起来有区别。一开始，我只当自己吹跑了调，忙又吹了个C音，然后，母亲又弹了个C音。这时我才意识到——是钢琴走音了，不由得害怕起来。幸而我有法子解决问题：我见过吹黑管的人把解音器拆掉，以提高音调。于是，我便这样做了，脸上尽量保持淡淡的表情，以期别让观众看出什么才好。

孰料，待我拆了解音器再吹A音时，情况更糟糕：声音更低了——我降低了所有音！这些音原本都是应升高的！这回，我可真正不知所措了，只得眼睁睁看着母亲，向母亲求救。母亲平静地道："没法子，很遗憾，咱们可能表演不了了。"

我深知，弃演绝非上策，这是我的辉煌时刻呀，不能因一台破钢琴跑调就付诸流水了。我朝母亲走了过去。

我悄声地说："妈妈，咱们得演。"

于是，我们便开始了。

我沉醉其中，倾情地吹奏着。待最后一个音吹完了，我便高举黑管，静待余音飘散开去。掌声轰然而至，这是我的辉煌时刻！我深鞠一躬便下了台，满足了！我再也不想吹黑管啦。

从此，我真的再也没有吹过黑管。

第十二章

希拉里

1961年时，杰姬才16岁，却已成为专业舞台上一颗冉冉升起的新星。正是听了比尔·皮利斯的话——他说杰姬已够格去威格摩尔音乐厅演出了，这个音乐厅是供音乐家初次向全国媒体亮相用的——这是杰姬职业生涯的开始。母亲也不用再替她伴奏了，而是换了欧内斯特·勒什。

母亲对比尔的话自是深信不疑，欣然接受了他的建议。她深知，倘若杰姬能在威格摩尔音乐厅获得成功，从此，便会攀上音乐领域的高峰了。然而，这也也意味着杰姬从此便会离开她的保护，杰姬则对这一挑战跃跃欲试。虽说母亲担心她会离开自己，可为了杰姬的将来，也不好提出反对意见。

比尔拜托了其经纪人伊布斯和蒂利斯负责筹办这次音乐会，而负责杰姬演出事务的特伦斯·帕尔默则给母亲去了封信（信写于1961年）：

亲爱的杜普蕾夫人：

1月1日的来信已收到，随信寄来的已填妥的协议表及令爱3月1日演出所需的第一笔费用（18英镑18先令的支票）亦已全部收到，再三拜谢。想必您已听说，我们已出资35几尼聘请了欧内斯特·勒什，他欣然答应会来彩排3次。

两周后，我会再与您联系，就演出细节等与您商榷。

谨致美好祝福

特伦斯·帕尔默

离威格摩尔音乐厅首演的日期越来越近，让杰姬有一把音色上佳的好琴便也成了迫在眉睫的事。那时，那位神秘的资助人已捐助了好几把甚合杰姬不同时期状态的好琴，其中有一把八分之七大的瓜尔内里，一把鲁杰里，还有一把泰基勒（瓜尔内里、鲁杰里、泰基勒均为欧洲名琴）。

我母亲听了人家的话，便领杰姬去试了各种琴。乐器行虽没有一把一把地替她们介绍，却让杰姬一一试拉了，以便选出最好的。杰姬很快便挑中了一把十分漂亮的深棕色琴，那是一把1673年的斯特拉迪瓦里（斯特拉迪瓦里，意大利名琴），是从美国运来的，要价6000英镑呢——这在当时堪称天价。

那晚，母亲带杰姬回家时，我正在自己屋里待着。

杰姬一路嚷上来：“希尔，快来瞧妈妈给我买什么了。我爱它。”

我跑下楼一看，客厅里赫然摆着一台庞然大物。

“希尔，你听听，我过去哪里拉得出这样的清音？而且越来越动听呢。”

深沉浑厚的琴声摄去了我的心神，当杰姬沉醉在自己的音乐世界里时，我们也像她一样兴奋。

那晚，大提琴就被摆在厨房里，陪我们一道用饭。

只听父亲问她：“杰姬，你怎么独独看中了这把琴呢？”

“爸爸，只有这把琴才是会唱歌的、快乐的，其他的琴都死气沉沉的。”杰姬走到大提琴旁边，把琴翻过去对着我们，“你们说这是什么？”

说话时，她指着琴背板上的一个小圆圈。

皮尔斯：“可能是破了个洞？”

“胡扯，你这个笨蛋，这是穿琴带的洞，这样便可以把琴拴在身前边走边拉奏了！”

那一夜，杰姬把大提琴摆在了她床边，不许任何人碰它。

演出的准备工作有条不紊地进行着，杰姬的大提琴课仍上着，她又与欧内斯·特勒什排练了几回，还和勒什一起替电台一档名为《崛起的一代》的节目录制了玛丽亚·特雷西亚·冯·帕拉迪丝的《西西里舞曲》，于3月22日播出。

为了威格摩尔音乐厅的首演，杰姬不仅赶制新装，甚至还做了新发型。一袭月白色长裙，与她热情奔放的演奏风格相得益彰。

我们还未察觉，3月1日便已悄悄地来临了。当时，外祖母正住在我们家，每天清晨早早起床照料皮尔斯吃早饭，再打发他去上学。可这一天，我却被一阵敲洗手间门的声音给吵醒了。

外祖母压低了声音："小声点，皮尔斯，杰姬还没起呢，不要吵着了她。"

我忙从床上一跃而起，小步跑下楼去，只见母亲正替父亲放洗澡水呢。父亲匆匆穿过走廊，吻了我一下，又回身冲着母亲说："只怕我来不及了，你先洗吧，今晚临走前我再洗。"

说罢，他便端起外祖母一早沏好的茶喝上了。

在厨房里说话时，大家都将声音压得低低的，外祖母则替皮尔斯煎着培根和鸡蛋。皮尔斯满口嚼着麦片，吧唧嘴的声音听上去甚为聒噪。

"爸爸，音乐会几点开始呀？我下午能跟学校请个假吗？"

"希拉里，很不幸，音乐会7点半才开始呢。今晚你可得好好收拾才行，到底是个大场合，不少名流显贵都要去呢。一放学回家就赶快洗头洗澡，你洗完了爸爸还得洗呢。”

母亲披着件睡袍进了厨房，外祖母忙替她斟了一杯茶。可母亲心里只惦记着她认为重要的事：“先得趁早上替杰姬把裙子熨好才行，这样我才能拿到音乐厅里挂起来。另外，既然11点才开始彩排，那现在就得尽力让杰姬多睡，电话铃若响了，立马接起来，别让它把杰姬吵醒了。”

邮递员送来了几张寄给杰姬的贺卡。谁料这时忽然电话铃声大作，吓得外祖母猛扑上去，一把抓起听筒。

“您请说。”外祖母接电话时都会这样说。

电话是找杰姬的，外祖母便告诉对方，杰姬尚未起床。

因为早上学院里有课，8点半我便得赶去学校。我问：“外祖母，我中午放学回来时，你在吗？”

“在的，宝宝，外祖母替你们把中午饭弄好。”

那天，我是一路跑着回家的，只为能在杰姬去彩排前再见她一面。回家时见一个花商捧了一束娇艳欲滴的鲜花站在家门前，我接过花上楼去了。正赶上杰姬要出门，我便恭恭敬敬地冲她深鞠一躬，又把花献了上去。

“瞧我的，希尔，让你见识一回怎么鞠躬才叫得体。”杰姬便把右手高高举起，斜斜地从身前划过去，同时笨拙地俯下身去。

她来回表演了几遍，直搅得母亲都失去耐心了。

“得了，杰姬，得走了。中饭时再见吧，希尔。我想着下午要带你们去散步的，所以你最好上午就把长笛练了。”

说罢便领着杰姬走了。

外祖母先给我冲了杯热饮，然后我们便一起拆看那堆恭贺杰姬的电报和贺卡。我非常兴奋，哪还练得下去什么长笛。

下午1点半，杰姬才回来。“真把我饿死啦。”

“我也饿死了，比你更饿哩。”

“瞎说，我一直忙着跟勒什排练，自然比你饿得厉害。”

母亲见状，赶忙打断了我们，正经八百地唱道：“保佑和事佬。”

我们母女、祖孙4人便都坐下享用外祖母做的美食。午饭后，我们开开心心地去摄政王公园散了一会儿步。那天很冷，因此，走了半个钟头我们便回来了。回到家后，杰姬马上泡进了热气腾腾的浴缸，一边泡澡一边还不忘引吭高歌。不多时，皮尔斯也放学回家了，与平时别无二致——他今天在学校里又受了气，一副饥寒交迫的窘态。外祖母早替他准备好了一大盘司康饼和蛋糕。吃饱之后，皮尔斯又变得神采奕奕了。

父亲也下班回来了，手里拿着一份印着杰姬照片的《旗帜晚报》，照片上的杰姬被鲜花簇拥，被形容为“拥有颀长身材、沉稳举止，剪了一头如网球运动员柯里斯廷·杜鲁门式短发的妙龄少女”，这让父亲骄傲得满脸放光。

每逢音乐会，杰姬从来都不会紧张，今天也是这样。再说，我们原是见惯大场面的，这种事情对我们来说已经是驾轻就熟了。由于演出时肾上腺素分泌会加快，会加速情绪起伏，母亲便常训练我们要控制情绪，以便省下精力投入演出。

500个座位的大厅里早已座无虚席，却仍有很多人一票难求。也有人说："若这时还让人进的话，这大厅非得再来500人不可。"

比尔和杰姬今天挑了难度极大的曲目，有巴赫的一部无伴奏组曲，亨德尔、勃拉姆斯和德彪西的奏鸣曲，以及法利雅的几支舞曲。

除了心怦怦狂跳之外，在杰姬款步走上舞台时，我唯一生出的感情便是骄傲。杰姬校了音，便快速地融入她的音乐世界之中去了。她以亨德尔的《G小调奏鸣曲》开场，然而开场便让我吃了一惊：杰姬的琴声竟越拉越不对了。我的心直往下坠，杰姬明明是极少跑调的！她的手指慢慢在指板上越挪越靠上——我明白，一定是某根弦出毛病了。

杰姬忽然停住了，起身说道：

"女士们、先生们，我的琴弦出了问题，恕我去换一个再来。请原谅！"

说罢她便下了舞台，换好了弦，重新登台，全然如没事人一般，淡定的气度令观众们暗暗称奇。

那一天给我的感动可谓毕生难忘。杰姬一如既往地拉琴，然而不知何故，那般环境，配上那把至善至美的"深棕色斯特拉德"大提琴，竟有一种无法言说的非凡之态。音乐流淌，仿佛人琴已合一，杰姬既没有因换弦而影响了情绪，也毫无技术障碍，毫无阻滞地与观众交流着，无一丝踌躇迟疑之态。通过琴声，你完全可以感受到杰姬的真性情。

在比尔看来，杰姬的演奏可谓超越了他最美好的梦想，因此，他这样评价："真情和纯洁完美结合，绝非仅限于感官享受，更是一种精神享受。她的每一支曲子都完美无缺、鲜活动人，让听众不由自主地泪眼蒙眬。"

次日，父亲命人将所有早报都送了来，报上评论纷纷，证实了长久以来我们都深信不疑的事情——《泰晤士报》以醒目的标题赞叹："年方二八，却已拥有惊世大提琴造诣。"文章写道：

> 对于她的演奏而言，便是用"前程似锦"这般字句都嫌侮辱，只能说如此幼女却深谙炉火纯青之琴艺，实在令人叹为观止。

《每日邮报》上，珀西·凯特的评论则更为直白：

> 据我所见，杰奎琳·杜普蕾将成为英国所拥有的一颗举世无双的大提琴明珠。她用那把深棕色斯特拉德所拉出的乐声，听起来自有一份令人迷醉、震撼人心的率真，情感的爆发力更是惊人。这姑娘的演奏十分成熟，尤其令人难以置信，可说她就是为大提琴而生的。她亦深知自己的天资，对音乐所做的反应皆出自本能，以直觉捕捉到作曲家们最细微的理念。她挚爱大提琴……从这个尚为女学生的艺术家身上，我们所见所听，皆出自其在大提琴演奏艺术上的精湛造诣。

《每日电讯》上，马丁·库珀写道：

> 在我国，几乎从未出过一流的弦乐演奏家。但在昨晚威格摩尔音乐厅的那场音乐会上，倒极可能已诞生了一位世界级的大提琴大师。英国艺术家往往专注于演奏，却偏离了所奏之乐曲，这是我们都已司空见惯了的。然而，昨晚那位青年演奏家却是既技术娴熟，又能够全身心地投入到音乐中去——二者兼备原是成就伟大演奏家的必备要素啊。

杰姬一夜成名。自此，邀请她参加独奏会及音乐会的邀请函络绎不绝，她可以随心所欲取舍。然而，杰姬渐渐对媒体冠以的“天才”之名感到不安起来。其实，她从不想出名，只是酷爱拉琴而已。对她而言“神童”什么的都是浮云。她说：“所谓‘天才’还不嫌多吗，有什么稀奇？”

如今，大凡学音乐的孩子，都必得学会诸如怎么安排事业之路啦，怎么应对经纪人和媒体啦，怎么安排演出啦，怎么理财啦一类的事情，然而，杰姬那会儿根本没有这些指导。

而且，母亲有一个心结——生怕杰姬会离开家。如今，这似乎成为现实，这令她对即将发生的一切变得十分焦虑，杰姬的成功所带来的喜悦也因此蒙上了一层阴影。

OUT IN THE WORLD

倾城倾国

第十三章

希拉里

在我最早有机会参加的几场音乐会中，有一场是在纽伯利的谷物交易所里跟一个学院的管弦乐队合奏巴赫的《圣母颂》。演出那天寒气逼人，因此，我们一下火车便赶快跑到谷物交易所对面的咖啡馆里喝下午茶去了。就在我才端起杯子时，一个穿着黑色大衣、身材高大的人出现在门口。

“看在上帝的分上，你们也快些吧，就要晚了呢。”

他是这场音乐会纽伯利弦乐队的指挥——柯里斯托弗·芬齐。被他吓了一跳，我把一口热茶糊里糊涂地灌了下去，连舌头都烫伤了，到演出时还难受呢。演出结束之后，芬齐问我要了电话号码。

那时我才17岁，是个对自己的演奏水平毫无信心的家伙，因此老是羞怯怯的，但芬齐那副满怀自信的昂扬之态却令我记忆犹新。他是作曲家杰拉尔德·芬齐的儿子，是个脚踏实地、生机勃勃的人，明眼人一望即知他在乐队里也很得人心，众人都唤他“基弗”。音乐会结束的时候，他对我说，还想请我去参加另一场音乐会。

没过几天，他便给我打了电话，说请我去参加巴赫的《勃兰登堡第四协奏曲》的演奏，又说到时候要与我合奏的人是塞巴斯蒂安·贝尔和彼得·托马斯。这场音乐会定于11月27日举行，由里士满社区交响乐团伴奏，此时票也已全部卖光了。到了演出那天，见观众特别爱听《勃兰登堡第四协奏曲》，我们便索性把这一整支曲子演奏了两回。

杰姬在威格摩尔亮相后不久的1961年4月，我和基弗再度合作——在斯多克罗斯的圣约翰教堂与纽伯利弦乐队合演维瓦尔第的长笛协奏曲。因为住在基弗家比较方便，于是当晚我便被安排在艾什曼斯沃思的基弗家住下了，父母谨慎地答应了此事。

为此，基弗开车来波特兰大街接我。一路上，我很少说话，他却兴致盎然地打听着我们家的事情。离艾什曼沃思越来越近，前面出现了大群的汉普夏羊，乡下的小路也令我想起泽西岛来，我被乡村的美景深深地吸引了。

“前头就是了。”基弗从大路右拐，把车开过了一家乡村旅店，上了一条弯弯曲曲的单向行驶的小路，一直开到了山顶上标着“艾什曼沃思”的地方。这是个很美的村子，河边开满了野花，还有一个水仙花园，里面的水仙开得十分繁茂。我们的车开至一面石墙时便向右拐进了一个大门，一路开到了铺着鹅卵石的院子里。此时，有个园丁正在盆栽棚子边上往罐子里灌水呢。

基弗停车后跳了下去，说道：“杰克，你好呀！你养的小鸡怎么样啦，都还活着吧？”

这座房子在我看来简直大得离谱儿，我忍不住四下看了一圈。屋门口有一株硕大的茉莉，开得极盛，把房门都遮住了，清香一直弥漫到了我们的车里。此时，我就坐在车里等着基弗，他与杰克谈兴正浓，我也不好擅自下车去。这当儿，一位身材颀长、秀丽温文的夫人来到门口的台阶上，她盘着头，深色的美发显得十分柔顺。

“你好，小宝贝，你就是希拉里吧？我是基弗的母亲乔伊。”

我开门下车，走过去握住芬齐夫人的手。

“芬齐太太，您好。”

“今儿因为你来了，天气都是顶好的，而且，就是为了欢迎你，这水仙花才一直开到了现在。”

我随她进了房间，看见了乔伊之前装好的一碟子饼干和蛋糕。

“宝贝，我想着咱们可以到外面去喝茶，去阳台好吧？这么好的天气，待在房间里岂不是辜负了？再说，基弗和你都得呼吸呼吸新鲜空气。哦，基弗回来啦。”

我们穿过房间走到阳台上去，但见山峰和山谷连绵起伏、一望无际。当时的我觉得那里真是世上最美的地方，且人家待我又极热情，一种宾至如归的感觉久久萦绕不去。我终于鼓足勇气说了一句：“这儿的风景可真是好啊！”

“可不是嘛，天儿好的时候连怀特岛都能看见。哦，我听基弗说，你家是从泽西岛搬来此地的呀？那儿是个小地方，对吧？”

基弗是为了逗我说话才会这样问的，于是，我便顺势将我们家的历史娓娓道来。

随后，乔伊打断了我们的话头。

“宝贝，现在让基弗带你去看看水井，晚饭前我还有点其他事情要干。基弗，那间能够俯瞰各色景致的空房子就让希尔睡吧。”

基弗引着我在周围走了走，把水井、花园、小鸡和房子都看了一遍。离吃晚饭还有段时间，于是，我们便穿过田野走到草谷地去了。他一路上讲着这地方的来历，兴致也愈发高了起来。

“我们是在父亲走了之后才决定养鸡的。一来，养鸡能把这块地利用上；二来，也能给我母亲增加点收入。刚开始我们没打算养这么多的，可如今竟有几百只啦！”

“……杰克和奥莉夫就住在那间屋里，他们俩从我小时候起便住在我家。杰克管着园子里的事务，奥莉夫负责管家，也替我们做饭。

两口子都是好人。”

“从杰克家往右一直到那棵橡树那儿，这片地都是我们家的……”

对我而言，这儿可真是一片新天地。

晚饭是在餐厅里进行的，看得出，乔伊是个很称职的主妇。

“基弗是个素食主义者，宝贝，他不吃鱼肉不沾荤腥，这你是知道的吧？”

我不由得吃了一惊——在此之前，我是从未听说过什么“素食主义者”的。

在来的路上，基弗给我讲了些有关他母亲的事情。1933年3月，乔伊和基弗的父亲杰拉尔德相识了。那时，他们住在苏塞克斯郡莱格林的一个农庄里，乔伊姐妹俩的漂亮住宅叫平格尔斯。乔伊和她姐姐都是身材细挑、楚楚动人的大美人。乔伊爱好广泛，举凡雕刻、陶艺、绘画、小提琴和文学……样样都拿手；而姐姐麦格斯则喜欢骑马、绘画和音乐。

杰拉尔德·芬齐对上学深恶痛绝。为了离开学校，他时常假装晕倒，11岁便退了学，开始了他深爱的作曲事业，最终成为20世纪英国作曲家中的一员。他与拉尔夫·沃恩·威廉斯、埃德蒙、鲁布拉和霍华德·弗格森都是好朋友，时常在一起交流各自的新作，互相点评优劣。

在听说杰拉尔德和乔伊才认识了一个月就要订婚的消息时，人们都感到惊讶。6个月后，他们在杜金举行了婚礼，拉尔夫·沃恩·威廉斯和他的第一位太太艾德林当证婚人。度完蜜月，乔伊夫妇便开始寻找地方安家，最终找到了艾什曼沃思这个迷人的所在。这里原有一座农舍，但已经坏得修都修不了了，只得拆掉重建。一位叫彼得·哈德兰的建筑师朋友替他们设计了新房子，直到1939年第二次世界大战爆发时才盖好。

战争期间，乔伊一边操持家务，照顾着那些疏散到乡下的亲眷，一边还帮着杰拉尔德管理他俩共同创立的纽伯利弦乐队。那时，因为打仗，许多音乐家都从伦敦搬来乡下了，令杰拉尔德有了很好的机会去研究和演奏一些并不出名的作品——尤其是英国作品。

当我置身于乔伊的绘画作品中时，我发现，虽然她并未受过专业训练，在作品中却很能捕捉到人物的神韵。欣赏着她给杰拉尔德·芬齐及其爱子基弗和奈杰尔所绘的画像，我不由得为她的才华所倾倒。

吃罢晚饭，基弗便问我，可曾听过夜莺歌唱？我说没有。

他说："那可太好了，我知道在哪儿能听到，咱们去幸福谷那儿。上车吧。"

我们开着车出发了。那一夜是极其瑰丽而甜蜜的。太阳刚下山，我们停了车，在林间小道上漫步，静静地等着夜莺出现。周围静得连出气声都听得到。忽然，从我们右上方的天空出人意料地传来一阵美妙清脆且无比轻快的鸟鸣声！我惊呆了——这声音是多么热情而嘹亮啊！声音里传达出的那份悠闲更是令人难以置信，我只觉得自己像登上了天堂一般美妙。

这是夜莺为我俩准备的专场演出。就是让我在这里听上一夜，我也心甘情愿。

次日一早，基弗冲进我屋里来："快听，有布谷鸟在叫哟。"

他推开窗子，让远处山谷里的布谷鸟叫声传进来。"仔细看的话，也许还能看见它呢，这种鸟飞起来就像一支箭射出去一般。"

此时，我如置身九天之上，想到还能在此地再住一整日，我喜不自禁。同时，对当晚的演出，我充满了兴奋之情——这是许多年来的第一次。

音乐会圆满结束，一切都顺利极了。我把对基弗的百转柔情都倾入音乐中。雷鸣般的掌声把我包围了，我感觉自己又找回了昔日的信心。

几天后，我看到了令我备受鼓舞的评论：“希拉里·杜普蕾是一位才华横溢的青年长笛演奏家。毋庸置疑，她有着远大前程。”

自打基弗闯入我的世界，我的生活便开始改天换地——他有力量、有自信，他的出现使我充满了安全感。

基弗第一次来我们家里做客时，他坐上电梯直上顶层，当时年仅12岁的皮尔斯正自己在家里，便给他开了门。基弗才坐了几分钟，皮尔斯便把有关杰姬的种种都讲给了他，连大提琴资助人这样的秘密都说出来了。

我最喜欢基弗的这份神秘感——招呼都不打就到我们家来。有一回，他来的时候才上午10点钟，杰姬尚未起床。杰姬本就是个只要觉得自己没什么精神，便会在床上睡上大半天的人，而母亲偏又觉得这是理所当然的，自然不会去叫她。

基弗见我们一个个连大气都不敢喘的样子，便问：“为什么要这样，出了什么事吗？”

我拉了他到一边去：“杰姬还没起床呢，不能吵醒了她。”

“她怎么啦？”

“没怎么呀，不过是爱睡懒觉罢了。”

基弗难免怔住了。

“还有这等事？”说罢，他便往楼梯走去。

基弗上了楼，走进了杰姬的屋子，把毯子一掀，便把她往自己肩膀上一扛。

“早啊，杰姬，你该醒醒啰！”基弗一边大声喊她，一边哈哈大笑着把杰姬背下了楼，“咚”的一声便扔在了厨房地板上。

母亲真是吓坏了，惊慌失措，只怕杰姬要大发雷霆了。谁知杰姬非但没有抗议，反而也放声大笑起来。

就是那一天，杰姬知道了基弗没有被她的才华镇住的事实，这令她永生难忘。

一天晚间，我和基弗把车停在波特兰大街附近，坐在车里告别。

“要是有朝一日咱俩都到艾什曼斯沃思去住，那该多开心啊。”基弗这样说，“我是常常在那里住的。”

我说：“等你方便的时候，我可以经常坐火车过去的。”

“什么呀，我是说等到咱俩结婚了。”

“结婚啊……”

“对啊，你是愿意的，对吧？”

“是……”

“那么我给伯父伯母写信，他们应该会……”

下一个周末，我带了基弗的信回家，将它呈给了我的父母。当时，大家都坐在厨房里，我坐在父亲的腿上听他念信。一开始，他还是朗声读信，可是，后来却变成了默默地看信了。母亲也从后面伏在他肩头一起看——他们俩都眼泪汪汪的。

我深知他们会答应我们结婚的，但当我说今年暑假要跟基弗在一起，而不打算跟家人一起出去玩了时，母亲却说，如果这样做的话对父亲实在是太狠心了，这个家也许很快就要分裂成几个小家庭了，父亲一时还无法接受。他不懂为什么我会这么着急结婚。他在电话里对“拉拉”说我要“走掉了”——我偷听到了这话——好像我再也不会回来似的。

最终，父母只带了皮尔斯和杰姬去了法国北部旅行，而我和基弗则先往普利茅斯去陪外祖母和埃姆姨祖母小住几日，之后，又到泽西岛看望祖父祖母。基弗是个很能为我增光添彩的男人，因此，我也乐于把他介绍给家族中的每一位亲眷，让他走进我的世界中来，陪我重访我童年时代的“极乐世界”。

更幸运的是，他对这一切的好感竟一点儿也不亚于我。

乔伊是那年的8月底才见到我们全家人的。当时，大家都旅行归来了，父母、外祖母、“拉拉”和我们姐弟3人塞在一部房车中，动身前往基弗家的农场。

中午11点过后，我们先去看了农场上的那口水井，还特意捡了石头从井边栏杆的空隙里扔了进去。我们依次把形状各异的石头从井边往里投，期待它们能快快落入幽深的井中。

最兴奋的当属皮尔斯。他问：“基弗，这口井有多深哪？”

“有365英尺，皮尔斯，这可是和圣保罗教堂的高度相等哟。”

“嗬！”

那天的午餐吃得开心极了。母亲和乔伊发觉，她俩不仅都喜欢达尔克罗兹韵律操，竟还都和达尔克罗兹有过交往呢！乔伊儿时在茅萨克斯郡的学校里读书，那是达尔克罗兹在英国推广其学说的几所学校之一。因此，两位母亲很快便交流起各自的经验来。

基弗却把话转了个弯：“吃完午饭，咱们干点儿什么好呢？”见大家都眼巴巴地盯着他，他又说，“依我说，咱们最好是到吉比特去！”

“吉什么？”杰姬竟问了一句，倒把众人都吓了一跳——自打来到此地，杰姬还不曾开过口呢。

基弗道：“就是世界之巅！”

乔伊插口道：“你们看过《黑色传奇》这部电影吗？讲的就是吉比特，也是奈杰尔进入电影界的处女作——他俩都参演了，奈杰尔演主角，基弗只演了个路人甲，我替他们做场记。”

“那个，是指古老的绞刑架吗？”

“正是。17世纪时，曾经有两个犯人要被绞死，谁知汉普郡和伯克郡却都不肯为此负责，只得把绞刑架放到两郡之间的边界上，直至今日仍在那边朝风的山坡上搁着呢。赶上晴天，站在吉比特上，7个郡的风光能一览无余，实在妙不可言哪。”

皮尔斯急不可耐地叫道：“爸爸，爸爸！我们能去吗？拜托你，我可以到那里去放风筝的，多好啊！”

得有两辆车才成。因为我们想走得快些，便留下外祖母和乔伊殿后。“拉拉”背了帆布包，带了地质锤，皮尔斯拿了他的风筝，而乔伊则给大伙儿准备了一包糖果。

基弗和皮尔斯寻了个制高点放起风筝来。风吹过时，风筝一飞冲天，愈来愈高，尾巴也摇摇摆摆的。“拉拉”蹲在一块大石头边上，用地质锤敲敲打打。杰姬和我跑得最快，一路遥遥领先地冲向吉比特。杰姬原本是个不爱跑跳的姑娘，但这片自由而广阔的天地促使她也奔跑起来了。杰姬生得比我粗壮许多，肩宽腿粗，膀子浑圆，一路咚咚地往前奔跑着，好似灵魂都要冲出躯体了一般。跑到山顶时，我俩都累得倒在了地上，仰望着碧蓝晴空。

“杰姬，”我低低地笑道，

床上的青蛙……

她忙加了进来，与我一起一遍遍地放声大叫，一边嚷着，还一边以腿跺着草地：

床上的青蛙，床上的青蛙，跳进了草莓酱里。床上的青蛙啊……

“杰姬，你发什么呆呢？”

“没有啦，只是觉得这里好美，对不对？”

“确实很棒啊。”

“希尔，那帮人果真就是在这里把人绞死的？”

“绞死的是一男一女，可怕吧？这会儿，他们的灵魂就在咱们头上飘荡呢……从这儿原路返回的话，两个小时就能走到艾什曼斯沃思啦，你走不走？”

“不要啦！累也累死了，我才不走呢。”

于是我们便一动不动地躺在那里，聆听着山风吹拂过草地时发出的声音。

“杰姬，我会想你的。”说罢，我们望着彼此笑了，“等我结婚了，你会常来跟我们一起住的，对不对？”

“一定会，如果可以的话，我会经常过来……哟，看哪。”

外祖母和乔伊走过来了。她们两位看起来好搞笑，乔伊高挑挺拔，走起路来如滑行一般；外祖母却是个小矮个，动作笨拙地踩着小碎步。

而母亲和父亲则是手牵着手慢慢散步，一路观赏风景。皮尔斯一边跑，一边还紧紧地抓着他的风筝。

基弗过来道：“走，希尔、杰姬，咱们仨比赛跑回去吧！”说罢转身便跑。

“哎哟，不成，我可跑不动了。”杰姬拒绝了他，“希尔，你去吧，我跟妈妈一起走。”

于是，我便和基弗开开心心地一路跑进山谷里去了。一路上，我们互相鼓舞着，直到都倒在了柔软的草地上。

基弗若有所悟地道：“杰姬今儿的话可少啦。”

“她是怕咱们结婚了，她就要孤单了呀。”

然后，我和基弗手挽手，慢慢走回到停车的地方去了。

皮尔斯

当时我13岁，记得基弗和希拉里刚好上的时候，父母是十分焦虑的。基弗那时已经26岁了，年纪略大了些，自然颇多心机，父亲生怕他会令希拉里未婚先孕。于是，基弗来我家玩儿时，只要留下过夜，父亲便总要等他俩分别在各自的屋里睡熟了方才放下心来，再回房休息。

遇见希拉里的时候，基弗还只是个自由职业的大提琴家，直到1965年他父亲突然离世后，才接管了他家的交响乐团——纽伯利弦乐团。基弗喜欢当乐队指挥，每个星期六的排练和每年12场的音乐会自然便成为他生活的重中之重。

其实，基弗也是在皇家音乐学院读过书的，只是从未遇到希拉里罢了。在皇家音乐学院读三年级时，他拒绝服兵役，竟付出了坐牢6个月的代价。这是母亲后来方才得知的，真是把她吓死了。

而基弗也察觉到他们家与我们家的不同之处了——我们家的人都偏内敛，也更加单纯些。谁知他毫不畏惧，居然开始向我们信奉的价值观发起了进攻。偏偏父亲又是个老派绅士，自认为这些价值观都是理所当然的，不肯放低姿态与基弗辩论。然而，基弗却不依不饶——其实，他一贯都是个喜欢纠缠的人。

一次，基弗说要带希拉里去索霍区的一家电影院看《热铁皮屋顶上的猫》。听说希拉里竟要到索霍区去，这可着实把父亲给唬住了。他被吓得魂不附体，吓唬希拉里说那里是有白奴贩子的，当心被他们拐了去。只可惜，希拉里根本听不懂父亲的话！

当父亲还是小孩子的时候，天不怕地不怕，敢于不吝后果地冒险，敢于向这个世界发起挑战。也许是后来发生过什么的缘故吧——也许就是那场战争也未可知——父亲竟成了基弗心目中胆小怕事的人。

父亲确实是变了。在外面，他仍然是个体面人，待人亦友善，然而，在私下的生活中，他却成了一个畏首畏尾的人。他一心扑在工作上，渐渐与我们拉开了距离。

第十四章

希拉里

我与杰姬可谓是相爱相杀，每当我十分有兴头时，她总是恹恹不快，反过来亦如是。我与基弗热恋之后，杰姬愈发提不起精神来了。

自打在威格摩尔演出之后，好几个月以来，她都饱受着内心的煎熬。世人都将她看作大提琴家，这令她几乎无法定义自己——过去她只是她，创造着音乐，而如今她却身价倍增，被人需要、被人期待。

背上了沉重包袱的杰姬自是惊恐万状，有生以来，她还是第一次问自己是如何演奏的。然而，她无法回答这个问题，这也令她质疑起自己的才华来。

这种压抑感令她浑身无力，时常一上午一上午地躺着，根本无心练琴。也没有什么事能够让她开心。

杰姬才华横溢，然而，这会让她很快从家庭中脱离出去，这是母亲一向都知道的。因此，母亲难免满心的焦虑、恐惧，只要是说到“长大”一事，她与杰姬便要谈崩。母亲从来都是娇怯怯需要人保护的女人，而杰姬却是个高大丰满、金发碧眼的美人，她想要的东西越来越多，对母亲的不谙世事也越来越有意见。因为自己不善交际、笨口拙舌，所以，杰姬最渴望的便是能在社交场合里表现得举止优雅、言谈得体，只可惜，这不是父母能够教会的。况且，虽然父亲很为杰姬骄傲，但私下里也难免要埋怨她占去了妻子太多的时间。

杰姬趁着跟比尔上课，把她和母亲闹别扭的事情告诉了比尔。比尔像平日一样，心里只当这是青春期少女与母亲之间常有的小矛盾罢了。

大家纷纷为精神萎靡的杰姬想办法，什么练瑜伽啦，什么应该从最基础的乐理从头学起啦……纷至沓来的各种老师、课程令杰姬烦不胜烦。

因为不喜欢上学，所以连皇后学校杰姬都只读了两个月。幸而我们有个朋友名叫琼·库伊，她自己在家里办学，于是，杰姬便去她家学英文和历史。库伊一家都是艺术爱好者，又喜欢娱乐活动。琼的女儿爱丽森只比杰姬大了4岁，也是个刚刚度过了青春期的姑娘。当听说杰姬竟还没有独自坐过地铁的时候，爱丽森真是大吃一惊。

琼发觉杰姬天资超人，她头脑灵醒、观察力强、为人坦诚、从不装假，因此她与杰姬成了最亲密的好友。杰姬跟琼说，如果再一直拉琴的话，她真的要受不了啦。又说自己既困惑又沮丧，不知道在音乐界当一名职业大提琴演奏家是否真的适合自己。

父亲想要从母亲身上得到的支持，远比母亲给予的要多得多。因为她和杰姬实在太亲近，自然与父亲拉开了距离——自打杰姬出生的12天开始，母女之间的亲密纽带便令母亲把父亲打入了次席。这些年来，父亲一直努力想要打破这层情感壁垒，然而，却都以失败告终。他变得像个小孩子似的，成日咕哝着只有他自己才明白的怪话，这些话原本一直是我们家的一大笑谈，但如今也显得令人腻烦起来了。

那种混乱——父亲的哼哼唧唧和杰姬的唯我独尊造成了这种混乱——给了母亲好大的压力，她被两人扯来扯去，简直就像两只乌鸦在争夺一条虫似的。

有一日，父亲为他的协会组织了一个大型活动，还要为此发表重要的演讲。

我坐在厨房里给基弗写信时，父亲就在我身边准备演讲稿。

“爸爸，喝不喝这个？”

“哦，好啊，希希，谢谢啦。”

“爸爸，你怎么演讲呢？”我问他，“得怎么准备才好呀？”

他道：“哦，挺简单的啊，希希。第一，说说我想讲些什么；第二再说点……第三就说些之前已经说过的车轱辘话！这样就可以了嘛！”

我俩齐声大笑起来。正巧，母亲也走进厨房里来了，而杰姬仍在床上躺着呢。

“亲爱的，你会跟我去晚宴是吧？会长也会偕夫人出席呢。”

“到那天告诉我一声。不过，晚宴是什么时候啊？”母亲有些心不在焉。

“是周五晚上，到时还要穿燕尾服呢。”

“我得看杰姬到时怎么样。这阵子她浑身没劲，下星期又要开始拉巴赫的曲子了。我想着还是不去的好，万一杰姬到时想练琴了呢。”

“拜托了，你要来呀！就一个晚上而已，妈妈带杰姬也没问题的。拜托你了。”

父亲就这样央求起母亲来，那腔调难免会惹外祖母不悦，冷不丁给了父亲一句：“她的工作就是这个呀，德里克！她当然是要陪着杰姬的，你哪能拖她后腿啦？她这么做有什么错呀！”

最终，父亲还是自己去参加晚宴了。

1961年9月，我嫁给了基弗。婚后，我们便到艾什曼斯沃思的家里去与婆婆乔伊同住了。蜜月期中的我，对爱情的狂热淹没了我所有的理性。基弗给予我的自由也是我从未享受过的，我想做什么都可以，因为我知道，从基弗身上我可以得到自己想要的一切。

我不用再感到恐惧了，基弗有实力、有胸襟，他令我重新找回了自信。基弗热情似火，所以也点燃了我的激情。基弗爱读书，在小说和诗歌领域都颇有造诣，也自然而然地开拓了我的视野。基弗很懂得幽默为何物，能让我每天哈哈大笑——基弗让我成了一个皇后！

基弗出身于一个非同寻常的家庭之中，和我过去打过交道的人都截然不同。他意志非凡，坚定地维护自己认定的原则。譬如，作为适龄青年的他竟会拒绝在和平时期服兵役，为此宁可蹲了6个月的监狱。牢房里是不允许有什么“素食主义者”的，食物匮乏不说，还要到采石场去做苦工，这令他瘦了足足4磅（1磅约等于0.45千克）。当他发现许多犯人竟连读写能力都没有时，不禁震惊万分，便常由他们口述，替他们代写了无数封家书。

基弗酷爱读书，幸而监狱中尚有《圣经》和《莎士比亚全集》可读，他便统统读了两遍。基弗说，虽然坐牢的日子非常可怕，但这段经历赋予他许多经验，这是值得感恩的。那是他有生以来第一次同一群没有社会背景也没有安全保障的家伙朝夕相处，对他而言虽惊骇异常，却也令他心怀感激。

基弗一早便看出，自己并不适合当一个自由职业者，因此，想在艾什曼斯沃思长住下来，以养鸡为生。几个月后，他养的鸡从几百只猛增到了几千只——先是有一辆卡车把一箱箱的小鸡送来，卸下来放到旧鸡棚的木屑地上去，接受红外线灯光的照射。之后，小母鸡们很快便长大了，活泼地四下活动起来。

我的生活发生了巨大的变化。我很爱这个新家庭，因此学习煮饭种花，学习如何融入这种田园生活。我每天的日子都排得满满当当的，乔伊和奥莉夫精心地培训我，令我对持家过日子越来越有兴趣了。

每日清晨起床，早饭便吃家里做的酸奶、蜂蜜和吐司面包。8点钟，杰克和奥莉夫两口子来了，乔伊便会去书房。之后，我们夫妇俩帮着杰克照管雏鸡，而奥莉夫则打扫房间。11点钟时，我们会聚到厨房里的大餐桌边，喝着咖啡和热巧克力奶，开开心心地享受美好时光。

冬天时，有一天，我问杰克，为什么他的衬衫会一直沙沙作响？

“希拉里，那是报纸在响呢。”

“什么报纸，杰克？”

“天气冷的时候，我总归要‘穿’报纸的呀，乡下人都是这样的——把报纸衬在衬衫里面，又保暖，又便宜。”

杰克有只大狗名叫“仙仙”，是一头阿尔萨斯狼狗和纽芬兰拾猎犬的混血儿，也时常随他同来。大家都知道我是怕狗的，却难免常有人惹得仙仙大喊大叫。每逢这时，我便只能从紧急出口逃走了事。在我的田园新生活中，这可算唯一的一件憾事啦。但是，新世界毕竟已在我眼前展开，我快活得犹如一只云雀。

新家的日子过得很自由，人人都是想来便来、想走便走，随心所欲。乔伊有很多朋友都是艺术家、作家，好像她要把富有创造力的人都一网打尽似的。因为乔伊热情好客，那些人也十分愿意来艾什曼斯沃思做客，我们家总是宾客盈门。皮尔斯也时常会来玩，一到了假期，他总要来住上好几个星期的，只可惜，让杰姬离开伦敦就比较困难了。

在音乐学院读书的最后一年，我重拾起对音乐的热情和自信，因为有基弗陪我一起到伦敦去上课。我又开始喜欢长笛课了，且因为我定期与纽伯利弦乐团合奏练习，我的表演欲也被重新唤起。有一天，纽伯利附近一所学校的音乐科主任给我打来电话，说他们的长笛老师生了病，问我是否愿意过去代课？我从未当过老师，却答应了下来，只是不料这门课一代竟是好几年之久。

我婚后3个月的时候，慈爱的埃姆姨祖母过世了，这令母亲和外祖母十分伤心，外祖母也因此来到我父母家常住下来。外祖母在伦敦无亲无友，难免十分寂寞，因此也是个可怜人。有她在家里，总会一直和我父亲较着劲，弄得家里气氛非常压抑。然而，外祖母这一辈子只疼我母亲一个，因此，日子只得这样过下去。

有人邀请我们母女3人到布莱克希斯中学去演出。音乐会日渐临近，一天，乔伊——她深知这种演出对我而言是非常重要的——把我拉到身边说："希拉里小宝贝，我真是该给你做几件新衣裳去参加音乐会啦，别老只穿这条浑身绿点子的裙子了！"

我深知自己对服装是毫无品位可言的，而乔伊因为颇具艺术眼光，所以对穿着打扮自是格外挑剔。

"我想把那块黑色的天鹅绒料子给我的西班牙小裁缝约瑟芬拿去，她肯定能给你做出一件漂亮极了的衣裳，这点我可以打保票。另外，咱们还得再去买几双在这种小型音乐会上穿的软舞鞋才是，你原来的那些凉鞋都是不大合适的呀。"

我完全被乔伊的权威论调和古道热肠所折服。

我们在一天下午时去了约瑟芬家，带着长长短短的好几段料子，其中那块黑色天鹅绒是要给我做衣裳的，而印花灯芯绒和苏格兰粗花呢都是乔伊的。

"亲爱的约瑟芬，希拉里是基弗的妻子。我找了块漂亮的天鹅绒出来，想给她做件衣裳——做一件音乐会礼服，样式简单点就好。"

于是我便被约瑟芬拉过去量身、设计。她为我做了一件窄袖子、圆领口的束腰礼服，背后钉了一排细密的小扣子，又不会紧身到无法呼吸。

"真漂亮呀，我的小宝贝。"

然后，约瑟芬便离开我，去跟乔伊商量着做新衣服去了。

到了演出那天——1961年12月5日——我们聚在一起彩排时，我见到了母亲和杰姬，不由得兴奋异常。她们自然能够看出我如今过得是多么幸福，这令我愈发得意了。当时，基弗也伴在我身边嘘寒问暖。

基弗笑呵呵地道："杰姬，我替你拿着大提琴吧。我得把琴放在头顶转上几圈，让它呼吸呼吸新鲜空气才好！"

杰姬紧紧抓着她的大提琴："去你的！你呀，还是去替希尔拎长笛的好，否则当心她要生气哟！"

当惯了和事佬的母亲急忙发话："杰姬，小心点呀，瞧你这是往哪儿走呢。过来这边，杰姬，咱们最好先彩排，这样等我和希尔演奏时，你便可以去找比尔了。走吧。"

杰姬与我们开够了玩笑，便去拉起了贝多芬《D大调奏鸣曲》的慢板部分，她拉琴的力度立刻便把我给征服了。如今，杰姬的演奏更加有力度，也愈发充满自信了。和以前一样，她仍会毫无保留地将情感全部倾注在所演奏的曲目之中。然后，杰姬忽然停了下来。

"希尔，你来吧，我可练够啦，现在要去等比尔了。"

我竟生出种"要上绞刑架"的感觉来。我深知，不该与杰姬同台演出的，我根本没办法吹好呀！

母亲却一个劲儿地催促。

"赶紧的，希尔，时间不多了呢。我相信你的长笛肯定已经练习好了。"

于是，我们先练了亨德尔的《G大调长笛奏鸣曲》。我鼓足劲儿吹，却仍把被杰姬演奏得收放自如的乐曲吹了个结结巴巴，把自己累得呼呼直喘。

"好难听啊，妈妈，我不要吹了。"

"嗯，希尔，你吹得确实是差点意思。不过，好在这是彩排，咱们再试试普朗克吧，注意一下你的吹奏速度。"

和刚才一模一样的情形出现了。

此时，观众们已经陆续来了。

我们便赶紧去了演员休息室。大家都过来围观我崭新的黑色礼服和背后那一排纽扣。乔伊还替我在裙子上别了一枚漂亮的胸针，愈发引起一片赞叹声，令我也忽然觉得自己确实是个美人儿。然后，我用热水彻彻底底地把手浸泡了一会，总算是准备就绪了。此时，父亲带着皮尔斯也按时赶来了，就坐在比尔和基弗身边。

音乐会开始了，先向来宾们致了欢迎词，然后便由我来开场。

“希尔，祝你好运！”杰姬悄悄对我说。

现在，我站在这里了，站在舞台上，对这下面的掌声含笑鞠躬。母亲满面笑容地看着我，等着我先开始。然而，我却必须得先拼命集中起注意力才成，同时还要和自信心做斗争。这首曲子并不容易，我不喜欢它，幸而有母亲竭尽全力地为我伴奏。待我们鞠躬谢幕时，她对我挤了挤眼睛以示表扬。

下一位出场的便是杰姬了。我溜到音乐厅后面去，以便好好聆听她的演奏。整个音乐厅的人都在期待杰姬——她才华横溢、琴艺高超，人人都知道她在威格摩尔的演出大获成功。此时此刻，她就要为大家拉上几曲了。

在把琴弓搁在弦上的那一刹那，羞涩的杰姬便消失了。她的演奏开合自如、奔放潇洒，引领着听众们直上云霄——杰姬的这次演出非常完美。

我是在下半场时上台的，如今，我要怎么去面对观众呀！

基弗趁幕间休息时来找我了。“希尔，你这次吹亨德尔是吹得最棒的，音乐动听、形象动人。想到你还要吹普朗克，我真是满心欢喜呢”。

“可是基弗，我没办法再吹了，他们喜欢的是杰姬，根本不喜欢我，而且比尔也在这里看着。”

“别想这些，希尔，普朗克就为我一个人吹，我想听。所以，你要忘却其他，只把注意力集中在我——咱们俩——身上，咱们俩一起好好享受这首曲子吧！”

基弗把我紧紧地搂在怀里。

“我会朝你眨眼睛哟，所以开始吹奏之前一定先看看我！”

我和杰姬在休息室里等着上台。母亲亲吻了我们姐妹，然后便到观众席上去就座了，而杰姬也被喊去演奏巴赫的《G大调无伴奏组曲》了。

“杰姬，祝你好运，我会坐在这里听你演奏的。你这首曲子是为谁而拉的呢？”

“完完全全是为了你，希尔。”

我深知，这首曲子确实是杰姬为我而拉的，因此特别珍视。观众席上的每一位听众都以为杰姬是为了自己一个人演奏的，这就是杰姬的魅力所在——能够感染每一个人，让他们如痴如醉地爱上了她的演奏。

下一个节目便是我吹奏普朗克的《奏鸣曲》了。我在观众席上找到了基弗，看着他对我眨眼睛，凭借着“为他吹奏”的信念，我完成了整整一曲的演奏。观众们对我的慷慨、仁慈也令我如释重负。之后，杰姬又拉了一首巴托克的《狂想曲》，这个压轴节目将音乐会推向了高潮。

杰姬鞠躬谢幕之后，又与我一起向观众致谢，并把母亲让到前面。观众们都起立向母亲致意，这一幕成为这个激情夜晚的圆满终点。

母亲深知，这也许是我们母女3人的最后一次合演了，心头难免五味杂陈：演出使她开心，我的幸福生活使她快活，杰姬则使她引以为豪。但是，家庭生活发生了变化，相依为命多年的一家人如今就要各奔东西了，这令她十分感伤。

第十五章

希拉里

自打威格摩尔演出之后，杰姬的音乐会日程就由她的经纪人伊布斯和蒂利特负责安排了。埃米·蒂利特算得上是音乐圈内最著名的一位经纪人，正是她替杰姬安排了首次登台演奏协奏曲——与BBC交响乐团一起，鲁道夫·施瓦兹担任指挥，在伦敦的皇家节庆音乐厅演出《埃尔加协奏曲》。一般来说，演出安排是要提前确定的，因此，这次演出的日期便预定在了1962年3月21日。

这场演出是一个标志，意味着杰姬从此开始与《埃尔加协奏曲》建立起了特殊的关系，因为这首曲目从此便成了她演奏生涯中的拿手好戏。她对音乐的特别诠释带给听众一种既新鲜又富有刺激性的感受，超越了之前所有艺术家对这首曲子的演奏。

杰姬勾勒出了一个人过中年的男子的情感，这成为她令人百思不得其解的特殊能力。没有这种情感经历，我们是无法想象也无法通过练习来领会的，但是，杰姬和她的大提琴却能够将这种情感渲染出来。她热爱这份感情，愿意敞开心胸、毫不畏惧地去展示它。在情感表达这件事上，她想走多远就能走多远，她能够比任何人都表达得更加淋漓尽致。因为她是毫无阻碍的，她拥有无穷的想象力和彻底的自由度。她寻找到了音乐的真谛，并用直接的、富有穿透力的方式将其表达了出来，自然会令听众感受到无上的喜悦。

换个角度说，她那份惊人的成熟情感也令她面临巨大的窘境：她只是个少女，成年人的复杂情愫令她脱离了孩童世界，进入另一个更高级的世界之中，这当然会令她无法融入同龄人之中了。她是个太与众不同的人，自然“木秀于林，风必摧之”。因此，大提琴的音乐声便成为她的救赎，音乐令她释放出巨大的情感能量，这种方式不仅能够为人所理解，更能够受人欣赏、令人陶醉。

杰姬曾经说：“一旦音乐被作曲家写在了纸上，这音乐便归我了，再不会属于他们。”

这场演出获得了狂热的好评。从此以后，《埃尔加协奏曲》便“归杰姬了”，正如当时的评论所言：

> 杰奎琳·杜普蕾年方17，却已跻身于优秀大提琴家之列了。昨晚，在皇家节庆音乐厅中，她以一曲《埃尔加协奏曲》作为她成年后的首次登台亮相之作，将演奏技巧与成熟的情感结合在一起。在她这个年龄的乐手中，这是极其引人注意的。《埃尔加协奏曲》庄严而美丽，音调和节奏变幻多端，非常难于诠释。杜普蕾是个高挑俏丽、留着短发、身着月白色晚礼服的姑娘，她在29分钟的演奏中始终是一副泰然自若的样子，凭借本能对乐曲中那种深邃而安详的情感做出阐释。
>
> 如果演奏者能够对她大提琴的音效更加熟悉一些的话，原本是可以让这把1673年的栗色斯特拉德的声音更加响亮一些的。倘若如此，琴声自然也会更加真挚动人了。独奏者让我们欣赏到了细腻柔和的音乐、感人肺腑的细节，她的肢体随着旋律舞动，至华彩乐章

时，她甩动头颅，自信地上下轻移手指。她是极少会犯一些音调上的小错误的，我以为那点小错应该是紧张气氛的产物。尽管如此，能够在舞台上比她更加镇定自若的人却是怎么都想象不出的。

我认为最打动人心的一点，还是这位花季少女竟能够为我们演奏埃尔加这部充满夕阳情感的晚期作品。

《卫报》甚至把杰姬称为“英国建国以来出现的第一位深具潜力的大提琴家”。

对杰姬而言，1962年是极其不同寻常的：在母亲的伴奏下，她参加了第一次电视独奏会；在德文郡参加了达廷顿夏季学校的大师班，成为法国大提琴家保罗·托尔特利耶的弟子；她与欧内斯特·勒什一起参加爱丁堡音乐节，并以一首勃拉姆斯的《F大调奏鸣曲》震惊了音乐界；8月，由马尔科姆·萨金特爵士担任指挥，她首次在漫步音乐会上演奏了埃尔加的曲目，《泰晤士报》将杰姬的表现形容为“会思考的成年人，绝非凭借直觉玩音乐的孩子”。

杰姬跟托尔特利耶在达廷顿的学习很见效果，因此，我们便决定让她再去巴黎跟托尔特利耶学上6个月。苏吉亚基金会照旧提供了必要的费用。于是，10月时，杰姬平生第一次独自离开家，前往巴黎了。

你们最好能给我往法国写信哟，

要是胆敢不写，

你们等着！亲人们——

如果胆敢在疲惫不堪的时候给我凑合写，

你们等着！亲人们——

不过，写或不写，

你们还是都……

等着吧！亲人们——

满怀爱意的，小呀小杰姬

1962年10月

杰姬这次去巴黎时，托尔特利耶时年48岁。杰姬在巴黎时，寄住在16区利维特街20号的伯纳德夫人家里，她几乎天天写家书：

亲人们：

你们这么勤勤恳恳地给我写信，真是谢啦（哼哼），我天天晨起都满怀灰暗沮丧之情啊——为什么我会被遗弃在死气沉沉、毫无温情的大海对岸，过着忍饥挨饿、没有爱也没有欢乐的日子呢？

前几天，我拉肚子了。这场病生得可真让人尴尬，你们要是能瞧见我的那种“液体”飞流直下的样子就好啦，就算是尼亚加拉大瀑布也难比！这也令我第一次见识到法国女人竟能如此惊恐万状——她那天非逼着我抱着热水瓶子睡觉，简直就像个孕妇似的，真把我给难堪死了。没辙，就算我是出于友爱之心替希尔怀孕好了！

幸而他们饶过我，我几顿饭没吃，总算把肚子给“饿治”好了。对了，还有更狼狈的呢，法国人竟是把体温计塞进肛门里量体温的！伯纳德夫人跟我讲了半天，我还是没闹明白到底是把温度表“放在那上头”呢，还是得“插进那里头”。

伯纳德夫人很想知道你们什么时候能来巴黎，而且，不晓得为什么，她也想跟“那个老头子”见见面，大约是因为我时常把这个人挂在嘴边的缘故吧。

你们要来的话，可一定要举止优雅、言谈得体才成哟，因为我平日里就是这么美化你们的（尤其是肥肥爸爸，我可是常强调你是个多么爽快机智、彬彬有礼的绅士呢。）。还有妈妈，你能够给予我精神上的支持，而且能给我带来其他好玩的东西，要是妈妈能来那更是好上加好。

祝妈妈好运吧，望你能和埃米·蒂利特成功会晤。你能掌握主动权，我可真是太高兴啦。

再见啰！

你们每个人都要写信给我！

超爱你们的杰克丝

又及一：念信需谨慎！这封信中有些少儿不宜或老人不宜的内容哟，这一点想必你们也能看出来。

又及二：皮尔斯，你给我写的信呢？

杰姬过得并不开心，生活也是乱七八糟的。不过，她到底还是慢慢和其他学生交了朋友，也开始对巴黎进行探索了。她把脏衣裳寄回家，母亲迅速洗好后再寄回给她，随衣裳寄过去的还有一张让她填写的问卷：

厚衬衫收到了没？（收到了。）

红色两件套的毛衣收到了没？（没呢。）

荷兰太太捎给你的是哪件衣裳？（玫瑰色那件。）

巴黎音乐会时你穿哪条裙子？（布兰奇。）

我3月6日抵达巴黎，你身上的钱够用到我来吗？（够，但是你得多带点钱，要支付大提琴修理费用。）

杰姬原本有这样的印象：托尔特利耶会给她单独上一对一的小课，谁知事实却并不是这样——她只是和大家一起每周上3堂45分钟的课罢了。一开始，托尔特利耶老让杰姬给其他学生做示范，根本不给她上新课，不免引得她怨声载道。不过，杰姬心里明白，他其实是在观察她的技术到底怎么样，于是她便故意糊弄他。

一个月之后，杰姬给母亲和父亲写了一封信：

不好了！今天下课后，我打电话问托尔特利耶能否给我上一两堂一对一的小课，他却说这样是违反校规的，所以不可以！我们之间沟通得并不好，所以我在大师班上学可不开心啦！要是早知道不给单独授课，我根本就不来。原先，我以为这一切都会是我的救星呢，不料如今竟成了催命符了，我此时又怎能不是千分沮丧、万分痛苦呢？我着实忍无可忍，只有向你们倾诉一番啦。

也许他夫人每星期能给我上几节课，但那又怎么能一样呢？更何况，虽然夫人既漂亮又诚恳，但我和她在一起时，却不自在极了。

我睡得极少，所以总觉得累，难免导致每件不愉快的事都被放大了。但话说回来，只有一对一单独授课才对我最有帮助。

托尔特利耶还想在那根A弦上做手脚呢——他坚定地认为，并不是我用力过度才出错的。如果没有什么能够改变如今局面的事情的话，估计我这大提琴是学不出来了。

我看了一部名为《热情似火》的电影，因此第一次看见了玛丽莲·梦露。她可真是一位出类拔萃的演员啊！请别因为我的这封信太过紧张或灰心，待我休息一会儿，相信我会好很多的。

爱你们的，杰姬

变化了的环境对杰姬影响至深，在和托尔特利耶的共处中，她也体会到了一种截然不同的教授风格。因此，在下一封写给母亲的信中，杰姬的情绪就变得好多了。

在我看来，我在伦敦的音乐生涯与此地大有不同。在伦敦时，我是个无忧无虑、无人理睬的乡下妞儿。如今，我却住在一个高贵的人家里，他们管教甚严、相当不留情面。但顺便说一句：我倒是蛮喜欢这样的。

托尔特利耶则想把这两种风格融合在一起：潇洒不羁和遵守纪律、举止优雅、克己奉献。此时我正处于此计划“开头难”的时期啊。

妈妈，你要快快回信哟，哪怕只有几行安慰我的话也好。另外，再寄一双新袜子给我。

旧袜子全穿坏啦。

十分爱你们的，杰克丝

托尔特利耶为杰姬所做的两项改变非常果断，而且效果斐然。这也证实了众人这几个月以来的种种议论。第一，他要求杰姬放缓演出频率，至少6个月内不能参加音乐会演出——这一点与比尔·皮利斯的建议契合。第二，他认定杰姬那把1673年出品的斯特拉德大提琴并不适合她的演奏风格，为了令杰姬能够达到世界级音乐大师的水准，就要对它进行大修。

杰姬是超爱这把栗色的斯特拉德大提琴的——那是她平生第一把像样的琴。早几年，她曾凭借这把琴取得了辉煌的成绩，但如今托尔特利耶却告诉她，这把琴已经造出来快300年啦，那时候的大提琴并不是独奏乐器，主要功能只是演奏低音，斯特拉迪瓦里致力于加强大提琴的低音效果，因此其音色并不是最好的——木料的选择及其厚实的质地，也决定了它无法满足独奏者在偌大的音乐厅里演奏时所需要的那种共鸣。后来，大提琴渐渐成为一种可以独奏的乐器，斯特拉迪瓦里这才将琴的高音部分做了相应加强。

托尔特利耶的建议确实是为了杰姬好，在伦敦时，已有不少人曾对杰姬说——其中还包括受杰姬信任的约翰·巴比罗利爵士——她的琴音色不够平衡和洪亮。

从另一个角度讲，托尔特利耶也确实是一个特别嗜好给别人改琴的人。他设计了一种据说可以改善音色的特别的弦轸——可以将大提琴的音提得更高。这样，演奏者拉弓的手臂就会受益于地心引力，同拉小提琴的道理相同。

另外，他还把杰姬琴上的码子也调了一下——安上了一个中空的音栓和几根金属弦。杰姬虽然也觉得这些革新能够改善大提琴的音质，但在给父母写信时，却仍坚持说“这件乐器不大对劲儿”。

虽说托尔特利耶早已跟杰姬约定不可以参加音乐会演出了，但是，杰姬还是趁着回家过圣诞节时，在皇家节庆音乐厅演奏了舒曼的大提琴协奏曲。

《每日快报》评论说“此地终于有了一位世界级大提琴手”，而

《泰晤士报》则说“她能够感同身受般地体悟到每一个乐章中的深意，就像一个已有大半生阅历的人一般”。

杰姬发现，托尔特利耶曾在5天前参与皇家节庆音乐厅的演出，可惜却未能留下来聆听自己的演奏，这可把她给乐坏了，她给母亲写信时说：

还是没有给我一对一上课，虽然我心里很想上，嘴上却偏不好意思说。他明明是有一肚子话要说的，可是当他必须要跟我说时，却偏又别有用心地装出一副在我看来是挺不上心的腔调来！

我还要准备舒曼的曲子，也没有太多时间去关心技巧什么的。因此，我有时便会先把技巧问题放一放再说。眼下，严重阻碍我进步的原因之一，我认为是由于我以前总喜欢把手斜放在琴弦上，只用食指和中指出力（再说羊肠弦也无须我太用力按），这才导致如今我的无名指和小拇指没有力气。现在，每次拉完音阶练习，我的手指都会因为过度紧张而疼得要命呢！

虽然身在巴黎，可除了练琴之外，我也不知该干些什么才好（我不是一贯都懒得动弹嘛），白天不大见人，因而有时难免颇感寂寞。因为托尔特利耶让我们上完课后回家练琴，我又不能待在音乐学院里，如此一来，我倒喜欢起看书来了。以后，请每次回信时顺便寄3本书来给我吧！

对了，我还需要一个黑色的时尚女包和一双时髦的鞋子，鞋子就要适合去听音乐会或看戏穿的那种，另外还要一件黑色的常礼服。

母亲决定由她来解决一对一上课的问题，于是，1962年12月31日那天，她给托尔特利耶写了封信：

亲爱的托尔特利耶先生：

趁着圣诞节假期，我们夫妇俩商议了一下杰奎琳的学习情况。她能同您相处，令我们颇感欣慰。

杰奎琳只有不足两年的时间可以把主要精力都放在学琴上，之后便要致力于专业演出了。因此，在这短短的两年里，我们都殷切期望她能够最大限度地提高自己。

难道您不愿收下杰奎琳为您的关门弟子吗？这样她便可以从您的谆谆教诲中尽可能多的受益啦。我们满心期盼着您能够同意收下杰奎琳。如果可以，她会尽快从音乐学院退学。

谢谢您12月27日写信给我们，邀请杰奎琳于明年3月5日到柏林区录制广播节目，并参加3月7日的音乐会。

我们夫妇和杰奎琳都万分感激您的这份好意，但是，杰奎琳请我代她向您道歉，恕她无法接受您的邀请，因为她为了能够专注于学业，所以便把明年3月和4月的演出活动全部取消了。

另外，我们夫妇很想能够与您面谈一回，如果我们去巴黎的话，是否可以请您拨冗见我们一面？1月5日和6日那个周末，我们想抽空登门拜访您。请您给我们发电报或打电话回复吧——就打5832这个电话就成，因为听杰奎琳说这是“对方付费电话”。

我们全家最真挚地祝福您和尊夫人。

最诚挚的

爱丽丝和德里克·杜普蕾

收到母亲的来信，托尔特利耶先生给杰姬打了个电话。为此，杰姬写信说：

亲们：

那个老怪物居然打了个电话给我！说什么让我在班里拉奏舍洛默，真是对不起啦，因为他发现，如果让我拉感情特别充沛的曲子的话，我会恢复过去的演奏习惯，又开始使蛮力了。还说我至少6个月不能参加音乐会演出，必须把演奏舒曼的曲子以及与英格兰西部巡回演出的计划都取消了才成。

他只让我练习巴赫、海顿的曲子，再就是练音阶，拉琴的声音不能超过中度。我在音乐学院里拉琴时，实在难以做到不使劲，因为周围有人听着，所以我总觉得像是在演出似的。这话我也说过，他是知道的，但他却不敢肯定自己能否保守秘密——虽然他的本意是绝对不希望收学生的秘密泄露出去的——他其实很怕收什么关门弟子。

这个星期六我就要跟他一对一上课啦，此事不得外传哟……

杰姬最终还是搞定了此事，让托尔特利耶给她上了7堂小课。虽然他已记不清了，只当才上过两三次课，但是杰姬却都清清楚楚地记着呢。她在家信里写道：

有趣的是，每次跟比尔叔叔（即皮利斯）上完课，我总是感觉身体劳累，而如今跟托尔特利耶上完课，我则是感到精神上万分疲惫。他总觉得我没有拼尽全力，总说我没有达到要求，我还从未受过如此无情的对待呢！因此他那一闪而过的幽默便成了我盼望的东西，能够让我稍稍放松一下自己。不过这应该也只是由于我还不习惯如此长时间、高强度地集中注意力罢了。

真不明白他是如何做到长久保持精神高度集中的。我对他越了解，便也就越佩服他夫人了——他根本就是个不懂“慈悲”为何物的家伙嘛！不过我可不是在埋怨他不好相处哟，你们知道，他可算是最可爱的一个人呢。

第十六章

皮尔斯

希拉里出嫁了，杰姬又常常都不在家，家里难免变得有些清寂了，这令我更加不喜欢伦敦，得空儿了就跑，或者去大莉兹的农场，或者去希拉里家的农场，反正这两个农场之间的距离也不过只有4英里罢了。

杰姬不在家的日子里，我很想她，想把很多关于农场的事情告诉她。只可惜我很不喜欢写信，每当杰姬向母亲埋怨我，说都收不到我的信时，我也会努力提笔写几封，只可惜写下来的都是些乱七八糟的东西，譬如新听来的鬼故事什么的。但是，每周我最开心的便是收到杰姬来信的时候了。

亲爱的巴尔：

你的超超超精彩的来信可笑死我啦，多谢多谢，遵您的旨意，我读过之后便把它给撕掉啦。

恭喜你的科学发明啦，老伙计，你一定能够成功完成它的！Vous faites mal pour bien faire. 这是法语哟，意思是说“不管你是否相信，只要努力就能成功”。“faire mal”就是“努力”的意思。此时，我满心不高兴，因为方才我一不小心，竟把梳子齿扎进大拇指的指甲缝里去啦，疼得连笔都没办法拿（哎哟）。

“古巴危机”是什么呀？我没办法看懂法语报纸，所以能否告诉我现在发生了什么事情呢？我也不大懂，但相信不会太糟糕吧。

又及：信里给你上了节法语课，对不住啦。

当1963年2月杰姬从法国回来时，我迫不及待地想跟她私下聊一次。我想知道她在那边是怎么过日子的，干了什么，遇见了谁，又吃了什么东西。还有，最重要的一点——听说了什么搞笑的话。我深知，她并没有把所有的事情都写在信里。我问她是否喜欢托尔特利耶，她瞅了我一眼，啐道，“才不喜欢他呢！”

“为什么，他怎么啦？”

杰姬气呼呼地答道：“他满心想的都不过是我怎么拉琴，根本就什么都没有教给我嘛！”

“呃，那是很过分！”

“对啊，没错！所以我也故意跟他胡搅，呵呵。”

她停了一下，忽然严肃起来：“不过巴尔，我还是学到了一些的。想要走音乐这条路的话，无外乎两种方式：其一呢，是拥有出色的琴艺，一字一句照着谱子演奏便很完美了；其二则是纯粹的‘搞音乐’，这就是我的路子，我打算走这条路。可问题是，我不知道这条路该怎么走！”

杰姬在家没住多久，便又应邀与托尔特利耶的女儿玛利亚·德拉波一起去英格兰西部巡回演出了。玛利亚·德拉波与杰姬差不多大，是一位出色的钢琴家。3月初，杰姬便又上路了。

希拉里

我的第一个宝宝特丽萨是1963年4月2日出生的，这给我带来了有生以来最大的欢乐。我是依着芬齐家的旧例在家生产的。

第二天，母亲、父亲和正在英格兰西部巡回演出的杰姬和玛丽亚都来探望新生儿了。那时我还在产房里，全部心思都在小宝宝身上，而乔伊则在楼下陪着玛丽亚。

母亲泪流满面，把外孙女放进了摇篮。

杰姬也满心欢喜："希尔，我可以抱她一下吗？"

母亲小心翼翼地把小特丽萨放到杰姬怀里。

"她好小啊……她有多重？"

"只有8磅，杰姬。你瞧她的小手……"面对如此小巧、精致的宝宝，我不由满心赞叹。对我和杰姬而言，都是第一次与一个小婴儿如此近距离地接触。

两周后，恰逢钮伯利弦乐团要在斯多克思教堂举行音乐会，杰姬来我家做客。此时，杰姬已结束了巡回演出，所以闲暇很多，显得特别有精神。她和大家一样，也非常喜爱小宝宝，家里的气氛欢喜极了。

基弗发现音乐会上少了一名大提琴手，这很容易补救——虽说杰姬需要别人劝说，但说了几句她便答应下来，还觉得这事没准儿挺有意思。担任首席大提琴手的是詹妮·沃德-克拉克，而杰姬则坐在她身边。

乐队几乎根本没预料到后来会发生什么。第一，杰姬一向是拉独奏的；第二，她演奏时习惯身边有足够的空间，但是大提琴组可没有那么大的地方，而她则是一副简直要撑满整个场子的样子——为了迁就她，乐队简直都乱了套——詹妮则可怜巴巴地缩在杰姬身后。

我抱了熟睡的特丽萨，踏踏实实地坐在观众席上，为杰姬能与弦乐队同台演出而感到开心——这还是我在特丽萨出生后头一次听音乐会呢。

基弗举起了指挥棒。音乐会的第一支曲子——《斯坦利协奏曲》开始了。我能看出，杰姬对这种巴洛克式演奏中的克制感颇为惊讶，她才受不了这等约束呢！所以，她索性随心所欲起来，自顾自地拉琴，把乐曲当成了浪漫协奏曲来拉，忘情地陶醉其中。她自由自在地驰骋在音乐的新天地里，哪里还顾得上旁人！

我也能看出基弗一直都尽可能地保持速度、维持节奏，但乐队就好像被一股巨浪席卷着上下颠簸，凭他怎么拼命挥舞手臂都无济于事。他努力想要鼓励小提琴拉出嘹亮的声音来，但只要小提琴组的声音一大，杰姬就会随之更加激昂。她从不会听不到自己的琴声——杰姬就是那种能够凌驾于任何人之上的人。因此，大提琴的声音不断增高，变得愈发澎湃。

到最后，整个教堂里只能听到她的大提琴声了——基弗和整个乐队都成了杰姬的陪衬，她拉到哪儿，他们只得跟到哪儿。

观众们鼓掌的时候，只有杰姬不假思索地起身鞠躬谢幕。她和首席大提琴一起从头到尾地演奏了独奏部分，过后还跟我说，真闹不明白，为什么她拉独奏乐章的时候，身边的那个女孩也一直跟着拉啊！

次日早起，我边跟杰姬聊着天，边给特丽萨喂奶。

“希尔，瞧她这副舒坦样儿！”

“是啊，好可爱……”

“希尔啊，我也好想要宝宝……”

“你也会有啊，有朝一日你总归会生孩子的，你再等等看嘛。”

“也许吧……但我还真说不好到底想不想当大提琴家。每个人都老是跟我说我该做什么，而且妈妈也快把我逼疯啦。”

“为啥？”

“她啊，老是一惊一乍的。爸爸则总是一声不响地坐在那儿，整天忙于工作。”

“得了得了，我们家是欢迎你来的呀，对不对？”

“嗯，我知道，”说着，她露出一丝温顺的笑意，“今天他们都说我文化课的程度不够呢，所以我得去把数学补上来。可我讨厌学数学。”

“是跟琼学吗？”

“不是，是跟琼的同事乔治·德贝纳姆学，他可帅气啦。”

没几天，杰姬就回家了。她要准备一个广播节目——在格拉纳达的《音乐艺术》节目里演奏贝多芬的《A大调奏鸣曲》。由安东尼·霍普金斯为她伴奏。

至5月末，杰姬第二次去了意大利，这一次她是应意大利国际音乐学会邀请，到塞尔莫内塔城堡去演奏。塞尔莫内塔城堡为喜欢邀请青年音乐家演出的卡埃塔妮公主所有，对于被请来的人而言，这可是莫大的荣幸。

皮尔斯

1963年夏天，我15岁，父母带我去塞尔莫内塔看望杰姬，这可算是我们最开心的一次旅行了。

我们原本是想坐飞机的，但父亲却决定自驾游，横穿法国，直奔意大利，让这次旅行成为一次探险行动。如今再看父亲的日记，我才发现，那次旅行的种种，譬如行车里程、旅行时间、途经城市，都被他详详细细地记录下来，一些写了“露宿路边，无法入睡”“有印第安人、老鹰和缆车”等的小纸条也都留着。对着法国地图重温这次旅行的我，竟发觉自己至今仍能把每一个细节都记得清清楚楚。我永远也忘不了从瓦洛布进入瑞士时，那连绵起伏的山区一下子变成崇山峻岭的奇异景象。

长途旅行之后，大家都变得风尘仆仆的。还有一天就要见到杰姬了，我们在佛罗伦萨附近的布翁孔文托找了家酒店住下来，洗去一路风尘，舒舒服服地休息了一宿。

次日下午，我们途经罗马，驶上了一条看似没有尽头的山路，终于到达塞尔莫内塔村的最高点，那座古老的、巨大的城堡就坐落于此——此时杰姬正在城堡里呢！父亲说，从波特兰大街的家开始，我们已经开了1334英里啦。

周围一个人也没有，我们拾级而上，上浮桥、过吊门，终于进了城堡。四下一片静谧，城堡仿佛悬浮在闷热的空气中。

母亲低声道：“此时他们肯定都正在午休呢，要不咱们等会儿再来吧？”谁知，话音未落，便见杰姬在主楼门口出现了，她微侧着头，站在那里注视着我们，大家一时间都怔住了。

“妈妈！”她高声大叫，扑向了我们。

杰姬替我们引见了女主人——卡埃塔妮公主，然后我们一起开车去了她的住处。那是一幢门口矗立着高大石柱的豪宅，简直堪比白金汉宫。那晚我们是一起用的餐，接下来几天，我们过得犹如皇室成员一般。

父亲在日记里是这样写的：“多么美好的生活啊！花园里有小溪，有高大的柏树和仙人掌，蜻蜓数不胜数，美得令人难以置信。光是浴室就有6间！卧室里洒满了阳光！”

住在此地的最后一晚，城堡里举行了一场规模超大的露天音乐会。那天下午，天气很舒适。午后，下了一场小阵雨。傍晚，天气转晴，碧空如洗。座椅也都摆好了，乐谱架旁的蜡烛也都点亮了。夕阳西下，广场周围燃起了火把，衣饰整洁的贵宾们陆续到来。来宾就座后，音乐家们鱼贯而出。

我用力地鼓掌，为杰姬感到骄傲，希望大家都知道这是我姐姐。明亮的星光与乐谱架旁摇曳的烛光交相辉映。音乐响起，每一个音符都似乎要被城墙封存起来一般，烛光闪烁，映照在音乐家身上，杰姬的那头金发偶尔一闪而过。

几千只萤火虫忽然从四面八方飞来，伴随着音乐舞了起来，它们的小光点闪闪烁烁，在乐队上空漂浮着、跃动着、旋转着，待音乐声停了，它们便如出现时一样，一下子就消失不见，仿佛表演结束似的——萤火虫是不用向观众谢幕的。

那一夜，我们住在城堡里。我和杰姬，还有其他几位音乐家住在同一个房间里。我在床上躺着时，杰姬打开手电筒，照亮了天花板。

她低声问我："能看见什么？"

原来是一些裸体人像。

"哟！"我说，"可别让咱爸妈瞧见，他们不懂这些。"

杰姬顽皮地大笑道："就因为他们不懂，我才要给他们瞧瞧！"关了手电筒，她又说，"晚安了，巴尔。"

"晚安了，杰姬。"

从此以后，我也就渐渐习惯那些有关杰姬的超凡脱俗的事情了——是她将我们带进高雅的交际圈子的，这些经历令我颇感不可思议。回家后，我很希望把这些美好的回忆讲给朋友们听，但我心里知道，他们很可能不但不相信，还会对我大加讽刺。我深知，最明智的做法，就是把这些光荣的经历埋藏于心底。

次日，杰姬又返回了塞尔莫内塔。

亲爱的妈妈：

首先，让我怀着无限深情对你说一声“祝你生日快乐”吧。我这一路上都平平安安的，待到了塞尔莫内塔之后，竟遇到两个邋里邋遢的乡下小孩向我打招呼！他们居然记得我，这令我非常开心。

我和一帮阿根廷人一起热热闹闹地来了个大联欢，之后就没什么事情了。从15号开始，我要连续演出整整20场！但是，我对此地的一切都已经很厌倦了，我便问阿尔伯图，是不是7月10日就能回家了？最近，我因为刚刚与真正喜欢的人见过面，难免愈发觉出此地的人虚伪难耐。（对不住哟，这封信写得这么消极。）

让我想想看，对啦，这儿的食物倒不错。而且，面对虚伪的人，我也会虚与委蛇，这事简直和玩游戏一样有意思哩。

我是昨夜到达此地的，当时，我出于自卑，本想用我幽默和磊落的举止吸引大家来着，不料却听到一个已经结了婚的阿根廷人说我是“超搞笑的呆子”，一下子毁掉了我所有的好心情。但是，当我忽然对这些生出厌倦之心之后，这些不快反而渐渐消退了。再说，我也不能因为这些影响了演出。这帮人挺麻烦，你必须一直表现得十分活泼，才能够被他们所接受。去他的吧！

在这儿，偶尔也有开心的时光。譬如，那天晚上。我装扮成一位印第安酋长，像酋长出征前往面孔上涂油彩一样，我给自己抹了一脸牙膏，然后，我一边用阿帕切语大喊大叫着，一边冲进了餐厅。我直奔餐桌那头的阿尔伯图，顶着这副妆容，学着印第安风俗，拿他毫不客气地寻了一番开心才罢。

我在此地还交到了两个朋友，一个是索尼娅，一个是鲁登·冈萨雷斯。他们都是阿根廷人，与我用法文交谈。也不晓得是为什么，他们竟喊我“杰姬·科科提”！呵呵，爱叫什么叫什么吧，我可得练琴去了。希望改签机票的事情不会让你们太麻烦。

小讨厌们，我就要和你们相见啦。

永远深爱你们的J

于意大利　1964年

第十七章

希拉里

乔治·德贝纳姆爱上了杰姬。在杰姬看来，稳重的乔治像一位父亲。在杰姬尝试着离家独立时，乔治以其坚实的臂膀给了她除家人之外的另一份独特支持。我深知，杰姬虽然很赏识乔治的才智和对她的忠心，然而，她知道自己无法回报他的深情，所以对这份感情心怀愧疚。

乔治是杰姬第一个男朋友，杰姬无情地对他呼来喝去，又要这又要那的，就像对待出租车司机一样。尽管如此，乔治却仍然深爱着她，对她的深情和无私帮助从未停止过。他本人是一位出色的钢琴家，什么谱子都能够演奏，经常为杰姬伴奏，但他俩却从未正式合奏过。

杰姬带乔治来基弗家的农场做客，一到此地便提议说要到吉比特玩玩。

回来之后，寻了个乔治不在的当儿，我们姐妹俩说了一会儿体己话。

“希尔，你觉得他怎么样？”

“心地良善，杰姬，而且还很怕羞呢。”

“对，你猜猜刚才在吉比特怎么了？”

“怎么了，怎么了？”

“我们俩比赛谁先跑到山顶。我正跑着呢，内衣带子竟然崩断了……哎哟，希尔啊！”

“你！那可怎么办？”

“我只好扯着脖子大喊：‘可爱的马车，慢点跑！’”

“乔治说什么了？”

“他居然都没听懂啊！”

我们俩哈哈大笑起来。

杰姬特别想过居家的日子，所以在基弗家的农场里时总是显得特别高兴。这地方令她感到很自在，就算是放浪形骸一些也没有关系。然而，最终，她还是要离开的，毕竟，她心爱的大提琴一直在呼唤她回家。

她对托尔特利耶对她的那把栗色斯特拉德的评价特别介意，于是，在除夕夜的一次聚会上，认识了著名的弦乐器专家查尔斯·比尔时，她便迫不及待地说自己需要一把新大提琴。查尔斯是1961年从美国返英的，久闻杰姬芳名，也很乐意结识她。而且他对那把栗色斯特拉德非常了解，愿意一边保管它，一边再寻一把新琴给杰姬。但是，杰姬看上的那种大提琴非常昂贵，真不知谁能负担这笔买琴的费用。

我们的祖父于1964年1月27日过世。很长时间以来，父亲便已感到职业生涯到了一个十字路口，此时，他更意识到自己应该重新进行抉择了。他的合同已经到期，需要续签了，他想要求加薪，然后再签5年。假如此举可行，他自然获利，假如没成功，他也是获利的一方——因为能够得到一大笔退职金。

最终，父亲拿到了一笔数目相当可观的退职金，开始了新的生活。这个消息一传开，立刻有很多人想请他去工作。不过，他首先要做的是找住处，毕竟，我们在波特兰大街上的这套公寓是他以前就职的协会的房子。

父亲最终接受了伦敦市特许会计学生团秘书的职位。不久后，他又在杰罗兹十字街口找到了一座建于20世纪30年代的独栋别墅，有3间卧室、外加一亩土地。此地的位置挺理想，可以让我们家的人再度亲近乡村，而且，对父亲和正在汉普斯代德读书的皮尔斯而言，通勤也是非常便捷的。而母亲，既可以留在家里教学生，也可以在汉普斯代德的埃普斯利文法学校授课。这事便这样决定了下来——待到8月份，一放暑假，全家人就搬家。

搬新家给了杰姬一个好机会，当她宣布要离家独立时，母亲简直都要崩溃了。其实，就在那时候，母亲刚刚接受了一家杂志的采访，还说什么她为杰姬的独自闯荡感到高兴呢。其实，她说的都是违心之语，她深知杰姬照顾不了自己，也怕杰姬没办法料理好一切。

杰姬刚过完19岁生日，便独自搬进肯辛顿公园路的一套小公寓去了。这房子原是基弗的弟弟杰尔德的。但是，很快杰姬便又觉得生活太寂寞。所以，当已成为她好朋友的艾丽森·库伊德邀请她去和自己同住时，她便一口应承下来，随即搬到拉德布罗克路去住地下室了。

皮尔斯

杰姬非常喜欢她的新生活，可惜，却仍得让母亲去帮她整理东西、清洗衣物、打扫房间、打点种种事宜。母亲只要有空便往杰姬的住处跑，只有外祖母照顾我和父亲。

随着杰姬对独立生活越来越有信心，她也尝试着自己打理生活。她请一位名叫玛德林·丁可尔的朋友替她定制礼服，原因是在一次音乐会时，玛德林被杰姬那一身样式古板、老旧的长裙着实吓了一跳，立刻做了几身符合她奔放性格的礼服给她。玛德林做衣裳偏好丝绸和网眼织物，颜色浓艳鲜亮，裙摆极大——把大提琴塞进去都不成问题。有生以来，杰姬第一次觉得自己成了一个光彩照人的美人儿。

待我从泽西岛回到家里，母亲便挑了个星期六带我去杰姬的公寓里看她。母亲和平时一样，要帮杰姬买些日用品，趁着母亲去买东西的当儿，我们俩终于有了独处的机会，可以说几句体己话了——每当我俩有一段时间未见面时，便会凑在一起聊聊天，交换一下关于彼此的新消息。杰姬在桌上放下咖啡，然后就坐到了我身边。

她问我："学校好吗？"

"吓也吓死了。"

"外祖母好吗？"

"她还成，依然是那副火爆脾气，时不时就冷哼一声。"

"可怜的外祖母。"

"爸爸才可怜呢。"我说，然后我们俩便都沉默下来。

"巴尔，海伦娜·莱特这个人，你听说过没有？"

"没有。"

“那个，她是个妇产科专家哟。”

“妇产科专家又是什么？”

“就是很懂得女人身体的人呗。”

我不由得暗忖：“喔，我的天。我都听到了什么呀？”

“我去了她那儿，让她给我的子宫上了环。”

我迟疑着问道：“你生了什么病吗？”

杰姬瞅了我一眼，止不住大笑起来。

“傻子，我没事啦！是为了怕怀孕才弄的。虽然麻烦些，但还是这样安全。”

我犹疑半晌，终于承认了自己确实无知。

“杰姬，子宫环是什么啊？”

她便又笑着说：“就知道你不会明白，巴尔。等我去拿给你看。”

于是她便进睡房去了，待她再出来时，手里便拿了一个白色的圆盒子。

杰姬打开盒子说：“这个就是子宫环，也叫阴道隔膜。只要环的大小合适，往里一放就可以啦。”她说着竟画起一张草图来，告诉我要把子宫环放在什么地方，它又是如何起到避孕作用的。我大惊失色，别扭得要命。

不料，偏巧这时母亲回来了，吓得杰姬抓起那小盒子就往睡房跑去。

我压低嗓门喊了一声：“你的画！”她便又跑了回来，几下便把画揉成一团，丢进了垃圾桶里。

这件小事对我产生了相当诡异的影响，令我觉得杰姬是需要被保护的。她已经进入一片崭新的天地去了，她的世界我不懂，却并不看好，这令我感到忐忑不安。

我因而颇感无助——她已经是个大明星了，而我却只是个中学生。

6月时，杰姬去了罗马，参加了好多场音乐会的演出。回家后，她跟我说，她到了飞机上才忽然想起来，她竟把那个子宫环丢在水槽里了，而母亲那时正在屋里打扫卫生。她想起此事时已经太晚啦，母亲肯定已经发现了！

但是，那天晚上，当杰姬给母亲打电话时，母亲却对此只字未提。后来，杰姬回到公寓时才发现，子宫环已经被母亲好好地收起来了。据我看来，那阵子，杰姬做的很多事情肯定把母亲给惊吓到了，她只是苦于不好跟杰姬开诚布公罢了。

我们从波特兰大街搬走的那天是8月25日。搬家公司在屋外放了一台起重机，以便从窗口把那两架巨大的钢琴运出去，然后从4层吊到一层。布吕特纳倒是被毫发无损地运出来了，不料，母亲所钟爱的贝希施泰因却在被吊出窗口的时候拉断了绳子，结果钢琴直落下来，砸到下面的栅栏上，碎片四溅，发出了震耳欲聋的声音——这可是母亲小时候在普利茅斯参加比赛时赢来的钢琴啊！所幸，因为担心搬运钢琴的过程中会出事，母亲一早便出门去了，并不曾亲眼看见这一惨重灾难。待她回来时，发现搬家的卡车上只有两台钢琴中的一台。

我们的新家在杰罗兹十字路口这里，母亲给它起了个名字叫“纳哈利”，即波兰语“傍山而居”的意思。在这里，我们终于有了邻居，还有个大花园，空气也十分清新。我超喜欢父母买给我的摩托车，更爱它赋予我的独立能力。

一个星期天的清早，我在门口擦摩托车时，看见邻居们穿了做礼拜的衣裳正要往教堂去。午饭后，我给父母讲起了此事。于是，下一个周日时，我们便也去了简陋的圣公会教堂——“圣詹姆斯”。这是一座既无钟声也无气氛的教堂，幸好唱诗班倒是一流的。

我们正从停车场里往外开时，不知从哪里冷不丁冒出一位戴了一顶蓝色大帽子的夫人，挡在车前面逼母亲停车。她自我介绍说是牧师太太，然后，便盯着我说：“你必须要来参加唱诗班才行——每个星期五早上8点整，到小礼拜堂来练习。”

唱诗班的指挥是莱斯利·诺里什，他把我放到了低音声部。唱诗班原本就很有意思，没想到，更有意思的还在后面——这里竟还有女孩子！这正好可以启发我如何与姑娘相处。而且，我也很喜欢唱诗班！

更奇妙的是，这个唱诗班居然还是个年轻人俱乐部：每周末都有聚会，周日早上为教堂唱诗完毕，我们还会一起去“公牛”酒吧喝一杯，这被我们称为“饥渴慕义”（《马太福音》5:6中的一个词，这里明显是戏谑说法。）。

有一个星期六，母亲很早便和我去了教堂，我独唱，而她则负责为我伴奏。试音时，我的歌声在整座教堂中回荡，这令我不由心醉神迷起来。这也是母亲第一次在教堂里演奏风琴，为了保证音质良好，便把所有的音栓都拔掉了。

我走到了教堂最前边，对母亲点头示意，可以开始了。母亲弹起琴来，音色超棒！我便卖力地唱开了。

不料，母亲弹琴的节奏却愈来愈慢了下来，我只好跟着放慢速度，到最后，实在是气息不足了，我只得停了下来。

我问：“怎么啦？”

原来，圣詹姆斯教堂的风琴是利用木连杆原理工作的，这种装置会导致在按下琴键、接触到响音管后，稍微延迟一会儿才能发声，而音栓拔掉得越多，这种延迟就会越长——我和母亲都不知道这些，这可真是大不幸啊!

希拉里

对杰姬而言，她为了争取独立而做的斗争堪称是一种令人无比激动的探索行为。为了挑战生命，她爆发出了巨大的能量，同时也显露出强烈的女人味，这使她成为一个很棒的玩伴——模仿力超凡脱俗，还装了一肚子的荤段子，性感得要命。她的魅力让人无法阻挡，似乎每一个遇见她的男人都会爱上她。

二重奏从来都是杰姬音乐会保留节目中很重要的一项，因此，埃米·蒂利特便想着给杰姬找个固定的钢琴搭档，为此，她推荐了她的美国客户斯蒂芬·科瓦切维奇（也就是后来的斯蒂芬·毕晓普·科瓦切维奇）。此人1940年生于洛杉矶，比杰姬大5岁，和杰姬一样，也是“音乐神童”出身，11岁首次登台亮相，13岁便能与旧金山交响乐团合作演出舒曼的钢琴协奏曲了。1959年时，他来到英国，成为传奇音乐人迈拉·赫斯的弟子。1961年11月，也就是杰姬首演7个月后，他也在威格摩尔进行了英国的首次亮相演出。

伊布斯和蒂利特安排杰姬往斯蒂芬的公寓去与他见面。杰姬首次登台演出的那一次，斯蒂芬也在场，他深知这女孩拥有着绝世才华。然而，这次见到她，杰姬令他大吃一惊：在威格摩尔演出之后，杰姬大变样了——当年的“克丽斯廷·杜鲁门”式的运动头已变成了淡金色的披肩长发，而杰姬更不复当年穿短袜的小丫头打扮，摇身一变，成为充满女性魅力和自信心的年轻姑娘。

这一日，杰姬穿的是一条鲜艳的红色超短裙，十分招摇、醒目，她昂首挺胸地走进了斯蒂芬家的客厅。斯蒂芬家的茶几上正放了一本弗洛伊德的书，杰姬随手便抓了起来。

“弗洛伊德啊，”她笑道，“发明了原子弹的那位！”

这句话打破了陌生的沉默的坚冰。

1964年10月15日，杰姬与斯蒂芬在哥尔德斯密斯音乐厅首次联手登台，演出曲目包括巴赫的《G小调奏鸣曲》、贝多芬的《G小调奏鸣曲》、勃拉姆斯的《E小调奏鸣曲》和布里顿的奏鸣曲。

次日一早出版的《泰晤士报》对此次演出做了如下评价：

> 这对搭档尚需努力，方能使他们的合奏进入理想境界。

德斯蒙德·肖-泰勒则在《星期日泰晤士报》上评论说：

> 大提琴手和钢琴手十分相配，因此合奏得非常和谐、动听，只是偶尔还有些迟疑。然而，目前看来，默契地合作显然比张扬自己更加重要，这一点是他们需要假以时日来提高的。

因为深知杰姬从不会为表演而紧张，斯蒂芬难免对她生出了几分妒意。杰姬是个对自己那份“上帝赐予”的天赋深信不疑且乐于与朋友们分享的人，和斯蒂芬合练时，由于她太知道自己需要从钢琴那里得到什么了，有时竟把斯蒂芬逼得失去了风度！

倘或这两人对某一个特殊乐章的节奏意见有分歧，便会抛硬币决定听谁的：“宝贝，这乐章归你啦，你说多快就多快。”

不久，他俩便相爱了——完全是两相情愿。杰姬本不想让乔治知道，可惜没瞒住。心碎的乔治气得要命，竟跑到艾什曼斯沃思去寻求安慰和解释。可惜，覆水难收。

与此同时，杰姬和斯蒂芬已经被安排参加为期一年半的巡回演出了。

6月的一天，母亲忽然给我打电话，说她要来艾什曼斯沃思。我深知，这将是很欢乐的一天，母亲非常喜欢特丽萨，喜欢给她讲故事。我当时正怀着第二个宝宝，身子十分臃肿。那一天的天气最适合野餐，于是，母亲开车带着我们一起去吉比特——在那里，特丽萨可以奔跑、玩耍，而且那也是母亲喜欢的地方。在那里，我们开开心心地过了一个下午。

回家的路上，特丽萨很快便在后座上睡着了，而我却看出，母亲有心事。

“妈妈，杰姬没什么事吧？”

她立刻便停了车，拉上手刹。

“希尔，唉，我为她担心死了，简直不知该怎么办才好。”

“为什么，妈妈，有什么问题吗？”

“杰姬老和那个斯蒂芬形影不离的，怎么办？人家不仅会胡乱揣摩、传闲话，还可能会把这事儿捅到报纸上呢！”

母亲忧心忡忡的，竟掉下泪来：“还有啊，要是你爸爸知道了，简直会气死他。你也是知道的——毕竟斯蒂芬可是结过婚的呀！”

由于我们的车正在路中间，这时，伤心、压抑的气氛被后面车的鸣笛声打断了。母亲手忙脚乱地发动汽车，车子偏偏又熄了火，害得特丽萨也从后座上跌了下来。孩子吓坏了，不由得号啕大哭，搞得母亲更加慌了神。

“妈妈，你不用担心，车到山前必有路。”我竭尽全力想要安慰她，却也实在有些无言以对，“他们都是明白人，再说，斯蒂芬为人还不错啊。”

“杰姬老觉得我是因为不了解斯蒂芬才如此的。可她又不愿告诉我那个人的事情。你试着跟她说说这事，好不好？”

我说好，但要等有合适的时机时再说。然而，事实上，这种“时机”从未出现过，而母亲后来也不再提起此事了。

1964年秋天，杰姬告诉查尔斯·比尔说，她的那位“神秘出资人”愿意再给她买一把大提琴。当时，查尔斯听说，在纽约的市场上出现了一把大卫多夫·斯特拉德大提琴——原是一位意大利贵族的收藏，后来消失了若干年，曾在俄罗斯的威尔霍斯基伯爵那里露过面。要知道，这可是世界上顶级的5件乐器之一啊！

1863年，威尔霍斯基伯爵把这把琴赠给了俄罗斯最伟大的大提琴家之一卡尔·大卫多夫。1889年，大卫多夫过世，人们便以他的名字为这把琴命名，并在“十月革命”时期把这把琴送出了俄罗斯。后来，它到了商人兼业余大提琴手、有着收藏斯特拉德琴癖好的赫伯特·N.斯特劳斯手里。如今，斯特劳斯的遗孀想要卖掉它。

很快，这把琴便被送来英国，由杰姬试奏了。试奏是1964年的圣诞节前夕，比尔·皮利斯也在场。杰姬一下子就爱上了这把琴。

比尔上去拉了足有5分钟，他面无表情地拉着，模样十分专注。“绝对是上佳的一把琴啊，简直可以说毫无瑕疵！但是，唯一要看的就是这把琴是否适合你。这个要拉过后才知道。”

于是，杰姬便又拉起来，她爱这把琴简直到了不顾一切的程度。当时，这琴的售价是84000美元，即32500英镑，打破了乐器成交价的世界纪录。

然而，大卫多夫虽然音色很美，保养起来却相当麻烦。当时的人尚不懂得古典乐器要保湿的道理，只晓得不该把它们暴露在冷空气中。查尔斯·比尔曾跟我解释过：假设杰姬是于6月一个空气湿度为98%的午后在纽约演出，之后又把琴带回了有空调、空气湿度只有30%的旅馆房间，那么，大卫多夫就会出问题——因为这把琴制作十分精细，比一般的乐器更易受到气候变化的影响。

大卫多夫还存在一个问题——杰姬在拉奏极强音的部分时总会用很大的力，而这把琴如果承受太大压力的话，不但不能发出足够响亮的声音，反而会一下子哑掉！

杰姬从来都不爱保养大提琴，因此，大卫多夫在她手里时，三五天便会出点小毛病，如拉不出声音什么的。于是，她不得不把它送回查尔斯·比尔在索霍的店里“休养”一阵子。

第十八章

希拉里

1965年是杰姬向国际乐坛进军的一年。新年时，她先在利物浦和利兹两地举行了两场埃尔加作品的演奏会，然后又举办了一场独奏会，由斯蒂芬·科瓦切维奇担任伴奏。

接着，她又参加了电视台一档名叫《正在排练》的节目。之后，她在与斯蒂芬巡回演出的途中，又接到通知，答应了要在伦敦节庆音乐厅演奏德沃夏克的协奏曲。但是，有一些乐评人却撰文说，杰姬的演奏失之激进刚烈，音色太薄，而且有几次还拉错了音。

这些评论激怒了指挥马尔科姆·萨金特爵士，他给《旗帜晚报》写稿进行了反驳：

听说乐评的标题是由报纸的文字编辑随心所欲挑选出来的，但是这样却很可能会产生误导作用，毕竟随机性也太大了，就是看文字编辑的心情好坏而定。我建议，应该鼓励这些编辑先生们尽可能宽宏大量一些，譬如说，把“杜普蕾小姐也太激进了吧”改为那篇评论中的一句话岂不更好：“杜普蕾小姐很具有大师风格。”况且，这也是事实啊。

而《每日邮报》则对杰姬略加称赞：

杜普蕾小姐显然不适合清新少女风的演奏风格，当琴弓落下，她的披肩金发翩然甩起，随之爆发出狂热的能量。只可惜，管弦乐队的伴奏总是过于粗糙、迟钝了。

然而，事情却忽然来了个大逆转——那天是4月7日，杰姬在皇家节庆音乐厅与约翰·巴比罗利爵士和阿莱管弦乐团合作演出。她对埃尔加作品的演绎可谓到了天人合一境界，在伦敦和国外皆获得过巨大的成功。这一次的演出也变成了传说一般的存在。

而巴比罗利爵士的任务，则是要恢复埃尔加“自普赛尔以来英国最伟大的作曲家”这一应有的地位。巴比罗利爵士本人也是一位出色的大提琴家，年轻时也曾担任协奏曲第二场演奏中的独奏。另外，他还是杰姬的铁杆粉丝，自从在苏吉亚试奏会上第一次见到杰姬，他便一心想要与她合奏。只可惜，那时杰姬才11岁。因此，直至9年后，两人才有了合作的机会。

如今，巴比罗利爵士、杰姬和大卫多夫的天籁之音构成了一个完美组合，协力进行了一场举世无双、力与美完美结合的演出，真称得上是余音绕梁，三日不绝。

有一张报纸对这场演出作了如下评价，其标题是用大写字母拼写的："哭泣的音乐。"

这一次演出轰动乐坛，杰姬获得了极高的赞扬。

《泰晤士报》说她"体现出了作曲家渴望表达出来的理想"。

皮尔斯

皇家节庆音乐厅举办了一场欧内斯特里德的青年音乐会，杰姬也会参加。因此，母亲便要求我在演出前卖节目单，用赚来的钱买音乐会的票，并认为这会让我获得很不错的经验。进场的铃声响起，我拿着钱和没卖掉的节目单跑到服务台去，挑了一个空座位。

感谢上帝，我喜欢的位子还空着——那是前排中央的座位，正对着杰姬演奏的位置，相隔也就几英尺。

杰姬走上舞台，坐了下来，却并未看见我，直接就开始演奏了。我煞费苦心想要引起她注意，先咳嗽——没反应；又抖腿——没反应。我只得故意把节目单扔到了地上，她却仍是毫无反应。我只好等着，一边又默念道："看看我吧！"她终于看了我一眼，我没说话，而是赶紧吐吐舌头。可惜杰姬的反应却完全不是我期待的——她只是灿烂一笑，接着，便更加专注地演奏。

音乐会结束后，我去了后台。休息室里挤满了人，我竭尽全力想从人堆里把她找出来。谁知，她却早就瞧见我了，此时不由放声大笑起来，又扯开嗓门，以压倒所有人的声音冲我嚷道："狗屎蛋儿，你给我过来，我有话要跟你说！"

于是大家便都朝我转过头来，我若无其事地游目四顾，装出一副杰姬是在招呼我身后某人的样子，赶紧溜之大吉。

事后，我们俩为这件事笑死了，但我却被迫向母亲做了保证——以后再也不这么做了。

希拉里

应BBC交响乐团及其指挥安托尔·多拉蒂的邀请，杰姬参加了他们在美国的首次巡回演出，首场演出定于4月25日，在马萨诸塞州的波士顿。之后，便开始长达一个月的巡演，最后在纽约闭幕。

在这次演出中，皮埃尔·布勒是客席指挥，还有3位来自英国的独唱演员和独奏家，分别是女高音希瑟·哈珀、钢琴家约翰·奥格登和杰姬。所选曲目几乎都是20世纪的，其中有韦伯恩、科普兰、布勒、斯特拉文斯基、萧斯塔科维奇、杰哈德、布里顿、巴尔托克和埃尔加等人的作品。他们会在美国东部巡演3个星期，演出共有15场，其中6场都是在纽约的卡内基音乐厅举行。

杰姬在卡内基音乐厅的首次登台亮相是在5月4日。那天，她演奏的是埃尔加的作品，指挥则是安托尔·多拉蒂。她被描述成一位集刘易斯·卡罗尔笔下的爱丽丝和文艺复兴时期绘画中的天使乐手特色于一身的、亭亭玉立的金发美女。

杰姬在这次表演中竟没有使用大卫多夫，而是改拉她原来那把栗色斯特拉德，原来，大卫多夫又被送去查尔斯·比尔的店里“休养生息”了。自打杰姬拉出第一个音来，听众们便被她迷住了。

《纽约时报》评论员雷蒙德·埃里肯森狂喜地写道：

> 杜普蕾小姐与这部协奏曲犹如天生一对，其演奏表现出了浪漫的精髓，且她竟能在协奏曲的抒情风中加入绚烂色彩，以清新、率真、平静而安详的方式，将轻快、细腻的情感演绎出来。

《纽约先驱论坛报》的评论员约翰·格伦，更是沉醉得不能自拔：

> 她对待乐器的态度犹如痴情的情人一般，因此，自然能够得到最深切、最令人激动的反应。用“无懈可击”这个词形容她的琴技实在是太单薄了，她的演奏着实“令人惊艳”!

罗伯特·莱昂则在《克宁报》上这样评论杰姬：

> 这才叫“演奏”呢！当代的演奏枯燥乏味、完全没有投入感情，这种生怕被看作幼稚而不肯把自己融入音乐的音乐家我们已见了太多。如今，却看到了一位年轻天才，她来自以“克制音乐”著称的国家，却能够引领我们回归“承认音乐是情感的表达方式”这一宝贵传统。

杰姬在美国巡回演出期间，与BBC交响乐团的首席小提琴手休·马圭尔成了好朋友，后来，一回伦敦，她便进入了休的朋友圈中，一起在休家里演奏室内音乐。在这些夜晚中，他们演奏的都是来自本能的音乐，杰姬对此十分痴迷——她原本就是个对演奏有着贪婪欲望和旺盛精力的家伙，此时，自然会整天都拖着斯蒂芬·科瓦切维奇到休家去彻夜演奏！

6月27日是个星期天，在马尔伯勒附近大贝德温的一座漂亮小教堂里，纽伯利弦乐团举办了一场午后音乐会。基弗担任这次演出的指挥，另有双簧管手西莉亚·尼克林吹奏《维瓦尔德协奏曲》，杰姬演奏鲁布拉德《独白》。之后，她们俩又合奏了一首肯尼思·莱顿的曲子。

此时，我已经好久未见杰姬了。

“希尔，你简直成了个庞然大物啦。饼干在哪儿装着呢？我饿死了。”

我泡着茶，杰姬便走向食品柜。

“杰姬，说说美国怎么样？”

“这个嘛……大胖妞，报纸上可都说了——我是天使，当时全场观众起立，给我鼓了10分钟的掌！好可怜哟，我这么纤弱，竟得站在那么多人面前一直朝着他们微笑！嘴巴都僵掉了，想不笑都合不上啦。”

我俩吃完午饭就往大贝德温去了。那一天，天气颇好，虽说有点热，杰姬却很快集中了心神，甩动着长长的金发，拉起琴来。当时，我已快临产了，又有才两岁的特丽萨在我腿上扭股糖似地闹着。谁料，当杰姬的琴声响起时，那激烈的音乐竟使我那幼小的女儿静下心来，一动不动了。观众席上的人也无不屏息敛气。

休息时，杰姬和西莉亚跑出来找我们母女俩，大家一起在墓碑之间玩起了捉迷藏的游戏，而且玩得不亦乐乎。此时，正是6月的午后，又恰逢难得的好天气，观众和乐队成员也都出来享受这份安逸。待下半场开始时，我仍带着特丽萨在外面，一边欣赏悠扬的埃尔加小夜曲，一边跟孩子做游戏，直到杰姬和西莉亚该上台演奏莱顿的曲子了，我俩才悄悄走了回去。

特丽萨吸足了新鲜空气，变得精神焕发，此时，一见“杰姬姨妈”竟坐在乐队前面，便闹着要从我腿上往下跑，我只得使劲儿抱住她。这一次，令特丽萨安静下来的，又是杰姬和大卫多夫的琴声，她聆听着，渐渐安静下来，如同融化在了我怀里一样。乐队退场后，杰姬和西莉亚也走了出来。

“真的太动人了，杰姬，西莉亚。这也许是这部作品最动人的一次演奏呢。要是你们能重拉一次就好啦。”

“我是乐意的，只是大约没什么机会啦。”

说话间，杰姬看到一个十来岁的小姑娘正站在墓碑旁边，便问道：“嘿，刚才我瞧见你坐在观众席上。喜欢这场音乐会吗？”

“我喜欢，您能给我在节目单上签个名吗？”

“没问题呀。你会演奏乐器吗？”

“我会拉大提琴。”

“会拉大提琴啊！那你可以拉拉我的琴呀，我的琴就放在教堂里呢。跟我来。”

这孩子不由得大吃一惊，随即便跟着杰姬消失了。在这座已人去楼空的教堂里，杰姬用她那把斯特拉德给这位小小的大提琴手上了一堂即兴课。10分钟后，她们俩笑容满面地一起回来了。

克莱尔是7月23日那天出生的。当日，杰姬正在遥远的斯波莱托参加音乐节。待她8月初回来后，便马上来艾什曼斯沃思看望我们了。杰姬跟小宝宝咕哝了好半天，我趁着她抱克莱尔时，问起意大利的情形来。

“有些很精彩啊，可也有些超级差劲。”

“什么精彩呢？”

“当然是理察·古尔德啰！”

“他是谁啊？你不会是又有了一个男人吧？”

她反驳道：“才不是呢，希尔。他只是一个很棒的美国钢琴家罢了。”

“我还以为，只有斯蒂芬才是很棒的美国钢琴家哪。”

“他确实是啊！但这一位也是嘛！”

“你这家伙！”

“怎么啦，希尔？不是一码事。”

“你这家伙！”

“得了吧……他还要来伦敦呢，我们可能会一起演奏哟……”

说到这里，我俩忍不住都笑开了。

“他认识斯蒂芬吗？斯蒂芬会不会有想法啊？”

她却只是耸耸肩，“到时再看吧……得了，希尔，我都饿啦！你抱着克莱尔吧。”

皮尔斯

1965年8月19日，杰姬跟约翰·巴比罗利爵士以及伦敦交响乐团合作，在伦敦的金斯威音乐厅为EMI公司灌录了《埃尔加大提琴协奏曲》的唱片。

早在1964年5月，EMI公司就曾讨论过要为杰姬灌录唱片，当时，约翰·惠特尔和希赖恩·卡尔瓦豪斯还曾提议说让艾德里安·博尔特担任指挥。只可惜，当时只有英国人喜欢杰姬，且又盈利不够，这项提议便被驳回了。

1964年9月，约翰·巴比罗利爵士和EMI唱片公司的制作人罗纳德·金洛克·安德森在艾比路录音棚里评论埃尔加的《吉伦舍斯之梦》这张唱片，于是，约翰·惠特尔和马尔科姆·沃克又趁机提出让约翰爵士和杰姬合作灌录一张埃尔加的大提琴协奏曲。约翰爵士倒也积极赞成这个提议，只可惜他的日程安排得很满，最早也要到次年8月才有时间。

录制唱片总共要有3个步骤，晚上，杰姬回家时，一脸很兴奋的样子。

“进展如何？”当杰姬跑进来时，我问她。

“超棒的。这话可是制作人说的哟。他闹不明白为什么才30分钟就弄好了，不住口地向我道谢哩。说什么‘我原本和乐队约了两天的时间呢’。”

我问道：“出了什么事吗？”

“没有啦，你这傻家伙。那部协奏曲本来就只有30分钟长嘛。”

她一气呵成地把唱片录出来了。后来，我才知道，其实他们是分了两次录制的，上午录了前两个乐章，下午又录了后两个乐章，每个乐章都是一口气演奏完的，但一共录了37遍之多——第一乐章是7遍，第二乐章是6遍，第三乐章是4遍，第四乐章是3遍。其中有5次是因为起头起得不好才重新来过的，另外几次则是为了精益求精。

希拉里

需要对未来3年的音乐生涯作出规划，这令杰姬很不喜欢，因为她本是个随性之人，活在当下、为当下而活，很难做出什么长久的承诺。如果她想要做其他事情的话，很可能会在最后一刻取消音乐会演出。这令经纪人和音乐会赞助商十分为难，因此他们也对杰姬生出了恶感。更何况杰姬不喜欢出国演出，但偏偏作为一位国际知名的艺术家，出国演出在所难免！

可她难耐身在异乡为异客的寂寥，在旅馆里无所事事时，常会给母亲打电话："我回家可以吗？实在不想参加这场音乐会啦！"说话时，声音里总是充满了迷茫和困惑，似乎连自己身在何方都不知道了。每逢这时，母亲便会扔下一切赶去陪伴她。

杰姬发现，自己很难适应新生活——其实一点儿都不令人吃惊，毕竟，她是一个到了波特兰大街与哈雷街相交的拐弯处就不认得路的姑娘。如今，得一个人穿梭于国际机场和国外的城市之间，离开一个万事都有人替她打理妥当、处处受到保护的环境，进入另外一个需要自己照料吃穿、安排时间的陌生天地。

况且，她是个独奏家，实质上和情感上都缺少他人的支持。她在BBC电台与斯蒂芬·科瓦切维奇替《本月艺术家》录制节目时，曾谈及自己的这份感受：

作为一名艺术家，我在大部分时间里都是独自工作的，如果能够与别人合作，譬如，和乐队合奏、和指挥配合，那我必然是非常欢喜的。这本就是令人非常兴奋的事情，偏偏排练时间总是不够，导致真正令人满意的友谊很难培养出来。

恰恰就是这个原因，我才一向都把室内乐演奏看成非常有意义的事情——毕竟，室内乐是乐手的小团体创作出来的。演奏室内乐时，需要有协作精神，还需要每个人都努力工作，谁都不可以偷奸耍滑。近日，我也曾与斯蒂芬演了二重奏。两个艺术家对音乐的理解肯定是有差异的，然而，又必须得达到和谐一致才可以，因此，合作起来就很刺激思维。最后，待两人的演奏终于默契地融合到一起的时候，实在是有着非凡的意义。

因为工作需要，很多时候，杰姬都会想方设法地保持很好的幽默感，于是，陌生的环境、形形色色的人群，便都成了她拿来模仿的对象。天生就具有博采众长能力的她，每次出国回来，都会拜当地人所赐，带着浓重的异域口音。每次一讲起旅途见闻，她便会模仿起自己遇到的那些人物来，哪怕是很凄凉的遭遇，经她一说竟也搞笑起来了。

到了9月时，杰姬说她打算再提升一下自己——这句话也被媒体所引用——于是经过漫长的等待，她受邀拜访罗斯特罗波维奇的事情终于确定了，紧接着便是再次见面，又试奏了一回。这一次试奏时，杰姬选了贝多芬的作品，又请了理查·古尔德替她伴奏。

一天，当她想要给理查·古尔德打电话时，却错拨到了斯蒂芬·科瓦切维奇那里。因为两人都是美国口音，说“你好”时很难听出谁是谁，于是，杰姬便劈头盖脸地把斯蒂芬大骂了一顿。

斯蒂芬只是静静地听着，直到她换气时，才插话道：“杰姬，你知不知道自己在跟谁讲话呀？”

杰姬大窘，幸而当时母亲也在，便急忙开车把她送到斯蒂芬家赔礼道歉。

好在，斯蒂芬不过是一笑了之。更何况，此时，他们俩马上就要一起踏上漫长的巡回演出征程了——两个月之内，要演出整整15场!

而理查·古尔德则返回了美国。

杰姬在巡回演出期间又加上了两个场次，第一场是在曼彻斯特和巴比罗利爵士及哈莱乐团合作演出海顿的《C大调协奏曲》。第二场则被安排在两天之后，她在伦敦皇家节庆音乐厅与哈里·布莱希和伦敦莫扎特乐团合作，演奏了同样的曲目。

到了12月时，她所灌制的那张埃尔加唱片发行了，一时备受追捧。直至今日，这张唱片仍不失为古典音乐中最畅销的唱片之一。

第十九章

希拉里

到了1966年2月，刚过21岁生日不久，杰姬便去苏联拜姆斯季斯拉夫·罗斯特罗波维奇为师了。当时，罗斯特罗波维奇刚好38岁，正当盛年，当被问起“教给学生什么知识”时，他说：“我让学生全心全意地爱上音乐。对于我所演奏的曲子，我并无偏爱，演奏的那一刻，正在被演奏着的曲子便是我的心头所好。如果我没生出这份喜欢的话，观众们是能够察觉到的。”

杰姬这次之所以能成行，是因为她的游学成为《新英苏文化协议》的一部分，这项协议规定，英国方面可以选派一名高级艺术人才赴莫斯科深造。同时，英国也要接受一名来自苏联的工科学生。

有人告诉杰姬，把大卫多夫带去莫斯科是非常危险的，毕竟这把琴原本就属于俄国人，他们必然会抢回去呀！当时正值“冷战”中期，父亲便想着，为了以防万一，应该定一个暗语。于是，他们约定，如果说“渴望见到你”，就意味着“我有麻烦了，你们快来”。

所幸，杰姬去时正是勃列日涅夫当政时期，政局相对开明，加上杰姬生性正派，于是很快便有了朋友，也融入了那边的生活：

亲爱的全家人：

我在莫斯科顶级餐厅“阿拉贡”里喝醉了，此时，正等着吃一块足有一英尺长的巨大的格鲁吉亚热面包呢。

我刚刚上完了一节课，练的是巴赫的第三组曲。课后，我便与敬爱的老师、师母以及丽莎（也就是伊丽莎白·威尔森）一起灌了半瓶子伏特加。此时还有一帮子讨厌死了的忙着调情的臭男人跟我们同席，但我们才不要理睬他们。

还不给我们上菜，太可恨了！我们点了一份蘸着美味佐料吃的冷鸡肉、一份美味绝伦的俄罗斯汤，真正是举案大嚼，因为这样才可以醒酒嘛！吃完饭我们就得赶紧走，老老实实地回去刻苦学习。这简直太绝了！

我饿得肚子直叫唤。对啦，我应该能在6月20日左右回一趟伦敦。但因为是跟R（罗斯特罗波维奇）同行，所以，具体时间要看他的安排。

上菜菜菜菜菜啦！！！！！

又及：附上菜单上的一点点洋葱哟。

杰姬对罗斯特罗波维奇可谓又敬又怕，因为她14岁那年为他演奏时，曾被他毫不留情地指出了技术上的缺陷，令她至今难忘。此时她虽说已21岁了，但因为深知他能够教给自己一些特别的东西，所以对他满怀敬意。

苏联之行大大开阔了杰姬的眼界。那里的学生都很遵守纪律，因此，当杰姬得知自己在一天6小时的练琴之外，还要写书面作业和学俄语时，着实吃了一惊，觉得实在太有难度了。在第一封家书中，她说自己对其他学生的大量练习感到十分惊讶：

> ……这里的关键词是“敬业”，且据我看来，每个人都在以一种穷尽我一生也做不到的方式学习着。有两周的时间R不在，失去了他给我上课和音乐会演出的刺激，令我颇为难耐。我非常期盼他回来，继续扶持我前行。
>
> 迄今为止，我在这里所学过的内容有：洛可可式变奏曲，舒曼，普罗科菲耶夫交响协奏曲，一点点巴赫。后面还要上三十多节课，不过我已为想要跟他学的东西做好了计划。上帝啊！（顺便说一句，俄语里是管上帝叫“BOG”的。）

罗斯特罗波维奇令杰姬对自己有了信心。他们俩的工作方式很相似——除了要求坚持练习，罗斯特罗波维奇从不谈什么技巧，只讲感觉和音乐表现力，和比尔的教法如出一辙——可能正是如此，杰姬才跟他有了默契的。

她对罗斯特罗波维奇的力量深信不疑，还跟我说：“他是个超级戏剧化的人，简直就像在演电影一般！”终于有人和她抱有同样的音乐理论了，这让她放松下来，再也不用去试着分析什么技巧了。

最亲爱的基弗：

当我看到你对艾什曼斯沃思春光灿烂的美景的描述时，真是难受死了——超级难受啊。我赶紧到酒店的自助餐厅去喝了一杯黑咖啡，然后又想办法把一个生鸡蛋摔碎在地上，弄得自己特别可怜，于是便有一个喉咙也在肿痛的好心的巴西人把我送回我的229房间去了。看着我明年的那张可怕的音乐会行程表，你在信里的描述便愈发令我难受起来，令我深知自己无法看到英国的下一个春天了。

直到此时，我方才意识到祖国对我是有很重要的意义的。此时，这里仍是一派冰天雪地的景象，估计还要过上好长一段时间，路边的厚厚积雪才能被铲掉，或者直接融化成一摊摊脏水也未可知。不过，这里有长长的、漂亮的林荫大道，估计到了夏天应该很美——绿茵成片，鲜花盛开。

几天前，这里过了一个很隆重的节日——事实上，是全苏联都在过——“妇女节”，不仅每个人都可以放上一天的假，女性还可以得到礼物，又有广播为她们放送音乐庆祝节日，而且男人还要向女性致敬哟。我得到了两尊精美而古老的小雕像，大概是经常被抚摸吧，它们难免有点显旧。另外，还得到了一条墨西哥项链和一枚中国戒指（都是女性朋友们送的啦）。那天晚上，我们都喝了好多好多杯伏特加（我现在超喜欢喝这个的，而且喝得相当有水平）。

另外，我还干了以下几件事：听到了以前从未听过的贝多芬的《第二交响曲》；得罪了人！不得不当着一大帮出类拔萃的俄罗斯音乐家的面跟R说话，而且还是在喝得醉醺醺的时候！

我没有什么跟学业相干的新消息可以汇报。即将到来的音乐会令我紧张得心跳。别人喋喋不休地告诉我的那些话，什么我是个天赋异禀的人啦之类，我总是很不容易记住的。如果我是跟你们住在国内的话，一定会把这些劳什子忘个一干二净！但这里却都说什么从英国来了个天才，学生们竟会因此挤到教室里来听我拉琴，真把我给紧张坏了！

我很爱R，因为他给了我非常高明的关于音乐的种种指导。真没想到他原来是个很感性的人，不仅在乎我的琴艺，也很在乎我这个人，这对我是一个很大的安慰，他对我的好实在令我没齿难忘。我无法想象自己怎么就成了他的接班人呢，毕竟我既非男子，又无他的才华！我向你起誓，你的预言是非常正确的。

所有关于这里训练标准的报道都是属实的，这里的学生都是明星，个个都是很棒的演奏家。单就专业课而言，他们每日的标准是练琴8个小时，当我跟他们说，我一天顶多练上2个小时的琴时，他们费解得如同听到希腊语似的。同学中有好多个姿容优美的“娜塔莎”和“塔玛辛”，总是打扮得漂漂亮亮的，而且琴艺也是一样的漂亮哟。

就在我的窗外，有一只小鸟唱着歌飞走了。这让我觉得离家乡好近啊！还有一对乌鸦，不分昼夜地守在窗户外面，令人心惊肉跳的！

听起来，你的减肥食谱可比我那个胖室友的强多啦。我在猜想啊，是否有人让你拿4个水煮土豆当早饭来吃？不过我敢肯定的是你是没机会享用各种各样的花色面包的。如果你足够敏感，会发现水果和蔬菜都是淡然无味的东西，削皮和准备工作也太麻烦了。所以，面包圈和土豆是最好的啦！

我得跟你说再见啦，还要去买几张画贴在墙上呢。对你的来信感激不尽，简直无法言传啊！把我的爱献给你，期待3个月后与你相见。

至今难忘你带着特丽萨消失在纽伯利火车站的情形。

杰姬

于莫斯科

皮尔斯

一个周六的清早，我们正吃着早饭呢，杰姬来信了。父亲先把信放在一边，要等大家都吃完了才看——杰姬的信可是很重要的东西，一定要专心致志地阅读才可以，不能随便看，更不能边吃边看。因此，直到收拾完了桌子，沏好了茶，父亲才正式拆开了信。

这封信是用绿色圆珠笔写在一张从作业本上撕下来的纸上的。

父亲把信给了母亲，让她念。母亲在开口之前，先扫了头几行一眼，随即便热泪盈眶了，又把信推回给了父亲。于是，他朗声念了起来：

最亲爱的母亲：

我不过是写给你一张小便笺罢啦，只是想要告诉你，我终于决定要当一名大提琴家了！

这些年来，我一直纠结于是否要当大提琴家，当还是不当？脑子里乱得就好像有漫天尘土一般。这你都是知道的。

全拜R所赐，我终于更加清楚地意识到——自己应该当大提琴家。他实属良师益友，很多事情全仰仗他的倾力相助。

放下能否忍耐这种艰苦生活不谈，如今，技术上的局限性也对我造成了巨大的困扰。此时此刻，我正坐在这里愁肠百结呢，不知道自己最终能否做一名大提琴家。如果不行的话，我该多遗憾啊！所幸,R深信我颇具天分。

终于决定了自己想要什么，这令我感到如释重负。能够做到这一点，很大程度上多亏了你在我身上所寄予的厚望和你对我演奏的信心，我是因为这个才坚持下去的。因此，母亲，穷我一生，都要向你道谢的。

我将在6月18日那天在这里开一场演奏会。然后,6月20日，我就可以和R一道回伦敦啦！此时天色将晚，窗外有好多小孩子在嬉戏。

我也得去练琴了。

献给你好多好多爱

杰姬

父亲念完了来信，母亲也用围裙把眼泪擦干。我不禁脱口道：“她怎么写这么傻的信啊，傻瓜，她本来就是大提琴家好不好！”

可是，父母却只是互相对视着，一言不发。

希拉里

杰姬已经在俄罗斯生了5个月了，我们俩一直频频通信。我又有了4个月的身孕，已有轻微胎动，而3岁的特丽萨非常可爱,11个月的克莱尔也可以满地爬行了。我希望杰姬能够见到他们。不过，对一个小宝宝而言，5个月实在太漫长了，我不知克莱尔是否还能够记得杰姬。

为了迎接杰姬回家，特丽萨采了花回来，还收集了一些特别的“财宝”，用火柴盒和纸袋装着，像一只小松鼠一样，在花园里各个安全的地方把它们藏好。

我听见汽车开进院子的声音，然后又听到外祖母尖叫起来。我忙抱起克莱尔冲出草地，跑上台阶。外祖母从厨房里奔了出来，乔伊也从前门跑出来了。一大帮子人又喊又跳，纷纷与归家的杰姬拥抱——她可算回来了！

然而，我却一眼便看出杰姬面色有异，没有了过去的神采飞扬。外祖母去烧水了，还说要把茶端来戏水池这里。特丽萨赖在杰姬怀里，兴奋地吵闹着。

“杰姬，来呀，求求你了，快点跟我来。我有一个惊喜要给你呢。就咱们俩去，谁也不许来。”

克莱尔静静地仰望着，眨巴着蓝色的大眼睛，就像要从遥远的记忆中唤起什么似的。杰姬却只是一味地跟我聊天，难免令特丽萨失去了耐心。

“不许再说了！你们不是都打过招呼了嘛！妈妈去和克莱尔聊天好了。杰姬快过来。”她从杰姬怀里挣了出来，拉着杰姬的袖子就往花园里拽。寻宝游戏才是最重要的：要去坚果林那里寻找。特丽萨兴奋地拉着杰姬直奔目标，很快便找到了“宝物”。她俩捧了满手的漂亮石头、贝壳和小画片，很快回到了戏水池这里。

乔伊过来了，手里捧着饼干。马上要开午饭了，我又很兴奋，所以也无暇顾及其他。待乔伊和外祖母终于一起去做午饭了，我和杰姬才有机会聊聊天。此时，孩子们都在兴致勃勃地玩水，杰姬等乔伊和外祖母一走，便马上握住我的手，竟然流下泪来。

我立刻抱住了她：“你怎么啦，杰姬？”

她泪水汹涌，连话都说不出了。

“好了，杰姬，别哭了。”

杰姬毫无回应。

“说出来吧，别憋在心里。”

她还是毫无回应。

“这儿谁也没有，保证是非常安全的。”

她伤心地抽泣，眼泪顺着鼻尖滑落下来。我递了一块手绢给她，她便用力擤起鼻涕来。

然后，她呜咽道：“希尔，我被强暴了。”

我窒息了：“你说什么？”

她忧心忡忡地四下环顾，见确实没有人听见，才又往下说：“在莫斯科时，我怕怀孕，所以人家送我去了医院，医生粗暴得要命。我又担心万一给人知道了，拜托你可千万别告诉妈妈。”

她用力拿湿答答的手绢擦着红肿的面孔：“所幸没有怀孕。”

她还说，自己已经做了绝育手术，为的是以后再也不要怀孕。医生粗暴极了，全无一丁点的仁爱心肠。

“杰姬，非礼你的人到底是谁？”

她迟疑了一会儿才低声喃喃作答，几乎听不到她说了什么。

我又问她愿不愿意跟家庭医生谈谈，那位医生她也认识的。但是，她却坚决地说谁也不想见。

我抱紧了她：“杰姬，谢谢你把这一切告诉我。我对你起誓，绝对不会告诉妈妈。你放心。”

这时，我们的谈话被外祖母吟唱般的喊声打断了：“快来啰……希拉——里！杰——姬！该吃饭啰！”

午餐吵闹得跟集会似的。外祖母忙里忙外地照顾着大家，乔伊则想要知道关于俄罗斯的每一个细节。杰姬也振作了起来，又是模仿她见过的人，又是给大家显摆流利的俄语，那副正经八百的样子把我们都给镇住了。谁知，其实当时她只是装着俄语腔瞎说罢了。

用过饭，杰姬上楼午休，我和外祖母带着孩子们去散步。外祖母也很明白杰姬状态不好，因此我只得百般劝慰，说什么杰姬只是因为一路风尘太累了呀，莫斯科的演出也让她疲倦呀……

外祖母看我不告诉她实情，便摆出一贯的脸色给我看。想到在以后的日子里她又有了可担任的新角色，便信心十足地说：“得啦！咱们让她好好休息吧。再多做点好菜，把她的身体养好些。我敢保证，过不了多久，她就又能容光焕发了。”

被强暴了什么的，从此杰姬就再也没有提起了，而我也只能偶尔拥抱她一下，以示安慰。

第二十章

希拉里

当杰姬去了意大利以后，我便和基弗到法国去跟雅内·泰茜耶·迪克罗见面了。她是我们的老朋友，就住在瓦莱拉格她那所赛文诺大宅里。此时，距离我第三个孩子的预产期还有4个月，因此，我们很高兴地接受了去法国度几天假的建议，把家务事拜托给了乔伊和我外祖母，另外还有奥莉夫帮助她们。

对我来说，法国犹如另一个世界，很新鲜，很激动人心。我们每天都会散步，或者去雅内那些身居古宅的各种高贵亲眷家里做客，天天都能看到戴着蓝色盔式无檐帽的牧羊人漫山遍野地放牧绵羊和山羊。

一天，雅内提议说，让我们俩走得更远些去探探险。于是，我们便开着她的那辆吱呀作响的小汽车往赛文山脉的腹地去了，一路竟开到了絮梅娜小镇上。

我们把车停在桥边，索性下了车到小径窄巷里去探险。这里的房子很高，路却相当狭窄，空气里满是强烈的羊膻味。当地人身材矮小，肤色多呈深棕色，面孔上布满皱纹，活似核桃皮一般，或是坐在门口谈天说地，也有人择着蔬菜。路上，有一个小商贩用箱子装着水果蔬菜叫卖着。这是一处静谧的所在，生活节奏缓慢悠闲，见不到行色匆匆的人。我们走过时，他们便会盯着我们看，有点点头打招呼的，也有只是呆呆地看着我们的。

街心广场上种了一株硕大的悬铃木，树下有一头驴子，拉着一辆四边高高围起的垃圾车。在絮梅娜小镇唯一一条小路上，我们好几次碰到这辆垃圾车，因为路窄错不过去，所以只能耐着性子跟在它后头慢吞吞地走。当清洁工人要把垃圾收进车里时，我们索性停下来等着。在那条小路上，路人根本没办法挤过去——也没有人想要超前。

我们在街心广场后面走着时，恰巧看到了一家饭店，店名叫作“玫瑰”。

“太完美啦。”雅内说着，便走进去问老板能否给我们做顿午饭。老板说，饭要等20分钟才能做好。雅内又跟老板说基弗是素食主义者。

“没问题。”老板普里埃先生说。

吃饭前，我们还有时间可以探一会儿险。小巷子里，浓汤、香蒜和热烘烘的法式面包香味四溢开来，伴之以饭锅的叮当作响，以及从半开半合的百叶窗里传出的说话声。

当我们回来时，桌子上的饭菜已经摆好了，普里埃先生的厨艺简直令人惊叹。我们享用着美酒佳肴，高谈阔论起来，大家都感到十分轻松。

在不知握了多少次手、又答应了多少遍下次一定再来之后，我们终于得以告辞出门。大家都兴奋得要命，雅内仍滔滔不绝地说着，在宽阔的山谷和连绵起伏的山峦之间，车子沿着山间小路前行着，结果，我们连瓦莱拉格的路标都错过了。

走在仅容一辆车通行的颠簸小路上的我们，沐浴在温暖与花香之中，感受着扑面而来的湿热空气。路上除了我们，看不到任何一辆车子。

有一条小河从山谷中流过，河水时隐时现，拍打着岩石和硕大的砾石。我们看到几幢小小的塞文诺式的房子，都是粉红色的，上面覆盖着波浪形的瓦片，还悬了一块写着“桑萨克”的古老的匾。我们走到河湾那里，只见在山谷上方的山尖上有一座美丽典雅的带有两个巨大拱顶的房子。雅内慢慢停了车，我们便都安静地坐下，凝视着那座房子。

基弗低声道：“我真想买那房子啊。”

“你没希望的，”雅内说道，“那些房子都是归一个家族的几个人所有的，他们还争呢。就算房子没有人住，一牵扯到法国的《继承法》，事情就复杂啦。”

基弗辗转反侧了一整夜，次日早起，便急急忙忙吃了羊角面包和咖啡，开了我们自己的车子，带着我沿着昨天的路找了回去，一路走到了那个山间点缀着一两幢房屋的小村子。

看不到有通往昨天所见的那幢大宅的路。

基弗便道："希尔，来，咱们蹚水过河，然后从梯田爬上去吧。梯田若是太陡了，我就把你托上去好了。"

于是，我们便穿过一片绿树成荫的桃园，一直往河边走去。此地温暖而静谧，十分舒适，只能听到知了的鸣叫、蟋蟀的低吟和我们的呼吸声。野花野草被我们踩在脚下，散发出浓烈的香气，熏人欲醉。我们脱了鞋，蹚水过河，到了对岸，待双足晾干后，便再套上鞋子开始攀爬梯田。

天气太热，梯田又太松软，更何况我还有孕在身，我慢慢走着。

"基弗，还要走多远啊？我怎么连房子都看不见呢？"

为了躲避一些令人厌恶的小家伙，比如蜥蜴，或者在带刺的灌木丛里窜进窜出的陌生小动物，我累得直喘粗气。我们之所以看不见房子，其实是因为我们此时正在它的下方呢。

一堵墙忽然就出现在我们眼前。顺着墙根走过去，我们发现自己已经立在一座有上百年历史的古宅门口的台阶上了。这座房子非常大，大得简直跟它所在的这块土地都不搭了，仿佛时间的维度扭曲了似的。我们深知，这里注定是我们的归属之地。

"咱们去探险吧，"基弗低声道，"看看能否打开那扇古门。"

不料，房子却被木板封起来了，我们只得改为去探访地下带拱顶的地窖。地窖里伸手不见五指。

"算了，希尔，咱们索性回到台阶上去，欣赏欣赏房子的外观得了。"

于是，我们便又回到了阳光下。我们默默地站在那里，享受着安静、温暖的美景，嗅着醉人的花香，徜徉在几个世纪的历史里。过了一阵子，我才发现，山谷里有人在拿镰刀割草。

“你看哪，基弗，河边有人。”

“太好了，咱们正要找个人呢。可以跟他打听一下这房子是谁的。”

于是，我们走下台阶，几乎是一路往下滑着到了小河边。那人个子不高，身穿蓝色帆布裤，头戴蓝帽子，此时正扶着镰刀把儿朝我们看呢。

“先生，请问，”我结结巴巴地用自己仅有的那点法语向他发问，“这房子是谁的？”他的回答令我们大吃一惊：原来这房子正是他的！

那是我们第一次与波塔莱斯先生相见。在以后的日子里，我们天天站在他们家的阳台上，顶着一大片好客的悬铃木的绿荫跟他谈判，而雅内则为我们双方做翻译。售房款起价原来是5000法郎，不料，一下子猛增到了50万法郎。所幸，最后又落回到5000法郎的价位上。终于，我们成交了——房子是我们的啦！

那时的5000法郎差不多才合300英镑。因为房子是被木板完全封起来的，我们没办法进去，所以，基弗便只能先给房子的周围拍了几张照片。在回家的路上，我们的话题只有这栋大宅，其他的什么也顾不上聊了。

到了7月底，杰姬从斯波莱托回来了，气色却仍十分难看。当听见她说自己得了腺热病时，我丝毫不觉得惊讶。为了卧床养病，杰姬把一个月内的所有演出全部取消了。

母亲和杰姬之间也发生了些小争执。原来，杰姬不愿留在家里让母亲照顾她，反而想要到伦敦去跟马圭尔同居。所幸，后来杰姬给母亲写了信，说很抱歉自己对母亲发脾气了，请母亲别往心里去。9月中旬，因为父母实在太担心杰姬的健康，便索性安排她去富勒姆住了10天的医院。然而，就在这时，祖母去世了，父亲前往泽西岛去参加葬礼，只留下母亲一人照顾杰姬。

杰姬需要静心休养，母亲索性送她到法国南部的老朋友玛丽·梅家里小住。虽说天气冷得要命，可杰姬却仍然会到大海里去畅游。她很快便觉得厌倦起来，毫无疑问，这说明她的身体好起来了。到了10月31日那天，杰姬回家了。

此时，丹尼尔·巴伦伯英也患了腺热病，正住在伦敦的西伯利酒店里。见他可怜巴巴地不住呻吟，他的朋友不禁逗他道："你觉得自己病得很严重吗？去看看杰奎琳·杜普蕾，你才知道什么是严重呢。"

他久闻杰姬的大名，此时，便给杰姬的经纪人打了一个电话，要来了杰姬的电话号码。早在一年前，他们俩曾在一场音乐会的后台有一面之缘，此时他便借口要讨论音乐会的事情才打来电话。不过，电话一接通，他便马上把话题转到了生病这件事上，急着跟杰姬交流治疗腺热病的经验。

到了杰姬来看望我们的小女儿妮可时，她并未提到跟丹尼尔通电话的事情，看来也没有要对斯蒂芬托付终身的意思了。看起来，他们俩的缘分似乎已尽。

快过圣诞节时，休·马圭尔宣布他要离开BBC交响乐团的消息，并说想要和杰姬及钢琴家傅聪组成三重奏。于是，杰姬便应邀到傅聪家的圣诞聚会上演奏室内音乐。因为丹尼尔不光是个出色的钢琴家，还有卓越的指挥才能，所以那天也被请去了。

丹尼尔去得迟了些，大家正喝咖啡时，忽见一个风风火火的小个子男人冲了进来。杰姬对丹尼尔一见倾心，她马上拿来了自己的大提琴。

他们以一种非同寻常的音乐交流方式演奏了勃拉姆斯的《F大调奏鸣曲》，彼此配合得默契极了。充满了灵性和活力的音乐款款流淌，两个人同时爱上了对方。随着夜幕的降临，他们愈发明白，在彼此间正发生着一件很特别的事情。

次日清晨，杰姬打电话给我。

“希尔，我恋爱了，我恋爱了！”

连说一声“哈啰”的机会都没给我，她便开始完完整整地给我讲述这个爱情故事了。我当然听说过丹尼尔，他可是当时最走红的年轻音乐家啊！听到杰姬欢呼雀跃的声音，我不由满心欢喜。当她把他们俩见面时的点点滴滴讲给我时，我们俩更是兴奋得又叫又笑。

丹尼尔比杰姬大两岁，生在阿根廷，父母都是钢琴家。父亲恩里克是俄罗斯犹太人，常为到底是做一名职业钢琴演奏家还是留在家里陪伴家人这个问题而苦恼，而他母亲艾达则生长在一个典型的犹太人家庭。丹尼尔小时候也是神童。

恩里克·巴伦伯英最喜欢教书，教学理论和比尔·皮利斯的很像，从不要求丹尼尔练什么音阶啦、琶音啦，只让他通过弹曲子来锻炼技巧。因此，丹尼尔并非机械地学习弹琴。他曾这样描述：学钢琴就像学走路一样，是件自然而然的事情。1950年8月，年仅5岁的丹尼尔便在布宜诺斯艾利斯举行了他的第一次公开音乐会。8岁时，他第一次与乐队合作，演奏了莫扎特的《感情协奏曲》(作品23号)。

1948年，以色列建国了，巴伦伯英一家决定搬到以色列去。于是，在丹尼尔9岁那年，他们一家离开了阿根廷。从小到大，丹尼尔都是说西班牙语的，如今却要学习英语和希伯来语了。在以色列，他们一家人，包括祖父母都住在一幢房子里。1954年，父母决定把丹尼尔送到萨尔茨堡去学习指挥。

之后，到了丹尼尔12岁时，他又奔赴巴黎，拜著名作曲家和音乐教育家纳迪亚·布朗热为师。和纳迪亚·布朗热在一起的这段时间里，他得到了不少结识当时的音乐名家并与之合作的机会——尤其是阿蒂尔·鲁宾斯坦——他给了丹尼尔莫大的鼓舞，并鼓励他努力成为指挥家和钢琴家。

认识杰姬时，丹尼尔才24岁，却已是一位经验丰富、成就颇丰的世界级钢琴独奏家和指挥了。他16岁那年，曾在澳大利亚一口气举办了四十多场音乐会。次年，又在特拉维夫的8场系列音乐会上，脱谱演奏了贝多芬的全部32首钢琴奏鸣曲！

到了1965年，他22岁时，因英国室内乐团的指挥生病，他奉命救场，首次担任了英国室内乐团的指挥。结果，他的出色表现获得了观众和乐队的一致认可，乐队把他留了下来，继续合作。于是，他便留在伦敦与他们共事至今，又是灌唱片，又是到欧洲去举办音乐会。后来，丹尼尔与弗拉基米尔·亚实基拿共同演奏莫扎特协奏曲的一幕，被克里斯多弗·努朋拍进了电影里，令这两位钢琴家一夜成名，成为偶像明星。

两人相识后，杰姬和丹尼尔很快便如胶似漆，她没有工夫去应酬旧日老友了，以前的男朋友也被她抛到了九霄云外。

1967年1月3日，杰姬随BBC交响乐团到东欧去做巡回演出，总共有12场，包括布拉格两场、华沙两场、莫斯科4场、列宁格勒4场。这趟之所以能去，全赖英国与苏联达成的一项交流协议，约定次年夏天，苏联电台交响乐团也将来英国演出——这还是英苏两国间首次进行的广播乐团的交流活动呢。

这一次，在BBC交响乐团的巡回演出曲目中，有几部20世纪的作品，如布里顿、阿诺德、布利斯、斯特拉文斯基、巴尔托克等，甚至连更为激进些的勋伯格、韦伯恩和布勒的作品也都包括在内。

在此之前，到访莫斯科和列宁格勒的外国乐团从来不敢尝试演奏20世纪的作品，虽说苏联人对现代音乐的好奇心也非常浓烈，却鲜少有欣赏的机会——这使得这次演出在俄国音乐界掀起了一阵热潮。

足有130人的BBC交响乐团的团员们乘着火车，横跨数千公里土地，在苏联人民举世闻名的热情的帮助下经受住了严寒的考验。

杰姬在莫斯科演奏埃尔加作品的这天是1月7日。当夜，莫斯科音乐学院里竟挤进了两千多人，而转播这次音乐会的莫斯科第二大电视台则一举登上1500万人的收视率高峰。杰姬在约翰·巴比罗利爵士的指挥下，再度为观众奉上了一场颇具历史意义的演出，光谢幕就长达10分钟之久。

过去，也有苏联的大提琴家演奏过埃尔加的作品，但是，对于非英国本土的演奏者而言——不仅是那时，如今也是一样——埃尔加作品中的英国腔调和情感起伏是非常难以拿捏的。听着杰姬对这部非凡作品的别致演绎，苏联人实在是惊艳不已。

1月16日，杰姬返英，2月初，便在皇家节庆音乐厅与皇家爱乐乐团合作，在克里斯多弗·鲁滨孙的指挥下，演奏了舒伯特的协奏曲。接着，她马上又赶往加拿大，与小泽征尔和多伦多交响乐团演奏圣-桑的协奏曲，这是她在加拿大的首次登台亮相。

听人说，杰姬与丹尼尔在美国私会，还秘密订婚了。

皮尔斯

只要杰姬人在伦敦，她没事时总会打电话给我。一个星期六的早上，她的电话又来了："皮尔斯，我在西伯利呢，你也来吧，咱们可以一道去逛街、吃东西。"

我到她的住所时，丹尼尔并不在那里。

"巴尔，有个东西要给你瞧瞧。"说着，杰姬便把一个浅棕色的大箱子搬到床上来。

"看！"

她掀开箱盖，我一时都不敢相信自己所见——那是满满一箱子面额不等的钞票——这些钱都是杰姬巡回演出时赚来的。

"我一直都想这么玩。"她边说边把手插进箱子，朝空中扬起纸币，开心地大笑。没一会儿工夫，屋里便已是钞票满天飞了，我还从未见过这般景象哩！杰姬就在漫天飞舞的钞票中旋转、舞蹈、哈哈大笑。

为了把这些纸币都装回箱子里，我们着实花了好大一番工夫。"走，巴尔，咱们逛街去吧。"杰姬说罢，我们便出去了，箱子就随便扔在床上，也没人看着。

我记得，杰姬那一天异常欢喜。我俩有说有笑地疾步走在邦德大街上，精品店的门童都认识她，喊着她的名字招呼她，令我深以为荣。

到了3月，杰姬又要出国去了。这次她是要到纽约去和伦纳德·伯恩斯坦及纽约爱乐管弦乐团合奏舒曼的协奏曲。这是斯蒂芬·科瓦切维奇最后一次为杰姬伴奏了。杰姬才走了几天工夫，便往家打电话。

"喂，巴尔。"

"杰姬啊！你在哪儿呢？"

“在纽约啊。”她一边回答，一边又模仿起当地人的口音来，“我要跟妈妈说话，想让她帮我把子宫环寄过来。你说妈妈会说什么？”

“不知道啊……妈妈来了。”

把话筒给了母亲之后，我不由得感到一阵轻松。跟我一样，她也没办法面对杰姬的这个问题。我生恐母亲会因为我在场而太过于窘迫，便索性溜到花园去了。

一个星期以后，杰姬又来过一次电话，说想从拉德布罗克路的房子里搬出来，让母亲给她另外找一个住处。母亲四处打听，终于，经一个同事推荐，选定了上蒙塔古街的一个公寓。

希拉里

哈罗德·勋伯格在《纽约时报》上写了一篇名为《抢镜头的姑娘》的音乐评论，而《时代》周刊也说杰姬有时像一个俏皮的挤牛奶女孩，但随即摇身一变，就又成了神经兮兮的奥菲莉娅：

> 她就没有一刻安静的时候，身着一袭曳地红色雪纺礼服，以一副极其不优雅的疯狂腔调向她的大提琴发起进攻。她弓背甩头，大刀阔斧地拉动琴弓，一次又一次地围攻那把大提琴。

杰姬的天赋令她将音乐淋漓尽致地表达了出来，但这种夸张的架势却难免令一些批评家看不入眼。

杰姬是3月中旬时从美国返英的，回来之后，便同丹尼尔一起住进了上蒙塔古街的那间公寓。

第二十一章

皮尔斯

杰姬定了个日子，在3月底时，带着丹尼尔来见我父母，还一起吃了晚饭。我们都兴奋得要命，花了整整一个星期的工夫又擦又洗，把整座房子都弄成了闪闪发光的模样——如今，杰姬能回这个“杰罗兹十字街口的家”已经是相当稀罕的事情了，更何况还带回来一个男友呢。再说，要和杰姬一起来的这个人堪称稀客。母亲早已跟杰姬打过电话，问她丹尼尔有什么喜欢的食物。杰姬说，她爱吃什么，丹尼尔就爱吃什么。

母亲使出十八般武艺，希望能够做到尽善尽美。杰姬和丹尼尔一大早就带着一大瓶伏特加来了。这天，杰姬穿了一身20世纪60年代时最摩登的超短连身裙，她比丹尼尔高了许多，所以这套行头实在没法令她显得出挑，相比之下，丹尼尔倒是衣着非常得体。他们俩走在一起，活像身为姐姐的杰姬正牵着一个小弟弟。

互相介绍多少令人紧张，所幸，丹尼尔一眼便看见了母亲那台巨大的布吕特纳钢琴，于是，房间里很快便响起了音乐声。母亲更是如鱼得水，在房间里走来走去，引吭高歌。待晚饭做好后，我们便进了饭厅，母亲特意点上了蜡烛。第一道开胃菜过后，母亲端上来一大盘猪肉。大家都满怀期待地窃窃私语着，一片低语声中，母亲将肉切开，分给了众人。

母亲开口道：“好啦，谁想要点……”她越说越没有了底气，原本语气十分庄重，现在竟渐渐变得有些惊恐。

“天啊，坏了！”她喘息道，“我才想起来，你不吃猪肉。”边说边看着丹尼尔，一副不敢相信的样子——她花了一整天的工夫，做的都是什么呀！

“我是不吃猪肉的，爱丽丝。”丹尼尔双眼闪闪发光，“你干的这叫什么事呀，难道是想叫我犯罪吗？”

母亲无言以对，而丹尼尔攒眉对上她的满目惊恐。谁也不吱声，更不敢动弹，大家都陷入静默之中。随即，一丝笑意慢慢地浮现在丹尼尔的脸上。

“爱丽丝，我其实是吃猪肉的，从小就吃呢。这会儿我饿极了，你可不能克扣我的这一份哟。”

众人都哄笑起来，方才紧绷绷的气氛随即烟消云散。

吃罢晚饭，大家又继续演奏起来，父亲和丹尼尔喝起了伏特加。

我抽空跑到厨房里往咖啡壶里添咖啡，杰姬也随之而来。

“巴尔，我爱他。”

我笑道：“哟，你不说，我还真看不出哩。”

她抓起一个水淋淋的覆盆子朝我掷了过来：“喝你的咖啡吧，屎球儿。”

丹尼尔曾经为杰姬预定了一场音乐会，那时，他俩还不认识呢，而如今，4月25日，杰姬与由丹尼尔担任指挥的英国室内乐团在皇家节庆音乐厅合作演奏了海顿的《C大调大提琴协奏曲》。

早在音乐会之前，我就八卦兮兮地向杰姬“套取绝密”，那时她便暗示说，她和丹尼尔可能就要订婚了。因此，在音乐会上，当观众们如往常一样爆发出热烈掌声时，我便转身对坐在旁边的外祖母说："等这阵掌声过去，丹尼尔就要宣布他和杰姬订婚的喜讯了吧？"

我是满心盼着丹尼尔能够这样做的，谁料，外祖母竟瞥了我一眼，仿佛在说："这和你有什么关系啊？"

待掌声平息下来，他俩竟什么都没说便下了台，外祖母含着笑扫了我一眼，用她惯常的说话方式说道："唉，你这孩子，根本就没弄明白是怎么一回事嘛。"

之后，不足一个星期的工夫，杰姬和丹尼尔订婚的喜讯便公布了。一对金童玉女要喜结良缘了，报纸上净是些称赞的文字。巡回音乐会组织有序，庆祝派对安排妥帖，更有盛席华宴供大家尽情享用。

不料，一场激烈的暴风雨却落在了这对幸福的情侣身上——根源是杰姬想要皈依犹太教，因为杰姬太优秀了，致使有些人竟认为自己应自告奋勇地进一番忠言。而这份"忠勇"更是火上浇油，害得我们一家陷入了"火力交叉网"的中心。

有些完全不认识的陌生人给父母寄来恐吓信，这些信中甚至有我们的好朋友写来的——他们原是出于一片好心，怎奈被人误导了，纷纷说什么"倘若杰姬背叛了耶稣，必会永遭天谴""倘若你们不肯阻止，将来岂能向上帝交代"一类的言辞。

这还是父母第一次让我也介入了杰姬的事情——他们需要我的支持。因为有的信实在写得太歹毒了些，他们一看完便撕碎扔掉了。这些脏东西在父母心里埋下了恐惧和忧虑的种子，然而，我却只能眼睁睁地看着他们陷入彷徨、无助。

用父亲的话说，这种事情“就好似有一百个板球投球手同时向你投球，但是，因为你是唯一的击球手，所以还必须竭尽全力地守住足有一百码宽的场地。同时，哪怕只是有一个球没接到，你就必须要被判出局”。有很多信都是要求转交杰姬的，我们当然不肯。在父母看来，无论如何也要把杰姬和丹尼尔保护好才行。

而且，他们也要寻找到以下问题的答案：什么是犹太教？犹太教是邪教还是神秘教派？因此，吃晚饭时，父亲宣布道：“既然此时我们都满心疑惑，那么，就只有一条路可走了。咱们去把教区牧师请来吧。”

星期日，杰罗兹十字街口圣詹姆斯教区的教区牧师——德高望重的戈登·哈里森顺路来我家喝茶。当看到某些来信时，他不由得叹起气来。父亲把笔记本都准备好了，为的是好记录下牧师的话。这位高大而温和的牧师说，犹太教自然不会是邪教，只是犹太人和其他种族不大一样，他们是经过上帝拣选的一个种族。倘若杰姬皈依了犹太教，那么，她便也要成为这个被拣选出来的种族的一员了，她将来的子女亦是如此。牧师还说，耶稣也是个犹太人啊，这是毋庸置疑的。这几句话终于令母亲放下心来。

5月底的一天，我正在写作业，忽然电话铃响了起来。母亲接起电话。

“杰姬啊！”

我忙把父亲也喊了过来，3个人都凑在电话边。一开始倒是蛮好的，大家欢声笑语地聊了几句，可是，大家忽然沉默了下来，母亲渐渐凝住了目光，焦虑地盯着窗外发呆。我看得懂母亲的眼神，气氛越来越压抑——这令我意识到，肯定是发生了什么事情。

此时，中东冲突到了白热化的阶段，以色列的敌人声称，要把以色列人“扔到海里去”。在这种危急关头，丹尼尔自然想要待在父母身边。杰姬打电话说，她和丹尼尔马上要到以色列去，为前线部队举办音乐会，以鼓舞战士们的士气。

杰姬向来是这样的性子，况且又与丹尼尔处于热恋之中，因此便毫不迟疑地将所有为了庆祝她订婚而举办的音乐会都取消了，准备与未婚夫一起去慰问军队——这可把原计划要跟杰姬合作举行一场音乐会的耶胡迪·梅钮气了个半死。

母亲强压着想要劝阻的心听着杰姬叙说她的计划。想到心爱的女儿就要直飞战区，她心急如焚，好不容易才勉强道出一声“再见”，便放下电话，对着父亲发起怔来。接着，他们俩上楼去了，还把卧室门也关上了。我站在楼下，听见了他们俩在说着什么，母亲还哭了。

虽说打仗令人恐惧，但我仍认为这个计划很棒，简直是太浪漫啦。

杰姬和丹尼尔是5月31日那天启程的。自从他们走后，父母便尽可能地关注一切相关新闻。到了最终宣战那天，父亲狂打电话，又是给杰姬的经纪人打，又是给以色列大使馆打，可惜都是白费工夫，因为此时与以色列的联系以及相关的新闻统统都被封锁了，报纸上再也不会有什么实实在在的新闻，也很难从广播和电视上听到一点消息。

到了7月6日，我们收到了一份电报：

局势已完全得到了控制。

这令我们很轻松、很快乐。

很切莫担忧。

爱你们的杰姬

我们看了半天，才明白那第二个“很”字是排错行了。

这场仗才打了6天便宣告结束，堪称奇迹！

然后，又来了一封杰姬的电报，说她和丹尼尔将在耶路撒冷的哭墙举行婚礼，邀请我们全体去观礼。

坐飞机成了我们最大的问题，因为此时除了以色列航空公司之外，其他航空公司都取消了飞往战区的航班。而以色列航空又没有从伦敦希思罗机场直飞特拉维夫的飞机，我们只能选择经停阿姆斯特丹和慕尼黑的航班。

6月14日，星期三，我们动身前往以色列。我一路揣测着与已为人妇的杰姬在一起究竟是何等情形。虽说她已离开家足足3年，但在我们的内心深处都清楚地知道，这一回，丹尼尔和她的婚姻会飞快地将她带到异国他乡去，从此离我们越来越远。他们那个浪漫别致的婚礼其实已向我们预示出这一点了。

我们住进了拉玛塔维夫酒店。战争刚过去，酒店里的住客很少，简直就是我们一家专用了。我们的房间在一层，房间的样式很可爱。一扔下行李，我们便马上去“音乐客房”探望杰姬和丹尼尔了。印度指挥家、低音提琴演奏家祖宾·梅塔也在那里呢，他是丹尼尔最好的朋友。

杰姬向来都是个爱拥抱的家伙，一见面便与我紧紧抱在了一起。

“见到你真开心哪，巴尔！”

“你好吧，杰姬？我好想你。”

“我也想你……”

杰姬说，自从他们来到此地，每晚都会在特拉维夫和海法举办音乐会呢。最近的一回是在比尔谢巴，那是一座处于特拉维夫和当时的以埃边界之间的一个城市。

“可惊人啦，巴尔！昨儿晚上我们正开车往特拉维夫走呢，好多辆巨大的坦克轰隆隆地与我们擦肩而过，往对面开过去啦。真没想到战争竟离我们这么近，简直太刺激了！”

我们几乎没什么时间说话，都忙着回酒店换衣裳参加晚上的音乐会。

曼恩礼堂简直人满为患，能找到一个站着的地方就已非常不错了。杰姬在演奏圣-桑的一首富有朝气的协奏曲时，把那种恋爱中的年轻女人充沛的、洋溢的情感全部表现了出来。最后几个小节尚未演奏完，观众们便已起身鼓掌欢呼了。

我不由心下暗忖：“杰姬又创造了一次‘起立喝彩’的盛况呢。”渐渐地，掌声放慢了节奏，观众们开始簇拥着往舞台走去了。忽然间，我明白了，对于以色列人而言，杰姬和丹尼尔犹如流行音乐明星——这是一种对古典音乐截然相反的欣赏态度。

次日一早，艾伊达和恩里克·巴伦伯英开车来接我们去耶路撒冷参加婚礼。在这以前，我去过的最远的地方就是意大利，因此根本无法想象我们将会看到怎样的风景。艾伊达说，周围还藏着狙击手呢，军队已经把路封锁了，所以不能走大马路。因此，我们时而穿行于郁郁葱葱的山谷，时而又越过沙丘和砂岩山。透过烟雾弥漫的热浪，每次往外瞧时，都会觉得四周仿佛都是些海市蜃楼。我脑洞大开地想象起来，竟以为阿拉伯的劳伦斯会随时奔过沙漠，向我们跑过来。

到了哭墙那里时，一大帮犹太人正在做祷告：不断地前后摇晃身体，吟唱着、哭泣着，却充满了喜悦——有那么多的欢乐，又有那么多的泪水！此时，他们终于在战争中收回了他们的圣城耶路撒冷，终于再次拥有了所罗门神殿的西墙。

到了拉比（犹太教对于老师或智者的称呼）家，只有男人才可以上桌，而女人只能靠墙坐着，有坐在椅子上的，也有坐在地板上的。母亲坐在了地板上。拉比有一把大胡子，双眸含笑，看起来十分帅气，他走进来便直接到桌边坐下了。男人们人手一杯酒，桌上还有些吃的东西。女人那里什么都没有，只能一言不发地默坐在那里。最后，又来了一些拉比，杰姬和丹尼尔也来了。

婚礼开始了。人们先是热烈讨论了一番新娘究竟“值多少钱”，待“价钱”说定了，便有人十分庄严肃穆地宣读了结婚证书。接着，又有点燃的蜡烛被发下来，我们依次出门走进院子里。那里已支起了一顶帐篷，杰姬和丹尼尔就站在帐篷底下。当时正刮着风，时不时便会吹灭一些蜡烛。许多以色列小孩对这般情景感到好奇，也加入进来，靠着墙坐下。

拉比先朗读了婚礼祝祷词，然后又唱了赞美诗，最后，待他将签好的结婚证钉在墙上，便有人把杰姬和丹尼尔推进了一间属于他们俩的房子里，而我们则重新走进房间里，在桌边坐下。

四下一片安静，拉比仰起脸开始唱歌，灰白的胡须飘拂在胸口。他一直吟唱着，渐渐地，其他男人也加入了进来，接着，祖宾·梅塔也开口了，他跟拉比一起唱，每一个音符都唱得完全一样。拉比虽然没有停住口，但却睁开眼睛，赞许地对祖宾微笑。最后，我自己也加入了进去，虽然闹不懂自己在做什么，却也应和着由或深沉或洪亮的声音交织成的吟唱。父亲也开口了，全心全意地歌唱。

这时，祖宾开始为我们指挥，歌声更是婉转绕梁，充盈着整个房间。男人们打闹嬉笑，十分欢畅热闹，可女人却从始至终都文文静静地靠墙盘腿坐着。

过了大约一个世纪似的，歌声才渐渐弱了下来，拉比唱罢最后几个音符，便沉默下来。随后，拉比们慢慢地——却是有意地——走出了房间，而杰姬和丹尼尔却忽然拉着床单从他们的房里走出来了，这自然又引起了一片哄笑，所有人都欢呼起来。到了晚上，父亲私下里给我细说了一番之后，我才明白其中的含义。

往“大卫王酒店”去的这一路上，很多人纷纷加入了我们的队列，分享着新婚之喜。我觉得仿佛整座小城的居民都来了，与我们一同分享杰姬婚礼的喜悦。到了酒店里，以色列的杰出将领摩西·达扬（第二次世界大战期间他加入英军，并在战争中失去左眼，人称“独眼将军”。第二次中东战争期间，他提出了著名的“达扬计划”。）和总理大卫·本·古里安也出来迎接我们，他们给我留下了深刻的印象。

许多美味佳肴被端上了桌，大家坐下来享用盛宴。宾客们用各种语言聊着天。

我目不转睛地看着摩西的眼罩，非常想问问他眼罩底下到底藏了什么。但我不敢开口。有一会儿工夫，我甚至想能不能想个法子撞他一下，这样我就可以假装不经意地把他的眼罩给拽下来啦。我站在那里，看着客人们兴高采烈的样子，我意识到，如今杰姬和丹尼尔都是名人了，且又是在战争刚结束时便举行了婚礼，自然成为以色列长存的象征。

婚礼当天晚上，还举办了一场庆祝杰姬和丹尼尔新婚的音乐会。

丹尼尔演奏并指挥了莫扎特的《D大调钢琴协奏曲》，杰姬则演奏了舒曼的作品。在音乐会之后的晚餐会上，约翰·巴比罗利爵士操着深沉、沙哑的嗓音，为大家作了一番演讲，话语间对杰姬充满了赞叹之情。但是，当他说起新郎的时候，他的眼睛却并未看向丹尼尔，反而直往祖宾·梅塔那里看去。有人原本想提醒他，只可惜他一点儿也没察觉到，直到最后大家都笑得受不了了，他才发现自己竟弄错了新郎。

次日，杰姬和丹尼尔去马贝拉度蜜月了，我们只得与他们告别。

酒店里，我在走廊里唱歌时被巴比罗利听见了，他便把手搭在我的肩头说："听听这好嗓子啊！待你回了伦敦，到我这里来，唱给我听听。"我把此事告诉了母亲，她也很替我开心。当晚，我在日记里这样写道："我的天分被发掘出来了呢。"只可惜，我最终并没有去给巴比罗利唱歌，毕竟，音乐世界是属于杰姬的，并不属于我，那里可没有我的立足之地啊。

次日，我们乘坐荷兰皇家航空公司的飞机返回英格兰，把那把大卫多夫大提琴也带回去了——母亲坚持不肯托运，我们只得把它扛上了飞机，一路不离我们左右。母亲的要求令机场的工作人员十分无奈。虽说母亲告诉了他们这把大提琴价值连城，但机长开始时却坚决不同意把它带上飞机，所幸最后还是应许了。

前几天经历的冒险般的日子，如今已经结束啦！飞机起飞了，以色列缓缓地消失在我们的下方。忽然，有一种淡淡的伤感向我袭来——我们的生活已经翻开新的章节了，杰姬和丹尼尔结婚了，从此我便成为留在家里的唯一一个孩子了。我无法预测自己身上将发生些什么。在这片广阔的天地中，我将往何处去？唯一能够确定的是——我的人生不可能如杰姬那般波澜壮阔。

RETREAT FROM THE WORLD

明星渐暗

第二十二章

希拉里

其实，我和基弗很盼着能去参加杰姬的婚礼，怎奈孩子太小离不开人。杰姬和丹尼尔在蜜月结束后，又踏上了巡回演出之路。

那时，杰姬的一颗心全都放在丹尼尔、音乐会和旅行上，我们与她相见的机会更少了，所幸，她还能按时从天南海北给我们写信、打电话。在我们看来，杰姬的日子过得可谓精彩绝伦，可在她寄回的家书里，通篇都是对我们的思念之情，说她巴不得能住在家里。

自从有了丹尼尔的提携、指点，杰姬的事业发展愈发快了。我是最近才看到杰姬1967年往后的音乐会安排的，我发现她受邀参加演出的次数竟比过去多了一倍不止！在众多音乐会中，巴伦伯英和杜普蕾两个名字都是成双成对地出现的。另外，祖宾·梅塔、祖克曼、帕尔曼、阿什肯纳齐、波尔特、巴比罗利、阿巴多和伯恩斯坦也经常和杰姬合作。

丹尼尔是音乐界的先锋派人物，杰姬则与他比翼齐飞。对普通百姓而言，他们俩的浪漫婚姻和童话人生颇具吸引力，简直就是为了那些热衷于挖掘个人隐私、揭露秘密内幕的媒体量身打造的一般。大家都想知道更多关于这对神仙眷侣的生活细节，譬如，杰姬做咖喱时都放点什么调味料，还有什么生了小孩后他们该如何应付繁忙的工作，等等。杰姬原来十分厌憎采访，但现在她都是用充满信心的口气在媒体面前说话。如今的杰姬所展现出的公众形象，与我过去所知的那个杰姬已经截然相反了。

我早已定下要跟纽伯利弦乐团合奏维瓦尔第的《C调短笛协奏

曲》，为此，我特意借了一管木笛来。这件乐器已长久没人用过了，我得去伦敦把它送到专替我修理长笛的莫利先生那儿。这也给了我一个去看望杰姬的机会。我想法子将母亲、外祖母还有我婆婆都接到一起，这样，我就可以腾出一天工夫前往伦敦了。我是跟着上班族们一起乘坐早班火车走的。

杰姬正等着我呢。见面之后，我们扑进对方的怀抱，激动不已，快速地说着话。杰姬已经煮好了咖啡，餐桌上的早饭非常丰盛，我们的嘴巴都塞满了，可还是不停地聊着。我孩子的事情她都想知道，她的事情我也都想知道。和往常一样，她不管提到谁都要模仿一番，那帮人无一不被杰姬讥嘲得体无完肤，我笑得都直不起腰来了。

我们俩觉得上街购物应该是一个不错的消遣方式，于是我们便直奔哈罗兹百货公司去了。半路上，出租车在某处略停了停，杰姬发现了一家颇具特色的小服装店。那家店的售货员非常漂亮，服务也殷勤周到。但杰姬没有搭理那个小姐，而是径直向那些连衣裙扑去。这家店里的裙子都设计得很不像话，花里胡哨，可我们却将所有的裙子都一条不落地试穿了一遍，还把自己打扮成乡下妞儿。每次当我把那些超级时髦的衣裳穿到身上时，我俩便会哈哈大笑。而那位身材娇小的售货小姐只得跟在我们身后，把我们试过的衣裳重新收拾起来。

试够了连衣裙，我们俩又去了半裙区。这些半裙设计得愈发荒唐——尺寸超小。杰姬穿了一条超短裙，而我则挑了一条紧身长裙穿上。随即我们俩便都忍不住尖叫出声：杰姬的腿露得太多，而我的两条腿则活似被裙子给绑上了，连路都没办法走啦。雪上加霜的是，我脱不下来这条裙子了！

幸而，店里没有其他顾客，毕竟光我们俩就已经弄得一团乱了。

我们买了3件挺好看的衬衫才走的，那位殷勤可爱的售货小姐含笑目送我们，期望我们以后还能再来。我俩已经被这一番胡闹累得筋疲力尽了，进了家咖啡馆后就瘫在那里。

虽说杰姬很喜欢自己如今的生活，可我还是忍不住问：“丹尼尔还好吗？”

“他可好啦！只有一样，希尔，他是从来都不会停一停的。我闹不懂为什么他能忙个不停——整天工作，然后出去，一顿晚饭吃一晚上，而且谁都认识。”

“你下一场音乐会要演什么曲子啊？”

“要在伊丽莎白女王音乐厅拉舒曼的曲子呢，跟丹尼尔合奏。”

“是什么时候？兴许我和基弗也能去。”

“一定来啊！不过我不记得具体时间了，总归就是最近。丹尼尔肯定知道。”

“那你记得问他哟，我到了家就给你打电话。”

告别的时候，我们紧紧相拥，杰姬叫了辆出租车回家，而我还要坐地铁到“国王十字街口”站去找莫利先生。

我已经多年未见莫利先生了。我再一次爬上那似乎永无尽头的水泥楼梯，走到他公寓门前敲了门。我听见他的脚步声沿着走廊一路响了过来，然后开了门。他起初有些迟疑，然后对我绽出了笑容。

“哟，是希拉里呀！你好吗？”他顿了顿，又说，“唉，你妹妹成名啦，可你却默默无闻！”

1967年的秋天，BBC电台的克里斯托弗·努朋——他的艺名是“小猫”——想要做一部关于杰姬和丹尼尔“幕后生活”的纪录片。恰好，纪录片开拍时正赶上16毫米摄像机问世，这部片子极符合影视制作的最新潮流，可以更清晰地揭示名人的内幕。

过去，只要音乐家一在电视屏幕上露面，身后的背景永远都是音乐会舞台，可“小猫”制作的这部纪录片却大不一样，堪称业界先驱——它为观众提供了一幅令人心生亲近的肖像画，描绘出天才光环下的真实人性，也展示了杰姬和丹尼尔与其他音乐家说说笑笑毫不设防的轻松时刻，更刻画出他们两人能从音乐中获得莫大快乐的本能。

电影捕捉到了杰姬生命中一个非常特殊的时刻——当时她正陷入与丹尼尔的热恋之中，事业更是如日中天，赢得了全世界观众的喜爱，正处于音乐事业之巅。凡是看过这部纪录片的人，应该都不会忘了最后一幕：杰姬和丹尼尔在“蛇道”上边跑边哈哈大笑。

当年的11月30日，这部纪录片在BBC电视台的《万象》栏目中播出了，结尾处还加上了杰姬在丹尼尔的指挥下与新爱乐管弦乐团合奏埃尔加作品的镜头。这个节目给一众电视评论家留下了深刻印象，譬如，亨利·雷默便在12月16日的《泰晤士报》上如是说：

> 这个纪录片势必对将来的电视音乐节目产生重大影响。克里斯托弗·努朋在节目中把杜普蕾小姐和管弦乐团放在了一起，但镜头并不直拍头脸，而是斜斜地从音乐家们身上依次扫过。片中所提供的关于一个管弦乐队实际工作的报道十分周密、翔实，这是之前从未有过的。人们看到了音乐家们在一起合作的情形——他们并不是孤零零一个人便能演奏出美妙音乐的。

1967年深冬季节时，杰姬给我打电话，说想带丹尼尔和他们的好朋友祖宾·梅塔一起来艾什曼斯沃思。我便将有客人要来的消息告诉了孩子们，又说祖宾是印度人。

“大日子”那天，天气相当恶劣，狂风大作、寒气袭人。他们都是穿着摩登华服来的，简直像是来自另一个世界一般。

特丽萨那时已经4岁了，当她在大门口接到他们时，不由露出一脸的失望和疑惑来。

她问祖宾道：“你的羽毛呢？”

“那个啊，我怕叫风吹跑了，所以就给留在家里啦。”祖宾马上回答道，“要是把羽毛丢了，我会非常难过的。”

特丽萨拉着他的手，引他进了客厅，“来吧，垃圾箱［在英文中，祖宾（Zubin）和垃圾箱（dustbin）发音相似，所以特丽萨弄混了。］，还有丹尼尔也过来，我有点东西要给你们瞧呢。”

杰姬与我还有基弗一起进了厨房，杰姬将他们旅途中遇到的故事讲给我们听，哄我们开心。

“希尔，你瞧，美国人的嘴巴我可真是百看不厌。”她忽然换了一个话题，说道，“他们有两排完美无缺的牙齿，一副令人生厌的笑容和一脸‘咱们可是好朋友哟’的表情。”

她张开了嘴巴，露出两排牙齿来，在厨房里连蹦带跳。

很快，客厅里传出了丹尼尔的钢琴声，祖宾、特丽萨和克莱尔又出现了。

“希拉里，快来！丹尼尔让你和杰姬一起合奏呢。”

“好嘞，这就去。”杰姬又跑去找丹尼尔了。

我心里“咯噔”一下。我当然也想演奏，但又怕自己水平不够。

丹尼尔选定的是一首我们不用看谱便能演奏出来的曲子。

他弹起来毫不费力，弹得棒极了，很快轮到了我。我深吸一口气吹起来，可才几秒钟便出了差错。

“不好意思，希拉里，你吹得略快了些。咱们重头来过。”

于是，丹尼尔又把前奏更缓地弹了一回。这一遍，我吹得略好了些，可惜到底是缺乏自信，所以听起来还是不怎么好——都怪我老跟杰姬比。我知道，无论自己怎么努力，永远也无法赶上她的。所幸乔伊的到来解救了我。乔伊原本就习惯于跟音乐家们在一起，身边都是演奏家和作曲家，因此很适应这种环境。看到杰姬这样开心，她也觉得满心欢喜。

“希尔，宝贝，你来帮我一起做午饭吧。大家都饿了呢。”

“这就来。”我为能逃离这里而感到松了一口气。

这时，杰姬说：“我想起来了，咱们去‘吉比特’吧！”

丹尼尔不禁问道：“那是什么东西？”

“那是世界之巅。来吧，运动一下吃饭会更有胃口哟。”

孩子们马上响应：“我也要去，我也要去。”

我忙阻止：“你们不能，宝贝。今儿太冷啦，又下雨，他们是要飞快地跑过去的。咱们下次再去。”

他们穿了厚大衣，戴了帽子、手套，还特意穿上了威灵顿长筒靴，基弗开车送他们去了吉比特。后来，基弗告诉我，杰姬一下车就被风吹得金发飞舞，她撒腿跑着，4个人在“世界之巅”上你追我赶，好不快活。

回来后，杰姬告诉我，丹尼尔不喜欢吉比特。

“希尔，你也是知道的，当我在一个美景如画的地方漫步时，会觉得称心如意，和我在演奏中获得的快感一模一样。演奏时，我觉得自己的灵魂像是脱离了肉身，扶摇直上，坐进了一架令人眩晕的飞机里，只觉得奔放不羁、无比快活，犹如喝醉了酒一般。待在吉比特时，我也会生出这种感觉。”

午餐的气氛好极了，似乎永远不会结束一般。大家谈的都是音乐会啦、音乐家啦、旅行中的逸闻趣事啦等等。乔伊欢喜极了，丹尼尔和祖宾也很喜欢我们家的孩子。

吃过饭，一起洗碗时，我和杰姬才能够独处一会儿。

“希尔，见到你真高兴啊！见到基弗也好开心……宝宝们都好讨人喜欢……”

“见到你我也好开心的。”我们相拥着，杰姬忽然露出忧伤之色。

“我真的好希望有朝一日也能生孩子。可我不知该怎么做才成。我知道丹尼尔也好想要小孩，只可惜我们的日子过得太忙乱了，从来都不可能长久住在一个地方。怎么能一路带着孩子四处奔波呢？那样岂不要把我累死了呀！”

他们俩的行程排得满满当当的，已经排到3年之后去了。

“到了合适的时候你就会有宝宝的。杰姬，我相信肯定会的。”

这是相当愉快的一天，每个人都过得十分自在，气氛轻松极了。不过，令我未曾想到的是，这是丹尼尔唯一一次到艾什曼斯沃思来。

第二十三章

希拉里

人与人之间的关系很怪，最牢固的同时往往也是最脆弱的，譬如，杰姬和丹尼尔的婚姻即是如此——他们俩在许多方面其实都是充满矛盾的。

杰姬终归只是个乡下姑娘，不善交际，又不擅长人情世故。她是个热爱自然、心系简单纯朴之物、爱在雨中散步的人。她性子宽厚，举止羞怯，最怕抛头露面，每次应酬时也都是被逼无奈、极不情愿的。更何况，她本是个糊涂人，连"今天是哪天"都记不清楚，写信时都不署日期的。很多时候，当她从国外往回打电话时，都会全然忽略了时差，三更半夜打电话过来是常有的。她花钱又大手大脚，最爱给家里人买礼物，在国外若赚到酬金了，就会马上去逛街，汇率什么的全然不放在心上。

丹尼尔则是个适应力极强的人，那种高强度的、成天做空中飞人的生活对他来说不在话下，他喜欢住在奢华酒店里，那里的奢华生活、哈瓦那雪茄和时髦衣饰都令他颇感享受。他原本就是个光彩照人的社交达人，一场音乐会开完，请上二三十个人去聚餐是常有的事。而当我向杰姬询问此事时，她答道："这是小事啊，祖宾·梅塔一请客就是一百来人，整个交响乐团都请去呢。"

丹尼尔是个训练有素的艺人，与媒体相处得极好，记忆力更是超凡脱俗：他能够把记事本上写的未来3年的每一场音乐会都记得清清楚楚，连演出的细节都不会忘记。

杰姬与丹尼尔之间的纽带是音乐——音乐就是他们的命根子！新婚3年，他们俩光顾着一起满世界巡回演出了，去美国，去澳洲，去以色列和欧洲，根本没有在家的时间。

在演奏中，他们俩能够取长补短，配合得十分默契。一来技术什么的完全没有障碍，二来杰姬奔放不羁的情感正好可以被丹尼尔的内敛所调和。他们的表演风格显得似乎格格不入，但是，其中蕴含着的那种生机勃勃的纯真却令人难忘。

杰姬原本最爱拉琴和演出，也尽了最大努力去适应婚后的生活，可惜，她发现自己越来越难以追上丹尼尔的脚步。况且，精力旺盛的丹尼尔也渐渐受不了杰姬的本性——杰姬原本有着一片开阔的天地，但除了演奏，她再无其他方法展现自己，唯一能做的便是把自己塑造成环境所需要的那个杰姬。

每次，杰姬出一趟远门之后，总会背着破旧不堪的大卫多夫和只剩下3根弓弦的琴弓回到伦敦的娘家来，而查尔斯·比尔会先到上蒙塔古街大吃一顿，再拿着那把被用得不成样子的大提琴和快要玩儿完了的琴弓回家。经过他的一番修整之后，琴和弓便又会焕然一新了。

杰姬结婚一年之后的1968年，大卫多夫已经被糟蹋得根本没办法修复了，查尔斯只得将自己藏在作坊地窖里的那把大提琴借给了杰姬——那是一把由弗朗西斯科·戈弗雷勒制造的琴。但查尔斯却跟我说，其实，对杰姬而言，蒙塔尼亚纳才是最好不过的琴呢，因为这种琴声音大、质地结实，频繁使用也不会坏。可杰姬爱的却是那把戈弗雷勒，竟花了4500镑从查尔斯手里买了下来——杰姬录制唱片时，用的大都是戈弗雷勒。

丹尼尔尤其不喜欢杰姬的那把斯特拉德大提琴，因为他们在演奏奏鸣曲时，他总是听不清大提琴的声音。斯特拉德的声音原本很容易就能让音乐厅最后一排都听得清清楚楚的，可惜，却无法令就在它旁边的指挥和伴奏听清。

丹尼尔曾听过与他要好的小提琴家平切斯·祖克曼拉过的一把由美国人赛尔焦·佩雷桑制造的现代小提琴的音色，1971年，他决定请佩雷桑替杰姬做一把大提琴。杰姬很喜欢这把由佩雷桑制造的大提琴，用她的话说，这琴“像坦克一样结结实实、彪悍无比”，也不用小心翼翼地伺候它。虽说有些人认为这把琴不如斯特拉德那般富有变化，丹尼尔对它却相当推崇。

我无意中听到BBC电台的《世界通讯》节目采访杰姬和丹尼尔，那是在他俩到艾什曼斯沃思做客不久后。

“面对生活和工作所带来的压力，你们是如何处理的？”

“那个啊，我觉得根本不是压力啊。我这人是个乐天派，爱我的音乐，也爱我老公，所以，总是有足够的时间可以兼顾生活和工作的。”

“那旅行时你们怎么练琴？”

“这个确实很难办，我们只好在浴室里练琴啰。但话说回来，其实我很讨厌练琴，除非逼不得已。丹尼尔跟我一样。”

“你们觉得婚姻对你们各自的事业有帮助吗，还是它阻碍了事业的发展？”

丹尼尔回答了这个问题：“完全没有影响啊！我们俩演奏的是不同的乐器，所以是无法放在一起比较的。我想，如果我们俩都是钢琴家或大提琴家，那怕是会出现不同的局面了。因为，现在我们在一起的时间很长，可以在同一个星期的同一时间身处同一城市，一起到各种各样的音乐会上去演奏，但假如我们俩演奏的是同一种乐器，自然就没法这样做了。大概很多人都以为我们俩之所以关系亲密，就是因为经常一起演奏的缘故吧。其实我不这样想——两个人相爱了，高高兴兴地成了家，然后一起举办音乐会，这事听起来很浪漫，不过这只存在于理想中。我认识许多恩恩爱爱、婚姻美满的夫妇，他们根本不会在一起演奏。而且，我也认识那种合演起来非常融洽，但彼此毫不动心的人。”

到了1968年7月时，基弗指挥的纽伯利弦乐团即将在圣乔治教堂演出巴赫的《马太受难曲》。此时，我又有了7个月的身孕了。在这一次演出中，身为教长的威尔弗莱德·布朗（他的昵称是比尔），以他的歌声和对音乐的那股全心投入的劲头迷住了我，令我大受鼓舞，全然忘记了演奏长笛原是一件很难的事情。在那场演出中，我真正做到了无拘无束地让音乐从内心深处流淌出来。

几天后，比尔·布朗写了一封信给我：

亲爱的希拉里：

我原是不想给你写这封信的，但你吹奏的旋律实在太优美啦，所以我很想把我浅陋的看法告知于你。

上星期六在圣乔治教堂所演奏的《马太受难曲》，有着很多令人兴奋、激动人心的片段，不过再没有哪个能够比得上你在第58号曲中的伴奏了。你全身心地投入，对每一个细节所用时间的准确把握，还有你用长笛吹奏出来的声音，都令人难忘。

我仿佛看到一只夜莺放声歌唱的样子，我想，我算是极少数的幸运者啦——那当然是个白天，我通过望远镜去观赏那只夜莺，心神迷醉了整整3分钟之久。它是从脚踝处发出声音来的（让·德·雷什凯不是曾经说过吗，男人就该这样唱歌才对），且整副音调——或者说是令歌声喷薄而出的那片土壤——更准确地说，这歌声简直就是4月春色的所有美好，这一切都集中到那只小鸟的喉咙里了。

上星期六，你也达到了同样的效果，整个教堂都被那个问题充斥着："关于基督，你是怎么想的呢？"

谢谢你啦！

替我向艾什曼斯沃思的伙计们问好。

杰姬刚出嫁的那几年，我们俩还总是尽力寻找见面的机会，可惜，我们身处不同的世界，我的人生里全是老公和孩子，所以，写信和打电话渐渐成了我们俩的主要联络方式。杰姬向来是最会写信的，每回她来信，我们全家都会挨个传阅一遍。无论身处何等环境之中，她总会给我们栩栩如生地描绘一番；对朋友或偶遇之人，她总会先做一回超级搞笑的形容，再说出一大堆看法；她还会十分坦诚地向我们倾吐心事，表达她对我们的深厚情谊。因此，杰姬的来信总会令我们十分开心和激动。

一天晚上——那时奥兰多还有两个月就要出生了——我和基弗正要睡觉时，杰姬来电话了：

“喂，希尔，我是杰姬呀！”

“你在哪儿呢？”

“你猜啊！”

“猜不到啦！”

“那我告诉你：我正在厕所里。这边的厕所里也有电话的。”

“哪儿的厕所啊？”

“其实，我现在在一座城堡里，这城堡叫‘贝尔空中酒店’，周围全是野花和大树，空气里弥漫着一股防空洞的怪味。这儿还是洛杉矶的市中心呢！”

杰姬说她非常讨厌纽约，洛杉矶天气炎热，她也不喜欢。才到此地，大提琴就已经散了架了。

“希尔，这里简直就是地狱。现在，最让我纠结的就是到底是该练琴呢，还是该去游游泳呢？”

“当然该练琴啦。”

“喊，没劲儿！”

“你什么时候能回来啊？”

“怎么也得两个星期之后……好想你们，可惜我只能在家待两天……”

我心知，这回又没法见到杰姬了。

“外祖母收到衬衫了没有？”

“收到了，她可满意啦，穿着很合身的。”

杰姬高兴得跟升了天似的。

杰姬打电话时正跟丹尼尔在美国巡回演出呢，身后总是跟着大群粉丝。一个礼拜之后，她又打了一次电话，说什么上次是在天堂里给我打电话，可这次却是身陷费城的一座高层钢筋水泥结构的地狱之中。幸好，管弦乐队很棒，才令此地显得不那么恐怖。

杰姬渴望能回到她所爱的英格兰来，美国的歇斯底里、炎热肮脏和无孔不入的流行音乐都令她心生厌恶。

杰姬是有机会便要去购物的，我于是问了一句：“杰姬，你有没有去逛街？”

“你说呢，当然去了，而且丹尼尔也跟我去了。我们给对方买了一大堆衣裳，开心得不得了。”

到了8月，我们又跟另外8个朋友一起回了法国。我们一点儿也不在乎那栋乡间古宅简陋，家里的床足够大人们睡，小孩子就要打地铺了。此时，我怀孕已经将近9个月，约莫连一个月都要不了，我的第四个孩子就要降生了。我的前3个宝宝都是在家里出生的，这个则可能要生在法国了，我一点儿也不害怕。

孩子们整天就知道什么野餐啦、游泳啦，再不就是满山遍野地追跑打闹。偶尔，我会想办法让自己歇口气，像条搁浅了的鲸鱼似的躺在阳台上的一块小地毯上，一边晒太阳一边看风景。夜幕降临之后，因为朋友里有好几位都是烹饪高手，所以我们会敞开肚皮大吃“帝王宴”。吃饱喝足之后，我们便跑到露台上，一边沐浴着星光，一边欣赏着牛蛙演唱的“小夜曲”。

我心里总记挂着杰姬，忖度她是否愿意来我们这里。放下那种满世界奔走、以酒店为家、为几千人表演的生活，她可以做到吗？杰姬早已化茧成蝶了，即使偶尔停驻，片刻之后，就又会翩翩起飞。

相比之下，我们居住的地方虽然美丽，但无论时间还是生活方式，都好像是已停滞了几个世纪一般，只有蜥蜴在墙壁上游走的速度是快速的。我们生活方式与杰姬相比，好似差了几万光年。然而，此时此刻，我却深深体悟到，不管出于什么缘故，我都绝对不要和杰姬对换人生。

第二十四章

皮尔斯

我深知自己人生的方向尚未确定。杰姬已是举世闻名的人物了，希拉里也拥有一个完美和谐的家庭，又是教书又是做生意的，她们从这些事中获得了成就感，而我却不知道自己想做什么，更别提擅长什么啦。

我不喜欢墨守成规，不愿意跟音乐沾边，我希望自己将来的那个目标能让我不断挑战自己。在别人看来，既然我是杜普蕾家族的一员，理所当然能在某一方面出类拔萃。因此我总被人家问到这样的问题，把我都问怕了："皮尔斯，你将来想做点什么呀？"我的回答是不可能合乎他们的期待的。这令我难免自惭形秽起来，觉得自己成了一窝小猪中最不起眼的那只小可怜。

从以色列回来之后，属于我的那份风光很快就降临了。那天发生的事情令我终于找到了自己一直寻求的目标。当时是在机场里，母亲正打着电话时，一架飞机开始低空飞行，准备降落在希思罗机场，那巨大的轰鸣声害得母亲向电话那头的人不住抱歉。然后，母亲用手捂住话筒，看着我说："巴尔，你干吗不去开飞机呢？你最喜欢搞出许多噪音来的呀。"

没有丝毫的迟疑犹豫，就在那一刹那，我便寻找到了自己的未来。我深知自己能开飞机，而且，这事就算跟杰姬或希拉里比起来，也很能让我脸上增光。只是我不知该如何走上这段新征程。幸好，我想起来，母亲曾给一位退役的英国欧洲航空公司的机长教过钢琴，于是，我便给他打了个电话。

他告诉我，在南安普顿的汉布尔，有一家由英国海外航空公司和英国欧洲航空公司联合开办的航空训练学院。联系之后，那所学院给我寄来了报名简章。这时，我才知道，只有在高级考试中至少两门成绩都达到B，才能拥有入学资格。虽然我没法拿到这样的高分，但我还是不会让这点小事妨碍到我。

不到一个星期的工夫，父亲就告知我，已经替我安排好了，我可以参加高威康姆布克机场航空飞行俱乐部的彻罗基140轻型飞机的试飞。当我和飞行员一起往那架飞机走去时，我简直兴奋难耐。飞机才起飞，那位飞行员便说我得在飞行中握紧操纵杆才成。可我却只觉得天旋地转，获得了之前从未体验过的自由。降落以后，母亲从我的表情中看出，我已经找到了未来的人生之路。

8月中旬，我的高级考试成绩寄来了。当我拿起那封信时，深知决定自己事业的东西此时就在我手里。我的化学挂科了，物理和数学也是勉强才及格，这成绩令我的飞行梦变得模糊、渺茫起来——我连最低的要求都没有达到。

8月底的一天，父亲喊我进客厅，对我严肃地说道："皮尔斯，你若是真心想干飞行这一行呢，自然就应该去学习。我是说，皮尔斯，依着我们的意思，你该回布克去才是，这样你才能获得私人飞行执照。我们会替你交学费的。"于是，一个星期以后，我便坐上"小猎犬"飞机一飞冲天了。

面试那天，我的大脑可谓超负荷运转，这令我不由得暗自沮丧："就这么着吧，他们肯定会发现我不够格儿的。"

"现在谈谈你的考试吧。你取得了很多普通考试的成绩，大多数还都不错，这我都看见了。非常好。"考官若有所思地说道，"只是我们尚无你的高级考试成绩单。我想，你至少能考过两门吧？"

我反反复复在脑子里把面试这一幕排练过很多次，忙答道："嗯，是的。"

然后，我便立即换了个话题："我可以跟您请教一个问题吗？"

不等他开口，我便忙又接上："填表的时候我必须得选择更喜欢英国欧洲航空公司，还是更喜欢英国海外航空公司。可我不知道这两家公司到底有何不同，所以就没填，您能给我讲讲吗？"

于是他便给我讲了起来，把高级考试这回事也给忘到脑后去啦。两日之后，我便得到了通过考试的消息，而下一阶段的考试则是为期一天的飞行能力倾向测试。在这场考试时间确定之前，我便已拿到了私人飞行执照。

我向汉布尔学院汇报了自己拿到执照的情况，到了1968年4月，我喜获“大奖”——一封宣布我获得飞行能力倾向考试免试资格的信，而且，我已被汉布尔学院录取了！

留言板上钉了一张杰姬的留言：“祝贺你！好想见到你，超爱你的——杰姬。”

我终于也能够凭借自己的能力——而不是因为我是谁的弟弟——而赢得别人的赞赏了。

我和女朋友琳赛开始了环游欧洲的旅行，我们一直走到了南斯拉夫。

待我们回到杰罗兹十字街口的家里，发现杰姬和丹尼尔正准备跟伦敦交响乐团合作。他们将在9月2日下午在皇家阿尔伯特音乐厅举办一场声援捷克斯洛伐克的音乐会，邀请我们全家人参加。这场音乐会的收入将一分为二，一半会给为捷克难民学生提供经济援助的联合国协会，另一半则赠给捷克移民基金会。1968年8月21日后没几天工夫，拉菲尔·库贝利克设立了一项信托基金，专为捷克难民提供援助。伦敦周末电视台还会给这次音乐会录像，并在他们的星期六特别节目中播出。

杰姬所演曲目，正是捷克作曲家安东宁·德沃夏克所作的大提琴协奏曲中的一首。这首曲子是他1894年在美国写的，他从爱情中获得了灵感。这首作品的旋律格外迷人，大提琴犹如歌剧里的独唱一般，遗世独立地对着管弦乐队吟唱着。

到了音乐会当天，杰姬早早就打来电话，告诉母亲说有人对他们夫妇发来死亡威胁！不过她又叫母亲别往心里去，说到了演出时，每个角落都会特意安排上警察的。

“现在，就连我们家门口都站了个警察呢，而且还是个会拉大提琴的警察喔。我请他进来喝杯咖啡，没料到他竟会拉大提琴，我就让他试着拉了一会儿我的大卫多夫！”

我开车带着父母从家里去了音乐会，希拉里马上就要临产了，还是非让基弗开车带她去不可。我们在演员进入的通道口那里拿到票，便去了演员休息室。

丹尼尔竟也毫不担心，他跟我们说，整个音乐厅都密布着狙击手呢。

我们的位置在舞台右边很高的地方，可以俯瞰整个剧场。母亲十分紧张，都坐不住了，父亲只得百般劝解她。我四下里扫视着观众席，希望能把恐怖分子给找出来。

杰姬风风火火地登上了舞台，怀抱着大提琴，步子轻松自如，一副桀骜不驯之态。那天，杰姬穿着浅蓝色镶花边的长礼服，金发飘然垂在肩上，看起来信心十足，毫不畏惧死亡的威胁。

会场上响起英国和捷克国歌，全场起立。国歌演奏完之后，杰姬的神色明显比平日庄严。她先看了丹尼尔一眼，把头一点，演出便开始了。先是旋律优美的单簧管，随即巴松也加入进来，接着是法国号的独奏，吹的是在整首曲子中反复回旋的、表达浪漫渴望的主旋律。杰姬接上了旋律，引领着音乐激情澎湃地冲向高潮。

她开始拉琴时，我便觉得那音乐以一种我从未体验过的方式将我的心紧紧抓住了，这大约与那死亡威胁有关吧，又或者是因为杰姬为人类事业而战的那份决心。这是我有生以来第一次听懂了杰姬的音乐。这首由德沃夏克创作的协奏曲十分动听，在我听来比埃尔加和舒曼更加雅致。我为杰姬骄傲，正因为这份骄傲，所以我和其他观众是全然不同的——演奏者是我的姐姐，她很勇敢、很优秀。

我却没忘了把自己拉回现实之中，继续在观众席上寻寻觅觅，希望能把那个恐怖分子找出来。我绝不能让杰姬遭遇危险。

忽然，响起了巨大的爆裂声。我直蹿起来，以为杰姬倒下了呢。不料杰姬反而站了起来，丹尼尔命令乐队停止了演奏——太出其不意了，停得相当别扭。观众们不由得倒抽了一口冷气。杰姬开口了，并没有发生什么，只是琴弦断了罢了。她得去换一根弦，于是便走下了舞台。

一时之间，我们都放下心来。谁知杰姬竟一去不回，丹尼尔自是放心不下，只得亲自去找她。

趁着等杰姬返场的工夫，父母聊起演奏压力的事来。他们说，杰姬越是状态不好时琴反而拉得越好。事实也是如此，迄今为止，她最成功的一次音乐会是在她刚拔了智齿的时候。那天，大家都忘了她晚上还要去皇家节庆音乐厅演出，所以上午杰姬到牙医诊所接受了局部麻醉，一口气把4颗智齿全拔了。不料，她当晚竟拉出了天籁之音。

杰姬和丹尼尔终于又重返舞台，观众们热烈鼓掌。

中场休息时，杰姬方把刚才的事情告诉了我们。原来，她进了更衣室才发现没带备用琴弦，只得又到乐团的休息室去，挨个儿在每一只琴盒里寻找，好容易才在一个琴盒里找到了她需要的那根琴弦。

那天下午杰姬的表演和我的感受，直到今天我都历历在目。

和往常一样，1969年2月4日这天，是从我焦躁不安地在门口等邮递员开始的，只可惜却没有等来任何从汉布尔来的关于开学日期的消息。

电话铃响了，我跳起身去接电话。

“喂，巴尔？”

“杰姬，有什么事吗？”

“没有啦，我要去柏林。你想不想跟我去？”

“真带我？我想去，好想，想极啦！咱们什么时候走？”

“今天就走，我要演奏你最喜欢的德沃夏克的曲子哟，和柏林爱乐乐团合作，祖宾给我们指挥。肯定会超有意思的。”

“好棒，我答应你啦！”

于是，我往箱子里装了几样东西，跟母亲说了再见，就去了伦敦。

我一路跟着他们走，杰姬、我再加上祖宾·梅塔，一路上欢声笑语，祖宾喊我“皮——鹅——斯”，杰姬一直笑个不停。

音乐会结束了，祖宾带了我们去吃大餐，席间的气氛非常不错，直闹到凌晨才结束。离席后我们又想游泳，不料泳池已经关了，祖宾只得一味地塞钱给工作人员，终于使得他交出了钥匙。

游泳时我们又巧遇了一两位音乐家，而且，我发现，原来在这里游泳是可以不穿泳衣的！真是前所未见的奇景！

游泳后，大家集体去蒸桑拿。众人又都脱光了，我是第一次置身于这般场景，不由得拿了一块毛巾，紧紧裹在腰间才罢。这里实在太热，令我忍无可忍，一心想出去。最终，我还是逃了出去，一头扎进了凉水里。

我和杰姬从未聊过这些事，因为我察觉到杰姬的圈子我进去了并不适应。如今回想起来，杰姬之所以拉我进去，无非是用她的方式告诉我发生了什么事情罢了。她这般急切地把我拉进去，只怕是想让我替她挡一挡什么吧。

汉布尔的通知总算是来了，那是1969年4月3日，我一生也不会忘了这一天。不知何故，我刚撕开信封便知道必定是好消息。果不其然，他们要求我5月16日去报到。顿时，我觉得自己的形象十分高大，足有10英尺高。同时，我也深感庆幸。

希拉里

丹尼尔的那些朋友大都是当时引人瞩目的音乐家，他已过惯了快节奏的生活，对他而言，白日是漫长的，夜晚却十分短暂，夜夜要到三四点钟方才入睡。杰姬与他都置身于自由和快乐之中，日子过得丰富多彩。然而，杰姬是个最需要充足睡眠的人，熬夜久了会令她非常痛苦。杰姬是巴不得一夜要睡9个小时的，可丹尼尔只睡四五个小时就够了。渐渐地，繁忙的演出令杰姬体力不支起来。

于是，她只得常常给我打电话诉苦，为了鼓舞她，我便告诉她，只要有空就往艾什曼斯沃思来。1969年初夏时，她忽然没打招呼就来了。我正在厨房里哄孩子呢，她忽然就从门外探进了头。

我倒抽一口冷气："杰姬！你吓了我一大跳！"

"我今天一天都没事，所以想着来看看你。"

"我也没事，好棒喔！"我们俩紧紧相拥，然而她的拥抱却没有平日那么热情。我一直都能在她进门的那一刹那判断出她开不开心。今天，我清晰地感觉到杰姬不对头。她发胖了，这令我特别焦虑。

杰姬说，她原是打算在伦敦逛街的，中途改变了心意，让出租车一路将她送到艾什曼斯沃思来了。

此时奥兰多就要满周岁了，他最得杰姬的欢心。杰姬自己一直想生个孩子的，难免爱屋及乌地喜欢上了他，巴不得奥兰多是自己生的。

她一边四处张望寻找，一边问道："我的小宝宝好吗？"

"在花园里呢，睡在婴儿车里，睡得可香甜啦。你去瞧瞧他吧。"

不管好天坏天，我的孩子只要白天困了，都是在户外睡觉的。冬天，婴儿车被厚厚的积雪覆盖着，可睡在车子里的宝宝却热乎乎的，犹如一块面包。

我们轻手轻脚地走下台阶，进了花园。通常，我会把婴儿车放在花园离厨房窗户非常近的地方——我坐在客厅里也能清晰地听到声音。小宝宝睡醒后，总是喜欢盯着天空飘动的树叶。

杰姬立在婴儿车旁，俯身看着睡得正香的奥兰多。那孩子皮肤柔嫩、干干净净的，头发是浅黄色和白色相间，乔伊一贯称他为"波提切利天使"。杰姬也最爱他。

基弗正在花园里，很快，家里的人都知道杰姬来了，忙聚到了一处。孩子们异常兴奋，追逐打闹起来。特丽萨是孩子们的头儿。

"姨妈，你快来，瞧瞧我们的新密室……快点呀！"特丽萨抓着杰姬的手就想把她拖去。不料，杰姬把脸一沉，表示她并不愿意去。此前杰姬从来不会这样的！对她而言，孩子一贯都是最能使她高兴起来的。

孩子们拽着她去了楼梯下面那块没人知道的地方，兴高采烈地把发胖了的杰姬硬塞进了密室里。

杰姬不由得反抗起来："希尔，我出不来了！"

“不怕，杰姬，你就在里面好了，我倒茶给你喝。”

待我端了热茶回来，见杰姬哀求地看着我。

“好了，特丽萨，让你姨妈站起来吧，要不她会永远动弹不了啦。”

孩子们对着杰姬又是推又是拉的，过了好半天，杰姬才终于跌跌撞撞地跑出了密室。

“杰姬，你去跟基弗走一走可好？我们趁这工夫把鸡蛋捡了。我想在奥兰多睡醒前捡完鸡蛋。”

我领着孩子们去鸡窝了，而杰姬和基弗则横穿田野，快步走到黄花九轮草谷地去了。

吃完午饭后，杰姬才总算精神了一点，我们便一起到花园里去哄奥兰多玩，看着3个女儿——她们正在戏水池里互相泼来泼去呢！杰姬明早还要排练，所以待不到晚上了，傍晚时分，杰姬叫了上午乘坐的那辆出租车来，独自回了伦敦。

当晚，上床以后，我与基弗谈了杰姬的情况。

基弗说：“杰姬太辛苦了，整日忙着收拾行李、四处奔波，她都快忍无可忍啦。她跟我说，她实在快招架不来了，想休息，可那种日子哪儿能挤得出空闲呀！”

“她从来都觉得这些事不好应付。”

“是啊，这我也知道，不过她说和丹尼尔相处已经很没意思了。”

“什么意思？”

“……她说他俩现在关系挺紧张，她也懒得挽救。”

“咱们能帮她点什么吗？”

“不知道啊，听她倾诉也许是个不错的办法。毕竟，她将这些事情告诉我之后，感觉畅快点儿了。”

和基弗一起散步聊天之后，杰姬总会觉得舒畅些，这是因为基弗是个有主见、性子又坚强的人，又极善倾听。从杰姬的角度说，若有一个男人既不会对她生出什么歪心眼，又很愿意与她倾谈，这会让她感到很是安慰。她深知基弗可以帮助她，便将自己心里的一些事全部倾诉给了基弗。

那一年的整个秋天，我都极少见到杰姬。但每次她来，我们都会察觉到她心中充满了消极情绪。那年冬天，她总是往多伦多和纽约跑，举办音乐会，极少在家。来年4月初的一天清晨，电话响了，然后，我便听见乔伊跟什么人聊起天来。

“可以，宝贝，你来呀，我让基弗去车站接你。什么时候来？我想没问题的。”说罢便挂掉了。

“杰姬打电话。说丹尼尔出去了，她受不了了，想来吃中午饭。有人给一头母牛起了她的名字，好荒唐！你也知道吧，有一匹马名叫罗斯特罗波维奇。”

“我以为杰姬还在纽约呢。”

“她也是才回来。基弗呢？11点56分让他去接杰姬。”

杰姬这次来，情绪倒是好了一些，带来了一肚子的旅行故事。又说自己就妇女解放运动的问题接受了《纽约时报》的采访。

完全变了个人似的。

杰姬笑道：“采访的高潮是，我说我从来没听说过妇女解放运动，当时那记者的表情啊！我要是没说这话就好啦。”

午饭时，基弗拿了些里尔的照片给杰姬看，她看得入迷。于是，我们邀请她8月时跟我们一起去那里度假。

几日后，杰姬打来电话说很想去法国，可惜，她只在南岸音乐节和爱丁堡音乐节之间有个空档，能空闲几日，随即要飞到澳大利亚去和丹尼尔做大型巡回演出。

第二十五章

希拉里

1970年的盛夏时节，我们去了法国，过了几天，杰姬也来了，这令我们格外高兴。我们开着家里的那辆浅蓝色雷诺4号轿车旅游，孩子们躺在行李、睡袋和厨具上头——这些东西可要供我们用整整3个星期呢。开18个小时的车实在是累死人，待我们到达目的地时，方才感到浑身轻松。

基弗是个爱在大热天做事的人，一直有午睡的习惯。这一天，他正打算像平时一样在骄阳下午睡，而我正坐在无花果树下给孩子们读书。忽然，我们听到了脚步声，还有人在喊我的名字。我们母子起身往阳台跑去，基弗也跌跌撞撞地往回跑。孩子们追赶起父亲来，而刚到的那位邮递员则怔在原地，一脸的茫然。待基弗终于清醒过来时，真说不好到底是邮递员觉得尴尬还是基弗更觉难堪。

两天后，基弗开车去尼姆机场接杰姬了，她是乘坐晚上的航班来的。那一天原本天气很好，谁知，基弗才走，便来了一场颇具戏剧性的雷阵雨，响雷滚滚，闪电将阴沉沉的天空照得雪亮。倾盆大雨击打在房顶上，哗哗作响。孩子们都已睡下了，并不知道发生了什么。

我到楼下去，点上火，开始做饭。剥洋葱时竟被熏得直流眼泪。我已经准备好了那几盏能播放圣诞颂歌的提灯，用以照亮上山的路。

到了夜里11点钟，暴风雨似乎略小了些，雷声也微弱了许多。我点了一盏提灯去了阳台，把灯捻儿挑得大大的。下面的山谷里传来了急刹车的声响，跟着便是杰姬的喊叫："希尔！"

我朝着黑夜大喊道："杰姬！基弗！你们就在原地等着，我过去接你们！"

随即我便奔回房间里，拎起另外两盏灯就往外走，又揣了一盒火柴在身上。我跌跌撞撞地走上了泥泞的山路，久别相逢的狂喜令我的心脏狂跳不止。我远远地看见了杰姬，便急不可待地扑进了杰姬的怀里。我们紧紧相拥。

杰姬的个头比我大，也比我壮得多，她极其兴奋地把我抱了起来，把头埋进我的颈窝里，紧紧地拥抱着我。

"希尔啊！"

"杰姬，基弗！哎呀，总算来了，你们也太慢了。来的路上雨大不大？"

"我们等雨小了些才走的，等了差不多一个钟头呢。雨太大了，风也太猛了，实在不敢开车。"

杰姬神思恍惚。

"希尔，咱们现在这是在哪儿呢？除了上面还有点光亮，别处都是黑漆漆一片。还是快点儿上去的好。"

于是我将另外两盏提灯也点亮了，我们每人手里拎着一盏灯往山上走。基弗在前面带路，另一只手提着杰姬的旅行箱。

"把你的提灯举高点，看着脚下的路，注意听脚底下的声音。"

我们仨挤作一团，相拥着往前走。河水奔涌时浪花飞溅的声音在黑夜里格外清晰。原本，白日里，山上还十分干燥，此时空气却吸饱了水分。矮矮的圣栎树滴着水，植物犹如在静静呼吸一般。我们朝着家的方向走去，小小的亮光时不时便会摇曳一下。

我们站在这宁静的天地中，云破月来，群星在这大雨洗过的天空中闪闪烁烁。

“杰姬，我们一直盼着你来，你终于来啦！”

我俩紧紧相拥，然后转过身，走进那片温暖的黄色灯光、木柴与普罗旺斯杂烩混合的气味之中。

推开门，我们踩在高低不平的岩石地面上，走进了树影婆娑的井水屋。

“这是我们打水的地方，杰姬。你想不想打一桶水上来？水一装满，你就要用力往上拉，可沉啦。”

水桶被“嘭”地扔了下去，空旷的房间里回响起水花溅起的声音。刚下了一场大雨，井水的水位又上涨了不少。

“走，我带你参观参观我家，先去看看楼下的卧室。小心别撞了头，这扇门是照着当地人的身高做的。”

我们先后走进了那间有着凸凹不平墙壁的朴素房间。

“杰姬，你要是喜欢，可以住这间。我再带你去看看楼上的屋子，看完了你再挑吧。”

我们拎着灯，沿着窄窄的楼梯上楼，先进了最大的一间屋。妮可和奥兰多正在屋里酣睡，杰姬朝着他们走过去。

“希尔，孩子们长得可真像小天使。不会吵醒他们吧？”

“不会的。他们是在狂风暴雨中都能睡着的，能喊醒他们的唯有晨光，如此他们才能精力充沛。”

杰姬把灯举起来，四下看着。

“这屋子可真够大的，房顶好高啊！我喜欢这些黑色和白色的瓦片。”

阴影和摇曳的烛光一起舞动起来，孩子们睡得很香。我们又轻手轻脚地去看了一眼睡在粉红色房间里的特丽萨和克莱尔。杰姬选中了楼上一间蓝色的卧室。

“走吧，剩下的明天白天再看，该吃晚饭啦。”

我们坐在一张大桌子上，煤气灯的光非常微弱，盘子里堆着满满的普罗旺斯杂烩，还撒了些磨碎的格鲁耶尔干酪。

“杰姬，要喝点波塔莱斯送的红酒吗？”基弗边问边开瓶，“这酒正好配菜喝。”

“嗯，好啊。不过，波塔莱斯是谁啊？”

“就是卖给我们房子的那个人。”

“他就在那边住，一家子都住在一起。”我说着拿手一指。

杯子里又被倒满了酒。

基弗又道：“杰姬，你知道吗，这酒对我们可是相当重要的，对吧，希尔？”我们俩对视了一眼，都笑了。“幸亏有了这酒，我们才生了奥兰多。”

“基弗，你这话是什么意思？”

“这个嘛，当时波塔莱斯先生听说我们生了3个女儿，不禁吓了一跳，因为他们这儿的人是很看重生儿子的，毕竟儿子既能帮着干活，又能继承家业。他说不能想象我们只有3个女儿，却连一个男孩子也没有，以后可怎么活。于是，他给我们开了一张简单的方子：一桶他酿的酒。让我每晚饮上一杯才成，说喝不上两年就能生出儿子来的。果真十分灵验。”

“难怪奥兰多看着就怪馋人的！”杰姬说得我们都笑了。

那顿晚饭吃得十分开心，那时杰姬刚跟丹尼尔从以色列回来，有一肚子的故事可说。

“耶路撒冷可漂亮啦，你都想不到它有多美……希尔肯定会喜欢那个地方的。而且，他们在食物里搁超多的大蒜，简直了！”

“丹尼尔好吗？”

“他啊，忙着呢，他向来就是这样。幸运的是他不管在太阳底下晒多久，都不会伤到皮肤，只是被晒成褐色罢了。哪像我啊，皮肤都被晒干了。”

已是深更半夜了，我深知，明早孩子们会很早起床。

夜很短，待明亮的晨光照射到山峦上，孩子们便都起床了，一个个精神抖擞，很快便下地嬉闹起来了。

“妈妈。杰姬姨妈来了，就在床上呢！你快来瞧！”

杰姬下床走到我们的卧室里来了。没多大会儿工夫，她便跟四个孩子在我们的床上打闹了起来。

“咱们赶在吃早饭前去游泳吧，我想河水水位今天会比较高。”基弗给我们出了个主意，孩子们则根本无须动员。

“我能带上奥兰多吗？希尔，我想抱着他去，他愿意跟我吗？”

我将奥兰多递给了杰姬。奥兰多看着跟自己说话的杰姬，只见她先把头发甩在脸上，然后再捋开。

“嗨！”杰姬带奥兰多蹦了起来，逗得他笑了，再也不对杰姬感到陌生了。我们一起下了山，往河边走去。

我们欢欢喜喜地直奔河边而去，特丽萨和克莱尔直扑下河，而妮可却沿着矮矮的河堤一边跑一边寻找划蝽和青蛙。杰姬抱着奥兰多，他将杰姬的头发缠到自己身上，用力地拽。

“希尔，救命啊！换换我，我也想游泳。帮我啦！”

很快，我们便都浮沉在清澈、凉爽的河水里，我们嬉戏、打闹着，一会儿潜入水下，一会儿又跃出水面，这一番笑闹令我们食欲大开。

我们上山回家，边走边唱着妮可最爱听的那首歌：

黛西，黛西，回答我啊，说你愿意啊。

我们反反复复地唱着，直走到阳台方才停下来。基弗因为还要到尼姆机场去接我们的好友克雷尔·戈尔丁和朱莉亚母女，他喝了一杯咖啡就走了。基弗走时，我正一边煎鸡蛋和西红柿，一边给法式面包上抹奶油。孩子们也好不容易安静了一会儿，静静地喝着酸奶，酸奶上还点缀了当地特产的淡紫色蜂蜜。

“你爸爸等会儿就能把克雷尔和朱莉亚接回来啦，他们走了一路，热也热死了，所以咱们要把食物准备好，上河边吃去吧。其他的我都弄好了，你们去把桶和淮网拿来。”

然后，我们便下河去了，大伙一路上仍是活力十足地唱着歌，“黛西、黛西”的歌声回荡在山谷之间。孩子们奔跑着，从岩石上跨过去，踩得那些石头咯噔咯噔响。杰姬抱着奥兰多，我则背着帆布包，提着野餐袋，又拎了4个小桶和渔网。我们翻堤坝、跨岩石，一路往河边去。孩子们迫不及待地跳进汩汩流淌着的清澈的河水中，随即，山间回响起欢乐的笑声。

是克莱尔最先发现高堤上有人的。

“爸爸！爸爸！克雷尔、朱莉亚，你们往那儿瞧！”

孩子们争相爬上河岸，跑去欢迎他们。朱莉亚换上了游泳衣，和孩子们一起投入河水之中，而我则陪着克雷尔在石头上坐下，看着他们游泳、嬉戏。我心里想着该准备什么样的食物招待客人，家里有法式面包、乳酪、此地农场出产的秘制肉酱、皮薄水足的西红柿，还有沙拉和各种果汁饮料，足够一桌十分丰盛的午餐了。待吃过了饭，再用熟透了的水蜜桃当饭后甜品。

我们在河边逗留了一下午，小桶都装得满满的，不过我们临走时，却把小鱼和蝌蚪都放回了河里。

待金色的阳光逐渐变成了漫天的红霞，蝉也不叫了，我便拿了一瓶麝香红酒和一碗黑色的橄榄，与基弗、克雷尔和杰姬一道坐在阳台上，一边静静地喝酒，一边嚼着水分充足的黑橄榄，还捡石头往围墙外抛掷，那些石头往底下的山谷里落去。虽然天色愈发暗了，但由于白日里房子的沙石板和围墙都吸足了太阳光，我们仍被包裹在白昼的余热之中。

杰姬不禁喃喃：“好满足啊，十足的圆满无缺。今天过得太完美啦。”

“可不是嘛。”克雷尔也道，“这儿可真漂亮，好似人间仙境。”

“要是能留下来再也不走才好呢！我都烦透旅行了，真不想走啦。”

我便道：“可是杰姬，你去了那么多好地方啊！我这一辈子都没有办法看到。而且，你还可以在那些一流的音乐会上表演呢！”

“是啊，希尔，这我也明白。但是，我更爱跟你们在一起。”

杰姬要走的那天，我们全家凌晨5点半便起床给她送行。

“杰姬不要走，就留在我家嘛！留下和我们玩啊！拜托你了！”孩子们不断地纠缠、哀求着。

杰姬抹着眼泪伏下身子：“宝贝们，我没法子留下来啊，非走不可，我得去开音乐会啊！还得去澳大利亚——那地方有考拉哟。我会给你们一人买一只玩具考拉，然后寄给你们。等你们拆开包裹的时候，它们已经绕了大半个地球啦，所以你们一定要热情地迎接它们才可以。而且，在寄走之前，我还会亲吻它们，它们会把我的吻也带给你们的……那可是特意送给你们的亲吻。”

下山的时候，我觉得连路都变得凄凉了，我们步履艰难地走向汽车。

“希尔，我永远忘不了这段阳光灿烂的日子。我好爱好爱你，有时间就给你打电话。”

我们又紧紧地抱住了彼此，过了好一会儿才挥手告别。杰姬和基弗坐着那辆车颠簸着上路了，他们过了桥，又绕到山的那边去，渐渐从我的视野中消失了。

待我们回到艾什曼斯沃思，才几天工夫，我便接到了杰姬的电话。这次分别令她格外难过，我们其实也感同身受。她先说了几句当日我们在法国共度的美妙时光，又说她如今虽身在远方巡回演出，心里却仍牢牢装着那段回忆。她说这是她的私人记忆，什么里尔啦，孩子们啦，游泳啦，地中海的暴风雨啦，还有妮可鼓捣录音机时的样子……都有如一片闪闪发光的绿洲，值得她一辈子珍藏。

然后，杰姬便吐槽起那些采访来——有几次采访竟让她紧张到头晕眼花、口干舌燥，连汗都下来了。偏偏丹尼尔反倒像被“激活”了似的，从头到尾都对答如流。

再想见到杰姬，就要等好久之后了，她此时正从澳大利亚往新西兰去。待她同新西兰广播交响乐团合作演奏了德沃夏克和海顿的协奏曲之后，便又要到美国去巡演了，巡演的曲目为舒曼的作品及贝多芬的三重奏。再往后，还要在纽约与丹尼尔合演埃尔加的作品。

一天，我们收到了一个大邮包，里面是杰姬早就许诺给孩子们的4只毛茸茸的考拉玩具，又附了一张杰姬的条子，说一定要抱抱、亲亲这些考拉才可以，它们会把杰姬的亲吻带给孩子们的。新玩具把孩子们乐坏了，小家伙们抱着考拉在房间里四下奔跑，又是介绍其他玩具给考拉认识，又是拿着考拉去给乔伊瞧。

此时，特丽萨已经开始学小提琴了，因为她还很喜欢钢琴，我便问母亲是否愿意教教这孩子——我很希望特丽萨能得到母亲的教导。就这样，每个星期我都会回娘家一趟，有时父母也会亲自来我们家里。

虽说父亲很愿意住在杰罗兹十字街口，可他渐渐对城里的那份工作感到力不从心起来。自打1970年的秋天开始，他的身体就一直不太好，经常生病。到了11月中旬时，父亲竟请假跟母亲一起来我们家了——此前，请假可从来不是他的风格。

午饭后，我到客厅里给父亲送加了糖的茶水时，发现他竟在扶手椅上睡着了，样子怪可怜的。可惜我家的钢琴也摆在客厅里，只好让特丽萨今天不学琴了，轻悄悄地回到厨房里。

母亲在厨房里的餐桌旁坐下了。

“昨天晚上杰姬来电话了，说现在还挺好的。你猜怎么着？有一本名叫《哈泼集锦》的杂志要替她拍写真呢。这组照片会登在杂志里的‘今日大美女’专栏。偏偏杰姬说这事儿令她觉得自己很不堪。”

母亲讲了很多事情，一会儿说有一回杰姬上厕所，里头竟有块写着“此处曾有人被谋杀，切勿单独进入”的牌子；一会儿又说有个小男生因要上越南战场，生怕以后没机会再见杰姬了，便想同她握手；还说有人曾问杰姬有没有光着上半身演奏过……

听母亲讲这些故事，我觉得杰姬所处的那个世界，实在与我们家这种安宁、平和的气氛相距甚远。

“妈妈，你发现了吗？你居然生了一个‘今日大美女’出来呢。”

“什么嘛，我明明生了两个好不好！不知道杰姬穿什么去拍写真？去问问你父亲，能否找到这本杂志。”

此时，杰姬和丹尼尔两口子刚在汉普斯代德的朝圣者大街买下一套房子，可惜他俩根本没时间去住。

“他们倒也略微收拾了一下那个房子，还造了个凹进去的琴房。那房子在最好的地段上，就挨着希思街。”

母亲又想起一件事来，不由得笑了起来。原来，曾有人给杰姬送了一个制作得华丽绝伦的蛋糕，不料刚递给她便掉地上了。

“杰姬说，那蛋糕整个儿摔到了地毯上，好似一堆大象粪便！”

父亲差不多睡了整整一个下午，待他醒来时，一副面色苍白、恍恍惚惚的样子。母亲决定立刻带他回家。

第二十六章

希拉里

11月底时，父亲被查出患上了黄疸病，只得遵医嘱连请了3个星期的病假。虽然杰姬正跟着丹尼尔在美国巡演，但她经常来电话，也知道父亲的病情日益加重了。听父亲说话便知道他十分痛苦，总是有气无力的。杰姬是那种只有当父母身体健康、心情愉快、生活无忧时，才会感到安全的人。

杰姬因父亲的病而忧心忡忡，便打电话来哄他。

“苦瓜脸，你这会儿干吗呢？听说你都成了个明黄色的人儿啦？”

“才没有。”

“那你猜猜看，我现在在哪儿呢？”

“在白宫吧？”

“爸爸，你猜错啰！我正在一辆车里给你打电话！难以置信？”

然后，杰姬又嘱咐父亲要乖、要听话，要快快把自己养得粉扑扑的才好。

“你要当心哟，我很快就会回去检查的！”

杰姬12月初从美国返英，回来后她立即就赶来探望父亲。

此时，父亲的情况极不乐观，把母亲吓得半死。不料杰姬竟表现出很多优点来。

“妈妈，你别担心啦！我给列恩·赛尔比打电话了，他是我的医生，医术很高明，会来替爸爸瞧瞧的。到时，他自然会知道该怎么给爸爸治病。”

赛尔比医生在哈雷街上开了一家诊所，病人净是些音乐家，杰姬也是通过丹尼尔才认识他的。

她讲了些在美国巡演路上的事哄父亲开心，见到杰姬，父亲显然也欢喜了许多。

“……我们每天都跟一帮浑身挂满钻石，活似蒂凡尼的展示盒，头发硬得跟干牛粪一般的百万富翁混在一起。他们玩命地想让自己显得优雅，把我吓死了！”

我问道：“在那种场合的话，你们都聊些什么啊？”

“说你家的农场呀！”

“什么……”

“有一回，我正在大讲你们一家子和乡下的事情呢，忽然来了个十分亲热的夫人，问我你们在农场里都穿什么？我便说道：‘当然是戴着金刚钻、挂着珍珠链啦！’说着便在屋里旋转起舞。”

“我还碰上过另外一帮有钱人，他们拥有一座大大的牧场，到了周末便归隐牧场里，而且，那里养的动物竟都是同一种颜色的！被大洪水冲走的挪亚方舟里的动物不也都是同种颜色的吗？”

父亲听得入神了：“这么厉害！”

“是啊，不过，我跟你说吧，这帮有钱人都不知道怎么才能令自己开心。他们就跟点石成金的迈达斯（希腊神话中的人物）一个德行，什么都得是金子的才好。”

杰姬深知，母亲向来是分分钟都可以给予她支持的人，可如今她们俩却换了个位置，变成杰姬反过来安慰父母了。这大约是杰姬第一次认为自己可以为家里付出吧，所以，她特别尽心尽力，尽其所能地安排了最好的医疗，还替父亲支付了医药费，在这件事中倾注了她全部的爱意和精力。

赛尔比医生只来了一趟，便诊断出父亲的病情很不乐观，随即安排父亲住进了伦敦爱德华医院的单人病房里。住了几天院，医生便说让做一个活体组织检查。不料却得出了可怕的结果，说父亲需要马上再动手术检查才可以。母亲最怕的事情终于被证实了，可真把她给吓死了。

外科医生说，父亲的肝脏上已遍布癌细胞，根本治不了了，他只得重新缝上了。他又说父亲大约只剩3个星期的寿命了。母亲听医生这么说时，杰姬正陪着她，这可真是不幸之中的大幸。

杰姬想着还是先送母亲到我这儿来比较好，于是打车带她来了。

此时，母亲变成了一个既不会说也不会做任何反应的苍白的空壳子！只是睁大双眼呆坐在壁炉边上，杰姬一直陪在她身边。我们想方设法哄她吃了点饭。到了晚上，杰姬同她一起睡在客房的双人床上。

那晚，趁母亲上厕所时，杰姬下楼到厨房里来。

“希尔，你说咱妈妈没事吧？她从来没有这样过的。”

“杰姬，有你在，妈妈会好的，你表现得可真棒。”

“什么呀，希尔，谁都会这样做的。为了爸爸妈妈，无论如何也得坚强点儿才对。咱们都是。”

“你说，要不要把爸爸的病情告诉他啊？”

“不成，她会受不了的。”

这时，母亲从卫生间里出来了。

“晚安，希尔，睡个好觉。”

次日晨起，母亲着急赶回医院，杰姬只得打车把她送回了伦敦。不料，到了伦敦后，她们发现父亲变得昏昏沉沉、神志不清起来，连她们在身边都不知道。

这实在是太恐怖了，让人无比惊异，病情恶化得太快了！母亲不休不眠地陪伴在父亲身边，替他祷告。有时，她一个人做，有时是和朋友们一起祈祷。所幸，父亲的病情逐渐稳定下来，几天之后，竟渐渐有了好转的迹象。

医生便让父亲再做一回活体组织检查。

医生告诉母亲，父亲肝脏上的癌细胞莫名其妙地消失了，说罢便忍不住欢喜地跳了起来。因为这两次的检查结果都不曾告诉父亲，他不由对医生的反应十分纳闷，母亲却着实开心异常。父亲终于可以出院了，到了1月13日，他在母亲的陪伴下回到了杰罗兹十字街口的家里。

父亲出院后不久，我们全家人便在娘家聚了一回，吃了一顿团圆饭。谁知，在这个欢庆父亲康复的大喜日子里，杰姬却一直沉默寡言，对什么都提不起兴趣来，笑话也不讲了，模仿秀也不做了。她看起来萎靡不振的，我不由问她怎么了。

“事事都不顺心……”

“等你跟丹尼尔去了美国就会开心的，对不对？”

“就是为了这个，依我看去美国也很没意思。我是一场演出都没有的，还得跟他在一块儿走。我不想跟他在一块嘛！”

“得了，哪儿有那么严重。”

“当然严重啦。旅行也好，酒店也好，都糟透了，觉都不够睡，丹尼尔还老朝我发脾气，我做什么都是错。”

“那你跟妈妈说了没？”

“没有啊，我没法说，她现在心里只有爸爸。”

几天后，杰姬便离开了。她总觉得母亲已经不管她了，可她偏又不愿意跟她老公在一起。有很多音乐家都簇拥、包围着她，偏偏她却没有演奏的机会，这几件事交织在一起，难免令她垂头丧气。为了让自己开心点，她竟进入交响乐团的大提琴组演奏过一次！

一天，杰姬来电话时，夜已经很深了，可她却心烦意乱，用困惑的腔调说自己累死了，又暗示她和丹尼尔的关系已经坏透了。

我实在放心不下，便给她去了封长信。信里说，我们都深爱着她，而且前一阵子她在父母面前表现得非常出色。

杰姬见信后立刻给我打来了电话，远隔重洋，我俩推心置腹、深情款款地谈了很多。听见家人都牵挂、想念她，杰姬深受感动，心里也就轻松了许多。她说自己如今格外彷徨、失落，需要家人的理解，这理解就是她的保护伞。还说她需要我们继续支持她，哪怕她远在千里之外，哪怕她正在拉琴，她还是会觉得与我们同在的。即使身在地球的另一面，她仍会把她的想法和感受统统告诉我。

1971年初春时，一天，忽然有电话打进来，接线员说有个从美国打来的电话，问我是否要听。我知道那是杰姬，便不顾这电话需要付费，忙说要听。

杰姬和我通话时，竟语无伦次。“希尔……希尔……是你吗？我是杰姬。你快来接我吧！快点来呀！”

“怎么啦，杰姬？你在哪儿呢？”

“在酒店，可我也闹不清是什么酒店了。希尔啊，拜托你一定来！”

“我去，杰姬，你先好好跟我说你怎么了。”

她呜呜咽咽地泣诉道：“因为丹尼尔。希尔，我吓死了，拜托你马上就来吧！”

“杰姬，我不是告诉你了吗，我一定去，但你到底怎么啦？怕什么呢？”

“他们竟要抓我去精神病医院！丹尼尔还跟我大发雷霆……”

她尽力把事情讲给我听，他们小两口时常要吵架的，为了能镇静下来，她一贯依赖药物。为了她的健康着想，去精神病医院治疗是最好的办法，显然，连医生都是这么说的。她央求我快点接走她。我向杰姬承诺说，只要把孩子安排妥当了，我便马上过去。

杰姬说，到了明天的这个时候，她会再给我打电话。我立刻订好了机票。

不出几分钟，丹尼尔打电话来了，气冲冲地问我为什么干涉他俩的婚姻，居然自以为比他和医生更了解杰姬的情况；又说我去美国纯属瞎耽误工夫，杰姬明明好好的，还得到了相当周到的照顾。

我心平气和地听完了他的话，待我终于能说话时，我便尽力平和地说道："丹尼尔，她到底是我妹妹呀，而且她的情况听着确实不太好。我不想干涉你们的婚姻，但总归要亲眼见到她才成。美国我是一定要去的，要是她果真如你说的那样，我再回来也不迟。"

丹尼尔听到这话便挂了。我不禁气得浑身抖如筛糠。

次日，我便到伦敦的美国大使馆办签证。排队办理签证的队伍很长，耽搁了差不多一天的时间。所幸，有乔伊和基弗在家帮我带孩子。当晚，我又与杰姬通了电话，她还是非常忐忑不安，听说我要去接她了，这才放下心来。我事事都安排好了，只待明日一早便动身。

走的时候我既兴奋又畏惧，尤其怕和丹尼尔打交道。虽说我已经29岁了，又养了4个孩子，却从未单独出过远门，更未去过比法国更远的地方。如今，为了妹妹，我竟要硬着头皮把这些从未经历过的都经历一遍！

此行，我只有一个目标——什么都阻止不了我，我们已做好了迎接杰姬的准备，她一定要回来才行！

进入希思罗机场之后，我极力想让自己显得老练些。正在这时，广播里通知让我到问询处去。

原来，杰姬马上就要被送上一架回英国的飞机了，我只要回家等她就好。

基弗把杰姬从希思罗机场接了回来。

乔伊和外祖母也跟我一起到门口接她，当我们见到杰姬的样子时，简直让人不寒而栗——她那惨白的面孔上密布着皱纹，看上去可怕极了。

“宝贝杰姬呀！路上累坏了吧，可怜的孩子。”

“真是把我吓死了，现在我只想赶紧躺下……外祖母，您怎么样？”

“上帝保佑，快进屋吧，先喝点东西。”

杰姬一进屋便被孩子们缠住了，外祖母百般哄着他们，但都不肯听，拉着杰姬四处乱跑，5个人又笑又嚷，在院子里围着房子追逐打闹，又在树林和灌木丛里玩起了捉迷藏。后来，他们竟捡起打火石往井里丢，5个人团团围住井口，屏住呼吸默默听井下传来的闷响。

欢乐总是短暂的，杰姬又开始眼泪汪汪的了，谁都不知该怎么劝她才好。

很快我便明白了——我要替代母亲去安慰杰姬了。我告诉孩子们，他们最喜欢的杰姬姨妈如今生了病，我们要轻手轻脚的才行，不可以吵闹。孩子们自然是不懂这话的，也听不进去。我一想到母亲这么多年来照料杰姬的样子，一下子就知道该怎么做了。

当晚，丹尼尔从美国打电话过来，问杰姬是否平安抵达了。

“是的，她就在这儿呢……”我答道。

然而，杰姬却在门口用口型跟我说：“别，别，说我不在。”

“她挺好的，是的，基弗把她接回来的……”

“希尔，就说我已经睡了……”

“丹尼尔，其实杰姬她已经睡觉了，要把她叫起来吗？好，我告诉她你打电话来了……”

之后的几日，杰姬情绪起伏得特别厉害，时时保持着警惕。前一刻她还和孩子们在花园里闹得很欢，后一刻便会哭倒在床上。

过了几天，杰姬跟基弗说，她再也不想跟丹尼尔见面了，她厌恶那个人，他俩算是过到头了。丹尼尔不在此地，杰姬说起他的坏话来自然毫不留情，只要是丹尼尔的电话她统统不肯接听。我心疼杰姬，但我也深知她是个不好相处的人，再加上也许她是拿我当挡箭牌来躲避丹尼尔，我便不由心生警惕。

每次只要杰姬情绪崩溃时，她便会把自己关到顶楼的房间里去，再不然就是和基弗去散步。和基弗在一起时，她便会安下心来。此时，因为农场闹了鸡瘟，我们的养鸡事业也就终止了，所以基弗常在家。

医生开的药她倒还在吃，说是为了情绪能平稳些，可她的情绪仍波动很大，一会儿好，一会儿坏。时常都得有人把她从床上哄起来，软硬兼施地劝她，如此她才肯走出房间——杰姬总是一副心神不宁的样子。

我跟基弗原本计划着要去法国小住几日，享受二人世界的，孩子的祖母跟外祖母外祖父也都十分支持，就连奥莉夫也不例外。然而，考虑到杰姬，自然应该也带她去。丹尼尔也同意了，只是说希望他也能够同行，又说但愿到了法国安谧的群山中时，他可以为杰姬做些什么。

杰姬因为心情不好，变得愈发尖酸刻薄起来了，时常对丹尼尔发火，跟父母也别别扭扭的，不愿见他们，也不肯跟他们说话。母亲满心担忧，只可惜如今她心里装着的都是父亲，所以也帮不了杰姬什么。母亲深知如今杰姬住在我们身边，我们已经对她“负责”了。虽说如此，父母到底还是想赶在我们去法国之前来看看杰姬。

父母一到我家，母亲便想像平常一样拥抱杰姬，谁知竟被她推开了，随即，杰姬既仇恨又蔑视地瞪着母亲，这种情况可是头一次发生。母亲全然不敢相信，竟流下泪来，杰姬却拂袖跑回自己屋里去了。

父亲只顾着跟孩子们玩，这些都被他直接忽视了。我只能尽力劝慰母亲。

“妈妈，没事的，您别往心里去，她只是心里不痛快罢了。”

可怜母亲身受两重压迫和打击，只觉得越来越伤心，却苦于不知该怎么办才好。幸而基弗仍表现得跟往日一样好，他把满心不安的母亲哄到花园里，跟她探讨杰姬到底是怎么回事。而我则领着父亲去了厨房，泡了壶加糖的茶给他喝。

此时是4月中旬时节，自父亲去年11月生病以来，到如今他才刚刚开始上班。虽然脸色略苍白了些，但看起来挺精神的。

“爸爸，您上班怎么样？回去觉得别扭吗？”

“唉，就那样吧，你也知道的，跟以前没什么区别。”父亲一边喝着热茶，一边含含糊糊地答道。

“8月份时您和妈妈能跟我们一起去法国么？”

“嗯……好啊。”父亲又喝了口茶。

“妈妈该歇口气啦。”

父亲没有上心，只是瞪大双眼往窗外瞧着，母亲正在花园里跟基弗谈话呢。

父亲喃喃道：“花园里有好多含苞欲放的花骨朵呀……”我知道他心里在想什么。

那一天，杰姬再也没有出来，母亲只得怀着满心的沉重和悲痛，跟我们挥手告别。

第二十七章

希拉里

在我和基弗的守护之下，杰姬说她如今很有安全感。对她而言，这次赴法度假会很开心，因为这又是一个逃避现实的行动。乘坐渡轮时，杰姬格外兴奋，我便趁她开心时与她谈了多次，终于说服她把最后一瓶抗抑郁药丢到海里去了。但愿从此之后杰姬能好起来。

以前，杰姬是个不论去哪里旅行都会感到十分舒适的人——有专职司机开着豪车来接她，出入全是高级酒店。可如今，她只能坐着我家那辆浅蓝色雷诺旧车，颠簸在法国崎岖的公路上。我和基弗都深知，后座上的杰姬已犹如将要爆发的火山了。此时，车已开了好几个钟头了，大家都累得直打瞌睡。杰姬此时还尚未发飙，只是时不时地悄悄抹一会儿眼泪罢了。

抵达絮梅纳时，我们累得要死。然而，沿着盘山道蜿蜒而上时，大家的情绪还是一下子高涨了起来。待看到我家的房子时，满身疲倦登时一扫而空。下车时，我们正好听到远方的山上有山羊铃铛在轻柔地叮咚作响，不由驻足倾听。宜人的微风送来了野生百里香、墨角兰和薄荷的清香，更令我们心醉神迷。

天空万里无云，群山在一片片的紫色和绿色中绵延起伏，四下安静极了——这种安静是可以用耳朵听到的。

“希尔？”杰姬轻轻地道，“咱们这是上了天堂了吗？”

波塔莱斯先生过来了，惊醒了我们的白日梦。他正赶着骡车，沿小路慢慢走向河对岸他们家的梯田。见到我们后，他又惊又喜。

“您好，您好，身体可好？”他满脸笑容，伸过一只手来——那手十分粗糙，是干过许多重活的手。

“我们一切都好，谢谢您。您怎么样？我们刚刚到。”我的大脑拼命凑出几句法国日常用语来，至少要问候他的家人啊。可惜，长途旅行后，我的脑子实在不够使。他邀请我们明天去他家喝开胃酒，然后便挥挥手、拍拍骡子，慢慢朝河边走去了。

如梦如幻的感觉被他打破了，于是，我们便开开心心地把一应物品从车上搬运了下来，迈着沉重的步伐开始上山。最先拿上去的是一批最要紧的东西，我们一边走，一边说笑着。基弗率先站到了一块凸起的岩石上。

“希尔！杰姬！你们快来。”

我俩气喘吁吁地爬上岩石，立在他的身边，见到了曲折蜿蜒、汩汩流淌的小河。河水起起伏伏，水花飞溅。河岸两边是低垂的杨柳，柳条轻拂着奔涌的河水，河水中冒出来许多泡泡。

“待会儿咱们把东西全都搬上去后就下来游泳吧！”

这个提议令我们精神焕发。我们继续跌跌撞撞地爬上山去，踩得脚下的石板路吱呀作响。总算到了攀登的最后一站——那条有树荫遮蔽的小路——这让人不禁松了口气。

接下来，几乎是下意识的，我们都去了阳台，置身于群山之中，这些山在碧蓝如洗的天空下温柔地欢迎着我们。杰姬终于放松了心情，微叹一声。

“咱们简直成了这片世界中仅存的人啦。好安静啊！”

“自打上回来了这里之后，它就一直等着咱们回来呢。它永远都会在此等着咱们的。”

基弗开了大门的锁。因为经过了好几个月，大门难免有些热胀冷缩，需要用点力气才能打开。我们用力一推便进了门，站在了那个拥有7道门，还有小壁橱、古书架、壁炉和煤气灯的安静的房子中。我们将行李放在那张四周被好几张高背木椅团团围住的大长条桌上后，便一头扎进了井屋里。

“让我第一个打水嘛！我来把水桶送下去。”

杰姬松开了绳索，水桶径直跌进了水中。

“快点，希尔，帮我拉一把。”

我们俩合力又拉又提，笑个不停。水桶离我们越来越近了，我们把提上来的水倒进另一个桶里时，溅了一地的水。

“杰姬，难怪人家都喊你‘笑娃娃’呢，瞧你一笑时的那张大嘴。”

“不是这么回事啦，希尔。他们是因为我整天淌眼泪才这么叫我的呢。”

在行李箱里搜检了一番之后，我们终于找到了游泳衣，便立刻出发，有说有笑地下了山。我们简直成了小孩子，兴奋得不得了。在那一刻，我们忽然就不在乎这世上的一切了，也没有任何阴影存在，只有自由和生机盎然的欢快。我深信，杰姬就要恢复健康了。

池塘的水面十分平静，仿佛是在邀请人们下水似的，杰姬毫不迟疑地一头扎进了冷水之中。

“基弗，快来嘛，快点啦！再不过来我要泼你了。”

“不要这样闹。”

杰姬用手拍打着，冰冷的河水溅了基弗一身。基弗深吸一口气，跳进了池塘中间。待他再次浮出水面时，杰姬正拼命要从他身边逃走呢，她哈哈大笑着拍起水花，与基弗追逐打闹起来，欢声笑语回荡在山谷之间。

但愿杰姬能够怀着这般愉快的心情，回到丹尼尔身边。

回家后，我们先把行李整理好，然后又点上了煤气灯，铺床前又打了几桶水来。杰姬很喜欢那间蓝色的卧室，我与基弗选择住在楼下的房间里。基弗先去检查了房子里去年才修建起来的部分，顺便又把整座房子都看了一回，而我和杰姬则往山里去“巡视”了。我们攀上山顶，站在岩石上往下俯瞰。

“你看，那是费斯凯家的屋子，他们还有洋葱地呢。再看那边，那些是他们家的山羊和绵羊。”杰姬往山坡那边极目远眺，而我也逐渐沉默了下来。

天渐渐黑了，该烧晚饭了。我们把先前在絮梅纳买的菜切了，又用手动磨碎机磨碎了法式硬干酪。待炖锅的水开了，我们去阳台上喝了一杯麝香葡萄酒—— 这可是堪称“液体黄金”的酒。周围的一切都安宁极了。

在那个既舒坦又暖和的屋子里，我们坐在大餐桌边上，吃了一顿满是大蒜味的晚餐，佐餐的饮料则是波塔莱斯送的葡萄酒。

“明天咱们都要浑身蒜味啦，爸爸最不喜欢了。”

“外祖母也不喜欢……”基弗加了一句，“不过我母亲倒是很喜欢。”

煤气灯嘶嘶地轻响着，投射出温柔的黄色光芒。待吃过晚饭，杰姬便又愁云惨淡起来，刚来到这个迷人之境时生出的愉悦感渐渐消失了，她先是呜咽了一声，随即泪如雨下。此时的她既不想倾诉，也不想听人家讲道理，因此，谁也没办法劝住她这洪水决堤般的眼泪。

长途跋涉了一整日，我们两口子精疲力竭，自然想早点睡，杰姬却说不敢一个人在一团漆黑的楼上睡。于是，我们只得帮她把床搬到楼下来，摆在我们的卧室里——这倒是令杰姬稍觉宽慰了一些。

替杰姬铺好床后，我们拿起水杯去阳台刷牙了。

夜里，万籁俱寂，数不清的星星点缀着夜空。见杰姬的情绪平稳了些，我们便上床睡觉了。

虽然听见杰姬又在无声地流泪，但我还是一沾枕头便睡着了。可惜，没睡多久，我突然惊醒了——不知是什么令我心生警觉，也许是我的第六感吧——但我的的确确是醒过来了，脑子十分清醒。我发现，杰姬居然睡到我们的床上来了！基弗一动不动地睡在我们俩之间，可她却竭力想要叫醒基弗！我装作做梦的样子，把一只手放到了基弗身上。杰姬立刻便将她的手缩了回去，见我不动弹了，她便又动了起来，我的手一直如守卫般搭在基弗身上。

现在该发疯的人应该是我了吧！虽然深知杰姬有生理需求，可这也太让人不敢相信了啊！她怎么可以这么做！怎么可以抢走我的基弗呢？

我心乱如麻，拼命想要找出杰姬这样做的缘由来，我拼命安慰自己，拼命想要为我们3个人寻到出路。杰姬还在骚扰基弗，可我一直不肯把手拿下来。此时，我需要好好睡一觉，偏偏又精神得要命。我没办法把这件事从头到尾想清楚，也不知到底该怎么办才好，更不知以后该怎么去面对杰姬。我的大脑飞速运转着，只觉末日降临了。绝望之下，我一夜都没有睡着。

在熬过了仿佛好几个世纪之后，清晨的来临对于我可说是一个大大的解脱。山谷里回响着夜莺的歌声，无比凄美的歌声穿透了我的迷惘。忽然之间，我心里只剩下为杰姬悲哀的心情了。

“来，咱们去阳台上听鸟叫吧。”

我们穿上晨衣走了出去。此时的杰姬面色苍白、情绪低落，并没有说起昨夜之事。

有一种令人无比绝望的情绪在我们身边弥散开来，而我和基弗则使出浑身解数，想要哄杰姬开心。

基弗问道：“咱们干吗不上阳台去吃早点呢？我现在去井里打水，你们俩热好了羊角面包，再煮点咖啡。”

杰姬从碗橱里翻出蜂蜜，而我则忙着过滤咖啡。我迫不及待地想跟基弗说说昨晚的事，可却不敢，我深知，只要稍微给基弗使个眼色，杰姬就一定会察觉到的。毕竟，我们可是全心全意想要哄杰姬开心的。

“波塔莱斯领着他儿子上梯田去干活啦，瞧，那不就是他们吗。”

此时，我们正吃着抹了蜂蜜的羊角面包，只见伊万赶着骡车，车上坐着波塔莱斯先生。他们属于过着靠天吃饭的日子的那类人，只要日子过得好，他们便很开心——因为他们所有的食物也好，蔬菜和肉类也罢，全凭自己种植养殖。如许许多多的法国人一样，他们的厨艺都相当高超。波塔莱斯一家住在一座带有许多地窖和拱顶的漂亮房子里，规矩很严格，什么事都是波塔莱斯先生拿主意。

他们从那条山路斜斜地爬上了山坡，然后又往河边走去了。我们跑到阳台边，同他们打招呼。

“早上好，先生，早上好！”我们边喊还边朝着那边挥手。

那对父子抬起头来瞧，然后向我们致意：“嗨！”他们的小狗也汪汪地叫了起来。这些人过惯了安逸的生活，此时山上所发生的种种情感纠葛，是他们无论如何也没办法理解的。

用过早饭、喝了咖啡之后，我便带杰姬到絮梅纳去买东西了，而基弗则留在里尔修整房子。我俩走的是一条极窄的马路，两边的房子似乎都朝着对方倾斜过去。杰姬又有说有笑了起来。

“来，杰姬，这边来，你来买。”

“好，得买好多奶酪。”

“嗯，先跟他们询问一下，杰姬。不过你肯定听不懂他们的话！”

谁知杰姬很能应付得来，甚至很快便学会了当地人的口音。那些人很爱趁着往我们的篮子里装食物的工夫与杰姬聊天。

然而，才从商店里出来，杰姬就又满面愁容了，我知道得赶紧带她回家。才勉强走到车旁，她的泪便落了下来。我开车走了一路，杰姬则坐在我旁边痛哭了一路。

这原是个阳光灿烂之日，中饭却吃得“愁云惨淡”，任凭我和基弗怎么哄，杰姬都高兴不起来。所幸，到了午睡时间了。真是感谢上帝，我累得要死，几乎一沾枕头就睡着了。

待我们两口子午睡醒来，发现杰姬不在了。我便想抓住这个时机和基弗谈谈。

“现在可不成，希尔，还是先找杰姬吧！多危险啊。”

我深知他的话有理。基弗说他去寻找杰姬，让我先到波塔莱斯家去。

“不成，基弗，那里有狗！”

“不怕，希尔。它们不会咬你的，只是叫得凶罢了。快去，坚强点，待你走到桥上了，再跟我挥挥手。”

我们彼此吻了对方，然后，我便出去了。

我拖着沉重的脚步往山下走，一边走一边还能听见基弗喊杰姬的声音。我不由暗暗祈祷，但愿他可以很快找到杰姬。我跳上路面，过了桥，四下寻找着杰姬的踪迹。此时，基弗从阳台上朝我摆了摆手，告诉我他还没找到杰姬呢。离波塔莱斯家愈近，我的心情也就愈沉重。深知狗就要叫起来了，我的心怦怦直跳，这是我最害怕不过的事情了。

所幸，他们家铁门紧闭，狗在里面上蹿下跳的，我却是在外面等候。波塔莱斯夫人闻声出来开门。

“早上好，芬奇太太。您先生呢？”

“他等会儿再和我妹妹一起过来。我妹妹累了，想多歇一会儿。”

要是他们现在就能过来该多好啊！我被那些乱吠乱闹的狗儿尾随着上了台阶，到阳台上乘凉，此时他们一家人都在悬铃木下等着我呢。喝着酒，吃着小饼干，我详细地给他们讲我的几个小孩的事情，希望别冷场才好。我说着结结巴巴的法语，先问此地冬天是什么样子，又问庄稼长得可好。就在这时，那些狗忽然冲到台阶下面，又狂吠了起来。

“是他们，我先生带我妹妹过来了！终于来了！”那种放下心来的口气一定是人人都能够听得出来的，大家只顾关注杰姬、基弗和那些小狗。我扫了杰姬一眼，便知道糟了，出事了，而基弗的眼神也证实了我的感觉。杰姬面带愁云，瞪着双眼，失魂落魄。

杰姬拼命压下满面愁苦，以便不失礼，她同大家握了手，我一一把他们介绍给她。

“太太，这就是我的妹妹杰奎琳。这二位先生是亨利塔和伊万。杰姬是过来玩几天的。”

“第一次来桑萨克吗？”

杰姬点点头，我替她答道：“之前来过一次了。”

波塔莱斯先生转身同基弗握了手，这两人每次相见都是很欢喜的，总会开怀大笑。

我们坐在阳台斑驳的树荫底下，一边喝着酒一边聊天。

“那个，夫人，您妹妹是做什么的呀？”

大约是因为杰姬满面烦乱之态吧，波塔莱斯先生没有直接去问她。我回答道：“是拉大提琴的。”谁知，他们一副没听懂的样子。

“我妹妹她是个音乐家，她拉大提琴。”

他们仍茫然不解，扭头呆望着杰姬，杰姬则一言不发。杰姬是能说一口流利的法语的，可惜此刻她却什么也不说，就那么看着我费尽口舌地给人家解释，什么大提琴是一种乐器啦，什么杰姬正在世界各地的大型音乐会上演奏这玩意啦。

波塔莱斯仍是一副疑惑不解的模样，又问：“那个，为什么呀？”

“杰奎琳是很著名的大提琴家，因此很多人都希望能够请她到自己国家去演奏。”我极力解释，可惜他们仍听不懂。

“那她怎么去呢？坐飞机？”

“是啊，先生。”

一阵沉默。

“这样啊……不可思议，真是不可思议啊。她休息吗？她……呃，她有丈夫吗？”

“有的，她先生是丹尼尔·巴伦伯英。”

“哦……他是做什么的呀？”

“他是个指挥家。”

又是一阵沉默。

我又道：“丹尼尔也是很有名气的。他常在世界各地跑，所以会说很多种语言。”

第三次沉默。

我接着说："杰姬的先生明天也会来这里，跟我们住在一起。"谁知对方却答道："要变天了呢。"

那天下午，有那么一小会儿工夫，杰姬是听不到我们说话的。基弗告诉我，他是在山坡上找到杰姬的，当时，她正光着身子躲在纠缠交错的橄榄枝后面。她浑身发抖、双目发怔，好像发了疯似的，基弗好言好语地哄她穿上了衣服，跟他一起下了山。基弗告诉她，我正在波塔莱斯家里等着呢。杰姬一言不发，也不反抗。

这令我们警觉起来，因为我们原本是想让她卸下生活的压力，才把她带到这宁静的田园生活之中，希望她能够在此地学会思考，恢复健康。谁知，精神一旦松弛下来，她反倒被那种不稳定的情绪压垮、击溃了。以后再也不能让杰姬离开我们的视线。

当天夜里，杰姬一直睡在摆在我们房中的她自己的床上，而我始终保持着警惕，时睡时醒。次日清早，她的心情略为平复，也能跟我们说话了。我和基弗默契地对昨日之事只字不提。可惜丹尼尔当晚便要来了。只要一提丹尼尔要来的事，杰姬就会沮丧得哭起来。我们深知丹尼尔最好是不要露面，可惜他已经在路上了，没办法联络到他。

如今，我一方面怕他来，一方面又怕他来之后过得不开心。相比于他所习惯的那些服务周到的大酒店，里尔的条件未免太简陋了一些，没有电话，甚至连电都没有，更别说抽水马桶了。我们是想花上几年工夫好好改造一番的，也整修了不少地方。然而，此地的条件依然相当简陋。丹尼尔是无论如何也不会明白杰姬为什么会喜欢此地的。

几乎是一夜之间，我们替杰姬制订的康复计划便被推翻了。此时此地，真是不适合让杰姬和丹尼尔破镜重圆。

第二十八章

希拉里

丹尼尔是坐夜航飞机来的，基弗到机场去接他了，而我和杰姬则留在家里做晚饭。

简单的家务似乎又把杰姬从绝望的深渊中拯救出来。我们本是想要烧火的，却把屋子里弄得烟雾腾腾，呛得我们直咳嗽，忍不住哈哈大笑。切洋葱时，我们又被熏得眼泪直淌。之后，我俩又把大蒜剥皮捣碎，饶有兴致地整出几道小菜来。

其实，我们是在用这些掩饰惊恐而已，杰姬深知丹尼尔此行的目的是与她和好，并把她改造成他想要的杰姬。丹尼尔根本没法面对最真实的杰姬，这令杰姬充满了恐惧。以前，她一贯都是循着丹尼尔的轨迹，跟着丹尼尔前行的。然而，却把她弄成了现在这副虚弱的样子。

我们做好了迎客的准备。不久之后，汽车规律的鸣笛声划破了夜空。我们赶紧提着灯，跑到阳台上，冲着远方招手、喊话。

“我们这就提着灯下去，稍等一下！”

喊话的回声还不曾消失在山谷间，我们便已动身往山下跑了，每人都提着两盏灯。

“希尔，你别走，别把我一个人扔下。”

我停下脚步，看向杰姬，柔声道：“杰姬，我不会扔下你的，你是知道的。我永远都会和你在一起的。跟着我。”

待我们从矮墙上跳下去，跑到了马路上，看到基弗和丹尼尔正在等我们呢。我抱了抱丹尼尔。

“丹尼尔，见到你真好，怎么样，一路还好吧？还不算到家，还得从那边爬上去才成。”

“可我看不见，没有灯。”

“有的。”我边说边把灯递了给他，“给你一盏。”

杰姬却紧贴着基弗，一句话也不说。我和丹尼尔在前面走，沿着陡峭的山路一路前行，直走到屋门口。

“丹尼尔，小心脚下，地太滑，而且又坑坑洼洼的。”

他只顾盯着地面，丝毫没有察觉上衣已经被圣栎树的树枝钩住了。

“哎哟，好危险。你们是怎么寻到这么个地方的？没路可走，还没有灯。”

“等到明早你再看，丹尼尔。这里可漂亮啦！从房间里往外看，风景如画，而且河里还能游泳。”

说着，我们爬上了峭壁。

“这就是我们家。借着煤气灯的光瞧瞧，是不是很漂亮？”

我们上了阳台，打开大门，走进了温暖、明亮的房间。火已经灭了，晚餐散发出令人垂涎欲滴的味道，仿佛在迎接我们一般。

丹尼尔问：“卫生间在哪儿呢？”便四顾寻找起来。

“我带你去，不过我们这可没有抽水马桶。”基弗领着丹尼尔往门外走去，又指点他到灌木丛里去方便。丹尼尔满腹狐疑。

丹尼尔走出门去，杰姬便转向我说：“希尔，我不想见他，我要睡了。”

“别这样，杰姬。你得在场的。我和基弗替你跟他谈。”

于是我们张罗起晚饭，尽可能装出兴高采烈的样子来，可惜杰姬根本不愿正眼看丹尼尔。这让丹尼尔深感烦躁不安。我们决定把楼下那间我和基弗睡的屋子腾出来给丹尼尔住，杰姬睡在楼上的蓝色卧室里，我们两口子则搬到大屋去住。

次日，情况愈发糟糕了。那天，我是第一个起床的，起来便直奔到窗口去。谁知竟变天了，风打南边刮来，外头一派灰蒙蒙的情形，绝非好兆头。不一会儿，杰姬也来了，在我们的床脚边坐了下来，一副疲惫不堪的样子。

我问道："杰姬，你睡好了吗？"

"没有，我今天得睡上一天。"

基弗轻轻地道："杰姬，你看看，丹尼尔很担心你，他为你的事尽了力。你要懂事些才好，我们自然不会扔下你不管，但你也该为你们的婚姻做点努力的。丹尼尔的心情跟你一样沉重，你多少替他也想想吧。"

我下楼去做早饭了，煮了咖啡，又做了羊角面包。这时，丹尼尔也走进厨房来了。

"丹尼尔，睡得好吗？舒坦吗？"

"嗯，还好，谢谢你们的招待。"可他却是一脸别扭之态，"天气怎么这样糟啊？我记得你说今天该是个好天儿的。"

"是啊……那个，我原以为天气能不错呢。不管怎么说吧，我看今天咱们是不能出去吃早饭啦。"

"兴许等会儿天会晴呢。他们呢？"

"基弗马上就来了，杰姬也起床了，待会儿就能下来。"

天气十分寒冷，我们只得围了桌子坐下，喝咖啡暖身子。丹尼尔竭力想表现得欢欣些，却因实在太冷了，怎么也装不像。而杰姬则始终阴沉着脸不说话。

丹尼尔擤着鼻涕道：“我怕是感冒了，得上床躺躺才成，你们有取暖器吗？”

说罢，他逃也似的回房去了，杰姬也回了她的卧室。

我和基弗总不能听凭事情这样发展下去，于是基弗上楼同杰姬谈话了，而我则负责游说丹尼尔。杰姬心神俱乱，只顾抽抽搭搭地抹眼泪，不愿出屋，更不愿再跟丹尼尔有什么关系。基弗好言相劝，说什么请她别只顾自己的感受，好歹也先试一试再说，毕竟感觉归感觉，解决问题归解决问题。

丹尼尔自然也是难过死了。他来时原本兴致挺大的，而且信心满满。“希拉里，我很害怕，不知能做点什么才好。我到底做了什么？她竟连看都不肯看我，我做什么都是错的。”

“她只是太累了罢了，所以才会那样，任谁都能看出来的呀。得给她点时间和空间——足够大的空间——她才能好起来。这很不容易，若你能给她这些，岂不是对她最大的帮助？她只是太抑郁了，所以没法子回应你。”

可惜这两个人都不肯替对方着想，于是我和基弗只好留心观察、评估和处理种种情况，还得控制着自己的脾气才成。我们还要当心剧烈冲突的发生，得赶在冲突爆发之前就瞧出苗头来。

对丹尼尔而言，杰姬正眼都不瞧他一眼，且有意表现的只愿同我们两口子在一起，这在他看来简直就是一趟地狱之旅。

中饭的时候，雨停了，我们喝了些热汤。我努力哄他们，说出去走走也是好的。我们走下山，沿河岸一路过去，找到了一处适合渡河的地方，在突起的石头上站稳了，摇摇晃晃地踩着石头过河。我们都过到对岸去了，回头看时，丹尼尔却不肯和我们一起过来。

基弗便喊道："来吧，丹尼尔！河里都是石头，你踩着石头便能站稳了，不会弄湿身子啦。"

"不要，我不想冒险。"

他竟对基弗说这话，简直就像是冲着公牛举起红布嘛！基弗飞快地踏着水花返回河对岸，像消防队员救人那样，一把便把他举到肩膀上去了。

丹尼尔装出怒气冲冲的样子来，反抗道："你快把我放下来。"

基弗立在河中央笑道："那好吧，在这儿把你放下吧。一，二，三……"

气得丹尼尔用拳头直擂基弗的后背，笑得基弗前仰后合，险些滑倒。

"丹尼尔你别动呀，要不然咱俩都要弄湿了！"

我站在河对面，笑得肚子都疼了。

待他俩都安全过来了，我们便往山上的"鹰巢"走去。鹰巢是里尔镇北边山顶上的一座残破老宅。我们爬过废弃的梯田，穿过古老的橄榄园和无花果园。

丹尼尔气喘如牛："还有多远呢？"

我亦喘气道："不远啦，一上去就可以休息啦。那处风景值得你费这么大劲儿爬上去的。这点我可以保证。"

待我们终于站到了那座曾经显赫一时的大宅的土墙上时，丹尼尔深受震动。

"希拉里，你说得没错，真是壮观！要是能知道这是谁的房子就好啦。"

"是当地一户人家的，都传了几代人了。"

如今，这房子破烂不堪地立在这里，房顶也没了，房中央还长出一棵树来。可它却是一座有着水源和罗马式水管系统的房子呢！这令丹尼尔十分激动，当场便说要买下它。

“杰姬，你肯定喜欢它，对不对？这里是什么奇迹都能制造出来的呢。首先，我要修一条合适的马路，再弄个游泳池，还要有一个直升机的降落点才好。还有，电和电话也都不能少……”

这着实吓了杰姬一跳，一句话也答不出。丹尼尔滔滔不绝地说了一会儿，竭尽全力想哄得杰姬也像他一样热血沸腾起来。杰姬却只是淡淡的，对他仍是不理不睬。

当晚，丹尼尔出现了流感的症状。他也彻底死心绝望了，便索性睡觉了。他一个人困守房中，只有我能给他念几句书或陪他聊一会儿天，他根本开心不起来。丹尼尔完全与他自己的世界隔绝了，只是偶尔同我们说说话。譬如，和我们一起分两组——杰姬和基弗一组，他跟我一组——玩填字游戏。玩游戏时，他们两个男人靠的是逻辑推理，而我同杰姬却一如既往地全凭直觉。虽说我们俩头脑简单了些，却总能先解出字谜来，那两个男人总是被我们甩在后面。

连着几日都是阴沉沉的，丹尼尔该走了。

杰姬竟不肯同他道别！

“希拉里，拜托你照顾她。”

“丹尼尔，我一定会好好照顾她！”

丹尼尔显得十分痛苦，但他仍表现得温和而友善。我们彼此拥抱，然后，基弗便送他去机场了。

我们终于回到了艾什曼斯沃思，孩子们都挺好，一个个生龙活虎的，和外祖母外祖父、祖母及太外祖母相处甚欢。他们的好情绪也感染了杰姬，她一见到几个孩子脸上便乐开了花。可才几日工夫，她又说想一个人待上一两天，就索性回朝圣者街的家里去住了。

“我过几天再来，会给你打电话的。”

确实如此，她才到伦敦就打电话回来了，声音狂乱得要命，让人根本没办法听懂她说了什么。基弗当即便飞车而去，奔向杰姬。

基弗没错，但他毕竟扔下了我，把我丢在一团乱麻里，我吓得浑身发抖。那一天，我过得稀里糊涂的，全然不记得自己是怎么应付几个孩子的。

直到晚上，基弗才回来。他领我进了花园，告诉我杰姬求他跟自己做爱，他同意了。这是我早已猜到了的，可听到这话，眼泪还是止不住地滑出眼眶。

这事原是在我的预料之中，但真说出来了，我仍是又惊又怕。

我哭倒在基弗怀里。虽然他肯回家已算是对我的莫大安慰，但我还是感受到了一种彻头彻尾的背叛。

杰姬也是因努力挣扎求生才会如此的。她也深知基弗并不爱她，但在遇到危机时，她确实是可以向他求救的。在杰姬看来，基弗十分坚强，可以通过某些别人未曾尝试过的方法帮助她。自打我当年嫁给基弗，便找到了属于自己的人生与爱情，感觉到了自由，认知到了安全。可杰姬也想要基弗，唯一能让她开心些的办法，便是把她中意的东西让给她。

我内心挣扎着，基弗说：“她明天就来咱家。”

第二十九章

希拉里

次日一早，杰姬所坐的夜班火车便抵达了，我去车站接她。这列火车一过了里尔，在每个小站都会停车，如今就要到了。再有30秒钟，就会看到杰姬了，我不由得心跳加速，呆立于月台之上。火车发出刹车声时，我心里有个微弱的声音在说："好啦，希拉里，别这样，希拉里。她可比你绝望多啦。"

这时，"嘭"的一声，车门打开了，杰姬从最后一节车厢里走了出来。我飞奔过去，猛地扑进她的怀里。

我俩站在月台上，相拥而泣，不知哭了多长时间。那时的我们竟比以往更加亲密了——我们在"私密洞穴"里分享着不可言传的秘密。

次日清晨，我早早便睡醒了。那是个美丽的清早，我侧躺着，刚好能看见对面的园子，只见石板上搁了一个睡袋。这令我不由心里一跳。

"基弗，你瞧，院子里怎么冒出个睡袋来了？"

他转过身，睁眼看着。

"基弗，那睡袋还动。杰姬在哪儿呢？"

我从床上一跃而起，披上睡衣便直奔楼下，脑子里转个不停。待我接近那个粉红色的睡袋时，才听见呼吸声和被闷住的声音，还有轻轻的说话声。

"你别动啦，还不到起床的时间呢。"

原来是妮可啊。

我捅了捅睡袋，妮可不由大吃一惊，忙探出头来，她手里还抓着一只她最喜欢的小鸡亨利塔。

“妈妈，妈妈，快帮我抓住佩克，别让它跑了。”

我将手伸进睡袋里去，解救出另一只小鸡。

“妈妈，它们想去看杰姬呢，它们想见见她！”

“好了，走吧。咱们上楼瞧瞧杰姬姨妈醒了没有。若她还没醒，就先让它们跟你爸爸说早安吧。”

我们先去看了一眼睡梦正酣的杰姬。谁知，亨利塔竟挣脱了妮可，一边咯咯地叫，一边飞过去落到了杰姬的床上，杰姬随即便醒了。

“啊？”

妮可忙道：“杰姬姨妈，你醒醒，看看佩克和亨利塔吧。它们特别温柔可爱，你拍拍它们嘛！”

因有两只小鸡在床上闹腾，杰姬无可奈何地醒来了。瞧她那副不愿动弹的样子，我便深知还是让她静一静为好——每当杰姬感到沮丧的时候，总是靠睡眠来保护自己。

“妮可，好宝宝，母亲觉得佩克和亨利塔都饿啦。现在带它们吃早饭去吧。”

杰姬闻言翻过身，又睡了过去。

杰姬取消了所有的演出，同我们在艾什曼斯沃思一起住了下来。她向外界宣布自己心力交瘁，要到1972年4月方能复出。

我们家有4个小孩，上面又有婆婆和外祖母，根本不可能保守住任何秘密。因此，我和基弗只得躲在楼上的洗手间里说话，我坐在浴缸边上，他则坐在马桶上。

“希尔，你还好吧？”

“挺好的。”话虽如此，可我的心却怦怦直跳。

“希尔，你要相信我啊，我爱你，永远也不会离开你的。不论发生任何事情，我绝不会走的。”

“嗯，我也爱你。其实，我也知道杰姬必须得住在咱家才成，可看到你俩在一起，我真的很难过。”

“无论如何，咱们不过是为了让杰姬能恢复才这么做的。她既需要你，也需要我。”

我们两口子说好，任凭杰姬想在此地住多久都可以。不料，她每天都会有新要求冒出来，全凭她的心情好坏而定。于是，洗手间成了我们夫妇的避难所，不管什么时候，只要谈到杰姬，我们便会去那里说话。

每当杰姬的心情不好时，只有基弗才能帮助她，替她收拾沉重的心情。我们杜普蕾家族一贯是凭直觉做事的，不假思索、互相依靠，这与巴伦伯英家族老于世故、周游世界的生活方式形成了鲜明的对比，基弗深知这一点，就像他对杰姬的背景了如指掌一样。

杰姬一直睡在顶楼上一个采光很好的房间里，这样可以使她在需要时便“自闭”其中。到了夏天的那几个月，若她需要白日里与基弗独处，便会同他一起到田野草地上散步。有时他俩一去便是大半日工夫，所幸，每次回来后，杰姬都会精神许多。

每晚，基弗都是先同我一起躺下，若杰姬想要他，他就会去她房里。大多数时候，我倒也勉强可以承受，但有时难免忍无可忍，哭着入睡也是有的。

基弗和我同样忍受着这般折磨。我内心最深处知道杰姬想要的是什么，也知道她这么做的目的是什么。对于她和基弗亲热的情形，我连想都不会去想。

我们两口子是常常要谈谈杰姬的，其实，杰姬尚未从美国给我们打那个绝望的电话之前，我便察觉到并且也了解到了一些东西，我也警告过基弗。可惜，那时我尚无证据，基弗认定，我太敏感了，而且还敏感到了不可理喻的地步。

在我看来，杰姬似乎一直在无意识地充当鸟窝里的杜鹃鸟这一角色。小时候，家里一切都是以她为主，略大一些，她的音乐天赋又难免令我自惭形秽，最终令我选择了逃离，和丈夫带着4个孩子开创了一份新生活。然而，她却到我家来了，被我的家庭所吸引，还想要跟我抢基弗。

可是，我眼见妹妹沉沦在地狱里饱受折磨，又于心不忍。我为她感到悲伤，但这事具有的截然不同的两面性又令我困惑，我为了她能向我们一家求助而感到开心，又因觉得自己被她抢了丈夫而感到失落。如今，她简直要把我逼上绝路了，我不知道该怎么办才好，只得挣扎求生。我也暗暗思索着，也许，她真的就是要我把我所爱的一切都让给她。

她认为没有什么折中的办法，因为她从基弗那里得到了一个既可以满足她的梦想又不会对她不管不顾的男人。几年前，当他在我的娘家把她从床上强拉起来时，那份坚强有力已经给她留下了深刻的印象。基弗拥有的那种充满信心、凡事往前看的能力，与我们家一遇事就慌的性格有着强烈的对比——他打破了束缚我的桎梏，因此杰姬也希望他能帮助到她。我变得越来越快乐，越来越自由，这些杰姬都是亲眼看见的，她渴望自己也能变成我的样子。

我在处理这种情况时，总会尽可能让生活保持正常。倘若杰姬陷入极度抑郁的状态中，我便让孩子们不要去打扰她，我会让他们出去玩个痛快，再不然就是让基弗陪杰姬出去散步。

在杰姬状况好点的日子里，我便会尽可能地让她跟孩子们玩。赶上天儿好时，我们会挤在那辆小雷诺4号旧车里，一路颠簸着到山上去，到吉比特去。每次，只要我一停下车，孩子们便会跌跌撞撞地冲出车子，如同小野马一般漫山遍野地疯跑，我和杰姬只好拼命跟在后头追他们。见杰姬在他们身后追赶，孩子们总会开心地尖叫。当然，第一个跑上山顶的人永远是特丽萨。

吉比特的两边全都是一路延伸的田野，一直延伸到山谷里去。孩子们最爱在鼹鼠丘上和乱草丛中打滚，杰姬、特丽萨、妮可总要精疲力竭地滚到最下面，仰面瘫倒在松软的草地上，而我则带着克莱尔和奥兰多远远瞧着她们。当时，奥兰多只有3岁，对他而言，滚一半的距离就已经够远啦。等到那3个疲惫不堪的“家伙”艰难地爬回山上的时候，我们会用毛茛和雏菊编织花环。

“饿死啦。”杰姬说着，孩子们也会回应，“那咱们走，回去吃中饭去啰。”

我们返回车里去拿野餐的食物，再挑选一块阴凉的地方。大家都渴极了、饿极了。因此，三明治一到嘴里，便再也顾不上聊天，只剩下狼吞虎咽的声音。克莱尔打算把她的雏菊毛茛花环送给杰姬，好让杰姬戴在头上。

我们仰躺下来，云雀在我们头顶唱歌。我们极力寻找，想要从上方那片明亮的蓝色天空中寻出它们的踪迹来。此时，所有的食物，什么香肠啦、西红柿啦、果冻啦、香蕉啦，都已经被我们吃光了。吃饱之后，大家都不说话了，四周一片沉寂。

食物又给我们增添了能量，且这能量在一场疯狂的捉迷藏游戏中被释放了出来。杰姬玩得格外上头，一边尖叫一边把孩子们从他们的藏身之处捉了出来，你追我赶的，头发迎风飞舞，花环都掉了下来。

玩到最后，孩子们都累坏了，懒懒地上了汽车，挤挤挨挨地坐下，午餐吃剩下的食物被丢到了后备厢里。用不了多长时间，他们便可以上床酣睡了。

杰姬心情不错的时候，我们的生活就会平静而美满。

有一天，我的情绪失控了。那是一天清晨，刚刚经过了一段极其难熬的时光，杰姬又陷入了不可自拔的绝望之中。突然之间，我莫名地觉得忍无可忍。基弗百般地哄着杰姬，弄得他疲惫不堪。谁料，如今连我也开始与恐惧和珢泪做起了斗争。

我跑出房去，穿过田野，一路跑到橡树下面的灌木篱笆旁边。我循着一个小空隙挤进了篱笆里头，头垂在膝盖上，哭泣不止。

我本该是在孩子们上学之前就替他们做好早餐的，可听见基弗在远处喊我时，我身子却动弹不得。此时此刻，我所能做的只是呆坐在此地，陷入深深的绝望之中，一味哭泣。

校车沿着马路开出去后，我才慢慢地站起来，拖着疲惫的身子回家了。我先是在洗手间里洗了脸，我的眼睛又红又肿。杰姬仍睡着呢。

基弗走上楼来，进了房间，将我拥入怀中。

“希尔，你上哪儿去了？你的脸色可不好。我叫你来着，你听到了吗？”

“听到了，就是没应你罢了。”我轻声答着，可惜嗓子却嘶哑了，没办法正常说话。

“我们都惦记着你呢。孩子们不知道你怎么了，你怎么不和我说说呢？”

我把头枕在他的肩膀上。

“基弗，我疲惫不堪，很需要你。杰姬情绪不好，这我知道，可她想要你完全是出于自私——她想把你从我身边抢走。”

“说什么傻话呢！你知道的，我永远都不会离开你的，也不可能离开你，你是我的妻子啊。”

基弗深情款款地看着我的眼睛：“希尔，你听好了，咱们的目标不过是帮杰姬罢了。她要的是咱们俩。你应该也知道，我是不会让你失望的，也不会让她失望的。吃早饭吧，吃点东西你就会舒服些了。”

“基弗，拜托你别把今早的事情告诉杰姬。”

“知道，不会的啦。”

“孩子们没事吧？”

“没事，我告诉他们你喂鸡去了，所以今早由我来做早饭。我搞得一团糟。”

我笑了笑。

“笑了就好啦，一切都会好起来的。”

每次发生危机的时候，基弗总能够超脱事外，用最理性的态度去寻找最好的解决方法，所以每次都做得非常完美。他知道我已经哭痛快了，压抑在心里的一些负面情绪也不见了。

下午，我和杰姬一同去校车站接孩子，还带了小鸡亨利塔，它就站在路边的草地上。校车一路驶来，缓缓减速。车门打开，特丽萨、克莱尔和妮可依次下了车。

“妈妈，妈妈，亨利塔也来接我了。杰姬姨妈，你跟亨利塔打个招呼嘛……佩克哪儿去了？”

我们的生活重新步上了正轨。

基弗拼命地让我安心，可我难免忍不住疑神疑鬼的。也许，在有些人看来，一段婚姻走到了如此地步，怎么可能再继续下去呢？但我和基弗是绝对不会放弃彼此的。我们仍日日厮守。在我看来，婚姻说白了就像是一笔银行存款，之前往里面存得越多，取出来的就会越多。如今，就是考验我们夫妻真感情的时候了。

母亲也常来，她和基弗一起在花园里散步，担心杰姬，不知道她以后可怎么办。杰姬仍不愿同母亲讲话，也不愿让她靠近。弟弟皮尔斯翻来覆去地问我，让我跟他讲讲到底出了什么事。我深知他是怀疑到了什么，可惜我们的事对谁都不能说。

但我知道婆婆乔伊肯定知道了。她从来都是一心一意支持杰姬的，当杰姬是一家人看待。所幸，她从不问我“情况好不好”之类的问题，这对我着实是种解脱。

杰姬依赖着我们家的每一个人。她依赖基弗，因为他支撑着她的信心和情感；她依赖孩子们，因为她喜欢他们；她依赖乔伊，因为乔伊视她为正常人；她依赖我，因为我最懂她，她想做什么我都允许。虽然心里带着伤痛，但每当我和杰姬一起哈哈大笑时，还是觉得非常快乐。

我喜欢和孩子们共处的时光，在这种时候，我便没有了被挤出圈外的感觉。做蛋糕是我们在一起时最爱做的事情，只要一说要做蛋糕了，大家便会纷纷忙乱起来，又是找面粉、鸡蛋、糖和黄油，又是找磅秤和木勺，一件件地摆在厨房的桌子上。

这段时间里，不能让杰姬把大提琴扔下，这一点至关重要，我和基弗都是清楚的。于是，觉察到她稍稍有些精力的时候，我们便尽力鼓励她重操旧业。于是，她一边给纽伯利弦乐团的一位大提琴手约翰·桑德森上课，一边又有与她情投意合的老朋友——职业大提琴家安娜·沙特尔沃斯来拜访她，和她一起拉二重奏。可惜，杰姬丝毫提不起兴趣来，她便将那把大卫多夫借给了安娜，安娜则把这把琴塞到了她那辆小汽车的后备厢里。

1971年的5月8日，谷物市场将举办一场音乐会，演奏曲目为杰拉德·芬齐的《永恒的征兆》。我和基弗都参加了这次演出，还把杰姬“骗”进了大提琴组，座位紧挨着基弗。倘若我们两口子不在家的话，她并不愿留在艾什曼斯沃思。

待弦乐团上台时，演员们组成一道人墙，将杰姬挡在了后面，不让观众看见她。然而，大家的目光还是很快就聚焦在她身上，每个人都兴奋地站起身来看她——这是我们最不希望发生的事情——到哪里都会被认出来，这令她感到非常害怕。过去，她喜欢听到热烈的掌声，也会快乐地回应观众，可惜，如今她可做不出这等反应来了。

看着基弗和杰姬同坐在大提琴组里，观众们都已经看出我们家如今面临的窘境了。坐在木管乐器组里暗自伤心的我，演奏得自然是一塌糊涂。

吉比特的南边是英克朋村，那里是汉普夏唐斯的中心区域。英克朋村的四周是和缓的山坡、田野和树林，在一望无际的天空之下置身于其中，令人只觉得如入仙境，安详宁静。

然而，这个小村庄却在1971年7月时忽然热闹起来——英克朋音乐节开幕在即，整个村庄都被修整一新——五颜六色的花园，整洁的马路，修剪得整整齐齐的灌木，到处都弥漫着一种非同寻常的气氛。教堂是演出活动的中心会场。村里的妇女们把最漂亮的花都贡献了出来，她们用这些花扎成了艳丽夺目的花束，与7月里色彩斑斓的鲜花相映成趣。蜂蜡的诱人香味中混入了夏日的气息，木头长椅在阳光下反射出晶莹的亮光。

音乐节为期一周，观众的数量并不确定，不过高潮自然是由纽伯利弦乐团于18日上演的音乐会。乐团成员都是当地人，均为业余乐手。到时候，还会有几位职业演奏家前来助阵。杰奎琳·杜普蕾成了这场音乐会上最令人激动的闪光点，而她的演奏曲目是莫恩的协奏曲。

所幸，杰姬状态很好，甚至有一阵子还很期待演出呢！因此，我们也就没有必要事先为应付紧急情况而准备什么了。

格奥尔格·马蒂亚斯·莫恩是奥地利作曲家、风琴演奏家，生活在18世纪的维也纳，他的这首协奏曲原是为羽管键琴创作的。后来，阿诺尔德·勋伯格于1932年将其改写为大提琴曲。杰姬以前也曾演奏过这首曲子。对皮尔斯而言，这场音乐会也是试验他那套新录音设备的好机会。

这个盛夏之夜异常美丽，乐团在教堂附近的大房子里喝过茶，又吃了草莓和冰激凌，受到非常好的款待。到了离音乐会开场只有15分钟时，我们便回教堂里调音和练琴了。观众们在教堂的走廊和门外的马路上排起了长队，我们很难走到教堂大门口去。幸好，杰姬与我们一路走来，人们看见了她，纷纷让路，我们这才得以进门。

教堂因交谈声而变得活跃起来，不再像往常那样安安静静的了。人们拥作一团，长椅被挤得吱呀作响。乐手们都在调音，杰姬也在她的谱架后坐好了。基弗与教区牧师一起奋力挤到了前面，见牧师来了，观众们立即就噤声了，仿佛被谁按了静音键一般。

教区牧师对我们的到来表示了热烈的欢迎。开场演说结束后，基弗举起指挥棒，虽说这地方不怎么宽敞，但乐手们还是很愿意演奏——这还是纽伯利弦乐团第一次面对这么多观众呢！观众都站到教堂外的院子里去了。教堂的大门敞开着，有些观众甚至坐在了外面的草坪上。

乐团演奏的第一支曲子是斯坦利的协奏曲，接下来是亨特·约翰逊创作的那首长笛与弦乐合奏的《致无名战士》。《致无名战士》的创作灵感来自瓦尔特·惠特曼的一首诗，因此，在我演奏之前，基弗还朗诵了这首诗。如果我能用笛声为观众描绘出一幅忧伤、寂寞的画面来该多好啊！可我深知，此时，离我大约6英尺远，坐在大提琴组里的杰姬才是全场观众关注的焦点。

乐曲接近尾声时，我总算放松了下来。谁料，当我准备退场时，基弗却请观众们安静，又说既然难得演奏亨特·约翰逊的作品，那么不如再来一遍。我是万分不想吹第二遍的，况且我觉得观众们其实也不想再听了——他们的注意力根本就没有放在我身上，这是我深知的。但我们还是将曲子重新演奏了一回。

下一个节目便是莫恩的协奏曲了。

乐团成员纷纷起身调整座位，以便为杰姬的演奏腾出空间来，椅子在地上拖来拖去，发出嗞嗞啦啦的声音。皮尔斯将麦克风调试好后，气氛骤然紧张起来，教堂里的观众都望着杰姬，满怀期待。这是这次演出最重要的时刻，大家期待着聆听杰姬的演奏。乐团成员先拉了序曲，接着，杰姬深吸了一口气，开弓演奏。教堂的石墙似乎都膨胀了开来，所有的木制品都有节奏地震动着。

在古典音乐中，莫恩的作品属于轻量级，但杰姬演奏时，那股子劲儿却让人觉得这是一首伟大且充满了浪漫气息的协奏曲——热情和力量尽情宣泄着，观众们随着杰姬的琴声激越着、兴奋着，最后暗暗喘着气。此刻，这间小小的教堂里只有一个焦点，在这24分钟的时间里，世上的一切仿佛都不复存在了，有的只是杰姬的琴声。

她把所有人的情绪都推入了一座不知名的天堂。

我们原打算8月时去法国，可直到现在，基弗仍忙于养鸡场生意的收尾工作。父母也打算与我们同去，于是便决定让我先带着孩子和父母去法国。两周后，基弗再带着杰姬一起过来。

孩子们要杰姬照顾好小动物和他们的玩具，还有很多其他奇奇怪怪的要求，杰姬信誓旦旦地答应孩子们说自己一定会完成任务。我们于7月25日那天出发了。只留下杰姬和基弗这对孤男寡女，令我深感不安，可既然这样对孩子们有好处，我也只好随着他们先行前往法国了。

一天清早——我们刚到里尔没几天工夫——邮递员在楼下高声喊我。因为他怕再撞上我们衣冠不整的样子，所以，如今每次来送件之前，他都会先作提醒。

“芬齐夫人，芬齐夫人，是我啦，有你的电报。”

原来是杰姬来电报了，说让我给她回电话。我只得拜托母亲替我带孩子，下山去桑萨克唯一的电话亭去，口袋里装着我能找到的所有零钱。电话半天才通，一接通，我们便有说有笑起来。

“杰姬，没什么事吧？”

“没事，就是想聊聊天罢了。希尔，我想听听你的声音。”

杰姬是个特别的女人，她对我坦言，她不仅爱我，同时也爱着基弗，和基弗独处的这几个星期是她度过的最美好的时光，她深知没办法对我隐瞒真相。

虽然她很需要基弗，但正如我挂念着她一样，她也依旧非常想念我，因为我们会赋予对方爱意和慰藉。我深知，到法国后，杰姬就会发现，作为大家庭的一员，对她而言是颇为不易的，另外也会产生“二女共侍一夫”的问题。

杰姬和基弗几天之后便来了，深深思念着基弗的我一下子便松弛了下来。

母亲最爱给孩子们念书，还喜欢与他们一起唱歌，父亲则忙着做一块写着“欢迎”的牌子——把一个个巨大的字母从苦艾啤酒箱上抠下来。他想要把这牌子挂到阳台的墙上去。我则忙着将家里的吃穿等必需品检查一遍，看是否足够。我们做好了一切准备。

因为知道他们会开夜车过来，为了以防万一，这天凌晨5点钟我便起床了。虽然我尽量轻轻地下楼梯，怎奈孩子们的生物钟是超准时的，他们全都醒来了。

“妈妈，他们来了没？”

“小点声，宝宝们，外祖母外祖父还睡觉呢，别吵醒了他们。我下楼给你们拿点喝的东西来，你们在床上等着。”

孩子们倒也尽力想要保持安静，怎奈实在太兴奋，根本静不下来，很快都跑到楼下来了。我听见了父母在卧室里讲话的声音，知道他们也醒了。

“特丽萨，克莱尔，妮可，奥兰多……”母亲喊着孩子们，“咕咕咕，外祖母外祖父起床啦，你们在哪儿呢？”

我才将早饭端上桌子，便听到下面传来了汽车鸣笛的声音，孩子们登时发出了兴奋的尖叫。他们立即跑了出去，我则在后面追着他们，他们却远远地把我甩下了。我便索性放慢了脚步，眺望着停在缆车旁边的汽车。

基弗和杰姬还在车里坐着呢，想必是因为杰姬不喜欢来此地。她呆呆地看着基弗下了车，又绕到她那一面去，替她打开车门，哄她下车。从桥上走过来的时候，他们走得非常慢，杰姬整个身子都吊在基弗身上。我对着山谷大声地叫着，基弗虽看不见我的人，但还是招了招手。

杰姬却没往我这儿看，也没注意到这个信号。

孩子们跑上桥，扑向两人，跑在最前面的是特丽萨。

“爸爸，爸爸！杰姬姨妈！你们可算来啦！我要第一个抱抱！”

孩子们兴高采烈、又喊又叫，对他俩表示欢迎，杰姬总算是从黯然神伤中回到了现实世界。我也赶紧往山下跑去，待他们准备爬山时，我迎上了他们，怀着一颗乱跳的心扑进了基弗的怀里。杰姬则张开双臂，将我们两口子都拥入怀中。

我对他们道：“你们可要好好看看那块欢迎牌，那是爸爸花了好几个小时才做好的。”

我们爬上第一处山岬时，便看到欢迎牌上的字母在风中微微晃动。

杰姬嘀咕道：“太傻了。”

“杰姬，你不要这样，”基弗道，“你也得想想，要是爸爸妈妈知道了会怎么想。”

母亲正在阳台上呢，基弗同他们问了好，杰姬却连个笑脸都不肯给，只顾一味地腻在基弗身边。

母亲问道：“杰姬，喜欢爸爸做的欢迎牌吗？”

杰姬一言不发，只是瞥了母亲一眼。

基弗忙插话道：“爸爸，你花了多长时间做好这牌子的？挺漂亮的。”

母亲左右为难了起来，一方面她想和杰姬和好如初，一方面又想与父亲好好的。

母亲紧张地喃喃道："你爸爸花了好几个钟头呢，总想做得完美些才好。做得确实不错，是吧？而且这种固定方式也很聪明。"

"妈妈，他们开了一夜的车呢。"

"老天爷，你们都累散架了吧？"

杰姬只顾跟基弗开玩笑。

基弗道："咱们走吧，先吃点早饭。"

基弗塞了满嘴的食物，趁着吃饭的间隙结结巴巴地给我们讲了一路上的情形。原来，他们先将车开到巴黎，想去杰姬最喜欢的那家餐厅。可惜，等他们进入巴黎城区时，杰姬才发现自己想不起来那家餐厅的位置了，只得又找。幸好最终还是找到了。于是，他们很奢侈地享用了一顿大餐。

基弗边说边开心地笑："我们的布丁上还有好多覆盆子和草莓！真是好吃！"

合家团聚令杰姬很不舒服，这一点我看得清清楚楚。两个星期以来，她都是和基弗独享二人世界的，如今却要和我分享了，她不乐意，也不打算二女共侍一夫。杰姬想的是独占基弗，但在如今这种境况中是不可能的。倘若夜里基弗偷偷溜进杰姬的房间里，这倒是可以的——除了我知道真相以外，其他人都还得瞒住。这样做对杰姬而言是必需的，这能够帮助她熬过这段时期。

孩子们成了拯救世界的人。他们会带杰姬去他们的秘密营地，也会拉她一起玩游戏。杰姬需要独处时，她自会躲进房里去。有时，基弗认为杰姬需要静心时，便会带她上山走上一阵子。每逢这时，我便会把孩子们哄过来，以免他们也跟着去。

我知道母亲也很担忧杰姬的情况，只是出于母女天性，不忍刨根问底罢了。她只能和基弗谈杰姬，只要杰姬一回房，母亲便会找基弗说话。基弗总会竭尽全力地安慰她，跟她说杰姬只是需要时间和空间罢了，杰姬和我们都一样，总是只对最亲的人发脾气。

又过了几日，基弗去了尼姆机场，把他侄女露西以及戈尔丁一家3口（包括克雷尔、朱莉亚和罗宾）和奥莉夫的孙子韦恩都接来了。这样一来，我们家一下子就有了7个小孩和7个大人。

克莱尔、露西和朱莉亚总喜欢花好几个钟头替杰姬梳头，用丝带和皮筋替她把头发做出各种造型来。杰姬很爱让她们梳头，总是心满意足地坐在那里，任凭她们试着给她梳出形状各异的发型来。

只有在跟孩子们玩耍嬉戏时，杰姬的心情才会好些。一旦面对父母，她便又回到那种高高在上、冷若冰霜的样子。

第三十章

希拉里

我们从法国回家后，孩子们便开学了，而基弗继续为养鸡场的生意忙活。我和杰姬做什么都在一起，什么去学校啦、逛街啦、做饭啦，剩下的鸡也都是她在帮着我养。杰姬一点也不想再拉琴了。

丹尼尔再也没有给我们打过电话。也许是因为他具有强大的理智，也许是因为他被杰姬深深地伤了心。

时光流逝，杰姬渐渐好了起来，情绪低落的次数越来越少。毕竟她一直想和家人一起住在艾什曼斯沃思的，更何况现在还有大家做她的坚强后盾呢！我们的日常起居十分规律，也起到了稳定杰姬心绪的作用。

到了深秋时，父母也来和我们一起住了，顺便也教特丽萨和克莱尔弹钢琴。当时，杰姬一听到汽车开进车道的声音，便直冲出去迎接父母了，这着实令我吃了一惊。

杰姬和母亲拥抱时，母亲的表情令我永生难忘。

“老豆荚妈妈，你好呀！”杰姬笑着，眼睛亮亮的，脸上犹有泪光。原来的杰姬又回来了，母亲的眼泪犹如开了闸一般流淌下来。

这还是几个月以来的第一次呢，她们俩久久相拥，我趁此机会也抱了抱父亲。

“爸爸，要不要喝杯茶？”

“嗯，要喝的。”

“跟我来。我已经烧上水了。”

我和父亲走进了厨房，而杰姬和母亲仍留在那里。

“希尔，看起来杰姬好多啦。”

“我也觉得她好多了，爸爸。我好久没见她这么拥抱母亲了。”

“你妈妈肯定很开心。”

这一天，杰姬一直陪着我们，对我们非常友善。我原以为她会躲进自己房间呢，谁知竟没有。但愿这是她好转的开始。

圣诞节前的几个月里，杰姬时不时便会表现得十分欢喜，可惜过后她马上又会哭上很久。她的全部身心都依靠在基弗身上，她对他的需求令我们只能全都闪到一边去。基弗对杰姬也很忠心，日日夜夜地陪着她，我能感受得到，陪杰姬对基弗而言好似服苦役，但他倒还满怀希望，总说能寻出一条出路来的。

这种情形一直没有任何改进，基弗也深知——他也不停地这样说——一定要给杰姬寻找到一个可以支撑她的精神支柱才行。后来，基弗的好友杰里米·戴尔·罗伯茨推荐给他一本书——兰恩德的《正常、疯狂与家庭》——我们的困境终于有了突破。这本书为他开启了一个关于潜意识的新世界，他沉迷其中，不仅阅读兰恩的作品，也读荣格、弗洛伊德和其他人的著作——他想找到一条能让我们从困境中走出去的路。

基弗深知，不可以对杰姬施加外在影响，这对她是没用的。不过，我却看得很清楚，无论基弗让杰姬做什么，她都会乖乖照做。记得有一回，父母来我们家时，基弗和母亲在冷杉树下的草地上散步，进行了一番严肃的长谈。后来，我也曾问过基弗，当时他和母亲谈了什么，基弗答道："当然是谈杰姬了。妈妈为她担心得要命。所以得有个人去安慰妈妈，告诉她一切都会好起来的。"

他又道："我对妈妈说，我也为杰姬忧心。我们只是想要寻到一块理智的基石，给杰姬一个坚实的着陆点罢了。"

在我们家，向来不用说一句话，大家便能够清楚地感应到彼此的感受。譬如，我和杰姬便会出于本能而相互理解。可一旦遇到了问题，我们便不知道该如何分析，更不知道该怎样有逻辑地讨论和解决问题。回想起来，这种全凭下意识沟通与行动的方式，很容易让我们家被外人看成异类。基弗是第一个打破我们家紧密团结的小圈子的，至少，他没有因我们家那种怪异的风格而烦乱不安。

我深知，基弗对杰姬的事情是非常上心的，我自然也能够理解杰姬的困境。正是这种对杰姬的理解，在某种程度上帮我度过了这一难关。所幸，我还有孩子们的生活起居需要照料。

我们有个名叫大卫·戈林斯的朋友，他是纽伯利附近的水磨剧院的经理。有一天，他打电话来，问我们是否愿意招待哑剧团。哑剧团是来剧院做巡回演出的。我们把招待哑剧团的日子定在了圣诞节前的平安夜。

孩子们用亮晶晶的彩纸做装饰品，一连忙碌了好几个星期。游戏室的墙上贴满了星星，窗户上点缀着棉絮做的雪花。房间里的横梁上悬挂着大小不一的提灯，还用好几码长的纸链子绕成环状，蜿蜒曲折地联结在一起。

我们在灌木丛中行走，寻找长着浆果的冬青树，还把白珠树的叶子拿来装点圣诞树的主干。饰物太多了，游戏室都堆不下了，只得又放到其他房间去。圣诞树也被拖了来，用花哨可爱的小玻璃玩具和首饰点缀着。不过，今年的圣诞树并没有摆放在客厅里，而是放进了游戏室。我们把红苹果挂在圣诞树的树枝上，又在树干周围点了一圈蜡烛。

杰姬虽说感到辛苦，但很快便受到了圣诞节气氛的感染，和孩子们一起开开心心地做起了小块三明治和干酪酥条饼。我们事先邀请了许多朋友，所以会有很多客人来。烤箱里正烤着肉馅饼，葡萄酒里也加了香料，都放在烤箱上面。

我建议道："杰姬，趁着这会儿人还不多，先把蜡烛点上。让特丽萨和克莱尔帮着你弄。给你火柴——接住啰。"

她接住了火柴，道："你们俩快过来，点上蜡烛就能唱圣诞歌啦，要一直唱到客人来齐了为止。希尔，你替我们弹钢琴。"

游戏室里一阵忙乱，提灯里的蜡烛都被点着了，唯独圣诞树主干上的那个要等到最后一刻才能点燃。

妮可低声问道："咱们可以先唱《小耶稣》吗？"我们一口气把

这首歌唱了4遍，我抱着妮可，让她唱了两遍独唱的部分，克莱尔和特丽萨又各唱了一回独唱部分。随着客人陆续到来，圣诞歌被接连唱了个遍，客人们也都会与我们一起唱。

突然，传来了一串铃声。

“哑剧团的人来了，他们都装扮好了。快，大家都坐下。”

我们在游戏室的一头坐了下来，在静默中，铃声愈发近了，然后，只听“嘭”的一声，门开了，圣乔治“骑”着马形道具，领着一群戴了面具的人鱼贯进入。他们每个人都身着稀奇古怪的衣裳，头戴稀奇古怪的饰物，身上脸上缀满色彩鲜亮的飘带，为我们奉献了一出古老戏剧。大人们因他们的表演而笑得直喘，小孩们则被眼前令人叹为观止的景象惊得瞠目结舌。

哑剧演完了，掌声四起，一来为了感谢演员们的表演，二来为了感谢端来热葡萄酒和肉馅饼的基弗和乔伊。

杰姬在我耳边低低地说：“希尔，圣诞树主干上的蜡烛还没点燃呢。你去把它点上，我把大提琴拿来。”

我爬上椅子，刚好能够到那蜡烛，我点燃了它。在蜡烛火苗的映照下，房顶悬挂着的灯泡显得生机勃勃，擦得锃亮的苹果也都闪闪发光。我从椅子上下来，把椅子递给了杰姬。

杰姬抱着大提琴过来了，在闪闪发光的圣诞树旁坐好，孩子们围坐在杰姬的脚下。杰姬拉奏起圣诞颂歌，大家随着音乐唱了起来。我们越唱越响亮，她便也拉得愈来愈有力。后来，因为琴声太响亮了，孩子们只得纷纷避到一旁。

在圣诞颂歌之后，歌声停了下来，杰姬趁着空当拉起了巴赫的曲子。游戏室里的回声效果特别好，她的琴声荡漾着，格外动听。杰姬的演奏艺术也彰显无遗，孩子们竟不由得落下热泪，后来三五成群地出屋去了。可杰姬却一味沉醉在自己创造的世界里，她在发光的圣诞树旁演奏着，我们都感到十分激动。

次日早起，克莱尔问杰姬，自己能否拉一下她的大提琴？虽说大卫多夫比克莱尔还要高些，但杰姬却还是一丝不苟地给克莱尔示范应该怎么拉。克莱尔一向是最喜爱杰姬的演奏的，她只有两岁半的时候，我曾带着她和特丽萨一起去伦敦听过杰姬的音乐会。那时，两个小女孩都穿着漂亮的连衣裙，安安静静地听完了整场演出，一点儿也没有吵闹。

基弗和我每天都要进行一回“卫生间谈话”。早春的一天，基弗跟我说，现在他觉得自己也无法满足杰姬的需求了。虽说她那种绝望哭泣的次数已经减少了，外表上似乎也开心了些，但我们俩深知，其实杰姬的心理并未改善太多，仍旧对基弗满心依赖。基弗认为这种依赖可能会成为杰姬痊愈的阻碍。他觉得应该向专家寻求帮助。

芭芭拉·孔珀兹是基弗家的世交，基弗便请她先生来替杰姬瞧瞧。芭芭拉的先生科昂原是一名职业小提琴手，曾在马克斯·罗斯塔尔的四重奏里担任第二小提琴手。可惜后来他的脊柱上长了肿瘤，做完切除手术后便只能坐轮椅了。他知道自己再也拉不了小提琴了，便转行做了心理分析研究，成为一名出色的弗洛伊德学派的精神分析专家。

我们随即带着杰姬到伦敦去拜访科昂。我们同芭芭拉一起喝咖啡，让杰姬和科昂在一起单独谈话。后来，杰姬说，科昂让她自己叙述自己的问题，她觉得比起科昂所说的那种显而易见的痛苦，自己的问题太微乎其微了，简直就像装病一样。她惟妙惟肖地模仿科昂的荷兰口音，又学他咳嗽的样子，引得我们哈哈大笑。

过了几天，科昂打电话过来，说他自己不适合为杰姬治疗，但他替杰姬请到了在汉普斯代德的同事沃尔特·约菲博士。杰姬一下子便喜欢上了约菲博士，起初是两周去见他一次，每回都是到伦敦去。后来又约定为一周3次。杰姬觉得太辛苦，没力气来回跑，便索性在朝圣者街的家里住下了。

一开始，杰姬会事无巨细地把每次治疗的内容都告诉基弗，渐渐地，她对治疗越发投入，就再也没有对基弗述说的必要了。每次就诊，她是绝不肯躺在沙发上的，也不肯坐在看不到约菲眼睛的椅子上，而是一定要直面约菲。约菲告诉杰姬，虽说她才华卓著，但在心理治疗上并无捷径可走，所以，不要期望有奇迹般的“大跃进”。

杰姬问约菲，治疗过程是否会被录像？约菲说当然不会，杰姬不由惊讶，约菲竟能把一切都记住，而不搞混病人们的细枝末节，这可真是了不起。约菲道，在他看来，杰姬从来不会把不同的协奏曲搞混，这也很不可思议。

杰姬在还没有找约菲的时候，曾对基弗说过，老觉得胳膊和腿发麻，后来脚底竟也有了这种感觉。当她把这事告诉约菲时，约菲以为是潜意识里的某种抗拒心理在作祟，认为杰姬是在暗暗抗拒挖掘自己的痛苦往事，也抗拒自己一路到汉普斯代德来看病。

杰姬在伦敦的时间变多了，我们家的生活也便渐渐恢复了正常——约菲受她的折磨越多，基弗对她的意义便会越小，这让我们大大地松了口气，仿佛卸掉了千斤重担一般。不过，和杰姬相处的这段经历带给我们的震动太大了，令我们俩耗尽了心力，几乎筋疲力尽。

基弗也曾说过，不晓得自己给杰姬的帮助到底起了多大作用，他估计顶多只是延迟了她消沉下去的速度而已。那时，他怀着满心爱意，为杰姬承担了一部分内心绝望所造成的重负，如果这一负担没有人来替杰姬承担的话，杰姬无疑会坠入更深的深渊之中去，这是我们深知的。

杰姬是如何喜欢上丹尼尔的？我无从得知，我估摸着，随着时光的推移，她的困惑也会渐渐消失，又或是她终将明白如何去应对这份感情。

那年的12月，也就是杰姬24岁生日前的一个月，一次安排好的录音再度激发了杰姬与丹尼尔在音乐上的默契。她重操大提琴，与丹尼尔还有她的录音制作人苏维·格鲁布一起去了录音棚。录制的是肖邦的《G小调大提琴奏鸣曲》和费兰克（塞萨尔·费兰克，法国籍的比利时作曲家。）的《A大调大提琴奏鸣曲》，大家都高高兴兴的。他们还录制了贝多芬大提琴奏鸣曲的开篇，可惜后来杰姬太累了，不得不停了下来。

谁也不知道，这竟是杰姬最后一次进录音棚。

然后，夫妇俩又去特拉维夫演出了。9月时，他们演奏了贝多芬的D大调钢琴三重奏《幽灵》，又在皇家节庆音乐厅和平切斯·祖克曼合奏了柴可夫斯基的钢琴三重奏。有些评论家说“杜普蕾小姐又恢复了她的状态”，但更多评论家却并未做出积极评价。

杰姬再度进入丹尼尔的生活之中后，整日都是音乐会、夜宵、旅行，都是些杰姬说她应付不来的事情。渐渐地，我们越来越难见到杰姬了。我不知道这种状态能够维持多久。

在结束了养鸡场的生意之后，我们又花了大半年的光景才把账目结算清楚了。此时，我们的经济状况十分拮据，偏又十分渴望能够找出一个继续留在艾什曼斯沃思生活的法子来。我们向来自己种菜吃，也养了几头牲口，这么多年来，我们一直满心羡慕波塔莱斯一家，一直观察着他们的生活——我们将他们家作为榜样，决心以后也过自给自足的生活。

于是，我们便先买下3头奶牛和几只山羊绵羊，然后又扩建了菜园。我们甚至还登广告寻找帮手。很快，便有几位厌倦了案牍工作，一心想要归隐田园的人来了。多了这几位帮手，我们的小农场很快便走上了正轨。

这种崭新的生活方式令我与家庭的联系比过去更加紧密了，而杰姬却再度被淹没在忙乱的生活中。我们俩很少见面，不过信倒是常写。杰姬有时也会送礼物给我们。有一次，她送给我的竟是一条短短的打底裤，还说虽然这条打底裤并未为她增添色彩，但没准儿我会喜欢。在这封信的末尾，她一一问候了大家。

皮尔斯

1972年12月，父亲为伦敦特许会计师学生会组织了一次年会，年会是在公园街的希尔顿饭店里举办的，这算是父亲退休前最后一次重要的活动。对他而言，这自是无比重要的。

年会那天，杰姬也随我们一起来了。杰姬的到来吸引了大家的注意力，现场所有人都目不转睛地盯着她——她就是这样，无论到了哪里都会抓住观众的心。然而，我却深知，这样的事情会令她很难受，且场合过于严肃，反而会诱使她做出离经叛道的事。

我父亲在台上侃侃而谈，待他说完了，学生会里的其他主要领导也都分别讲了一会话。趁他们讲话时，杰姬探身从桌子对面的烟灰缸里拿了一盒火柴，偷偷摸摸地藏到桌布下面去摸索，又要了一支笔。

我被她鬼鬼祟祟的样子所吸引，根本无暇去听演说，生怕会闹出什么事情来。

杰姬把被她塞得鼓鼓囊囊的火柴盒递给了桌上最重要的嘉宾，然后便注意看他会做何反应。大家盯着那火柴盒，有人竟偷偷地笑起来——毕竟这是伟大的杰奎琳·杜普蕾的发明创造嘛！那位宾客仔细看了看火柴盒，不知所措地打开了它。

里面的火柴全被扭弯了，杰姬还写了字，他把字读了出来：

瘸子制造。

大家吓呆了，一句话也说不出来。

杰姬竟还朝我送来了胜利者的会心一瞥，在我看来，这绝不是她的胜利。不知为何，如今，杰姬的幽默已经变质了。

希拉里

1973年的1月初，杰姬过了28岁生日。她在多伦多演奏了拉罗的协奏曲，然而，加拿大的媒体却并未对她做出欣喜若狂的反应，他们只说“杜普蕾这回表现尚可，但离不同凡响还差得远呢”。

1月25日，杰姬返回纽约，与丹尼尔合开了一场室内音乐会，演奏了勃拉姆斯的《E小调奏鸣曲》和德彪西、肖邦的奏鸣曲。她演奏得随心所欲，不仅音调刺耳，还漏掉了不少音符。这令评论家们颇有微词，杰姬收到了前所未有的负面评价。

很长时间以来，杰姬就察觉到自己双手的反应不如以前灵敏了——并非因为她练琴少了，也并非是肌肉失去了平衡感，她常常会觉得自己就像没有在演出前做好准备活动似的。她也曾去看医生，可惜他们帮不上她什么忙，只说她这种状况可能是因为“青春期创伤”造成的，全然不顾她如今已28岁了——这种诊断的残酷之处在于——令杰姬有种自己是在无病呻吟的感觉。

2月8日时，杰姬在皇家节庆音乐厅举办了一场音乐会——杰姬正式复出了。她演奏的是埃尔加的协奏曲，祖宾·梅塔任指挥。媒体纷纷评价，杰姬在经过“漫长的疾病”之后归来了。

杰姬按照老规矩，为我们一家人留下了中间偏后且挨着过道的位子。我深知，身边坐的都是音乐界的大人物，也能听到他们聊天：“看到您真高兴。”“真是太让人激动啦。”“这还不够精彩是怎么着？”“她比以前健康了，真高兴。”

我右边挨着父母，左边挨着基弗和外祖母。皮尔斯想把音乐会的声音录下来，可录音器材却忘了带来。乐团坐好了之后，我竟莫名地担忧起来——全世界都涌来听杰姬拉琴了，可是我却对她满心忧虑。这还是第一次呢。

杰姬怀抱大提琴走上台，步履轻松，观众们则掌声雷动。杰姬一副欢喜放松之态，对着大家绽出微笑。她慢慢凝聚精神，神情变得十分专注，四周也安静下来。只见她猛地向后一甩头——这是她的招牌动作——抬起右臂将琴弓往弦上一搭，拉出了开篇和弦。音乐声从大提琴上荡漾开来，掠过整个大厅，穿透了每一个灵魂。

可惜，前两个跳进却拉得比以往都要慢，其他乐手自是预料不到，速度竟一下子超过了杰姬。我吓怔了，祖宾紧绷双臂，努力控制着乐团的整体节奏。乐团和杰姬的节奏混乱了，但在这样的情况下，二者之间竟达到了一种尴尬的平衡。杰姬拉得比过去夸张多了，一味强调滑奏，实在是有些过了。但她拼命想要找回自己的风格。杰姬的琴声原是气势磅礴、直击心灵的，此时却变成了绝望的挣扎。

外祖母抓住我的手，就像钳住了我一般，我连看她或基弗一眼的勇气都没有，生怕我的恐惧会在他们那里得到证实。因此，我只得全神贯注地盯着前方舞台，眼前都模糊了起来。我眼前仿佛忽然之间出现了杰姬所收藏的那些埃尔加的照片，仿佛还听见她说，埃尔加的面孔其实一直令她感到困扰。

杰姬说："埃尔加是个病人，所以一辈子都过得凄凄惨惨的。希尔，可我能够从他的音乐里感受到——他拥有着辉煌、灿烂的灵魂。"

杰姬拉到了第一乐章末尾，观众们自始至终寂静无声。我深吸了一口气，甚至听得到自己心里在说："加油啊，杰姬，一定要加油！"我紧张得简直要崩溃了。外祖母已经松开了我的手，但我还是没有勇气扭头看她一眼。

开始，我还尚不明白为何自己会如此忐忑不安，后来我却领悟到，其实杰姬是在借琴声来诉说一些她不能理解也无法忍受的事。过去，她拉这段曲子时，永远都是充满着希望。如今，那希望已经消失不见了。我觉得，我所听到的是妹妹的道别。

在我看来，那晚的演出就是一个沉重的负担，传达出来的绝对是"道别"的信息。可惜，没有人想要听杰姬告别。

拉完了最后的突强和弦，祖宾双臂下垂至身体两侧，观众们纷纷站起身来，那情形有如巨浪狂涌一般。我察觉到自己也跟着站起来了，被欢呼和掌声的巨浪推动着。杰姬一副笑逐颜开的样子。此时她的脚下，是对她无比崇敬、膜拜的观众们。

第三十一章

皮尔斯

我早已完成飞行员培训，已经成为肩扛两条金杠肩章的大副啦。1972年7月15日，我与琳赛·迪克森结了婚，新家就在白金汉郡博恩区，那是一座仅有一间卧室的半独立式平房。琳赛是弗莱克威尔希思小学的老师。

1973年4月10日那天，我早早就起床了，满心憧憬着要和杰姬一起共享一顿奢华大餐。去哪里吃才好呢？我往窗户外望着，天气很好，阳光灿烂，碧空如洗，视线所及范围内竟连一丝白云都没有。这样的天实在太适合开那辆TR汽车了——那辆车可以把顶篷卸下来。

我与琳（琳赛的昵称）说："我顺路到爸妈那儿看一眼，然后送杰姬去机场。不知道什么时候能回来，不会太晚就是了。"

"替我带个好。"

我开车上路，直奔父母家。风拂在我的脸上，微带凉意，令人神清气爽。空气的味道甜丝丝的，我对这个好日子充满了期盼，我的车既结实又动力十足，转弯十分流畅。天气好、汽车好，还有杰姬的大餐在等着我，生活多美好啊！更何况，如今，我也能够从自己的爱好——开飞机中赚到薪水啦！

到母亲家时，她正在跟洗衣机较劲。母亲每次用洗衣机，都得花上好一阵子才能让它正常工作——挨个把每个按键都按上一回，把每个旋钮都转上一遍，直到碰巧弄对了，洗衣机才会运转起来。我进去时吓了她一跳。

“哟，巴尔来啦。我还是不会使这破东西。”

“我来弄吧，妈妈。”我说，“你想怎么设置呢？”

“无所谓，能转就成。”

说罢，她就到炉子上去烧水了，替我俩各煮了一杯咖啡，然后同我在餐桌边坐下。

母亲瞥见厨房里的钟表，惊叫道：“坏了坏了，怎么都这会儿啦？我得去给学生上课，还没换衣裳呢。你帮我带点东西给杰姬，几件烫好了的衣裳和一件外祖母替她补的衬衫。对了，她的连衣裙还需要几个新垫肩。东京的天气热。我给你拿去。”

母亲直到此时还在帮杰姬洗衣服、缝补衣服。

母亲又若有所思道：“我真希望她能一切顺利。不过真是奇怪，她最近老是喊累，这你也是知道的。”

“妈妈，你别担心，我俩马上会去吃一顿美味的午餐。我保证把她安全地送上飞机，行李也绝不会落下的。”

我把车倒进杰姬家的车道时，她正在练琴呢。一听到我的车声，她便忙忙地跑到大门口。

“巴尔，你可来了，太好啦！”杰姬张大双臂紧紧抱住了我，“我在‘比安卡花园’订好位子啦，咱们快去。”说罢，她便伸手去摸房门钥匙。

哈弗斯托克山丘上挤满了晒太阳的人，杰姬大步流星地走在便道上。

“妈妈怎么样？”

“挺好的。”

“琳呢？”

“她问你好呢。”

“也给她带好！我很饿，你饿不？”

到饭店时，那门童好像立正了一下——每次跟杰姬一起去饭店时，不管那门童是否认识杰姬，似乎都会立正——杰姬自带高人一等的气场。我们找了靠窗的桌子坐下。

菜是杰姬点的，都是最贵、最美味的菜品。她点了牛油果和小牛肉，还加了一大堆的佐料。我要了点酒。小推车送来点心和咖啡，我们一直吃到饭后甜品登场，真是舒服极啦。

“巴尔，你怎么就不能开飞机送我去东京呢？咱们包一架飞机不就得啦？”

“不行的，杰姬，那多贵啊！不过这个想法倒是蛮别致……”

杰姬又道：“我上回去东京，观众们起立为我的表演鼓掌呢。我一连谢了4次幕，最后我都要放弃谢幕了，我实在是累得不行了。我刚回到后台坐下，一个矮个子男人就慌里慌张地冲到我屋里来说：‘杜普蕾小姐，杜普蕾小姐，您快回舞台上去吧，整个大厅里的人都在为您鼓掌呢！’”

母亲曾说过，杰姬在美国的演出不怎么顺利，所以，等上咖啡的时候，我便细细地问了她。

“唉，巴尔，那次太可怕啦。一开始，我竟没法从琴箱里把大提琴拿出来了，就是拿不住，好像手不管用了似的。后来我好不容易把琴拿出来了，左手居然完全麻木了。我对里尼（即里奥纳多·伯恩斯坦）说，我可能拉不了琴啦，偏偏他总是不当回事。”

杰姬扮鬼脸模仿着奥纳多·伯恩斯坦的美国口音：“别缺心眼儿啦。”她一边慢吞吞地说，一边还假装抽了口烟，“你就是有点紧张罢了。”

我俩哄然发笑，可杰姬马上又严肃了起来。

“那次排练好恐怖，大家都议论我，这是显而易见的。”

“这么倒霉？”

“是啊，倒霉死了。到了正式演出时，更加坏事了。我竟一点都感觉不到琴弦，只得用眼睛看我到底该把手放在哪儿。真像一场噩梦。”

“你去医院看了没？”

“看了，都去过了。他们只说我是压力大，需要休息……这不，我最近一直在歇着。”

“那你现在怎么样？”

“嗯，好点了。”

“你肯定吗？”

“咳！”杰姬沉默了一会儿，然后若有所思地答了一声，可却不肯看我的眼睛。我知道她说的不是真的。这时，她又要了一杯咖啡，故意把话题转移了。

买单时，杰姬用的是现金，然后我们便走回了她家，一边走一边说说笑笑，犹如逃了学的小孩一般。谁知，就在离她家那条街不到一个街区的地方，她忽然摔了一跤，我感觉她好像没办法控制自己似的，就那么直挺挺地倒下去了。

我忙去搀杰姬，心想糟了，闹过头了，肯定是刚才酒喝多了。一开始，我们俩还边挣扎边笑呢，可很快我的笑声便消失了——杰姬一动都不能动，我根本扶不起她。

“快起来，杰姬，用腿撑住。”

“我撑不起来啊！”

渐渐有人围过来看热闹，想看看我们到底是怎么了。最后，还是在陌生人的帮助下，我才扶起了杰姬。虽然站起来了，可她的身子晃得厉害，我只得用自己的胳膊使劲挽住她的胳臂，以便撑住她。

“我们没事啦，而且就住这附近，谢谢大伙儿啦，我们没事了。”

围观的人渐渐散了。回到杰姬家以后，我泡了杯茶给她喝，这时我才觉得她恢复了行动能力。下午，我们忙着整理行李什么的，可惜，之前的那种欢乐气氛已经被某种无法形容的忐忑不安取代了。我深知，肯定是哪里出问题了，可惜杰姬马上要去赶飞机，所以也没有时间过多计较，只能暂且将这桩意外事故放下。

希拉里

杰姬一从东京回来，便邀请我和基弗到汉普斯代德去跟她一起吃个午餐。那天的气氛并不压抑，她的状态还行，谈笑风生，还为我们准备了一顿丰盛的午饭，热气腾腾的汤十分吸引人。

“杰姬，真好吃，”我说，“这是你做得最好的一次汤。”

基弗也热情称赞：“是啊，我挺喜欢的。如果能再咸点就更好了。”

杰姬右手拿起盐瓶，想把它递到桌子那头去，谁知她的手臂却没办法朝基弗伸过去，僵硬地悬在了半空中。

“基弗在那儿哪，杰姬。”我一开始还笑着，但随即看到杰姬脸上惊恐万状的表情，我意识到，她并没有在和我们开玩笑。她的胳膊竟毫无知觉地“吊”在那里。

“不好了，希尔，我的手不听使唤了。”

这可把我们都吓坏了，一下子便陷入了可怕的沉默之中。我赶紧搂住了杰姬。

“杰姬，拜托了，去医院看一下好吗？你这样只知道害怕却不寻求帮助，实在不是什么明智之举。”

皮尔斯

那年5月，杰姬便以“腕腱发炎”为由取消了参加布莱顿音乐节的计划。当我去到朝圣者街的她家时，她正在床上躺着呢。刚好该吃中饭了，我便只得先去做了饭。

我在厨房里找到了一些小牛肉和一瓶马沙拉白葡萄酒。

我高声问楼上的杰姬：“吃马沙拉小牛肉好吗？”

她响亮地啐了一下，但在我看来这就是答应了。

我根本就不会做，黄油放得实在太多，葡萄酒更是多到了离谱的地步，一直烧到锅里起了泡，我这才将小牛肉放到了锅里面。结果与其说是煎牛肉，倒不如说是用一锅热气腾腾的葡萄酒把它煮熟了。

“嗯……”杰姬道，“肉汁充盈，油水十足嘛。”

味道闻起来很恶心，但我们还是吃光了。

我随身带了飞行日程表，发现6月我飞洛杉矶时，她刚好也会去旧金山。我们俩说好，到时我开飞机找她去。

谁知，后来我根本没办法去找她。我才在洛杉矶的酒店住下，便收到了杰姬的留言，说要我给她打电话，由她那边付费就好。听说我不能去找她了，她一下子便哭了起来，反反复复地央求我一定要去。

我真不知该怎么回答她才是，她的眼泪和哀求显得那么沮丧和软弱，我心疼死了。她需要我，可惜我却没办法帮到她。挂了电话后，我浑身都在发抖。杰姬的声音里充满了绝望和恐惧，可是，作为她唯一的弟弟，我却不能在此时帮助她。她那边一定是出了什么可怕的事情，偏偏我又令她失望了。

待我俩都回到了英国，我便给她打了电话，想要约时间跟她见面，作为补偿。当时电影院里刚刚上映《杰克尔的日子》，评分挺高的，我寻思着，如果能够分散一下杰姬的注意力，也许会对她有点帮助。于是，我便邀她在7月17日这天去看电影，挂了电话后，我便订了票。

因为要在威斯特伯利提前吃晚饭，所以我和琳就在那里先见到了杰姬。感谢上帝，杰姬的气色不错。我们仨吃了一顿丰盛的晚宴，又喝掉了一瓶昂贵的葡萄酒。待杰姬用现金买过单之后，我们便往电影院去了。

杰姬被这部电影迷住了。当演到杰克尔准备勒死情人时，她竟起身大喊："不，不要，别这样！"逗得大家都不由得笑了起来。

她没有说起之前在美国怎么了，既然她不肯说，就说明她不愿提及。

一个月后，在爱丁堡艺术节上，杰姬又因"神秘的疾病"而无法参演。后来，到了10月初的时候，她去找了她的私人医生列恩·赛尔比，这时，事情的真相才渐渐显露出来。

她对医生叙述了病情。原来，早在一年前，她便发觉手不大听使唤了，有时是左手没办法按下大提琴的琴弦，有时是右手握不住琴弓。同时，她的双腿有时也会麻木发软，背部也会虚弱乏力。到了最近3个月，又出现了时不时视线模糊的情况。

赛尔比医生怀疑杰姬所患的是神经性紊乱症，便替她约了神经方面的专家里奥·朗齐来诊治，朗齐医生建议杰姬尽快到伦敦的诊所里去做检查。就在这时，“赎罪日战争”（即第四次中东战争，发生于1973年10月6—26日。）爆发了，丹尼尔和祖宾·梅塔一起去了以色列，为军队演出去了。

10月10日时，我到伦敦陪杰姬吃晚饭，她对去朗齐医生那里看病的事情只字未提，只说去看过医生了，还得到医院里做些检查。听了她的话，我便知道她十分害怕。她知道自己出问题了，却不愿谈这些事。过了几天，她便转到了帕丁顿的圣马利医院，由资深的神经病学家哈罗德·爱德华兹为她做了检查。

10月16日，杰姬被确诊为多发性硬化症。

她的第一个反应是给远在以色列的丹尼尔打电话。因为他很快就要回来了，她不愿让他在以色列度日如年地过完最后5天，便没在第一时间把实情告诉他，只是说检查结果还没出来呢。

她随即换了话题，问他音乐会开得如何。即使如此，丹尼尔还是察觉出了问题，后来一连打了好几个电话，终于证实了他的猜测。他立时便赶到了杰姬的病榻前，并要杰姬发誓说会把真相毫无保留地告诉他。丹尼尔的归来让杰姬很开心，见他还是会把自己放在第一位，自然欣慰异常。

一天，我正在罗杰兹十字街口的家里陪父母说话，杰姬打了电话来。

“我得了重病啦，不过情况还不算太糟糕，所以别担心哟。我的毛病会好的，我也会好起来的。”

我们谁也不懂，什么叫多发性硬化症。

DEVASTATION

身患绝症

第三十二章

希拉里

我第一次得知杰姬的病情，还是从新闻报道里。我是头天夜里才从法国回来的，这天早上6点钟，我打开收音机，里面传出了令人大吃一惊的消息：“……大提琴家杰奎琳·杜普蕾身患多发性硬化症……”这可真把我吓坏了，广播里又说了些什么，我都记不清了。熬了一个钟头，终于等到了合适的时间，我赶紧给母亲打电话。

我们举家去探望杰姬。孩子们十分开心，杰姬也是一副话很多的样子，还给我的女儿们买了漂亮的及膝连衣裙。她们还玩起了假扮公主的游戏，在医院的楼道里奔跑雀跃，开心极了。

之前杰姬身上发生的那些千奇百怪的事，如今终于得到了确诊，这反倒令她松了口气，甚至心情也变得豁然开朗起来。另外，更让杰姬如释重负的是，这让她终于可以理所当然地躲开一切她想要逃避的事情了。

我们很快活地相处了一段时间。全家人——包括杰姬自己——都不知道这毛病到底会带来多么可怕的结果，我们都以为杰姬是会好起来的。

这也就难怪，当看到报纸上说这个病将断送杰姬的职业生涯时，我们都大吃了一惊。

导致英国最杰出的大提琴家杰奎琳·杜普蕾无法重返国际音乐舞台的悲剧可谓令人心碎。年方28岁的杜普蕾小姐已被确诊为多发性硬化症，将再也无法公开演出。杰奎琳·杜普蕾亦是指挥家丹尼尔·巴伦伯英之妻。

《每日邮报》

1973年11月6日，星期二

杰姬和丹尼尔立即做出了反驳，坚称杰姬状态良好，又特别用杰姬参加丹尼尔音乐会时的合影来证明。我们听说，多发性硬化症并非致命的绝症，只是比较难治而已。何况，杰姬看上去并无病态，难免令我们怀有期望，但愿她的病不过就是极轻微的病罢了。

一开始，生活还是一如既往地继续着，只是杰姬需要成日里休养罢了。丹尼尔仍是忙忙碌碌的，却保证杰姬能得到她想要的一切。他们两口子偶尔一起住在家里时，杰姬还能承受，只是越来越做不动饭了。丹尼尔原是不会做饭的，如今，却是不几日便做出了杰姬爱吃的热辣辣的印度咖喱饭。

还有母亲，她总是尽量多去看杰姬。哪怕天气很坏——甚至是狂风骤雨。过去，母亲都会随叫随到，现如今更是如此，去了便帮杰姬购物、打扫、洗衣，当然还要与她做伴。尤其是丹尼尔不在家时，母亲会更加上心。

我也会去她朝圣者街的家去看望她。我的4个孩子年纪都在5岁到10岁之间，想要给他们准备好东西到伦敦去待上一整日，实在需要连哄带骗好一番才成。不过，杰姬却总会准备美味零食来款待他们，炸薯片、饼干和果汁应有尽有，都是他们平时在家里吃不到的。而且，有时杰姬还会给他们些意外惊喜呢！

有一次，杰姬给了4个孩子每人一只粉红色的口袋，里面放了一个机械装置，只要一按上面的小按钮，那东西便会放肆地哈哈大笑。孩子们觉得这神奇极了。我记得妮可曾经一边在拥挤的火车站台上走来走去，一边按着她怀里的小装置，毫不在意那些上班族的反应。

还有一次，杰姬在坐便器下面安装了一个小玩意，每次有不知情的人去坐马桶时，便会听到一个可怕的声音说："我可瞧着你呢！"说着便爆发出一阵恐怖的笑声。孩子们试着跟我母亲玩这个时，可把她吓了个半死。

杰姬家里有下沉式的音乐室，洗澡间里贴着五颜六色的意大利瓷砖，因此孩子们都极喜欢她家的这幢房子。不过，最妙的还要数花园最里头那座小小的凉亭。每当孩子们在草地上精力十足地疯玩一番之后，杰姬便会端出美味的茶来，更有别致的小点心。

皮尔斯

父母原打算等岁数大了就住到偏远的地方去，不料杰姬病了，住得离杰姬近些反而成了首要大事，他们便放弃了这一计划。出于经济方面的考虑，他们又不可能搬到离伦敦更近的地方去，因此决定住在离杰姬家不超过一小时车程的地方。最理想的是往西搬到靠近希拉里家的地方去。

苦苦寻找之后，他们最终在纽伯利附近的卡里奇寻到了"白桦屋"。父母如今其实也需要人照顾，我便同他们说，我很快也会带着琳搬到附近来。

自此，母亲继续偶尔在家里授课赚钱，另外，她还开始在当地的赫米特吉教堂祷告。后来，她加入了英国圣公会堂区管理委员会，负责招募和管理合唱团。

父母收拾好新家后，我便去给他们装了一套高保真音响，还有一对最新款BBC扬声器。去装音响时，父亲正在“石坊”里待着，母亲则在厨房里洗洗涮涮。音响安装完成后，我便选了巴比罗利指挥杰姬演奏的《埃尔加协奏曲》进行测试。我把声音开到很大，听起来效果超棒。

我闭目聆听，眼前出现了杰姬在皇家节庆音乐厅里演奏这曲子时的情形，她的一举一动都好像在我的眼前，我甚至能看到她飞扬飘舞的长发。听了一会儿，我走进厨房，却看到母亲伏在餐桌上掩面哭泣。我忙把音响关掉了。

我将母亲拥入怀中：“妈妈，对不起，我真是个傻子。我应该想到这样会伤到你的。”

母亲又是擦眼泪，又是擤鼻涕。

“巴尔，我培养杰姬错了吗？我当初应该坚持让她过平常人的日子，对不对？我应该阻止她拼命拉琴的，对不对？”

因为总是一门心思地培养杰姬拉琴，母亲过去常常受到家人的责备，如今，杰姬病了，大家不由更加生气：为什么杰姬居然就这么垮了？当然要有人为此负责才是。于是，母亲便成了此事的替罪羊。大家总是胡乱猜测，什么杰姬是否因为压力太大才生病啦，什么她之所以压力这么大，是否因为母亲从她小时候起就玩命鞭策她啦……

母亲过去从不曾怀疑她对我们的教养方式，如今这种说话的口气，我还是第一次听到。自杰姬生病以来，她就一直承受着越来越大的压力，她也越来越责备自己——所有当母亲的在这种时候都会这样吧。如今，母亲已经60出头了，在我看来，杰姬的不幸，再加上搬家的辛苦，还有她自己的年龄，已经让她不堪重负了。

当初，母亲为了能让杰姬的天赋得到充分发挥，甚至大放异彩，她曾竭尽全力。谁料，如今这场可怕的疾病却给母亲带来了难以言说的压力，她的一切努力都付诸东流了。想到这一点，母亲当然是难以承受的——这些对她的指责和猜疑终于让她屈服了。

我只得努力安抚她，终于使她平静下来。这时，从阳台上传来了父亲走路的声音，母亲赶紧振作了一下，我俩尽可能地装出一副什么事也没有发生的样子来。

母亲说："我得给你爸爸泡一杯茶。"说着便起身去厨房。忽然，母亲转过身来注视着我说："谢谢你了，你这个小调皮鬼！"

喝茶时，我教父母怎么使用音响，而我已经事先把杰姬的唱片都藏起来了。

杰姬的演奏，母亲是再也不能听了。

希拉里

1974年，可谓是多事之秋。这一年，乔伊终于下定决心离开艾什曼斯沃思，到纽伯利另一边的村子里租了一间颇为雅致的小屋。婆婆同我们一起生活了13年，如今，她觉得自己该搬家啦。

我们为了衣食所需苦苦挣扎着，幸赖好友相助，我们得到了每星期五、星期六两天在温彻斯特和南安普顿的市场卖东西的机会。我们饲养了牛、山羊、绵羊、猪和鸡，我们的农场发挥出了应有的作用。

生意还不错，但在我们看来，若能开一家商店就更加完美了。因此，我们在纽伯利找了一个合适之处，租下了一家名为"阳光"的商店。这其实就是一家健康食品批发商店的雏形，专门出售各种未经加工且不含人工添加剂的“全营养食品”。商店的生意很快便兴旺起来。虽然有几个人给我们帮忙，但这种围着商店、农场和孩子打转的生活，还是非常约束人的。

不久，住在朝圣者街的杰姬便需要人照顾了。一天晚上，丹尼尔因为太累了，想出去吃个饭。待他走进餐馆时，已近打烊时分，他正转身要走，有人忽然拍了拍他的肩膀。他回头看时，见是一个相貌温柔的中年妇人。

这妇人名叫欧尔加·雷吉曼，就在这家餐馆工作。她酷爱音乐，当场就认出了丹尼尔。她请丹尼尔进去，做饭给他吃，又陪他聊了会儿天。后来，这妇人便离开餐馆住到朝圣者街来了，替他们两口子管家。她烹饪的手艺十分高明，又对杰姬充满同情。除了欧尔加之外，在必要时，也会有护士来帮忙照料杰姬，能够帮助杰姬的人很多。

杰姬的生活按部就班地继续着，谁知这时，灾难却再度降临——1974年5月8日，杰姬的医生约菲因心脏病突发离世，这简直成了杰姬的世界末日——约菲的死令她又心疼又难过。所幸，很快便有一个意大利籍的犹太人亚当·利曼塔尼代替约菲成为杰姬的心理指导医生。

听杰姬说，利曼塔尼对她十分了解。原来，虽然过去约菲从未告诉过利曼塔尼杰姬的名字，却对他说起过有关杰姬的情况，这令利曼塔尼渐渐知道了这位著名的病人是谁。过了一段时间，杰姬便深感和这个外号叫“柠檬”的人在一起时与当初同约菲相处时一样舒服，这令她渐渐喜欢上了利曼塔尼。

虽然媒体对杰姬的情况很感兴趣，但出于不打扰杰姬的考虑，大家定下了一条不许谈论病情的规矩。作为人尽皆知的明星，她获得了多到能把她淹没的偏方，什么冥想啦，什么食疗啦，什么用药啦，什么在特殊的水里洗澡啦，林林总总，数不胜数。有些倒还算有些道理，有些则纯属胡扯。

譬如，有人说："我知道多发性硬化症要怎么样才能治好。您得套上降落伞，在空中悬挂30分钟，保准能痊愈。"有些来信开头倒写得十分理智，譬如，"我是您的粉丝，热爱您的音乐"，再写下去就成了性骚扰的文字了。不过也有些信是杰姬的病友写来的，他们视杰姬为偶像，给予她精神鼓励，这不仅是因为她是个名人，还因为她在与这种破坏性极强的疾病抗争时表现得异常勇敢。但这也会给杰姬带来压力，因为这会逼着她要表现得特别勇敢才成。

西尔维亚·绍思康是杰姬最好的朋友，亦是她的秘书，她总会以杰姬的名义认真地给那些来信者写回信。有很多人当然是真心对杰姬的健康表示关切，但也有一些人其实是另有所图——图名、图钱，或是为了能拥有说"我认识杰奎琳·杜普蕾"的资格。

圣诞节到了，可惜杰姬没法和我们一起过节。

杰姬表现得十分勇敢，这令人非常心疼。过去热爱逛街的杰姬，如今只能请朋友替她买东西了。虽然还能表达感情，但杰姬已经无法写字了，只得以打字来取代。

在杰姬确诊18个月之后的1975年4月，杰姬尚能走路，但只能依靠臀部支撑上下楼梯。她也曾去帕丁顿的圣马利医院接受激素治疗，倒是颇见效果。可惜，一旦停止用药便会导致病情迅速恶化。对有些病人而言，这种治疗的效果会持续稍长时间，但杰姬一个月都没有坚持到，便又回到了家里。

丹尼尔原本想着，若是音乐会的举办地离英国近些，就不用离杰姬太远了。此时，因为乔治·索尔第爵士已从著名的巴黎管弦乐团辞职了，丹尼尔便被这个乐团请去当音乐总监。丹尼尔已经当了好几年的客席指挥了，有这样的机会，实在称得上是天赐良机，因为这能让他拥有自己的管弦乐团。只是，从此以后，一年里他就必须有大半年住在巴黎了。所幸，巴黎离伦敦不远，他尚且能够每隔两个星期便回来一次。但这意味着，在杰姬适应她的病情的时候，丹尼尔却开始了一段崭新的人生。

第三十三章

皮尔斯

人们推荐的那些偏方大多是无用的，其实杰姬也知道，但她还是认为有些值得一试。譬如，她的医生列恩·赛尔比告诉她，纽约的洛克菲勒研究所刚刚开发出阳气疗法，可能会有点用，让她试试看。虽然杰姬最烦离家去旅行，但还是满怀希望地离开了伦敦。此时，杰姬的双腿协调性已经不行了，但她竟努力不让人搀扶，自己走上了飞机。

几天后，杰姬来了电话，当时我正在忙着给阁楼铺地板呢。

“巴尔？我是杰姬，你干吗呢？我估计你那边不怎么样吧？”

“能好吗，真是的。”我不快地答道，“我这儿正忙着装修呢，谢谢你啦。”这还是我第一次冲她撒气呢。

在我开口问候她之前，她便已经讲起了自己的悲惨遭遇，治疗过程可怕极了，非常痛苦不说，还令她感到与世隔绝，十分寂寞。“你什么时候能来啊？拜托了，说你能来。都没有人来看我。”

听到杰姬如此由衷地叫我去，我便给航空公司的空乘人员日程安排处打了电话，告诉他们我姐姐此时在纽约，为了接受多发性硬化症的试验治疗才去的，因此能否请他们重新安排一下我的飞行日程，以便让我可以过去看看她。

那日晚间，安排处来电话了，告诉我原定于次日飞安提瓜岛的航班，可以给我调成飞纽约的。这么一换，我便可以陪杰姬3天了，因为回程时可以搭别人开的飞机，所以也不用因为要准备飞行而有必须休息的压力，真是天赐良机。我立刻便给杰姬去了个电话，听到她的声音，我便知道她放下心来了。

杰姬道："你不用带钱。我的钱多着呢。咱们还可以开个舞会，'蓬恰恰'一番。还有，你一定要穿制服来才好，我还想跟人家显摆我弟弟呢。"

待我抵达纽约之后，航空公司纽约站的经理便告诉我说，保证让我能在纽约住上4个晚上。又因为伯克郡饭店的经理是杰姬的铁杆粉丝，因此他便提供了一个免费房间让我入住。我准备妥当后，便赶紧给杰姬打了电话。

"喂，杰姬？你猜我现在在哪儿呢？"

"巴尔，你真的来纽约了么？"

"真的，再过一个钟头，咱俩就能在一起了。"

我十分兴奋地大说特说，最后却发现杰姬竟一言不发。

"杰姬，你听得见吗？"

原来她哭了，一个劲地抽抽搭搭。

"杰姬，不怕啊，我现在就过去。"

我才挂了电话，便又有酒店的服务人员给我打来电话，说我要的车已经来接我了。

“我没要车啊。”

他让我先别挂断。

“是杜普蕾小姐派来接您的。”

杰姬让我穿制服去，于是我赶紧梳洗换衣，然后便出去了。汽车正在酒店门口等我呢。

司机对我道：“杜普蕾先生，我这就送您去您姐姐那里。”来的车是一辆黑色加长型豪华轿车，连窗户都是墨黑的，车里十分宽大，足以放下一张台球桌子。连门童都被这辆车给镇住了。我钻进车，一下子便陷到奢华皮椅里面。

那是个十分恐怖的研究所，进大门时，我就闻到了医院里那种刺鼻的药水味道，似乎是在说：“此地可是专供深受病痛折磨等死的人住的。”我顺着走廊轻手轻脚地走着，寻找着杰姬的病房，四下里寂静无声，我不由得警惕起来，深恐自己那双擦得锃亮的皮鞋会在纤尘不染的瓷砖地板上踩出什么声响来。

我希望自己能够振作些，看起来令人愉悦些，谁知，越走近杰姬的病房门口反而越心慌起来，不知道她如今是个什么样子，生怕自己没勇气一直装下去。我先在外面坐了会儿，强撑出一副欢喜样儿来，然后才下定决心敲了门。

“巴尔，快进来。”

门一打开，我的嗓子便哽住了。病房左侧摆了张床，杰姬正在上头躺着呢。我原是想一进门便闹出点花样来，譬如摆个搞笑的姿势逗逗她。然而，真到了此时，我却只是朝她扑过去，一把便把她拥入怀中，遮住自己泪流满面的脸。一时间，我俩谁也说不出话来，只是先抱头痛哭了一会儿。然后，仿佛是很久之后，杰姬终于开腔了。

她说："我就要死了呢。医生跟我说的，说我快不行了。我连路都走不了啦。他们说我就要发疯了，我还没疯呢，是没有吧？不会是已经真的疯了吧？"

她直往我眼里看去，想要从中看到答案似的。我能用什么话回答她啊？给她虚幻的希望吗？这原是我最不愿意做的。我不知所措起来。她牢牢地拥住我，不停口地说着，我也只得听下去。

杰姬一贯向世人展示的都是一副"我能搞定"的坚强样子，如今的情形却已与当年是天壤之别。过去，杰姬是个毫不把疾病放在心上，时常拿疾病来开玩笑的人，她常说和别人比自己算是十分幸运的了。可如今，她却被无助、沮丧、孤独和死亡的威胁压垮了，犹如被关进了牢笼的死囚一般。

都怪英国的医生对杰姬太过于保护了，不肯把病情恶化的情况告知她。他们当然是不想让杰姬受到没必要的伤害，因为多发性硬化症原本就是一种难以预测的疾病，谁也不知道她的病情会如何发展。对我们也总是说这种毛病是有可能完全康复的，且后面很多年都不会再复发。

可惜，如今这情形已经越来越清楚地表明——杰姬的病情比一般的病人发展得快。大约是因为那些美国医生在对她的病进行了评估之后，一不当心就毫无隐瞒地说出了她将来的情况吧，害得孤身在外治病的杰姬只得一个人去面对这一切重负。她吓坏啦，完全被恐惧吞噬了，失去了一切希望，每天都在寂寞地胡思乱想。

之所以加入"职业治疗部"，杰姬也是打发治疗间隙的时间罢了——参加这个就得和一大群病人一起坐在一间休息室里，整天在那里制作腰带。那些病人的病情都比杰姬重，大部分都是一副痴肥之态。杰姬替我做了一条，上头的字是："如果飞行能够成为爱的美食，就请驾驶着B.A.飞往纽约，来尽情吃吧。"

"抱歉啊，用'飞行'我拼不出什么有意思的东西来，所幸B.A.跟巴尔倒还算谐音。"

我喜欢她这条制作精巧的腰带，她却不快地喃喃道："说这么干全是为我好，但我并不想下半辈子靠做皮带过活呀！他们何苦让我干这个呢？"

当天晚上，接我的那辆车又送我俩去了俄罗斯茶室。医生严禁杰姬饮酒，对饮食也多有限制。然而，我深知，杰姬岂是肯遵守这些清规戒律的人？事实也果真如此。

她点了一大瓶伏特加。因为不愿让人看见我身穿制服还喝酒，我便索性脱去了外衣，只是忘了衬衫上也是有肩章的。我们一边说笑，一边喝"海军格罗格酒"，胡闹了一晚。杰姬模仿医生的言行给我看，然后，我们俩又分享了彼此所知的最新的荤段子。

我用轮椅推她去上职业治疗课。那教室十分狭长，墙壁刷得锃亮，教室里挤满了人，全是我前所未见的无助的、愁眉苦脸的人——正如杰姬所言。病人分坐几排，默默地替腰带打孔，动作十分机械。忽然，有一个十分刺耳的声音从我对面嚷了嚷：

"到左手第二张桌子边坐下，接着干昨天的活。桌子中间的木头箱子里有皮带和打孔器。我一会儿可就要来查看的。"

我俩坐下时，所有人都直愣愣地看着。

护士说话时虽然十分友善，却难免充满居高临下之态："咱们看看，今天咱们能表现得有多聪明。"

杰姬温顺地拿起工具开始干活了。而我不仅做不到这般听话，心里反而涌上怒气和沮丧。在我看来，杰姬完全垮掉了，孤单无助。她原是个生气勃勃之人，是个超凡脱俗的天才，原本过惯了自由自在的生活，如今却因受到沉重打击而向命运屈服了，被人囚禁于这个小牢笼里不见天日。

我绝不能再让我的杰姬受这份折辱，谁也不能阻拦我。

那天的午饭相当寡淡，咖啡也不香。吃过了饭，护士和两名身穿医院工作服的男人推了一辆手推车敲门走进来。那辆手推车上装着一个淡蓝色的橡胶装置，还有一个插着电线、装着仪表并且还拖着一根橡皮管的电子设备。

杰姬抓住了我的手，轻声道："瞧瞧他们要对我做什么吧。"

我赶忙问："这东西是干吗用的？"

"是用来帮助杜普蕾小姐走路的。这个给她穿在身上，蛮像潜水服的吧？而这个呢，就跟在潜水服外面通氧气的橡皮管类似，我们把压缩空气灌进这些管子里去。因为她的腿吃不住劲，所以用压缩空气把衣服绷直来支撑她。这东西可以帮助她站起来，这样就可以协助她重新走路了。"

他一边说，我便一边腹诽："什么叫'重新走路'啊？她两个星期前来纽约的时候，还可以自己走来的好不好，现在竟被你们说成不能走路的人了！你们到底对她做了什么？"

杰姬的这套行头是为她专门制作的，因为必须十分合身才有效果——其功能颇似飞行员的重力防护服——当人站立起来时，因重力作用，血液便会流到腿部去。正常人的腿部肌肉会阻止这种情况的发生，而杰姬的肌肉却已无法防止血液回流了。因此，心脏为了保证能够把足够的血液输送到头部，自然就承受了超大的压力。他们此举便是想要通过扎紧腿部、增大气压来帮助杰姬身体内的血液持续自然循环。

他们替杰姬穿制服时，杰姬始终是平躺着的，这个过程似永无尽头。终于，他们接好了管子，把压缩器的电线也插好了，打开了开关。马达轰隆，压力表指数随即飙升。

管子里充气愈足，杰姬也就变得愈僵直，我都不敢相信眼前这有如地狱般的场景。他们扶杰姬坐起身来，又把她的腿在床边上架好。然后，他们3个分立于她的身后和床的两侧，合力抬起她来——连吃奶的劲儿都使出来了。此时，制服里已经充满了气体，鼓鼓囊囊的，可惜杰姬的腿却仍伸不直，两个膝盖都弯曲着。压缩器努力将最后一点空气也打进管子里去了，杰姬终于在护士的搀扶下完全站了起来，只是膝盖仍微微打弯。

他们反复地催促着她："快试着动动你的腿。"

杰姬却不耐烦地道："我走不了。"

我惊得双目大睁，此时，杰姬打扮得犹如米其林轮胎一般，被人强推着在屋里来回走动。

他们最终还是放弃了，又把杰姬送回床上了事。3个人偏偏还非要自我安慰，一边往病房外走，一边还说这一整套练习还是挺成功的。

那晚，我们俩又去了俄罗斯茶室，伏特加喝得更多，餐食点得更多，欢笑也更多了些。

杰姬的病床对面是一面墙，墙上悬挂着一个白色挂钟，时针显示——我们在一起的最后一天就要结束了，我们分别在即。虽说环境恶劣，我们共度的这几天却令人难以忘怀，或者说，也许正是因为环境恶劣才越显难忘。如今，我必须得回酒店了，再从酒店出发，赶当晚的夜航飞机回家。

我不断跟自己心里渴望把杰姬从此地救出去的想法斗争着。医生说的话已经把杰姬吓了个半死，打针也令她不快，我好想带她一起回家去。

杰姬也想走，可惜现在不能这样做。我们久久地拥抱——只有家人之间才会有这样的特殊拥抱——然后我便一言不发地转身离开了这间病房。到楼道里时，我忍不住回想起3天前我才来时的情形，空气里充斥着那种只有医院里才有的味道，我的鞋踩得地板吱呀作响，我的嗓子又哽咽了。过道里只有我一个人，这导致我上电梯时迟疑极了，竟又生出了想要回去带走杰姬的想法。

待我坐电梯下楼时，我便再也忍不住了，必须得把这几天埋在心里的悲伤和始终压抑着的情绪发泄出来才行。于是，我号啕大哭起来，同时用手帕死死地捂住嘴巴，以免哭得太大声。我逼迫自己别哭了，但到了电梯开门时，我还揉着眼睛呢。我几乎是一路小跑着逃离了医院，坐出租车回到约克郡饭店后，我拎起行李便直奔机场。

我觉得自己背叛了杰姬。

几个星期之后，杰姬给我打电话说要坐泛美航空公司的飞机返回伦敦，在希思罗机场下飞机。我赶忙答应说到时候会上飞机去接她，把她送出机场。因为我身穿制服，佩戴着英国航空公司的识别证，所以，这些对我来说是轻而易举的。

我跟泛美航空联系了一下，得知到时杰姬会坐轮椅，若想把她从飞机上接下来，再送到等候的救护车里去，就必须得从机舱平台的前门出去才成。从那里先把云梯推到提供机舱服务的升降机，再降落到地面上。但这要等全部乘客都下飞机了才行。这样一来，我只要在停机坪上等她就可以了。

在机场里等待了很久，终于有人带我去了飞机即将降落的地方。我找到人称“红帽子”的机场搬运工，告诉他为什么我会到这里来。所幸，之前已经有人把我要来的事情告诉他了，且也确认了杰姬会如他们所说的——最后一个下飞机，从机舱平台坐升降机下来。我坐在一个货架上和他讨论着这些，一切都显得好不真实。

泛美航空的飞机准点降落了，来接杰姬到英国航空公司医疗中心的救护车也按时抵达了。杰姬要先在医疗中心做个检查之后再返回伦敦市里去。因此，我便又过去陪了一会儿救护车司机。过了一会儿，只见小小的机舱门打开了，升降机也调整到了正确的位置上，先卸下来的是用推车装载的吃过的餐饮品和垃圾。我继续等候，那升降机又静下来了，我寻思接下来出现的就该是杰姬了，便下了救护车跑到升降机那里去。

所有的乘客肯定都已经下来了，可杰姬怎么耽误了呢？她去了哪里？我只得又去问“红帽子”。

“兴许还没下来呢，得等其他人都走了才能出来。我替你查查看。”

他通过无线广播找到了一个人。

“她已经和普通乘客一起下飞机啦，还是第一个下去的呢。”

我忍不住大嚷一声：“什么？”然后便冲过停机坪，直奔航站大楼去了，一边手持识别证狂奔，一边还得左躲右闪地避开地勤支援车。最后，我终于跑上楼，到了乘客下飞机后所走的通道，越过了那些疲惫不堪的乘客们。就连过护照检验处时我都没有被拦住——就算他们拦我也拦不住的。我终于跑到了一层的医疗中心。

我问前台：“我是来接杰奎琳·杜普蕾的，请问她现在哪里呢？”

前台小姐却笑道："她刚刚走啦。"好像这都是我的错一般，"您错过了她呢。"

我往窗户外头一瞧，果然见有人正用担架抬着杰姬往私人救护车的后车厢里送呢。我急得高声大叫，无奈隔了3层玻璃，哪里听得见？我只得又跑了出去，不料刚跑到人行道上，便见那救护车从3号航站楼的门口开走了。

我一肚子怒火站在那里，简直不敢相信眼前所见的一切——杰姬会做何感想呀！她原是满心期待我去接她的。我上气不接下气地叫道："杰姬，杰姬，杰姬啊！"然后，我怏怏地回到自己的车上，开车回家了。想到自己如此无用，还真是心灰意冷。

待我们俩好不容易通上电话了，杰姬说，她知道我肯定去了。

她说："我一直告诉那些机场工作人员，你来了，可惜他们太傻了，根本听不进去。"

去探望杰姬时，我看到了她的那件"太空服"，此时被捆成一团扔在卧房一角。我于是问："这个有用吗？"

她立刻道："不中用，我再也不要尝试啦。"

"唉，到了这儿它确实是没法用了。"我边说边看着说明书。

"为什么？"

"电压不配啊。马达上写着要110伏的电压才可以，咱们英国这边用的都是220伏的。"

杰姬拖长声调，大声啐了一口。

第三十四章

希拉里

杰姬如今最需要的就是康复，毕竟之前她在洛克菲勒研究所里受够了折磨，因此我们便送她到帕丁顿的圣马利医院去，在林多病房住了几个星期。

病房里自打杰姬一进来便充满了欢声笑语，且来之前就已经摆满了亲朋好友和祝福者送来的鲜花。楼道里到处都能听到杰姬的声音。

“这个是送到鲁特兰花园街的，这个是送到朝圣者街的，这个也是送去鲁特兰花园街的。”杰姬一边整理衣裳一边说。

鲁特兰花园街上的那幢房子原是芭蕾舞演员玛戈·芳婷的，如今，朝圣者街的房子已经不适合杰姬住了。因此，待杰姬出院之后，她便会住到那里去。玛戈·芳婷和杰姬是在一次交际中认识的，她先生也是坐轮椅的，之前就在骑士桥附近的这幢房子里居住，所以房子做了相应的改造。此时，她便将这房子给了杰姬使用。

杰姬正跟来看望她的父母说笑时，忽然，有一位名叫露丝·安妮·坎宁斯的护士来到9号病房门口，先高高兴兴地笑了笑，然后又面露温柔宽厚之态说，已经是夜里2点钟了，别的病人都在睡觉呢。这令杰姬颇感不好意思。父母也赶紧走了，说明天上午晚些时候再来。随后，露丝·安妮便服侍杰姬睡下了。

露丝·安妮原本就久闻杰奎琳·杜普蕾大名，也听过她的音乐会，只是从未见过面。此时见了杰姬，她的第一感觉是杰姬太壮实了，看上去充满生气。另外，她也立刻意识到，杰姬是不会对别人的同情和怜悯领情的。当晚，她趁服侍杰姬就寝之便，对着杰姬细细地观察了一回，认定杰姬在许多方面依然是可以自理的。譬如，她可以把脚翻过来，撑住床沿坐起来。

露丝·安妮做出了一个十分清醒的决定：杰姬的性子十分独立，永远都不要去侵犯她这一点才好。出于维护杰姬尊严的考虑，让她力所能及地自理是非常重要的。

杰姬此时已经变成了一个喜怒无常的人了，总是不停地按铃。一天，她忍不住问露丝·安妮道："不管我有什么事，为什么每次你在门口出现时，总是微笑着？"

露丝·安妮望着她问道："你是成心按铃吗？"

"不是啦！"

"这不就得了，你既非成心，我又何必跟你置气呢？来，咱们把你的东西收拾收拾吧。"

在林多病房里，杰姬一共住了3个星期。待她快要出院时，露丝·安妮已经成为她最贴心的护士了。她俩约定以后一定要保持联系，要时常给对方写信。

芳婷的房子在肯辛顿区的鲁特兰花园街2号，靠近骑士桥，是一处相当安静的住所。杰姬是在7月时从林多病房搬去那里的，当时丹尼尔正好不在家，所以，只有从朝圣者街的家里跟过去的管家欧尔加和从中介公司里找来的一名轮值护士帮着打点。

巴黎的事业占据了丹尼尔的大部分时间，尽管如此，他还是会定期回家探望杰姬。他带她去海德公园玩，每次都不肯走人行道，而是推着她从大马路上走。因此，每次当他们路过公车站等车的人时，杰姬便会大喊："这辆车坐满啦，没座位了哟！"

那年10月是杰姬第一次在公共场合以坐轮椅的形象示人。玛戈·芳婷把她带到了皇家歌剧院，竟然还推她到剧院的小商店里去了！如此，杰姬克服了羞于坐着轮椅出现在公众面前的心理障碍，勇气也与日俱增起来，也变得更敢于接受现实了。

待到圣诞节时，杰姬便听到了她已被列入“新年表彰名单”之中，喜获大英帝国勋章。这令她在1976年初时变得振奋起来，原本一贯不愿接受采访的她，现在却突然肯接受邀请她上电视或上电台的请柬了，甚至还定下了一场音乐会，还忙着教学生、走亲访友。

她原本是不许别人谈病情的，如今，她在BBC电视台的《今夜》节目中抛头露面时，也打破了这一禁忌，表达了很多积极乐观的想法。此时，杰姬终于领悟到，只有靠自己才能让生命变得有意义一些。她其实还有很多可做之事，而且还可以从中获得乐趣。

到了2月，杰姬果真出现在皇家节庆音乐厅里，她此来是为多发性硬化症学会的青年团体活动揭幕的。这里原是杰姬取得过无数次音乐成就的地方，如今她却坐着轮椅，以截然不同的方式做了表演。她对多发性硬化症的患者和媒体发表了一通演讲，说她坚信生活可以从轮椅开始，又说自己还在教学生呢，而且如今准备重新思考人生。

6月时，杰姬到BBC电台参加了描述她个人生活的纪录片《我真是一个幸运儿》的录制工作。杰姬在节目中谈到了自己的音乐人生之路，以及演出生涯的终结：

如今，我已拉过所有我想要演奏的曲子了，且凡与我同台共演的也都是我所仰慕之人，因此，从这个角度上，可以说我已心满意足。我没有必要一边回忆过往，一边埋怨：“真凄凉，为什么还没等我真正腾飞，就发生了这等悲剧呢？”毕竟，我已拥有了好几年身为艺术家的充实生活啦。虽然我为自己不再能拉琴而感到痛苦，但是，如今，我又为自己开启了另一段以教书为主的崭新人生。

如今，一般认为，海顿的《玩具交响曲》其实是由莫扎特的父亲奥波德·莫扎特所作，丹尼尔在这首曲子的演出中为杰姬安排了一个打鼓的角色。这场为了庆祝哈罗德·荷尔特诞生100周年的演出，将于7月1日在皇家阿尔伯特音乐厅举行，由拉斐尔·库贝利克担任指挥。虽然杰姬是一想到可以演出就十分兴奋的人，但在我看来，她实在是太勇敢了些。虽然她满怀勇气，全身心地投入到了演出之中，但她坐在乐团里打鼓的样子，还是太让人心痛了。

许多年前，杰姬也曾在BBC激情四射地打鼓，以至于敲破了那面鼓，但如今的杰姬早已不是当年的那个小姑娘了。所幸，她倒蛮开心的，她当然很乐意重返舞台。能够再度被仰慕她的观众众星捧月地围绕着，实在是令她无比兴奋的事。

到了那年夏末时节，报纸上登出了一则音乐会的广告：丹尼尔要在圣保罗教堂的台阶上指挥贝多芬的《第九交响曲》。露丝·安妮看到这则消息后，便抱着与杰姬重逢的希望想要去看看。

那一天，教堂周围人满为患，靠近前排的地方更是站得满满当当。露丝·安妮往前一瞧，见杰姬果然就坐在那里呢。

待音乐会中场休息时，她便拼命往杰姬那个方向挤，全然不顾推推搡搡的人潮。谁知，等她千辛万苦地挤出人群，杰姬已被朋友和粉丝团团围住了。等人群散开，丹尼尔下台来招呼杰姬，双手温柔地抚着杰姬的脸颊。

最后，露丝·安妮终于得以走到杰姬身边去问好，接着，因为觉得凑在这么多人中有些不好意思，她便转身往外挤去。就在她要走时，丹尼尔一眼看到了她，赶紧请他母亲艾达把她喊住。

艾达跟露丝·安妮说，中介公司给杰姬找的护士跟他们相处得很差，杰姬也想问问露丝是否愿意来照顾她。

这令露丝·安妮一时不好意思起来——威灵顿医院刚刚给了她一份很好的工作，甚至连公寓都给她分配好了。她和杰姬同岁，都是31岁，正考虑着是否到美国长住。想到不能让艾达太尴尬，她便说考虑几日再回复。自此，每隔一天，艾达便会给她打电话询问。

露丝·安妮终于吐露说自己倒是乐意来，只是想就这份工作的相关细节再谈一谈。第一点便是她既与杰姬是好朋友，那么住在杰姬家里当护士难免有些别扭。第二点是还有个信仰问题——她本人是个虔诚的天主教徒，可是杰姬却皈依了犹太教。

所幸，露丝·安妮所说的这几层顾虑，对她处理和杰姬的关系有所帮助——她认为该让杰姬享受自由才是。她说，在医院里，凡事要听护士的，但如今既是在家，那就是两样了，毕竟，杰姬才是这座房子的女主人啊。因此，除了与医疗相关的事情外，其他都应该是杰姬说了算才是。露丝·安妮提出了这样的条件，杰姬满口答应。

又过了几天，当露丝·安妮和丹尼尔见面时，她就决定要接受这份工作了，又将自己的顾虑向丹尼尔重申了一遍。于是，两人便一起制订了一个切实可行的时间表：露丝·安妮觉得自己每周应该休息两天，一来让自己恢复体力，二来也可以让杰姬松口气。她深信，自己为杰姬所做的肯定不只是照顾和护理这么简单的事情——她将这份工作看成一个挑战。

另外，她也深知，自己很可能会无法融入这个家庭，所以，她希望丹尼尔能够以开诚布公的态度对待她。最后，在请威灵顿医院为她保留6个月的职位之后，露丝·安妮便搬进了鲁特兰花园街。

自此，欧尔加，也就是杰姬家的管家，继续负责做饭和日常家务，另外还有一个保洁人员。用车时，直接去艾维丝租车公司租一辆配备司机的汽车就好了。

若老是待在一个局限的空间里，多发性硬化症的患者是很容易胡思乱想的，这是露丝·安妮所深知的。她想方设法地把杰姬的生活扩展到户外。过去，杰姬的起居生活都是由中介公司送来的护士安排的，终日无所事事。如今，露丝·安妮却认为最重要的便是让杰姬当家做主。因此，她第一天来，便问杰姬想要怎么安排每天的生活。

杰姬迟疑起来："那个啊，我想去听音乐会，还想去剧院看戏，可惜我坐着轮椅，没办法进去。"

露丝·安妮却高兴地说道："总会想出法子来的。"

为了找到适合轮椅进出的途径，露丝·安妮拜访了当地的剧院，许多剧院是没有残障人士专用设施的，她便只得在一条过道边上寻到一处可以把杰姬从轮椅里搀扶到座位上的合适位置。每一座剧院里的座位分布她大致都弄清楚了，这样到了剧场就知道该往哪里去坐。

虽说包厢相对方便些的，但包厢的门太窄，轮椅没办法进去。所幸，露丝·安妮发现，如果把轮椅外侧的轮子拆下来的话，一般都可以挤进这些窄门。因此，无论她去哪里，都要随身携带螺丝刀。

除了这些，还有万一着火了该怎么带走杰姬？万一杰姬不舒服了呢？这些都需要露丝·安妮考虑。不过，尽管如此，她还是一心认定——杰姬应该享受生活，充实、愉快地过好每一天。

露丝·安妮一贯是把事情赶在杰姬之前就安排好了的，以便杰姬更好做决定。另外，她也向来是未雨绸缪，赶在杰姬遇到问题之前便竭尽全力地把问题解决好。

出门时，露丝·安妮总爱让杰姬自己挑衣裳、定时间地点。即使到了现在，杰姬还是喜欢买东西，因此，她每次出门总会记着带上支票簿和信用卡。杰姬乐于见朋友，露丝·安妮便会经常安排客人来串门。

露丝·安妮第一次过休息日时，她原本是想留在房间里写信的，不想，中介公司派来的护士忽然来敲门，送来了一张杰姬写给露丝·安妮的小纸条。于是，她回复了杰姬，就这样，她俩竟传了一整天的小纸条！因此，以后再逢假日时，露丝·安妮便不再留在家里了，因为只有如此，她和杰姬才能真正地休息。

如今，因为有新动力注入了家庭生活之中，杰姬越来越有信心了。往后的5年光阴里，她时常出入公众场合，音乐会和剧院也是常去的，又在高级音乐班里教书，也收了一些上小课的学生，几乎每晚都有娱乐活动！

此外，她还获得了很多所大学的奖励。杰姬就这样为自己开辟了一块崭新的天地。

第三十五章

希拉里

我实在想和杰姬独处，便想尽方法去看她。记得一次，天气阴冷阴冷的，我便穿上了厚实的冬装：厚厚的灯芯绒长裤配着一件针织羊毛衫，蓝色海军便鞋。这种鞋的脚趾位置设计得相当宽松，穿着十分舒适。

我去的时候，杰姬正躺在床上等理疗师呢。

“看着不错呀，杰姬。”我说的是真话。此时，露丝·安妮不仅替杰姬洗好了头发，还让她饱饱地吃了一顿早餐。

她从头到脚打量我，一边答道：“哪儿比得上你这个乡下粗坯健壮啊！为啥你的脸老能红扑扑的？准是因为吃了那些全麦面包吧！”

我俩就这么调笑着，过来一会儿，理疗师便到了。理疗师一来便开始工作了。她的治疗非常舒服，因此杰姬也相当欢迎她来。她俩静静地治疗，我则自己下楼去了，露丝·安妮面色红润，在厨房里一边做事，还一边跟我聊着家常。我喝着她煮的咖啡，还听着她把自己这一天的计划细细讲给我：待理疗师的工作完成后，杰姬要去“柠檬”（即前文提到的杰姬的心理治疗师）那里，午饭后还要准备接待下午的特殊客人——玛戈·芳婷。

理疗师前脚才走，露丝·安妮后脚便上楼去替杰姬梳洗，司机也来了，能听见司机将轮椅推上电梯的声音。这样也好，在车里我可以跟杰姬聊会儿天了。

露丝·安妮先把杰姬扶进汽车副驾驶，然后又折叠轮椅，将其塞进后备厢里。她跟我一起坐在后座上，可惜杰姬跟司机聊了一路度假的话题，根本轮不到我同她说话。到治疗室时，杰姬回头对我说道：“那个，希尔，你毕竟是我的家人，所以‘柠檬’肯定不愿意见你。反正有露丝·安妮带我进去，等结束以后咱俩再见面吧。”

等到我俩终于可以独处，还是吃午饭的时候。

“希尔，你猜，前阵子谁来看我了？是查尔斯王子哟！他谁也没告诉。”

“真的吗？他怎么买啦？”

“因为他从未看过关于我的纪录片，就问我能不能替他安排一下，让他看一场呢？我答应了，就是在这儿看的！”

那天，便衣们先把整座房子都检查了一回，待到傍晚时，查尔斯王子才来。

“他竟然看得热泪盈眶，这让我很感动。我问他还记不记得我小时候曾命令他走开？他笑道：‘我记着呢，那次是因为我把你的大提琴当马骑，结果你就急了！’”

杰姬的面孔因为激动而泛起了光彩。

“希尔，你知道吗，他以前吹过小号的。可是，有一天，有人带他去听了一场我的音乐会，回家后他便跟他母亲（即伊丽莎白女王二世）说要学大提琴，他母亲倒也同意了。只是，不久后，他便发现自己怎么拉也不会像我那么棒。这都是他告诉我的。”

杰姬又笑道：“我对他是叫不出‘殿下’来的，索性便直呼查尔斯了。他说他不介意。”

露丝·安妮端上来一碟水果，当作饭后甜点。谁知，杰姬等露丝·安妮一出门，便轻声说道：“希尔，看见那盒子巧克力了吧？快，咱们吃那个。”

“可是，杰姬你不是不能……”

“哟，别这么正经好吗？我饿死了，想吃那个嘛。快点啦！”

于是，我便将那盒巧克力拿给杰姬，与她一同偷吃。我深信，露丝·安妮对我们干的事情心知肚明，只是装不知道罢了。杰姬该午睡的时候，露丝·安妮便送她上楼去了，我则在楼下等着，一边想着玛戈·芳婷会是个什么样子的人，会穿什么衣裳，又会说点什么；万一她就是想单独见杰姬呢，我是否应该先走？可我实在不想不辞而别，所以决定还是等杰姬睡醒了再说。

一个钟头之后，杰姬才下楼来。过了不一会便听到敲门声，我忙去开门迎接玛戈夫人，她虽然打扮得很随意，却显得格外端庄贤淑。她跟着我走进客厅，始终带着优雅动人的微笑。她直奔向杰姬跟她拥抱，我忽然觉得自己这副乡下人的模样实在和此情此景不搭。我原想着千万别在优雅的玛戈夫人面前出丑，偏偏我穿的那双便鞋十分沉重，每走一步都令地板砰砰作响。

玛戈夫人得体适宜的举止更令我自惭形秽。我跟在她身后，不小心踢翻了一把椅子。待我要坐下的时候，又在矮桌上磕到了膝盖。我只好安慰自己："坐下后，就不会出什么状况了。"

"玛戈，这是我姐姐希拉里。"杰姬比画着，示意我跟玛戈夫人握手。

我起身，竭尽全力优雅地从轮椅和矮桌这边走向玛戈夫人，她双腿交叠着坐着，娇小的脚尖犹如跳着芭蕾舞般轻点地面。

"玛戈夫人，很高兴见到您。"我尽力表现得优雅些，我偏是个一紧张就会出汗的家伙，此时身上所穿的羊毛衫把我热也热死了，脸更是涨得通红似熏肉。她并不回答，只是伸过来一只冰冷的纤纤玉手，冲我微微一笑。

正在这时，露丝·安妮端出茶来。茶盘是上好骨瓷质地的，还有一盘花色小饼干与之相配。茶点就放在我手边，我却仍好一阵子尴尬，此时，我只能扮演母亲的角色啦。露丝·安妮大约看出了我的狼狈，便开始为大家倒茶端点心。

我燥热难耐，慌里慌张地不晓得该说点什么，所幸杰姬和玛戈夫人聊了起来，总算令我好过了些，就听着她们谈，随便听听就好了。终于熬到玛戈夫人告辞，待她走了，我便也起身想走。

杰姬却央求我说："希尔，你别走嘛。"

"我要走的，杰姬，孩子们在家等着呢。"

"一个晚上又有什么要紧，他们不会有事的。"

"晚上你还有事呢！"说着我便站起身来，抱了抱她，就朝门口走去，"要不，杰姬，临走之前我跳一段芭蕾舞给你看吧。"

于是我便穿着一双圆头鞋，在房间里又跳又转的，把我的大粗腿举过头顶。不料我却一下子失去了平衡，摔倒在了沙发上，笑得我俩前仰后合。

"得了，你快走吧，你这个海豚生出来的胖丫头。你一定要再来看我。"

回家的路上，我才醒悟，今天根本就没跟杰姬说上多少话。

克莱尔学大提琴的速度很快，她的老师安娜·沙特尔沃斯说，有个苏吉亚基金会正在举办选拔赛，可以让克莱尔去参加。我打算先陪克莱尔去参加定在威格摩尔音乐厅的试听会。

走上这座舞台，一种极其微妙的感觉向我袭来。16年前，妹妹便是在此一举成名的，如今，我也陪着女儿来这里拉大提琴。此情此景与彼时太过相似了，这令我不安起来。

克莱尔得了奖，我忽然间要面临当年母亲的抉择了。克莱尔此前已经说过，她想要更多时间练琴，所以不想去学校读书了。她非常刻苦努力，每天很早——差一刻6点——便开始练琴了，文化课她也学得不错。综合考虑了一番之后，我便毫不犹豫地答应了她。我支持克莱尔去追逐自己的梦想。

有一天，我家的门忽然被打开了，原来，是缪里尔阿姨来了。

她一如既往地兴奋地尖叫着：“克莱尔啊！你真是太棒啦，你妈妈会为你感到骄傲的！”

我当然为克莱尔感到骄傲。

“你也排行老二，和杰姬一样。你也出过麻疹，这点也像杰姬。如今又赢得了杰姬也曾赢得过的苏吉亚选拔赛。何况你也不打算上学了，简直跟杰姬一模一样。以后，你肯定也会和她一样的！”

一阵可怕的沉默。

如今，杰姬既教学生，还开了高级音乐辅导班，她其实并不喜欢这些。在众人面前，她不得不说自己喜欢教书，背地里却看不上学生们的水平，常常抱怨道：“天呐，这些傻东西绝对是毫无希望的！”有时候，杰姬是相当尖酸刻薄的。虽说深知其实教课也是一种表演，可惜杰姬的心思根本没在这上面。有时，当别人说起其他大提琴演奏家的时候，她还会大声地啐上一句。

杰姬爱听自己的演奏录音，看不起别人的音乐。让她去听听新音乐简直是不可能的事情。若非与她本人相关，她绝不会关心，注意力根本就集中不起来。她以听录音的方式重温自己生命的辉煌，这是她自证价值的唯一途径。

外祖母越来越为自己的将来忧心，生怕会成了我们两口子的负担。外祖母一辈子为家庭无私奉献，因此“负担”——这个念头让她极其害怕。她一贯乐于照料别人，不管是生老病死的大事，又或者是需要协助照顾或帮忙的小事，她从来不肯接受别人对她的援手。因而，外祖母宣布，她要到养老院去了。那家养老院叫泰斯赫斯特，离阿尔德肖特不远，是她的医生替她找的。

这令人着实吃了一惊。1977年6月，养老院那里空出了一个位置，她便马上搬去了。外祖母决定好好享受剩余的时间，她把养老院的新朋友们召集到一楼来，做早饭给他们吃，鼓励他们社交。我最多隔两周就去看看外祖母，若赶上什么大日子或者逢年过节，外祖母也会回到我这儿来。

皮尔斯和琳是在夏天时搬到距离父母家只有几英里远的上巴克伯利的。那里名叫“果园门”，比他们家在伯恩街的房子更加宽敞些，还有半亩地环绕着四周。

这年夏天，杰姬非常忙，一来高级音乐辅导班开课了；二来要做家教；三来她偶尔还要拉琴，要有人把她搬到一张高背扶手椅上方可。若是比利·皮利斯来看她，他俩便会合奏。虽说如今她只能拉出很微弱的声音，但杰姬仍想要拉琴，所幸，那些理疗让她的肌肉强壮了一些。可惜，她的双腿已经完全瘫掉了，情况好些时，才能借着助行器蹒跚着在卧室里略走一走。

到了这年的12月时，杰姬带着露丝·安妮到卡里奇和父母同住了4天。父母为了让杰姬能住得舒服些，把房间略微修缮了一下：在楼下餐厅里搭出一间卧室来。因为杰姬来了，我们特意聚了几次，她的气色很好。重新相聚的场景是那么美好，母亲乐得心花怒放，父亲却显得寡言寡语。我趁洗碗的工夫跟母亲说了此事，母亲说她也很不放心，而且她发现父亲的字越写越细小，不如以往整齐了。

我便笑道：“母亲，我父亲的字一直都很难看懂啊！”

“这我知道，只是如今更厉害了。你父亲现在一写字就会手冰凉，这肯定给他带来了不少麻烦。他还老是手抖呢。”

“这些你都跟医生说了没？”

“没说啊，我也不敢肯定，到底要不要说……大约是因为岁数大了的缘故吧。他也是快70岁的人了。”

有时，丹尼尔会特意坐飞机回伦敦，带杰姬到某个她最爱的餐厅去吃饭，比如周记饭庄、塞西奥尼，又或者是西伯利。丹尼尔每次回来都会给杰姬带花，他想给杰姬她最渴望的安全感，这一点杰姬心知肚明，可惜现实不容回避——杰姬的那个家已经成为她的牢笼。

有一次，我一大早便去了鲁特兰花园街。露丝·安妮已经做好了早饭，我便先同杰姬在她的卧室里吃了个饭，我居然都没发现丹尼尔也在家里呢。吃过早饭，我把餐盘送下楼。返回楼上时，我竟在楼梯上碰到了丹尼尔，着实惊了我一跳。

我实在太惊讶了：“丹尼尔，你来这儿干吗？”

他先是用难以置信的目光看了我一眼，一声也不吭，直接从我身边走了过去，也不知到底是因我惊吓着他了呢，还是我的话说得欠妥当，总之，那天我再未见到他。

1978年7月，我的甲状腺上长了肿块，医生说必须要切除。我原想立刻将这个消息告诉父母的，但到了娘家，见他们都跟惊吓到了似地坐在厨房里。没等我开口，父亲便说他们刚从医院回来，医生说他得了帕金森症——这病吓坏了父亲，他变得愈发依赖母亲了。

当初，父亲患黄疸病时，杰姬表现得十分勇敢，可如今她却像换了个人似的，毫不关心父亲的困境。杰姬原本生怕父母出事，而现在，为了让自己有安全感，她宁愿对父亲的病情不闻不问。

杰姬是个表演欲极强、喜欢听喝彩的人，丹尼尔安排她在苏联作曲家普罗科菲耶夫的交响童话《彼得与狼》中担任旁白，看起来，这似乎是个让她重登舞台的好机会。之所以举办这场音乐会，是为了要启动“杰奎琳·杜普蕾研究基金会”的缘故。

原来，这个基金会之前曾在媒体披露，“多发性硬化症基金会”竟将筹集来的大部分善款都用在行政管理上了，丹尼尔便支持杰姬重新创建了这个基金会。丹尼尔和伊扎克·帕尔曼、平切斯·祖克曼、克利弗德·柯泽恩都答应，每年将把自己4场音乐会的出场费捐给这一基金会。《彼得与狼》于1978年8月15日在皮卡迪里饭店上演，杰姬迫不及待地对着稿子练习起旁白来。

演出那天，我也去了。杰姬是个需要舞台的人，这次获得重返舞台的机会，她自然兴奋异常，可我却伤起心来。看着这般出类拔萃的艺术家坐在轮椅上，再被人抬到舞台上，这实在太可怕了。真不懂何苦要让她遭受这等折辱，这又能有什么意义呢？

所幸，杰姬的旁白朗诵得确实精彩。过去，每当杰姬十分专注时，身子摇摆、长发飞扬是她的招牌动作，可如今她所能做的不过只是摇摇头，既不能鞠躬，也不能像以前那样用那种无与伦比、活力四射的姿态风靡全场了。如今她只能坐在那里，等着被人抬下台去。

有那么两次，露丝·安妮休假时，我去照料杰姬，虽然事前露丝·安妮已经把每一样工作都仔细地教给我了，甚至连怎么搬抬杰姬都教了，但苦于这些事情太需要技巧，杰姬又一点自理能力也没有，万事都离不开别人照顾。

作为一个新手，我担心会把杰姬照顾得不妥当。幸而露丝·安妮教了我许多，杰姬也总是嘻嘻哈哈的。我尽力想效法露丝·安妮那套务实高效的工作方式，只可惜笨手笨脚，反闹出许多笑话来。好在，最终我总算也能为杰姬做些对她有益的事情了。

第三十六章

皮尔斯

我的第二个儿子康迪生于1979年4月2日。喜得贵子是件令人开心的事，却偏在这时发生了两件令我们两口子伤心的事情。第一件事情是当我们带了康迪去伦敦看杰姬时，她对这孩子一点兴趣也没有，虽然也如平日那样夸赞了两句，但只要康迪稍微一闹，她便会火冒三丈。那次见面十分短暂，气氛又拘束，显得有些怪怪的。

第二件事情发生在6月，当时父母到了我们家。父亲的帕金森症恶化了许多，就连在房间里,他都很快会把控不住方向，母亲只能寸步不离地跟着他，这可把我们两口子吓了一大跳。父亲竟然已经这么衰弱了，只要离开自己熟悉的环境就会变得全然无法适应，这实在是太令人吃惊了。而母亲则一副很累的样子。眼看着杰姬日益憔悴就已够煎熬了，如今，竟又看到父亲也深受病魔的折磨。

此时，杰姬正在伦敦市音乐厅音乐学校里教授高级音乐讲习班，一期是4节课，有电视台现场录像。这课她以前也教过几期，不过，这还是第一次上电视呢。更何况，媒体说这是一次难得的展示杰姬音乐天才的好机会，又称赞她面对多发性硬化症时竟能如此坚强，实在令人敬佩。可惜，杰姬此时困坐轮椅，根本不能演奏，且受疾病影响，连讲课都只能勉强说话而已。若有人问她，既无法示范演奏，那还怎么教课呢？她便会说，如果她能拉琴的话，学生们难免因急于模仿她，反而无法形成自己的演奏风格。如今，客观条件逼迫她只能空口阐释，让学生将自己对音乐的理解表达出来。

杰姬在学生面前从来都是极有耐心，且温文尔雅，从不打断他们拉琴，总是等他们演奏完了才开口说话。学生们觉得，听杰姬讲课就如获得了伟大的演奏秘籍一样，所以格外喜欢她的课。杰姬是个擅长打开音乐想象之门的人，她可以让学生们亲身感受到演出的感觉，因此，他们觉得自己仿佛是在探索音乐的秘境一般。

当杰姬发现她的课在BBC电视台播出时，不禁吓了一跳，她没有想到自己竟那么胖。“都怪那些破类固醇药！”说罢，便让我把电视关了。

如今，我们已经没法一起去探望杰姬了，孩子们令她不快，琳自然也会不高兴。于是，我只得一个人去看她。年底时，杰姬已经说不清话了，每说一句话都要费好大的劲，我们很难再你一言我一语地聊天了。大多数时间都是我说。不过，她倒并没有失去幽默感，仍然喜欢荤段子，越露骨的越喜欢。另外，就是让我尽力多给她讲些八卦、小道消息。不过，她却在我的故事里掺入恶毒的言辞，总是攻击他人。譬如，她最爱用尖酸刻薄的话诋毁露丝·安妮，甚至直呼她为“老处女”。我最讨厌她讥讽父亲的行为，我不光是痛恨她，还感到十分不解，苦于没法阻止她这么做。

察觉到杰姬性情大变，我渐渐悲伤起来。她的病情越重，人便越好斗，尤其喜欢攻击家人和身边最亲近的人。我发现，杰姬竟时常对那些来探视她的人说什么家里人遗弃她啦，露丝·安妮虐待她啦，净是些随意捏造的谎话，偏偏很多人愿意相信。不过，迄今为止，她倒还没有直接说过我的什么坏话。另外，我也注意到，杰姬的短期记忆也正在衰退，常常会忘记家里人来看她的事情，总是埋怨亲人不来探望她。

我所认识的那个杰姬正在消失，取而代之的是一个各方面素质都极差的家伙。

每逢我去看杰姬，我俩总会到大马路上去“凑热闹”，这算是我们最爱的娱乐了。一次，当我们又到海德公园里去“凑热闹”时，玩了半天，杰姬忽然说自己没衣裳可穿。我便同她去了常去的一家小服装店。正要在布隆姆顿街过马路时，我们看到了一家橱窗里摆了很多漂亮衣裳的服装店。

杰姬道：“要不，咱们就去这家吧。”

于是，我调转车头。才走进这家店，我便看出这是一家大牌设计师的专卖店，里面摆了一大排一大排的天价服装。

一位青春靓丽的售货员迎上来问道：“能为您做些什么？”

“我们可以就随便看看吗？”

“当然可以。”

我推着杰姬走到第一排货架前头，她细细地查看着五颜六色的连衣裙，售货员跟在我们身边。

杰姬道：“巴尔，你看看这衣裳的尺寸呗。”我看好了尺寸，把裙子从衣架上取下来给她。

“杰姬，你看设计师是谁？”

她看了片刻，又把名字念了出来，一边念一边忍不住哈哈大笑。

售货员不由得担心道：“请问有什么问题吗？”

我们赶紧道了歉便跑了。才跑到大街上，杰姬就再也忍不住，放声大笑起来，我们俩都笑得了不得——那位设计师名为艾米斯 [Emesse，与英文中emesis（呕吐）谐音]。

那年夏天，我们夫妇俩趁周末时邀请约翰·桑德曼和吉尔·桑德曼夫妇来家里玩。他们是我们的好朋友，从此之后，我们的生活变得与过去截然不同了——他们随身带了《圣经》！吃午饭时，他们滔滔不绝地说着最近刚刚获得的对基督教的信仰云云。

到了星期日早餐时，约翰忽然问我："皮尔斯，今儿上午我们有教友派对，你和琳也来吧，好不好？"

我不太喜欢涉足宗教，便不由得拒绝道："不去啦，我还要接着弄房子呢，约翰。"

早饭后，约翰又问了一次，我又拒绝了。

然后，待他们把行李搬进汽车里时，约翰竟又第三次开口，不料，这一次我居然答应了，我自己也吓了一跳。

换衣裳的时候，琳用难以置信的目光瞧着我。

一个钟头以后，我们便到了马洛那里的一幢新式平房里。一进房间，我便感到非常别扭——大家都穿着随意，可我竟穿了星期天去教堂时的正装！我以为教堂里都是很庄重华丽的，但这里并不是。在聚会室里，我只觉得万事皆怪，既没有赞美诗的唱本，也没有祈祷书，不过是一张张印着歌曲的纸罢了。

牧师起身主持仪式，先有领颂者抱起吉他弹出几个和弦来，然后大家纷纷唱了起来。我虽然尽力跟上不要跑调，却一直唱得不怎么样。一曲终了，只有我坐了下来。原来，还要唱第二遍的。祷告词讲的是播种者和撒到石板上的种子的故事，在我听来简直犹如针对我的一般。布道之后又唱了起来，随后，仪式结束了。仪式的结束仿佛给了我一个信号，示意我该告辞了。

可惜，我根本没办法偷偷溜走，因为主持派对的本堂牧师鲍勃·伍拉德此时就在门口呢，一见我，他便先做了自我介绍。当我告诉他我是谁时，他便道：“想起来了，我们已经替你祷告好几个月了。”

我的自尊心立刻蹦出来维护我了：凭什么有人认为我需要祈祷啊?

我不由得咬牙切齿道：“您可真是大好人，多谢了。”说着又同他闲聊了几句，他便凝视着我说道：“现在，咱们来一起祈祷好吗？”

然后，一切忽然就这么发生了。我竟一下子泪流满面，有人替我找来了一把椅子，却无法止住我的眼泪。我也听见有几个人在说“哈利路亚”“赞美主”。当鲍勃问我是否愿意将生命交给耶稣时，我竟说“我愿意”。

那晚回家时，我发现自己竟一路上都在默默祷告呢，这是我从未做过的事情。回到家，我立刻便翻出了母亲的那本《圣经》读了起来，竟读得舍不得放下。我也完全明白自己所读的意思，这可是有生以来的头一遭。这些东西在过去对我而言不过是宗教的教义罢了，可如今却彻底改变了我的想法。我几乎一夜都没睡着。

几日后，待父母从法国回来，我便迫不及待地与他们分享了我的最新心得。喝茶时是聊这些的最好时机，他们一进厨房，我便赶紧说：“我有话想要跟你们说。”

母亲道：“我就知道，看到你的第一眼，我就知道你想要说些什么。瞧你容光焕发的样子，快告诉我怎么了。”

于是，我便把事情原原本本地讲给了他们。

“……我连那事发生在什么时候都能说得出来！就是8月17日下午1点10分！”

我的激情也感染了母亲：“你这个傻孩子，我也一直替你祈祷呢。”

父亲仿佛有些无所适从，不过母亲使了个眼色给他，他便也附和说这样真是太好了。

我便和母亲一起花了好几个小时来研读《圣经》。过去，我从来没办法与母亲分享音乐，如今，我俩总算是有了能够分享并为之心醉神迷的事了。

希拉里

杰姬同莫雷·威尔什是好朋友，BBC电视台便邀请她去录制了一期名为《其乐无穷》的节目，节目内容是邀请一位知名人士选择自己最爱的诗歌或散文来朗读。

莫雷有一位好朋友叫佩妮洛普·李，是个演员，此时正在德文郡筹办厄普特里艺术节呢，便决定邀请杰姬在音乐节上当场挑出自己心爱的诗歌来，而BBC则派人过去同步录音。

对杰姬的朋友而言，让她聊点什么是件挺困难的事情，因为她只喜欢让他们一边吃着饭一边还听她的演奏唱片，有时还会反复放同一张唱片，这令来客简直忍无可忍。当莫雷知道杰姬也挺喜欢诗歌时，不由得非常欢喜，认为她终于找到了一个能够让她发挥想象力的新兴趣。不过，杰姬知道的诗歌也仅限于我们小时候学过的那几首。

莫雷便安排佩妮洛普和另外几名演员晚上到杰姬家里去，念诗给她听。杰姬挑出自己喜欢的来，反复诵读，直到背下来为止。杰姬最大的动力莫过于能够面对观众，给他们带去欢乐，因此她高高兴兴地一口答应了莫雷的计划。有时，她会一边念诗一边发笑，笑得东倒西歪，诗都念不下去了。另外，杰姬也会为每一个来看她的人朗诵诗歌。

她经常在通电话时背诗给我听。

“希尔，你听这首诗怎么样？”

她说，“谢谢你送花给我。”
说罢甜蜜地一笑，含羞扭过头去。
“对不起，我昨晚不该说那些话。
是您对，是我错，
原谅我，可以吗？”
我便原谅了她，
与她一起漫步在月光下，
心里却一直在犯嘀咕，
“哪儿来的什么鬼花啊？”

我们俩大笑。

“这诗可好？”

“杰姬，这是你从哪儿找来的呀？”

“不知道啊，只知道是一个名叫阿侬的人写的就对了！”

8月往德文郡去的旅行已经安排妥当了：乘坐什么交通工具，下榻在什么地方，如何坐轮椅出入，饭食又怎么安排，样样滴水不漏。为了杰姬的这次录音，我们花了差不多大半年工夫，毕竟这次旅行对她而言无疑是一次冒险。此时她的语言能力已经受到疾病影响，吐字不清了。何况人在旅途中时会疲惫，如果录音时她说话困难或者演出时表现不好的话，她也会感到狼狈不堪。但偏偏杰姬望穿秋水般地盼着去德文郡。她都等了这么长时间了，如果现在给她取消了，只怕失望会给她带来更大的打击，也许会是毁灭性的。

所幸，这次演出非常成功！杰姬的诗念得优美动人，就如她演奏大提琴一般。虽然按照她的说法，这不过是退而求其次，不过英文确实已成为她的音乐。录音时，她讲了几个生活中的小段子，也肯拿自己的残疾开开玩笑，若有些字词发不出音来，她便咯咯笑上一阵蒙混过去。观众们被杰姬迷住啦。

皮尔斯

9月1日，我又一个人到伦敦去陪杰姬吃晚餐了。虽然我巴不得马上就把一切事情都告诉她，不过我还是一直忍着，打算见面再细说。

我问："你猜怎么着？"

"怎么啦？"

"不告诉你，你先猜猜看。"

"你们又要生老三了？"

"没有啦。"

"你买私人飞机啦？"

"那敢情好，哪儿可能呢……"

"猜不出来啦。你告诉我，巴尔，快点说啊！想必是喜事。"

"相当可喜。我成为基督徒啦！"

杰姬露出了笑容，但却没有说话。

"……杰姬，我真的成了基督徒啦！如今我已经把性命都交给了主，这是我遇到的最美好的事情。其实对任何人而言，这都是最大的喜事啊。"

"巴尔，我不知该说点什么，不过这真是太好了……"

“杰姬，谢谢你。”

我们俩紧紧拥抱在了一起。

“给我讲讲到底是怎么回事嘛……”

于是我便告诉她，如今我们两口子的生活是如何被彻底改变了的。听着听着，杰姬也为我感到高兴，还问了几个关于《圣经》的问题。我对答如流，这可真令人感到惊讶。

过了半日，我们谈到了母亲和“赫米特吉基金会”，我便问杰姬可愿意做赞助人，因为急需一个大人物来替我们撑门面的。

“我当然愿意啦。不过你干吗不先问问肯特公爵夫人呢？”

“她会肯吗？”

“会，我觉得她肯定乐意。你写信问问她。”

这一年的10月，我们家在“果园门”的房子终于装修好了，我甚至还在餐厅里给自己设了一间办公室。我们搬进了漂亮的新家，刚住下，我便忙着为新公司设计信笺抬头、印制名片、准备发票等诸多事务。我在《纽伯利新闻周报》上登广告请到了一位秘书。

两日之后，就在那天的4点半，我做成了第一笔生意，拿到了第一笔收入。开车回家的路上我恍惚起来，做生意就如玩游戏一般，讲究的是克服各种困难的技巧，这一点和我开飞机是截然不同的。

如今我已经到英国航空公司的培训部去工作了，飞行时间变得可控起来。我几乎每天都忙着应付各种事情，所以每个月顶多也只能往伦敦去看杰姬一回。这令我深感内疚。所幸父母每个星期五都会雷打不动地去探望杰姬。

11月23日，“赫米特吉基金会”正式宣告成立，且有肯特公爵夫人和杰姬两位大人物担任联合赞助人。

我却在两个星期后陷入了巨大的悲哀之中：外祖母去世了。

这么多年来，无数次的风风雨雨中，外祖母始终稳如磐石，无论多大的风雨，她永远都会在家门口迎接我们。而现在，她就这么离开我们了。

第三十七章

希拉里

杰姬的病情越发严重了，她变得比以前更喜欢一惊一乍地吓唬人，譬如，跟很多来看她的男性朋友都用“咱们干那事”来当作问候语，吓坏了人家。大多数人都心眼灵活，知道这是玩笑话，可有些人却当真，被吓得夺门而去。也许，杰姬之所以会这样，旨在强调她此时仍是个有性欲的女人吧。但那个惯爱拿荤段子来搞笑的姑娘，如今确实是越发粗俗了，我们则只能眼睁睁地看着她一点点被病魔吞噬。

她与生俱来的那种灵气被疾病扭曲着、污染着，现如今已消失殆尽。如今，杰姬发脾气时更是刻毒而恐怖，巴不得让别人伤心欲绝，这绝非我们熟悉的那个杰姬。我觉得这些都是因为她感到沮丧才导致的，此刻的她就像一只无助的困兽。她告诉我，坐轮椅最糟糕的一点是，无论发生了什么事情，她都无法逃跑。

一天，电话响了，我便去接听，是杰姬打来的，说想跟基弗说话。

“他在花园里侍弄花草呢。要我去叫他吗？”

“那个……你让他快来伦敦，我想跟他干那事。”

我只觉得身子都瘫软下去了。

“杰姬，我没法跟他说这话，你自己告诉他吧。”

“那你去喊他过来好了，我自己说。”

于是我便跑出去喊基弗进来接电话，一路上心怦怦地跳得厉害。

“杰姬来电话了，让你接呢。”

基弗听杰姬说了一阵，却始终毫无反应。他沉默了半天，才终于开口道：

“杰姬，咱们不能回到过去了。这样没有用的，对不起，我不能答应你。”

杰姬气得摔了电话。

我浑身都在发抖。

我轻轻地说：“基弗，这大约是第一次有家人拒绝杰姬呢。”

自此，杰姬就再也不跟基弗说话了。

1982年，杰姬的病情越发严重，连吃东西渐渐都成问题了，沟通起来更是艰难。所幸，那些对她忠心耿耿且还怀有信心的朋友如今还肯来探望她，露丝·安妮总能把她的日程表排得满满的。还有几个跟杰姬学琴良久的学生如今也还来，但她因力不从心而备感灰心丧气。

此时，特丽萨已经离家去了伦敦，偶尔也会一个人去看看杰姬，可惜，杰姬不住嘴地批评人，惹得特丽萨也不愿意去了。虽说父母还是会每周都去看她，她却总因父亲担心他自己的病情而大发雷霆。杰姬一点也不心疼父亲，说如今她的病越发重了，父亲竟也并不太心疼她。

杰姬因为父亲依赖母亲而深感气愤，一有机会便数落他。杰姬的话简直有如沾了毒药的箭镞一般，让父亲痛苦的同时也令母亲伤心。即便如此，他们俩对杰姬的坏脾气还是百般忍耐。

此时，母亲又变成了两只“乌鸦”争夺的“肉虫子”，父亲和杰姬都要她一心一意地关注自己才好。母亲没办法帮助杰姬，又无力安慰她，这使她更觉内疚，每周一次的探望，对于母亲来说竟成了一场折磨。眼见父亲深受伤害，母亲很心疼，她的情感受到重重打击，彷徨无助。这折磨简直要摧毁母亲了。

好在父亲仍喜欢地质学，这份爱好如今成了他的救命稻草。“拉拉”替他安排，一周可以到伦敦博物馆去上一天班，和博物馆里的工作人员一起工作。这成了他逃离杰姬的借口。而母亲也就不用费心转移杰姬特意对准父亲的矛头了，不禁大松了一口气。然而，这令她和杰姬的独处时光变成了一场单方面的施虐，母亲无力忍受杰姬的悲惨命运，每次从伦敦回来都是身心疲惫。我劝母亲少去几趟，偏偏她又不愿意。

如今，我也无法面对杰姬了，生怕她会对我发脾气，每次从她那里回来，我也会心力交瘁。她骂我在音乐方面资质平庸，说我事业上更是毫无建树，甚至还不分青红皂白地侮辱我的丈夫和孩子，正是这一点伤了我的心。为了不被迫听她连珠炮似的咒骂和责备，我只有躲开她。

我对母亲所受的折磨感同身受。更何况，杰姬对我到底还只是指桑骂槐而已，但对母亲却是劈头盖脸地狠狠攻击。此时，只要是跟杰姬亲近之人，都会成为她恶言恶语的牺牲品。她从前对丹尼尔尖酸凉薄，如今，这股子怨气竟发到家里人身上来了。

皮尔斯

1981年秋天，我患上了鼻窦炎，公司便要求我暂时停止飞行任务。又过了两个月，波音707飞行队开始减员，我便从全薪现役飞行岗位上退了下来，待岗直至航空业复苏。

我是很爱飞行的，这消息令我心烦意乱。不过，这样一来倒给了我更多的时间去做生意。这种情况一直持续到1982年的冬天。

希拉里

到了1983年时，杰姬已基本不能自理了，因此，鲁特兰花园街的住所对她而言便愈发不方便起来。若让杰姬一个人待在楼上的卧室里，也许会更加增她的孤独，露丝·安妮便建议丹尼尔去找一座更加实用的平房。管家欧尔加已经离职了，取而代之的是一位名叫安妮·玛丽·莫琳的活泼可爱的法国姑娘，很讨杰姬的欢心，杰姬最爱跟她说法语。

听说诺丁山的切普斯托别墅36-38号公寓正在改建，虽尚未确定最终的改建设计稿，但建筑师可以按照客户的特殊要求进行装修，丹尼尔便盘算着，待一切都弄好了再把钥匙给杰姬，好让她惊喜一下。而露丝·安妮却是个务实派，她认为应该从一开始就让杰姬参与装修和买家具的种种。后来，因一套公寓面积不够，丹尼尔便把紧挨着的两套都买了下来，这两套房子之间是由一道拱廊相连的。

丹尼尔样样都依着杰姬，譬如，他在巴黎的家里安了一条特殊的电话线，是杰姬给他打电话时专用的。可惜，他却越来越少回家了。此时，杰姬仍在接受心理辅导，但由于她卧床的时间越来越长，医生只得来家里给她治疗。身体上的残疾已经越来越牢固地控制了杰姬的生活。

皮尔斯

9月时，我们两口子到杰姬的新家去看她。吃完午饭后，我们先将孩子送到希拉里家，然后才在傍晚前到了杰姬那儿。

此时，琳正怀着老三，难免觉得累，便找了个安静的地方休息去了。我给自己倒了杯咖啡，便回到房间里陪杰姬。她看我坐下了，心平气和地问：

“你说小心眼儿是什么东西？”

“水龙头？”（小心眼儿为bigot，水龙头为spigot，读音略有相似，杰姬此时发音已经不清楚了。）

她好像没听见我回答一般，又重复了一遍自己的问题，语气愈发生硬：“我问的是小心眼儿！你不就是个小心眼儿吗，那是个什么玩意儿？”

这话伤透了我的心。过去，我也曾领教过杰姬的刻毒话，不过那都是她骂别人——骂的都是那些自以为是杰姬的挚爱亲朋的人。她还从来没这么骂过我，这让我身心感到一阵畏缩，简直没办法相信眼前的一切——这哪儿像杰姬说出来的话呀！

我的脑子飞速运转起来。杰姬是第一次冲我发飙，我也第一次听到她说什么“小心眼儿”。我竭尽全力想要打岔——我俩忽然就陷入了一阵极为可怕的沉默中。

“到底什么是小心眼儿？”她仍咄咄逼人，口齿不清到了恐怖的地步。“还有啊，要是你真不知道，那就去请教一下那个禁欲的丫头——贞节小姐好啦，她不也是个小心眼儿吗！”

这时，琳走进房里来了。杰姬立即话锋一转，还面露温厚笑容，高声问琳感觉怎么样。

我目瞪口呆——这是我有生以来第一次受到杰姬攻击，她是故意要伤我的心。过去我们俩多要好啊！不管什么我们都可以共同分享。

等到下一次我到杰姬家吃午饭时，她又闹了这么一出，故意说些尖酸刻薄的话，还表现出一副知道自己在干什么的样子。我努力转移话题，与她聊起我的生意来，她偏不肯放过我，听也不听。我又同她说起她的音乐来，她也不想说，唯一肯谈的便是“小心眼儿”。

我曾把很多特别的事情讲给她，如今她却这样对我。只要有人进来，她便会变成一副和颜悦色的样子，待人家走了再继续折磨我。我想全力恢复我俩之间那份特别亲近的关系，如今是一点指望也没有了。

整整一个冬天，我都没有再去探望杰姬。

那年10月，我在纽伯利的八铃区寻到了一个废弃酒吧，发现此地很适合做办公室，便把公司搬到了此地。这样一来，我便比以前忙了数倍，又因对杰姬的刻毒言语尚心有余悸，所以，我很开心能有这么一个合情合理的不去看她的借口。

我们俩很久没有联络，但最后，虽然她讲话已经很困难了，仍主动给我打了个电话。

“你怎么不来看我了呢？”她结结巴巴地说。

那语气听起来十分真诚，而且还充满了不安。

我们夫妇便在下一周去伦敦探望她了。那是1984年3月，琳的预产期只有一个月了，和上次一样，到了杰姬家之后，琳仍需要进一个小房间休息一下。不料，琳一走，杰姬便又攻击起我来，怎么也劝不住，满口小心眼儿长小心眼儿短的，哪怕我向她讨饶，她还是反反复复地不断唠叨，仿佛是故意要让我们之间的矛盾更大似的。

我的第三个儿子亚当于4月10日出生。此时，我对杰姬已经彻底绝望了，根本就没想过给她看看孩子，反正她对孩子也不感兴趣，更何况我也不想见她。我有一种被她背叛了的感觉。

第三十八章

希拉里

克莱尔本来已经在皇家音乐学院里上了两个学期的大提琴课，谁知，到了1984年的夏天，她却忽然说自己背部有伤，所以不能再拉大提琴了。几个月之后，她的后背已经好得差不多了，但她却失去了拉琴的兴趣。那把她用了好几年的基弗的大提琴被她丢在音乐室的角落里。最后，她决定去读大学。

母亲身体不舒服已经很长时间了，还有些消化不良。每当她身体不太好时，便和父亲一起来我们家住一段时间。1985年2月，父亲忽然打电话给我，惊慌失措地说母亲又病了，要我赶紧来卡里奇。趁父亲不在时，母亲告诉我，她竟出现了类似来月经出血的症状！我给医生打电话时，他说还是让我带父母住到我们家去的好。又过了几天，我带母亲去一位妇产科大夫那里看了看，她建议母亲去做一次常规妇科检查。

我们一到医院，母亲便被安排进了一间单人病房。这令父亲十分烦躁，身体因为紧张而变得越来越僵硬。我见状只得赶紧带着父亲离开。

“爸爸，您过来，既然护士已经把妈妈照料得舒舒服服的了，咱们去喝杯茶吧？”

他不情不愿地拉着我的手，由着我把他带出病房。父亲走起路来十分蹒跚，经常会绊倒，我们花了好一会儿工夫才走完那条长长的楼道，到了便利店那里。我找了把椅子让父亲坐下，他精神都垮掉了，坐在椅子上显得非常笨拙。幸好那杯茶十分可口，又是热的，总算让他稍微恢复了一些。

“希尔啊！你妈妈她到时候了，对不对？她要完蛋啦。我知道她就要完蛋了。”

待我们返回病房里要跟母亲告别时，她竟已换上了病号服，她需要好几个白色大枕头支撑着，方才能在床上坐稳。

皮尔斯

4月，母亲做手术时，正赶上我们公司每月一次的例会。我已经有好几名雇员了，再加上还有一位合伙人吉姆孟克，因此，每逢例会，我们总会去当地的一家酒店里住上一天，讨论一下工作计划和未来的发展方向什么的。在此期间，不许留守办公室的同事与我们联系。

这次，我们订到了纽伯利附近的艾尔考特公园酒店的房间，要处理的事务也比以往更多，且还得做出一些艰难的决定来。房间里的气氛十分紧张，谁知，正当我们讨论一个很敏感的话题时，电话铃忽然响了起来。我烦躁地走过去接听起来。

我不耐烦地应道：“喂？”

是希尔。

“皮尔斯啊……”

然后她就沉默了下去。

我心里忽然就有种深深的恐惧，赶紧问：“怎么啦？”

“妈妈得癌症了。”

“然后呢？”

“外科医生刚来电话了，说并没有在妈妈的子宫里发现病灶。看来这只是他所寻找到的继发性症状罢了，他希望能够找到原发性症状。”

“那你怎么说的？”

“我说找是可以呀，但他可一定得找到正确结果才成，我让他到时打电话告诉我。”

希尔呜咽得说不出话来。

挂了电话，我便赶往基弗家的农场。

一到那里，便见希拉里正站在门口。下车时，我还想努力装出一副勇敢的样子，但与希拉里四目相对时，我便忍不住了。我俩紧紧相拥，失声痛哭。父亲心烦意乱，不停地说他早就预料到会有这样的坏结果，他的情绪一直在沮丧、迷茫和愤怒之间摇摆不定。

我们3人一起往皇家伯克郡医院去了。母亲已经睡着了，病床上的她面色苍白、眼窝深陷。父亲对她说话时，她一动也不动。父亲轻轻抚摸着母亲的头发，对她低低地说着话，这令我不由庆幸，幸亏母亲没醒，否则她立刻就会知道发生了什么。

外科医生终于有时间接待我们了，我赶紧问起母亲的病况。待他一一解释完，事情便十分明晰起来：真是不治之症，根本就没有治愈的希望。

母亲就要死了。

希拉里

我们给杰姬打了电话，把这个噩耗告知了她。谁知她竟是一副毫无反应的样子，过了一会儿，我又给露丝·安妮打了个电话，她答应说待会儿再跟杰姬说说这事，说的时候会尽可能缓和些。

我决定一定要让父母到农场来跟我们住。他们需要有人做护理工作，我想亲力亲为。我们做的第一件事是送走所有的牲畜。待最后的3头奶牛也装上卡车带走了，我心里面估算了一下，以后我每天最少能省出4个钟头的时间来。过去，压根匀不出这么长时间。

几个星期之后，母亲再度住进纽伯利医院去了，这一次是为了输血。露丝·安妮也带着杰姬来看母亲了。听说杰姬要来，母亲欣喜若狂，一直念叨着这件事。那时是1985年9月初。此时，疾病已影响到了杰姬的颈部肌肉控制力，她抬不起头来，说话也非常困难。

那一天，原本我和皮尔斯正陪着父母呢，忽然听见楼道里传来了露丝·安妮和杰姬的声音。我们立即冲出去迎接杰姬。在发生了“小心眼儿”事件之后，这还是杰姬第一次见到皮尔斯，她对他热情极了，好像什么事都没有发生过一般。

母亲的病床紧挨着宽敞的大门，当杰姬、皮尔斯和我3人一起出现在病房里时，形容枯槁、面带微笑的父母看着我们三姐弟又重新聚在了一起，欣喜异常。

母亲张开了双臂：“杰宝宝！希宝宝！巴尔宝宝！”

我们尽力让杰姬的轮椅离母亲的病床近一点，此时父亲也坐轮椅了，他靠在母亲病床的另一边。杰姬几乎已经没办法讲话了，父亲说话的声音也很轻微。面对着3位病入膏肓的人，我和皮尔斯深感无助，心慌意乱、哽咽无言。杰姬、父亲、母亲他们3个都是那么迫切地需要着对方，可谁都无力给予对方任何帮助或者宽慰。

所幸，露丝·安妮能够努力制造出一点欢乐的气氛来，她带来了一架照相机。于是，我和皮尔斯便挤到了轮椅和病床之间去。

“好嘞！准备好了吗？来，大家笑一个。”

我们都露出了笑容，然后，只听她“咔嚓”一声按下了快门。

这是我们的最后一张全家福，也是最后一次全家团聚。

皮尔斯

几天后的一个晚上，我接到希拉里的电话。之后，我便毫不犹豫地开车赶到了希拉里家。一位从马洛来的教友贝莉尔·拉德克里夫也来了。这位教友本身就是做护士工作的，而且她很喜欢我母亲。她紧紧拥抱着我说，大限就要来临了。

父亲紧紧挨着母亲，他握着母亲的一只手，凝视着母亲的眼睛。母亲的手很冷，摸上去怪吓人的，但我却舍不得松开。最后，母亲的呼吸堵在了喉咙口，愈发急促起来。我默祷着：“慈爱的天父，求求您，请您让她安详地离去吧！”

每一次呼吸都好像是母亲最后一次喘气，但是，过一会儿她却又突然倒上来一口气。在这间屋子里，只能听见呼吸声和破旧的氧气机偶尔发出的嘶嘶声。

父亲拜托母亲不要离开，说想要跟她一起回拉库伯听海鸥唱歌。

母亲是在曙光初露时去世的，这一天是1985年9月27日。直至她离世，我都没能跟她过上一段“特殊时光”。

希拉里把从花园里摘来的几粒香豌豆摆在母亲的胸口处。过了好长时间，我才松开了握着母亲的手，对母亲说了再见。之后，我便去了厨房，贝莉尔正在厨房里呢，一见我便把我抱住了。

我哭着说："母亲是唯一真正懂我的人，如今却离开了我。"

希拉里

我给杰姬打了个电话，告知母亲去世的消息。杰姬一听便高声尖叫起来，完全不肯相信，只一味地呜咽不停。好半天后，露丝·安妮接过了电话。

杰姬过了好几天才接受了母亲已经不在了的事实。父亲因过于悲痛，整个人恍恍惚惚的，得好几个人照顾才成。无奈，我只得强撑着把这几天熬过去再说。

10月4日，我们给母亲举行了葬礼。按她生前所愿，我们为她在金山浸礼会教堂举办了葬礼，安葬地则是查尔风特-圣彼得街附近山上的公墓。简简单单地为母亲办个葬礼非我所愿，我以为，它应该是一个灿烂的葬礼，应该对母亲的人生、母亲的成就和她为那么多人付出的无私之爱进行表彰。

劳里已经答应为母亲献上一小段独奏，我们便请人把母亲心爱的钢琴搬去了教堂。另外，我和皮尔斯也打算讲讲母亲的故事，皮尔斯说的是她对基督教的笃信，而我则回忆了她身为母亲的故事，又讲了讲她在音乐方面所取得的成就。

那天的天气原本很好，只是我始终沉浸在哀伤之中。我走进教堂，四下里都没有人，只有母亲躺在简朴的棺材里。我过去陪伴她，含泪将我的爱、感谢和珍贵的记忆都献给了她。但愿她能够幸福地度过这一天，让大家再度感受一次母亲的美好。这几个月来，我几乎和她日夜不分离，但从今以后，她就要一个人孤身上路了。

等我走出教堂时，杰姬和露丝·安妮一起来了，其他人也成群结队地来了，每个人都想要和我交流一番，哪怕是一点都不认识的陌生人，也过来对我说他非常热爱母亲。

举行葬礼时，我们全家——父亲、杰姬、我、皮尔斯——是坐在一起的，但却没有一个人能唱赞美诗，我连声音都发不出来了，张开嘴却发不出任何声音。接下来，便是我和皮尔斯致辞。皮尔斯先来，他口齿清晰，镇定到让我感到惊讶。我虽然努力控制着情绪，但母亲躺在棺材里的样子却始终在我脑中挥之不去，这幅画面简直让我崩溃。

我看见父亲和杰姬明明是紧挨着坐的，可看上去却离得那么远。

我没办法在众人面前说出话来，唯一能做的便是哭。皮尔斯搂着我轻声道："你一定可以的。"

我轻声慢语地说母亲是多么慈爱，母亲全身心地为儿女付出，母亲热爱学生和教育事业，母亲善于发掘每个人身上的长处……最后，我说最好的致敬方式莫过于让劳里用母亲留给他的钢琴弹奏上一曲。气氛如此沉重，我真不知劳里是如何忍住悲伤的，幸亏他到底还是把曲子弹下来了。

抬棺的人将母亲的棺椁送进了灵车，汽车依次开过查尔风特-圣彼得街，再开上山到了公墓区。墓地在山丘的那一头，往下可以俯瞰到秋日的树林，旁边是一条鲜花盛开的小路。母亲的棺椁被送进了坟墓之中。

母亲走后的第五个星期，她的第八个孙辈托比出生了，可惜她没有看到这孩子。

杰姬和父亲都没办法相信母亲已经去世了，因为他们俩都是那种得有母亲照顾才能够活下去的人。如今，他们的支撑和依靠已经不复存在了——他俩一辈子都在抢母亲，如今却永远地失去了这个人。

母亲在世时已替父亲安排好，让他住进金山浸礼会教堂附属的教友之家“岩石屋”去。此时，父亲白天夜里都离不开人，但是我们还是和他一起过完了圣诞节再搬新家。这段时间非常折磨人。父亲不想去新家，可惜我深知自己无力长期照料他——我的大部分时间都已经被丈夫和孩子占去了。

杰姬的病情在母亲走后迅速恶化了，饭都没法自己吃了，如果无人照料，她连水也喝不了。另外，因为她控制不了自己的舌头，跟她说话也成了不可能的事。所幸，她的听力倒还是好的。因此，虽说不出话了，但她还可以依靠晃动脑袋，左右摇摆胳膊来交流。

1987年年初的一日，我和皮尔斯结伴去探望杰姬。她正坐在轮椅上等我们呢。如今，她已经没办法交谈了，只能睁大双眼，想要看清楚我们。正好那天她那位忠心耿耿的司机道格也在，我们便寻思着，此时若能带杰姬出去走走应该不错。更有趣的是，我们一致认为，就我们仨去是最好的。

我们费了好大的劲才从公寓里出来。幸好，还没等我们走到人行道呢，道格便已开车过来了。他帮着我们把轮椅装进车里，然后把车钥匙给了皮尔斯。

此时只有我们姐弟3人，身边无人打扰，我们想去哪里都可以。这种感觉真的很奇妙。我们哈哈大笑，互相开着玩笑。杰姬极力想要开口说话，但却只能陪着我们笑笑而已。我们终于逃离了现实——好几年来，这是我们姐弟3人第一次这么开开心心地共处。

过了几个月后，再去探望杰姬时，她的病越发重了。乍见她的那一刻是我最怕的，因为每次都会发现她的身体又变差了许多。露丝·安妮一见我便会笑笑，用很特别的语气说上一声“您好”，故意加重尾音以显示亲切。

有一次，我看见杰姬凄惨地窝在轮椅里，头不停地颤抖、摆动，努力地想要说出“希拉里，你好”，可惜无论如何也控制不住舌头，只能低哑地咿呀几声。我用手臂揽住她的头，将她拥入怀中。

“杰姬，你好啊。”

她也想用右手搂我，可惜只能抬起来一半。我抓住那只手搭在我的肩膀上，喉咙仿佛被一大团东西卡住了似的。我们便这样沉默着，静静地相拥。

露丝·安妮送来了咖啡和果汁。她扶起杰姬的头，把一根长长的吸管送入她的口中，杰姬努力吮吸、吞咽。露丝·安妮做这些时，还开开心心地跟我说话，把杰姬的每件事都细细地讲给我听。她整日置身于这绝望之中，为什么还能保持这么轻松的心态呢？我真是好纳闷。

杰姬啐了一口。她这个招牌动作让我的心随之一跳。如今杰姬还是会时不时故态复发。露丝·安妮去厨房准备中饭去了，她前脚刚走，杰姬便响亮地用鼻子哼了一声。

“杰克丝，丹尼尔还好吗？”我努力转换话题，省得她又刻薄地攻击露丝·安妮。

她又啐了一声。

于是，我说起家常话来：“孩子们让我代他们向你问好呢。克莱尔正跟布里斯托尔谈恋爱呢。”

她又哼了几声。

“最近‘柠檬’来了没？”

我只听见一个“没”字。

“那这几天有没有人来看你呀？”

她嘀咕了一句“没有”。

露丝·安妮做好了午饭。她把餐桌摆得漂漂亮亮的。现在，要推杰姬到餐桌那里去了，能有点事干可真让我松了口气。露丝·安妮帮杰姬把饭切碎，然后便出去了。

午饭是特色鹅肝，这是我们姐妹都爱吃的食物，每次当我想要把饭菜喂进杰姬嘴里时，总因她的脑袋颤抖得太厉害而没办法塞进勺子。我只得站到她身边，让她的头靠在我的怀里，然后再用右手把饭送进她嘴里。

杰姬的舌头已经不听使唤了，她嚼得相当费劲，每吃一口都十分辛苦，吃完之后还得吸一口水才能把饭送下去。她一副不敢吃的样子，却又饥肠辘辘，我们只得反复重复着这个喂饭、吃饭的过程。杰姬一会儿就体力不支了，且因吃了太长时间，饭菜都冷掉了。最后，她实在是没力气继续吃了。

露丝·安妮过来一边清理桌面，一边又放了一张杰姬演奏的舒曼协奏曲的唱片。我们坐在那里默默地听着。我简直无法相信，方才需要我奋力喂食的杰姬，此刻在我身边浑身不受控制乱抖的杰姬，曾经演奏过如此的天籁之音。

杰姬睡午觉的时间到了。赶在她被推走前，我又抱了她一回，之后便离开了公寓。下楼到了大街上，我彷徨地徘徊起来——舒曼协奏曲的最后几个音符仍萦绕在我的脑海中。

一切似乎都已经失去了希望。

第三十九章

皮尔斯

1987年10月15日，是个星期四，露丝·安妮忽然来了电话，说杰姬的病情突然恶化了。我便赶紧和希拉里开车赶去伦敦看她。杰姬患了肺炎，说不了话，咽不下东西，眼睛也失明了。我们去时，露丝·安妮正把杰姬的身体翻过来靠着床边，替她按摩背部，为的是排出她肺部的积水。

我深知，能和杰姬独处对希拉里而言是多么重要的事情。因此，当露丝·安妮说要出去买东西时，我便主动提出开车送她。就这样，寂静的公寓里便只剩下杰姬和希拉里了。

希拉里

等皮尔斯和露丝·安妮都走了，我又不由得担心起来，万一杰姬咳嗽或呛着了可怎么办。杰姬不断地颤抖着，胳膊胡乱捶床，眼珠辘辘乱转，连耳朵都一抽一抽的。她的脚跟和胳膊肘都套了合适的垫套，以保护她不会因不断摩擦而引起疼痛。但是，身体的每一部分都在不停颤抖的杰姬，简直成了一个剧烈波动着的庞然大物。

那时，我刚刚从泽西岛回来，是陪茉特尔婶婶去的，她要把诺曼叔叔的骨灰撒在老家。当时，我租了一辆小车，还在“拉拉”那幢漂亮的房子里睡了一宿。

我开始唤起杰姬对“拉拉”农舍的回忆，那里曾是我们十分熟悉的地方啊！奶牛身上都披着防水布，我们还曾玩过谁先看到奶牛的比赛。我讲起了泽西岛的味道，田园诗般的天气，温润的粉红色花岗岩。我告诉杰姬，这趟回去，我还去了阿奇朗德尔，那里有红白相间的圆石堡，我也曾爬上巨大的花岗岩防波堤，仰望圣凯瑟琳防洪堤。

我又活灵活现地讲起了圣阿加莎街，那里是祖父祖母住过的地方。我说我开车走过了松林大道，绕过了海岸线，一直到了防洪堤那里。路很滑，我慢慢走下去，将手浸泡在海水里。过去，我们多少次在这里游泳和潜水啊！我还去了我们以前最喜欢的拉库伯海湾。我在山顶上停下车，一路顺着弯弯曲曲的小路往下跑，偶尔还能瞧见无花果树呢！

然后，我又跳到鹅卵石地面上，踩着咔嚓作响的石头继续往海边走去。我给杰姬讲起了温暖的风和大海的气息，想要她回想起脚趾里夹着沙子的感觉。

随后，我又去了我们的小海湾，那里原是我们的领地，我一直跑到下面藏着贝壳的岩石堆那里，把手伸到滑溜溜的海藻下面，抚摸着紫色的海葵，竟找到了宝贝贝壳、马蹄海螺和滨螺。我凝视着岩石滩，五彩斑斓的地衣、藤壶、帽贝和不断蹦跳的小虾都仍和我记忆中的相差无几，我倾听着过去岁月的声音。

在我讲了一会儿之后，杰姬便完全安静下来了，大睁着双眼，身子完全松弛，全身都不再发抖了。骤然间，我和妹妹重新团聚了，这是我们姐妹俩这些年来心贴得最近的一刻。我不停地说着、讲着，根本停不下来。

我引导着杰姬回想父亲用软木塞雕刻的小船，我们用沙子堆砌的水坝，还有我们在岩石堆里比赛和吃野餐的情形。然后，我又回忆起陪祖父祖母喝茶的往事，还有勒库特夫人的冰激凌和“床上的青蛙，床上的青蛙，一跳跳进草莓酱，床上的青蛙呀”。

儿时，我们曾在“拉拉”的农场里玩耍嬉戏，还骑过马呢，也曾去看布莱顿一家收土豆。玩过了这些，我们会再回到海边去，捡贝壳、游泳。还有会在退潮时抓鱼，去格恩齐家吃点心……真不晓得我一口气说了多长时间啊。

忽然，门闩响了一声，杰姬又抖起来了。

我握紧了杰姬的手说道：“杰姬，谢谢你。”

她自是没法回答，然而，这一刹那，我俩又重新密不可分起来，就像小时候躲在“炮弹废墟”里时那般密切。

次日清晨，当我在艾什曼斯沃思的家里醒来时，看到外面一片狼藉。凌晨时分，一场飓风横扫全国，我却毫无察觉，简直令人不敢相信。

当晚，传来了杰姬已无法进食且大小便失禁的消息。赛尔比医生替她瞧了，然后对露丝·安妮说，倘若杰姬能熬过今夜，那她或许还能再活上一个星期。但若依着露丝·安妮的心思，杰姬倒不如早点解脱的好，再拖下去只怕就要靠人工饲食了。

露丝·安妮星期一早早便打来电话，说杰姬已是弥留状态了。我和皮尔斯立刻便往伦敦赶去。

没有人陪在杰姬身边，只有露丝·安妮一人而已。杰姬几乎已经没法呼吸了，所幸神志倒还清楚。我们轻轻地拉着手对她低声细语，静静地流着眼泪。

眼前这个女人曾经是多么生机勃勃、强健有力啊！如今却即将离我而去，我与她之间的情结还没有解开呢。我又感到了一种失落、孤独、迷茫、困惑，以及压倒一切的悲哀。

我们俩共度了42年的时光，经历了无数悲欢离合，尝尽了人生百味。我深爱着她，又深受她的伤害。我以她为豪，也同她一起享受过极其快乐的时光。我曾渴望成为如她一般的艺术家，而她也曾渴望成为如我一般的多子之母，想要过上平平淡淡的生活。

中午时，丹尼尔也从巴黎赶来了，我和皮尔斯默默地吻了杰姬，然后便离开了，只留下丹尼尔单独与她在一起。

我和皮尔斯坐在车里，一时竟茫然无措起来，过了好长时间，才开车去了兰克斯特门酒店的咖啡馆。皮尔斯负责点餐。我俩相对无言，睁着双眼默默发呆。过了一会儿，女侍者又回来了，她将一只手搭在我肩头，问道：

“您还好吧？”

我们的食物早凉了，都发硬了，和我们本人一样冰冷而僵硬。

待傍晚回到杰姬的公寓里时，只见里面竟是人挤人的样子，这可着实吓了我们一跳。我惊慌不安起来——这段时光还是应该过得私密、宁静些才好啊。可惜，事与愿违，身为名人的杰姬必然无法过隐居人生，只是我对此尚无心理准备罢了。

第一批赶到的人有肯特公爵夫人、比尔·皮利斯和他儿子托尼，还有曾主持杰姬皈依犹太教的拉比、杰姬的医生列恩·赛尔比，以及她的朋友和一些音乐家。虽然有人放上了杰姬演奏的唱片，但大家却都一副该说什么就说什么的样子。

大约是我太自私了吧，总是无法想象屋里其他人的心情，唯一感受到的只有自己澎湃激荡的感情，我渴望能赶紧找个地方静一静。我深知，皮尔斯肯定也是这般感受。当初，母亲走时，因为是在家里，虽然那情形很凄惨，总算有我们一家4口在场，用我们自己的方式向母亲告别，所以心里还舒服些。我可真替丹尼尔伤心啊。他活似老了100岁，失魂落魄的，不愿同任何人讲话。这是情有可原的。可惜，虽然他想独自待一会儿，却时常有人过去问候、安慰他。

露丝·安妮替我们安排了最后的告别仪式。我们依次走进杰姬房中，按照露丝·安妮的吩咐，告诉杰姬自己是谁。她深信，杰姬此时仍能够听见。

我和皮尔斯分立在杰姬病床的两侧。生命即将终结之时，杰姬竟是一副平静如水之态。

稍后，露丝·安妮走了进来。我只当杰姬已经去了，原来她仍然处于弥留之际，只是失去了知觉罢了。身心俱疲的我们只得黯然离开了房间，这时丹尼尔走了进来。

最后陪在杰姬身边的人，是丹尼尔。

杰姬于8点30分与世长辞。站在人群里让我们感到别扭、不安，我和皮尔斯反而是最早离开的。往家走时，一路上，我们俩沉默无语。

皮尔斯打开了车载收音机，只听里面正在播报新闻提要："……大提琴家杰奎琳·杜普蕾逝世，终年42岁。"我们离开杰姬家才半个小时而已，竟已有人打电话通知了BBC。

"岩石屋"里也有一位护士听到了这条新闻，便将这消息告诉了父亲。我只当父亲会悲痛欲绝，谁知他竟是一副漠不关心之态，着实令人不可思议。原来，自从母亲去世后，父亲同杰姬的关系比以前更紧张。露丝·安妮解释说，杰姬一贯是要父母永远坚强的，因为她根本无力面对双亲生病的现实。

为了遵守犹太人的传统，杰姬必须得尽快下葬才行。

当我站在杰姬的棺椁旁边时，身边只有拉比一人，他意味深长的言语在我听来竟生出一种如释重负之感，心情重新归于宁静。孰料就在此时，忽然大门洞开，涌进来一大批名人，直到最后，我才看到了父亲、皮尔斯和琳。

这里并没有事先给至亲指定位置，因此，我们便挑了个能给父亲放轮椅的地方挨挤着坐了下来。犹记得，当时我还想，所有到场的女士里，只有我一个人没有戴帽子（按照英国风俗，女性在正式场合必须戴帽子。）。

杰姬的葬礼十分简朴，但胜在打动人心。拉比热情洋溢地为我们描绘出了杰姬生病前的样子——那也是我们所熟知的。他也讲了丹尼尔和杰姬的那段黄金岁月，说他们在生活和音乐上都是天作之合，因此取得了卓越的成就。

接着，拉比便讲到了杰姬生病后的黑暗情形：

她的肉身为疾病所囚禁，幸而她仍致力于发掘自己的新力量，开拓自己的新视野。生病期间，她亦取得了伟大成就，升华至崇高的境界，内心世界得到了大幅拓展，只是尚不为人所知罢了。

这位多发性硬化症患者身上带着一股安详、乐观的情绪，让她得以同疾病做斗争，终成为一个关于多发性硬化症的令人宽慰且难以置信的非凡传奇。

但是，我们亦无法否认，在那些受尽折磨的漫漫长夜里，她肯定亦曾有沮丧绝望、痛苦、悲伤和满腔怒火。所幸，这些负面情绪都已被她的幽默感、她为病友们的付出和她对人生的永恒热爱所抵消了。

作为罕有的那种能够福佑尘世之人，在我们的人生中，杰姬的地位是无可取代的。

阿瑟·奥肖内西如是道：

我们是音乐的创造者，
我们是幻梦的梦想者，
于孤独的碎浪边徘徊，
于寂寞的溪流旁静坐！
我们是尘世的失败者，是人间的弃儿，
披着一身苍白惨淡之月色，
却似乎永远都能够将这个世界——
震撼，激荡！

皮尔斯

为杰姬抬棺材的人中，以丹尼尔和平切斯·祖克曼为首。葬礼仪式一结束，他们便打头将杰姬的棺材抬出了教堂，众人则尾随其后，难免有一番推推搡搡、争先恐后。

因为我要照看坐在轮椅上的父亲，便落在了后面，待我们抵达墓地时，已经都是人了。见父亲来了，拉比便让大家让出路来，以便把轮椅推到坟墓前去。我推着父亲上前，谁知轮椅却因地面不够平整被卡住了，无论如何也推不动了。众人见状便又挤了起来。

那一天，我根本没办法能离杰姬近一点。

希拉里

杰姬下葬了，住进了漆黑、寂寞的坟墓之中。丹尼尔的花被抛到了棺木顶上。听说我的玫瑰也在，可惜我却怎么也看不到。我们肃立着倾听拉比吟诵，然后，按照拉比的要求，大家纷纷往坟墓里撒了土。

父亲虽然也努力这么做了，却因离墓穴太远，将土全撒在了外头。

整套葬礼结束后，大家纷纷散去。依照惯例，死者家属应该站在原地等候人们过来慰问。

深知丹尼尔不愿见我，我便想着还是快走的好。谁知我才要走时，一只手拍了拍我的肩头，原来是查尔斯·比尔。

“希拉里，你要去哪里啊？”

“我要回家了。”

“那可不行哟。”他边说边拉了我回去，同他一起排进了队伍里。

我们渐渐接近了丹尼尔。

轮到我们了。同我握手时，丹尼尔连眼皮都没抬，我只得又走到了他父亲恩里克面前，谁知他父亲也是一副不肯看我一眼的样子。

仪式的结束令我如释重负，我便跟说起话来轻声细语的查尔斯聊了起来。

我忽然觉得必须得再同杰姬说一声再见才好。天阴沉沉的，飘着细细的雨丝，我几乎是跑着回到了墓地里，不料竟见丹尼尔独自俯身待在那里。这情形令我的脚仿佛生根了一般，在与他大约相隔10码的地方动弹不得。

我一动不动地等待着，过了一阵子，他便徐徐转过身来，疲惫地走了。此时，我仍定在原地，满以为他走过时会对我视而不见。丹尼尔愈走愈近，仍是不肯看我一眼的样子。然而，就在我们擦肩而过的那一刹那，他忽然扑到我的肩头，抱头痛哭了起来——这些年来埋下的怨恨仿佛从未存在过一般。

我们之间的怨恨是从当年杰姬从美国打来那个疯狂的求助电话时结下的。丹尼尔很绝望，而我为了拯救妹妹又做出了种种努力。我之所以这么努力，是因为我做不到与杰姬和谐相处，同时也没有能力给她提供足够的帮助，因此生出了既内疚又困惑的情绪。丹尼尔生气倒也情有可原。所有这些都渐渐引发了我们俩之间的怨恨。

就在这一瞬间，那强烈的怨恨消失了。在这许多年里，这份感情都是至关重要的，然而如今却什么都没有了。我们哭了一会儿便分开了，丹尼尔离开墓地，而我走了进去。

墓地里面都是名贵的鲜花。我暗忖父亲肯定会很喜欢的，于是便回去找到他，又沿着小路把他推进了墓地。快要到达时，他说：“你妈妈坟上的鲜花还要更多些呢。”过了一阵子，我们又原路返回了，我仍没有找到我送给杰姬的玫瑰花。

回家的路无比漫长。那晚到家时，大家谁都说不出话来，一个个缄默无声。含着眼泪的我们，感情已经疲惫枯竭了。“岩石屋”的人热情体贴地迎接了父亲，这份关怀一下子便抓住了父亲的心。

我之前把车停在了皮尔斯家，如今孤身开车上路，我满心迷茫、面孔浮肿、鼻子堵塞、涕泗横流地返回了艾什曼斯沃斯。我是晚上9点15分才到家的，勉强从车里出来，一头撞进客厅，倒在了一张扶手椅上。

此时，特丽萨走了进来——在葬礼上，她走得比我早。见我瘫坐在黑暗中，特丽萨一言不发，只是把电视给我推过来并打开。此时，已经快要播报完新闻了，然后是天气预报。

忽然，平切斯·祖克曼、若泽·路易·加西亚和祖宾·梅塔都出现了，他们为杰姬唱着赞美诗。我全神贯注地看着，终于看到了她——那真是杰姬——刚刚与我分别了的杰姬，此时却栩栩如生地出现在了屏幕上。她同以前一样精力充沛，正在嬉戏玩笑，正在同音乐家朋友们谈笑风生。

这令我犹如当头一棒。

那天夜里，我到底是怎么睡着的，如今我是一点都不记得了。我只记得，当我次日清晨醒来时，只觉得如世界末日一般绝望。

R E V E L A T I O N

生离死别

第四十章

希拉里

杰姬走了。此后的报纸上难免会有一些文章是讲述她的。此时，妮可已经在伦敦上班了，便总将这些文章剪下来寄给我。我也是第一次知道了丹尼尔早已同来自苏联的钢琴家海伦娜·巴什基里夫在巴黎同居的消息，更得知他们已经有了两个小孩，这令我不由得大吃一惊。

不过，对于丹尼尔的"那一个家"一无所知的我，还是能够理解丹尼尔的。对他而言，能有一个家庭支持他确实至关重要。更何况，当时他照料杰姬时仍是尽心尽力的，新家庭并没有影响到他这一点。

丹尼尔有外室这件事，在音乐圈里可谓公开的秘密，杰姬是否清楚这一点，我倒是不知道，不过听说有一天，当杰姬用丹尼尔为她设的那条专用电话线给丹尼尔打电话时，竟听到了小孩的啼哭声。

之后的一天，丹尼尔来皇家节庆音乐厅举办音乐会。音乐会结束之后，他把海伦娜介绍给我认识。海伦娜见到我很开心，他们的两个小孩也都高高兴兴的，在演员休息室里追跑打闹。其中长子大卫与丹尼尔更是神似。我很为丹尼尔感到高兴，他经历了这么多年的痛苦折磨，如今终于能够拥有一个生机勃勃的家庭了。

皮尔斯

杰姬去世后3个月的1988年1月26日，即她诞辰43周年时，一场纪念杰姬一生的感恩仪式举行了。我开车带父亲、希拉里和琳去了威斯敏斯特的中心会堂。所幸那天并没有下雨，但一路上大家都不怎么开口说话。

在这次纪念仪式中，先有珍妮特·贝克夫人献唱，然后是英国室内交响乐团演奏音乐，接着有女演员乔安娜·大卫和珍妮特·苏茨曼的朗诵。祖宾·梅塔负责致辞。他缓步走上舞台，先凝视讲稿片刻，略作停顿后便开口了。谁知，他才念了几句便改变了主意，停下来收起了讲稿，面对观众，用颤抖的声音说道：

> 我实在没法念完我的稿子，我要把下面这个故事讲出来，我想说的一切都在这个故事里。
>
> 几天前，我去纽约指挥《埃尔加协奏曲》。当时，第三乐章就要演完了，我却无力再指挥下去。这时，大提琴手抬头问我："您是在想她吧，是想她吧？""是啊。"我说。
>
> 我最后一次与杰姬合作是在1973年的伦敦，此后，每每回想起来我便会心痛难当。打那以后，我便知道我再也不能指挥埃尔加的曲子了，因为没有人能比得上杰姬——她是不可取代的。我说不下去了，其实也不用再说什么了。

果真如此，祖宾此后再也不曾指挥过埃尔加的曲子。

仪式的最后，丹尼尔和乐团合演了莫扎特的《降B大调第27号钢琴协奏曲》，以示对杰姬的敬意。那是一场足以令人回味一生的演出。

希拉里

纪念仪式之后，有人告诉我，丹尼尔请我到演员休息室去。我便绕到后台去了，只听门后有人正说话呢。这时，有人走了出来，我便上前去问：

“丹尼尔在里面吗？”

“在，不过他正开会呢。”

“可是他说要见我啊。要不，我等一下？”

“您贵姓？我去替您转达一声吧。”

“我叫希拉里。”

那人转身走进了房间，很快，丹尼尔就把我叫了进去。他本打算替我向在场的人做个介绍的，可惜，我俩如同那日在葬礼上一样，很快便被眼泪淹没了，只能一味伤心地哭泣。其他人见状便悄悄出去了。

最后，当我终于开口说话时，丹尼尔的情绪却一下子又崩溃了。我估计这是因为我的声音和动作和杰姬非常相似的缘故，所以他一看到我便觉得心痛难忍。

杰姬的遗产给了丹尼尔，而大提琴则分送给了其他艺术家：大卫多夫给了马友友，棕色的斯特拉德则给了琳·哈里尔拉。不过，我并不知道戈弗雷勒和佩雷桑到哪里去了。

父亲如今还在“岩石屋”住着，就算到我家来也是一副不辨方向的样子。他倒是挺想回一趟老家泽西岛的，也经常跟我们到法国去度假，不过有人告诫我们说他走不了路了，需要专业护理，所以这样带着他并不明智。

1991年3月，乔伊在家里不慎绊倒，摔断了腿。从此她的身体便不成了，甚至自觉快要死了。她先住了一段时间医院，直到最后才回到艾什曼斯沃斯的家里，6月份便与世长辞了。

又过了4个月，父亲在“岩石屋”去世了。父亲临走前，听力仍然像杰姬一样灵敏，只可惜说话声很小，很难令人听见，且总是满眼惊恐的样子——他压根儿就没从母亲去世的打击中缓过来。

父亲很可能是我所认识的人中心性最敏感的一个，他无法抵御任何伤害，哪怕是不值得一提的小伤害也无力承受。再怎么微不足道的小事，都会如一支飞镖般扎伤他的心，令他受到折磨。他对别人的情感和想法特别敏感，难免给自己增加了负担，令他变得特别容易受伤，常常连反抗的能力都没有。

待父亲年纪渐长，他便在心里建起一道墙来——原本是为了自卫才建的，不想那道墙却变成了父亲的囚笼。父亲原是个才华出众、勇于面对惊涛骇浪、敢于攀登高峰峻岭的大男人，不料竟慢慢地被恐惧吞噬殆尽了。

皮尔斯

快过圣诞节时，我和一位朋友共进午餐，谈起了各自的爱好。我说喜欢用磁带录音，他便立刻问我磁带都放在哪里，我就如实说了，谁知他竟吓了一大跳。

“你就扔在阁楼上？连杰姬的演奏带都在里面？”

“是啊，”我说，“那儿是挺好的一块地方，磁带全堆在那里，这样小松鼠便可以在上面蹦蹦跳跳啦。”

考林却告诉我，磁带用久了会坏掉的，譬如变黏、变形、易碎，如果储藏方式不得当就更糟糕。因此，我得赶紧检查一下我的磁带，把它们搬到更好一些的地方去。

那天晚上我便把那些箱子全搬了出来，看着倒都还好好的，只是非常脏。我擦干净箱子，拿出了磁带，心想它们应该没什么问题的。此时，我刚买了一台DAT录音机，于是我便决定把所有的带子都拷贝到DAT上去，以防万一。

第一盘磁带是1971年录制的，当时，希拉里在英克朋艺术节上吹奏了亨特·约翰逊的《致无名战士》。音色十分明亮清晰，堪称完美无瑕，我犹如身临其境般将那场演出重温了一回。

以后的日子里，我便一盘一盘地翻录，到了最后一盘——这是我特意留着最后听的。这盘磁带录制于1973年2月，当时，祖宾·梅塔指挥新爱乐乐团演奏了埃尔加的作品。那是杰姬的复出音乐会，也是她最后一次在英国演出，但这是我后来才知道的。

我一定要独自欣赏这盘带子，不要别人来打扰，也不要和别人分享它。因为它非常特殊，会触动我的回忆——无比强烈、无比私密的回忆。我希望能够拥有自由的空间，以便把这份感情宣泄出来。

我特意清晨而起，那时我身边没有其他人。

醒来时，才5点钟，外面仍是漆黑一团。我悄悄下了楼，先煮了杯咖啡，然后便躲进了放着录音设备的餐厅里，小心翼翼地从箱子里把那盘磁带拿了出来，放到转盘上，再放进一盘DAT带子。之后，我戴上了耳机。

听到BBC播音员介绍演奏背景的声音，我不由得心怀感激：这盘磁带的音质和其他磁带一样好。首席小提琴手上台时，观众鼓起掌来。接着，掌声愈发响亮——这毫不出乎我的意料，我能想象杰姬抱着她那把大提琴登台的样子。

她调了一会儿音，略作停顿之后便开始了演奏。此时，她放慢了速度。几个小节之后，声音才又清晰起来。我深知这是因为什么。杰姬如她惯常所做的那样，在用大提琴说话呢。我能听懂她的话。她已经再也没有登上皇家节庆音乐厅那锃亮的木制舞台、面对观众演奏的能力了，只能在开阔的野外演奏，宛若置身于巨大的草场一般，面前便是坟墓。

除了她的琴声以外，四下里寂静无声，只有她孤零零的一个人。我的眼前只有她和她的大提琴，面对着空空的墓穴，她激情四射地演奏着。她深知，那就是她的坟墓。我几乎能看到她脸上挂着的泪珠，她是在与自己永别，是在为自己演奏《安魂曲》。

我望着窗外，此时，熹微的晨光洒在铺满沙砾的车道上，我的眼前却是模糊一片。

一切都已经逝去了。1961年，杰姬曾在威格摩尔音乐厅说了“你们好”，如今，她也已经用同样庄严的方式对大家道了“永别”。

R E D I S C O V E R Y

最新发现

第四十一章

希拉里

多发性硬化症，就是一种通过摧毁包裹在神经纤维外起隔绝作用的髓鞘质层来损坏中枢神经系统，以疤痕组织（就是我们通常所说的的“硬化”）来取代髓鞘质层，导致神经信号无法正常传输的疾病。虽然这种疤痕组织一般只集中于脑部和脊髓，但是它的破坏范围却遍及人体的整个神经系统。

医学界对多发性硬化症的诊断有严格的界定：第一，发作过两次，且对身体的不同系统产生了影响；第二，两次发作之间必须间隔一段不长的时间。

神经系统的任何部位都可能会受到此病的影响，因此，全身上下都有可能会出现此类症状。所以说，罹患这种疾病的患者的临床表现是不一样的。

公众对于杰姬多发性硬化症的议论有很多，有的说她是在事业下滑时故意放出这种消息以重新获得公众注意力；有的说她是不想拉琴了，想要体面地隐退。

杰姬知道，无论她发表什么言论，都会被报纸登出，所以她对自己的疾病一直缄口不言。譬如，如果她抱怨了一声手臂刺痛，那么所有手臂刺痛的人就都会怀疑自己是否患上了多发性硬化症。

皮尔斯

伦敦有一家很有名的神经外科医院，伊安 · 麦克唐纳教授是这所医院里最资深的神经科专家。他曾对我和希拉里说过，在英国差不多有8万名多发性硬化症的患者。这些患者大都是在20-40岁之间被诊断出来的，而且女性的发病率要远高于男性，但发病原因至今未明。目前，对这一疾病的研究范围已涉及环境、病毒，甚至基因领域，而且专家们在这些领域都已取得了切实的进展，但距离彻底治愈仍有很长的路要走。这种说法令我不由得笑出声来——22年前杰姬生病的时候，医生就是这么说的。

核磁共振技术于1983年运用于医学领域，它引起了医疗诊断的一次革命。从那以后，医生们不仅可以从影像上看到机能障碍的症结，还可以通过定期扫描来追踪疾病的进程。这项技术的运用大大提升了当时的医学水平。

医学界曾多次尝试将病毒分离出来，但都没有成功。有些专家以为麻疹和腺热是致病的原因，但有些专家却并不认同这样的说法。按理说这种病是非遗传性疾病，但有时一家里会有好几个人都患此病，也许是因为易感性会遗传吧。不管病因是什么——很可能是某种常见的病毒——一旦携带易感性基因的人接触到了这种病毒，那么体内就可能会产生非正常的抗体。譬如说，我们恰好就发现一个跟杰姬同辈的远亲也患有多发性硬化症。

绝大多数的患者在生病之初都会经历复发和缓解的过程。这意味着他们在受到此病侵袭后，通常会有看似已经恢复的经历。每一次再犯都算一次“发病”，复原之后再发作时可能会有相似或不同的症状。一段时间之后——这段时间因人而异，一般是八到十年——病情便开始不断恶化，这就意味着该病已进入了“第二期”。

我和希拉里很清楚，杰姬自打1973年被确诊为多发性硬化症之后，病情就持续且迅速恶化，不到一年半的时间，她便只能坐轮椅了，这说明她最初的发病时间一定比我们知道的要早得多。

我问麦克唐纳教授，压力过大是否会导致这种疾病？他说目前尚无这方面的证据。另外，杰姬不太怕冷，这也令我怀疑是否跟她生了病有关。但是事实却并非如此，反而是炎热的气候和剧烈的运动会导致症状加重。

因为失去行动和自理能力通常是多发性硬化症患者所面临的最大问题，因此一般在进行治疗时都会考虑生理方面的问题。但是，专门研究这种疾病对大脑的影响和随之产生的心理反应的神经学专家唐恩·兰登提出了不同的观点，他认为我们也应该关注患者的心理反应。现如今，针对患者心理反应的研究越来越受临床治疗和研究人员的重视。

听说很多病人最初的症状是记忆力减退和注意力无法集中，这令我们大感兴趣。心理障碍也会引发其他问题，这是多发性硬化症的研究者不愿承认的事情，他们生怕这会导致病人们灰心沮丧。不过，如今已经展开了大量针对心理方面的问题的研究工作，希望能够借此判断出多发性硬化症对智力的影响。

这种疾病既然是源于脑部机能障碍，那么是否会直接引起病人的痛苦或愤怒感呢？还是说病人是因为要忍耐变性疾病所以才会出现情绪上的剧烈波动？如今医学界尚无定论。还有一种可能性：在患者身体尚未出现症状之前，便有痛苦和过激情绪，它们是脑部出现机能障碍的征兆。不过，既然当时杰姬还能够把乐谱背得清清楚楚，能够完成拉大提琴所必需的每一个细微动作，那么就说明在她的身体出现多发性硬化症之前，她并没有出现重大的智力障碍。如此说来，杰姬的第一个症状到底出现于何时呢?

医书上是这么定义多发性硬化症的：表现方式多为语言机能障碍，包括交谈、阅读、说话和叫出别人名字的能力，在大多数时间里都是好的，受到影响的是记忆力、集中思想的能力、推理判断能力、解决问题的能力、理解力和预见能力。这些都被兰登称为“潜艇分子”，因为人们在同多发性硬化症的患者交谈之后，发现他们的语言能力丝毫未受到损伤，于是便认为他们是安然无恙的。但其实在这“一切正常”的背后，隐藏的是患者的推理和记忆能力都已经开始出现偏差了。不过研究也显示，脑部的机能障碍所引起的可能只是暂时性的认知缺陷，过后又会消失，这个过程不一定就会一路恶化下去。譬如兰登给我们举了一个例子：一位做银行职员的年轻女子曾有过一次严重的病情发作，拍片子时，她脑部左侧出现了机能障碍，影响了她的数字和计算能力。但是，三个月后，她的计算能力又恢复了。再拍片子时，医生发现那处机能障碍已经消失了。

列恩·赛尔比是我们的好朋友，我同希拉里也曾和他见过面。多年来，他一直担任杰姬的私人医生一职，在杰姬生病的整个过程中对她关怀备至。他说自己于1970年第一次替杰姬看病，当时她想要除掉身上的12颗黑痣。

“当时是丹尼尔在爱丁堡艺术节上给我打的电话，说想请我帮忙，因为当时他们正要去澳大利亚，没时间进城了，所以让我到希思罗机场去替杰姬瞧瞧。在机场，丹尼尔东奔西跑地忙于确认预订好的机票，我便四下寻找能替杰姬检查的地方。最后我们是在女厕所里检查的。其实我没发现那些黑痣有什么问题，只是因它们存在恶变风险，所以杰姬还是觉得除掉了更放心些。我答应了之后，他们便去赶飞机了。”

赛尔比医生替杰姬介绍了一位在大学医学院附属医院整形外科里工作的医师，他于1971年2月时替杰姬进行了麻醉手术。当时，杰姬刚过完26岁生日，几天后爸爸便被查出了癌症。

术后，杰姬一直说左半边身子发麻，直到好几日之后这种感觉才完全消失。

希拉里

如今回想起来，赛尔比医生这才能确定，杰姬当时手术后的身子麻木可能就是多发性硬化症开始的信号。这令我怀疑她的情感危机和精神的彻底崩溃都是因为生病才导致的。她从未跟我们说过她做过祛除黑痣的手术，但是，手术后不久，她就从美国打来了那个疯狂的电话。1971年春天时，她便回国住到我们家里来了。

皮尔斯

1973年10月8日，杰姬第二次去找赛尔比医生看病。此时，离她在卡内基音乐厅里举办那场她当时竟无法把大提琴从琴盒里拿出来的致命音乐会已过去了八个月。赛尔比医生把那次看病的记录念给我们听：

她说自己一年前就发现手不太好使了，她没办法按住大提琴的琴弦，右手也很难握牢琴弓。四个月前又出现了双腿酥软麻木的症状，另外，她还说左眼时而会发花，但不是持久性发作。她的话令我怀疑她患上了多发性硬化症，我便介绍她去了神经科医生里奥·兰格那里，那位医生证实了我的猜测。

我问他：“有没有这种可能性，即杰姬其实在更早的时候就患上了这种病？另外，如果发现得更早些，能否阻止病情恶化呢？”

“我们的确遇到过十七八岁就患上多发性硬化症的人，但是极其罕见。且即使发现得更早，情况也好不到哪里去，因为直到今日我们仍无法对这种病对症下药。我们所能采取的治疗就是‘见招拆招’，不过类固醇确实对很多病人都具有疗效。因此当年治疗杰姬的标准疗法仍然大行其道。那时，我只能一心盼望她的病能够得到缓解，并为她祈祷，只可惜天不遂人愿。”

“您当时是怎么跟杰姬说她的病情的？”

“就是努力跟她解释清楚，告诉她什么是多发性硬化症，得了这种病会出现什么症状，也跟她说只发作过一次的，以后再也没有复发的人也是有的。医生通常是不会说那些阴森可怖的事情的，毕竟很多病人都能够战胜病魔，何必非要把他们吓个够呛呢。多发性硬化症算是医学界最变化无常的病啦。”

我又问杰姬是否属于“好伺候”的病人？

“她很少会抱怨，总是一副不把病情放在心上的样子。但我想她可能还是会害怕担心吧，不过见到我时她总是露出笑容以示欢迎。你也知道我们俩非常要好，说话的口气与兄妹无异。杰姬自始至终都没有失去她的幽默感，常会讲搞笑的故事给我听。”

我们谈话的主题渐渐转向了缅怀杰姬，大家纷纷回想杰姬那份天马行空般的幽默感和她做出来的那些精彩绝伦的搞笑事情。然后，赛尔比医生凝神注视着虚无：

“我认为，这种病的起因到底是什么，很快就会被揭秘出来的，只可惜独自面对这种病痛总会让人有力不从心之感。她每次来找我看病，其实不过是聊聊天罢了，因此每回她走时我都不禁自问，我到底为她做了些什么呢？这种无能为力感就像被人反绑了双手，但她却坚持说这样聊聊天对她来说非常棒。”

哈奇克医生曾经是我们住在波特兰大街时的家庭医生，他也在爸爸供职的研究所里任医疗顾问一职。当我们再遇到他时，他提醒我说，第一次见到我们俩时，我正和希拉里从楼梯扶手上往下滑呢，还险些撞到他。

1969年，妈妈曾带着24岁的杰姬去找哈里奇看病，那时她已经嫁给丹尼尔两年了。当时，杰姬刚刚跟丹尼尔从澳大利亚巡回演出回来，她跟妈妈说自己经常尿急，尤其是在开音乐会时，这令她深受困扰。我们家族是有膀胱炎病史的，妈妈就常年受此病折磨。后来杰姬也坚持吃了一段时间治疗膀胱炎的药物，只可惜丝毫不见好转。

当时，哈里奇医生听了她们的病情叙述后，便猜测杰姬得的可能是神经性的膀胱病，即由神经系统功能障碍引起的尿频尿急，并非膀胱真的出了问题。于是他便将杰姬推荐到神经科医生安东尼·伍尔夫那里去了，伍尔夫医生证实了哈里奇医生的猜测十分正确。哈里奇医生当时便想到，这也许就是多发性硬化症的一次发作，但因为杰姬只说了自己的膀胱有问题，其他只字未提，这令他无法确认自己的判断是否正确，只得缄口不言了。

“杰姬的多发性硬化症挺古怪的。如果一个年轻妇女来跟我说她眼前雾蒙蒙的看不清楚，那很可能就是多发性硬化症的第一个信号。但是杰姬却只是膀胱有问题而已，并没有其他症状。”

希拉里

我们挨个问了每一位医生。杰姬的多发性硬化症的得病时间似乎比我们原以为的早了很多。

皮尔斯

接下来我们便去拜访了眼科专家约翰·安德森。他曾于1964年春天时在威格摩尔音乐厅见过杰姬，那时杰姬才19岁。他会去音乐厅，是因为凯特比尔正在那里演出，约翰·安德森是应她先生查尔斯之邀才来的。

约翰随身带了一口袋糖。中场休息时，他看到一个年纪轻轻的金发姑娘大模大样地沿着过道走来了，四目相对时，约翰拿出糖来问："吃一粒糖吗？"那姑娘拿了一粒道："多谢您。"

查尔斯目送那姑娘大步离开，然后问约翰："你瞧出她是谁了吗？那就是杰奎琳·杜普蕾。"

约翰是个非常喜欢弦乐的人，会定期在家里举行室内音乐派对，也曾邀请过许多著名艺术家来演奏。他的笔记本上留下了许多客人们的姓名和演奏曲目，令这个本子犹如一部《名人传》，连俄裔美籍小提琴家海费兹都收录其中。杰姬第一次有机会来此演奏，是在1964年5月27日，那次她拉了海顿、莫扎特、贝多芬还有普塞尔（英国作曲家）的《恰空舞曲》。这个本子上大约出现了二十次杰姬的大名，有一回竟是倒着写的，充分体现了杰姬的风格。

在杰姬跑到伦敦力求自立的那些年月里，她很快便与约翰成了挚友，且与约翰的哥哥罗伯特也十分要好，常会在一起演绎二重奏，到圣诞节时还会到巴特医院的病房里去为病人们演奏。1965年一整年，杰姬经常去参加约翰的室内音乐派对，直到她动身前往俄国拜罗斯特罗波维奇为师。

杰姬是1966年6月从俄国回来的，一到家便说要到位于高霍尔邦的默菲尔德医院去找约翰给她看眼睛。她告诉约翰，自己两只眼睛的视线无法保持一致，但对别人说的却是视线模糊。但是，等她真到默菲尔德找到约翰时，又什么问题都没有了。

就是那一次，杰姬染上了腺热。

就在这次我们再见约翰时，他说那时他给杰姬做了个体检，她肯定是没有所谓的球后神经炎（即视神经发炎）的，要不然他当时便会疑心到多发性硬化症了。其实他当时根本不认为杰姬的眼睛有问题。

自从杰姬认识了丹尼尔，便不再和约翰联系了，而是被一阵风似的卷入了另外一个截然不同的社交圈。与此同时，约翰也远走非洲，到那里去安居乐业了。他们俩偶尔还会通通信，直到1979年方才见了匆匆一面——约翰说那是杰姬刚刚出现了婚姻危机的时候。但也正是那一次见面，杰姬对约翰说了两件惊天大事：一、她的婚姻完蛋了；二、她深知自己就要瘫痪了，再也没办法拉琴了。

可是，她的多发性硬化症却直到两年多以后，方才被诊断出来。

皮尔斯

时至今日，治疗多发性硬化症都有一个不可或缺的部分，那便是针对病人和病人家属双方面的咨询服务。但是这在杰姬生病那会儿是没有的。一来我们并没有刻意去寻求咨询，二来也确实无人提供这种服务。如今回想起来，我深信，倘若当时我们能得到一个好好表达自己焦虑的机会，我们肯定就不会觉得那么孤立无援了。

虽然目前尚无科学依据可以证明心理分析到底是否能对多发性硬化症患者起到辅助疗效，但它却可以为杰姬提供一条至关重要的生命线。我一直怀疑杰姬当年去找利曼塔尼咨询时根本就是聊天去了，并没有做什么心理咨询。我们都不知道杰姬到底对这种心理治疗有多么依赖。

另外，如今人们发现当年杰姬在洛克菲勒研究所里所忍受的那种治疗毫无用处。不过即使如此，因杰姬拉大提琴是需要手部细腻灵巧、驾驭自如的，所以就算在今天接受治疗也仍然无法恢复拉琴的能力。

希拉里

朱莉亚·西格尔既是作家又是一名生活顾问，因此我在与她见过面之后，觉得胸怀骤开，要是当年杰姬生病时我们就能认识她该多好啊。朱莉亚第一次接触到多发性硬化症的患者，是当年她在为一家名叫ARMS的慈善机构工作的时候，那是一个由病人、家属和医生共同组成的自助团体，互助的重点是患病之后该如何生活下去，对该如何治疗反而不大看重。他们很快便列出了哪些事项该优先考虑，名列榜首的便是物理治疗和饮食疗法。朱莉亚也是被人介绍过去提供咨询服务的，当年“咨询服务”尚属时新理论。朱莉亚的著作有两本，一本是《父母患多发性硬化症后，孩子该如何应对》，一本是一个小册子，讲的是对多发性硬化症的情感反应。

除了隐去了关于基弗的那一部分之外，我将我们的故事对朱莉亚和盘托出，她边听边说了些自己的看法。对于我们与杰姬相处的过往经历，她竟能理解得如此透彻，着实令人宽慰。然后，我告诉朱莉亚，杰姬经历了“婚姻危机”后从美国跑回家里，情感一下子便崩溃了。

小时候，杰姬曾在“炮弹废墟”里告诉我，长大以后会变成不能走路的人。如今回想起来，难道杰姬是在9岁的时候便患上了多发性硬化症吗？朱莉亚说倒也见过小孩生这种病的，但非常罕见。

见过朱莉亚的那天晚上，我坐火车返回纽伯利时感到心情十分沉重。“炮弹废墟”里的情景总是挥之不去，杰姬的话一直在我耳边回响，一个9岁的小姑娘说出这样可怖的言语，无论如何也不可能是胡编乱造吧。

如果那时杰姬能够认定一个医生，让他一直看下去，让他掌握自己所有的情况，那么也许她的病便能早一点儿被诊断出来了。

杰姬的多发性硬化症到底是何时第一次发作的，如今我们永远也找不到答案了。现在我也明白了，这个答案并不重要。但是，如果杰姬最初一次发病的时间比我们所知的要早得多——这种可能性颇大——那也就意味着，在那些恐怖的症状出现之前，其实她就已经在同未知的病魔做斗争了。

第四十二章

希拉里

有一次，弗雷德兰德拉比在马路上遇到了杰姬和丹尼尔。拉比就住在鲁特兰花园街入口处的犹太教堂楼上的公寓里，因此杰姬可以上楼去找他。所幸，拉比家的电梯刚好能够放得下她的轮椅。不过尽管如此，通常情况下都是拉比每礼拜到杰姬家里去探望她一次。

如今我和皮尔斯也打算联系一下这位拉比。自杰姬下葬之后，我再也没见过他，但是他为杰姬写的那般深情隽永的悼词，仍时常萦绕在我的脑海之中，因此我一直很想当面向他表达感谢。

皮尔斯

拉比便同我讲起了和杰姬共处的那段时光。

他为杰姬读过《旧约》。“杰姬很喜欢讨论《圣经》里的人和诗歌，她也许会这样评价：‘约瑟夫真是个骄纵的小孩子，单外衣一项，就有那么多不同的颜色。’认为她是虔诚的犹太教徒的看法是完全错误的，她只是有很多朋友是犹太人，所以跟犹太人的圈子走得比较近而已。皈依当然能够给予杰姬一些归属感，但她对任何形式的狂热——狂热的犹太教徒也好，狂热的基督教徒也罢——都是非常厌烦的。她的宗教其实是音乐，至于其他，对她而言都是退而求其次的。”

杰姬曾告诉弗雷德兰德拉比，她一直有好好修习文学的心愿，不幸却未能如愿以偿。听到这样的话后，拉比便请了人来替杰姬朗读莎士比亚的著作，有时也会读些诗歌，读过之后，大家还会边听音乐边讨论这些文学作品。

我问拉比：“杰姬为什么会那么恨家里人呢？”拉比停顿了一会儿，我自然也明白这问题是极敏感的。他答道：“有两件事情曾经严重破坏了杰姬的心情，其一便是妈妈告诉杰姬，她是因为背叛了对基督教的信仰才会生病的。其二，则是你竟然寄了一本《圣经》给她。”

这可真把我和希拉里吓了一大跳。我没有给她寄过什么《圣经》啊。

见过拉比之后，我方才从露丝·安妮那里听说了此事：当初杰姬确实收到了一本《圣经》，且还附了一封信，信上说只要杰姬肯放弃犹太教，回过头来重归基督教，那么，她的病就会痊愈。这封信是杰姬亲手拆开的，她看过之后又惊又怕，受伤至深。

希拉里

我们之所以要写这本书，是因为一封我所写的“给我挚爱的母亲”的信。那时妈妈已经过世8年多了。信是我手写的，因写信的时候可以对母亲无所不谈，所以写的速度远跟不上我的思路。记忆的闸门打开了，于是关于我们和杰姬的生活点滴便如潮水一般涌了出来。在我写信的那4个月里，没有一个人看过我写的信，哪怕是基弗都浑然不知。最后，我一个人写完了它。

然后我便让皮尔斯到艾什曼思沃斯来，舒舒服服地在音乐室里坐下，然后看我所写的长信。3个钟头过去了，我回到音乐室，问他要不要咖啡时，我才发觉原来一个男人竟也可以哭得这么厉害呢。

“是啊，”他说，“你写得很真实。”

如今我是一定得跟丹尼尔谈谈才行，毕竟他是杰姬生活中的重要角色。于是我便给他去了一封信，问他是否愿意见面聊聊杰姬。因我不敢肯定他是否愿意，所以也没太指望能得到回复，谁知到了1995年秋天时，有一天，忽然一通电话打进来：

“希拉里，你好。”

丹尼尔的声音很特别，因此我一下子便听了出来，不由兴奋地尖叫起来：“是丹尼尔啊！听到你的声音真是太好了，我挺好的，你怎么样？”

他顿了顿，接着说他收到我的信了，愿意同我见上一面。

因丹尼尔下周正好要来伦敦几日，于是他问道：“礼拜一晚上6点，到海德公园见面怎么样？”

那日我去得非常早，足足提前了一个钟头，因此我只得在接待处来回徘徊，紧张得要靠不断进出女厕所来打发时间。我站在衣帽间里那张铺着轧光台布的梳妆台旁，看着那些点缀在桌子上的粉红色的玫瑰花，不由得又记起了我在杰姬葬礼上为她挑选的鲜花。我瞪大眼睛，盯着镜子里的自己发愣，简直可以看到种种可怕的念头从脑袋里穿梭而过的样子。自从当年在法国同郁郁寡欢的丹尼尔同住了几日之后，我只要跟他待在一起便会觉得尴尬。

我盯着镜子，默默琢磨着我想要跟丹尼尔说的话。忽然，杰姬的面孔仿佛与我的面孔在镜中重叠了，我们俩四目相对。只可惜这时衣帽间有服务员走进来了，打断了我的白日梦。我瞥了一眼闹钟，与丹尼尔见面的时间到了。

前台替我联系了丹尼尔。

“希拉里！”

我转身看时，只见这个昔日在我妹妹的生活中有着举足轻重地位的人，此时就站在那里朝我微笑。我们俩情不自禁地紧紧相拥，这令我一下子便生出对他的亲近来。

我们在舒适的椅子上坐下，他抽起了巨大的哈瓦那雪茄，烟雾袅袅将我包裹在其中。他拼命挥手，生怕烟熏到了我：“实在不好意思，对不住！”

我们俩沉默着，都在等对方先开口。

“丹尼尔，你不愿谈论私事，这我是知道的。所以，如果有的问题你不乐意回答，我也都能够理解。”

他点了点头，又深吸了一口雪茄，似有几分走神。

他说：“没有关系，有时我也会谈谈杰姬，但有时还是不说为妙。我现在倒是愿意说说她的事情，不过兴许明天就不愿意说了。”

这是我见到过的丹尼尔最放松的状态了，但遇到他不愿多说的问题时，他还是会直愣愣地看着我。我最爱听他说杰姬，说杰姬发自本能地擅长音乐、无比坚定地执着于音乐。

我问起了他们第一次在傅聪家见面的事情。当时他们俩并未说话，只是一起演奏罢了。追忆往事，丹尼尔乌黑的双眸顿时明亮起来。

“我当时非常惊讶，既是为了杰姬的个性，也是为了她与音乐之间的那种融会贯通、浑然一体。她和音乐的关系可谓激情四射，且又懂得抑扬顿挫，她还可以彻底摆脱乐器的局限性。从未有过杰姬这样的大提琴演奏者。”

我们俩都笑了。

“有些人怪我母亲把杰姬逼得太紧了，这你也是知道的。妈妈听到这样的话后非常伤心。”

“我跟你说”，他边说边从椅子上探过身来，“杰姬是从不会做自己不愿意的事情的，因为她完全相信自己的直觉，从来都不肯怀疑自己的直觉。所以她拉琴的风格才会那么率性。她拉起琴来就像端起一杯水一样自然，没有什么能动摇她对琴的追求……”仿佛千般记忆都涌上了心头，他露出了真心的笑容，顿了顿，又深吸了一口雪茄。此时他已经快把那支烟给抽完了。

“你也发觉了吧，大部分搞音乐的人都不过是把一部分生活献给音乐，以用来练琴和演出罢了。但杰姬不一样，音乐就是她的生活，所以她根本没有给其他事情留什么时间。她就是与音乐同在的。”

丹尼尔又说，大凡敏感之人，不是“耳聪”便是“目明”的。那些看了毕加索的画作便心潮澎湃的人，对音乐往往毫无兴趣；反过来也是一样。杰姬是个百分之百（原文此处是“百分之九十九”，但感觉中文里这么说很怪，所以改为中式说法，意思不变。）的“耳聪”者。

“且在音乐之外，她对其他事情的直觉也是令人深感不可思议的。譬如，她才见到一个人，便会对这个人有个大致看法，等再相处五分钟，基本上就可以对这个人下定论了。”

“其实你和杰姬根本就是来自不同的世界，对吧？”

他没有回答。

“我是说，杰姬是从英国乡下来的，其实没有见过大世面。但是……”

他截住了我的话头：“这倒是没有错，不过正因为如此，她才显得这样吸引人……”他移开目光：“我有些话想要对你说。”说罢，他便紧紧地靠近了我，重新换了一个话题。

“人们都以为音乐是真实存在的事物，其实呢，埃尔加的大提琴协奏曲并不是真实存在的。它只不过是一个客观存在的实体，一旦创造出来了，只要放进柜子里就好，之后还能把它再拿出来。音乐则不然，只有作曲家在写谱子时，它才会短暂地在他脑子里逗留一会儿，等写下来了，也不过是又在纸上的五线谱里停留一阵子罢了。因此，只有当它被演奏时，它才是真实存在的。所以，当一个人演奏时，一定要懂得，自己是在把那些音乐做具象化处理，将它们具体而绝非抽象地带到这个世界上来，若没有人演奏的话，它们是无法驻留在人间的。因此音乐只有在被演奏的瞬间才是存在的，演完了便没有了，当然啦，录制下来的除外。”

我被他的话深深地吸引住了。

“杰姬天生便有这方面的直觉。不管什么时候，只要她拿起大提琴，便可以完全按照自己想象中的方式把音乐带到这个世界上来。所以她才会有那么浑然天成的表演。她是从不会为‘我该怎么演’而担心的，也根本不用为了演奏大伤脑筋，只要感觉到了音乐，她便能自然而然地找出音乐来。她每演出一次，我便会为她惊艳一次。”

我说：“杰姬的毛病可能是压力过重引起的。”我们这么说也是有依据的，但他听罢却非常不快。

“一派胡言，倘若你真心喜欢音乐，一个礼拜演奏三四次怎么能是压力呢？那些说什么杰姬活在重压之下的话都是谗言。对她而言，再也不能演奏了才是真正的压力！”

“你想她吗？”

他沉默了半日，缓缓说道：

“很想很想……直至今日，每逢来伦敦，我都会生出些奇怪的感情来。”

“你去她墓地看了吗？”

“没去，我不想去。”他耸了耸肩，“连我母亲的墓地我都没去过。”

然后又是一阵令人尴尬的沉默，这时，有一位钢琴师开始在我们背后弹起震耳欲聋的爵士乐来，活活赶走了我们俩之间那种亲密无间的气氛。

丹尼尔该告辞了。我说谢谢他，谢谢他对杰姬那么好，哪怕她生病了也不改初衷。只是，那段时间他又是如何熬过来的呢？他用那双乌黑的眼睛深深地看了我一眼。

“我告诉你我是怎么熬的。那段日子确实非常难熬，但如果我熬不过来的话，我也就没法活了。其实干脆不要去面对，这才是最容易的，但我不愿意让自己活得那么懦弱。”

后来，到了1997年时，我曾到阿尔伯特音乐厅去听了一场丹尼尔指挥的音乐会。是妮可陪我一起去的。演出开始前，我们先去了一趟演员休息室。我站在入口处，看着丹尼尔转过身朝我走来。不料，他看到了妮可，然后一下子怔住了。妮克长得神似杰姬。我记得当时，丹尼尔就好像是猝不及防地被回忆捅了一刀似的。

当年，当杰姬被迫放弃拉大提琴时，她后来的日子又是怎么过的？我不敢过多深想。无怪乎她会变成一副尖酸刻薄、动辄发怒的性子，只可惜我们一点儿也帮不上她，只得眼睁睁地看着她陷入孤单和绝望的深渊之中，独自挣扎，无法获救。在我看来，正是因为杰姬那既脆弱又骄傲的性格，再加上生性桀骜不驯，所以才令她难以为人所亲近。

EPILOGUE
尾声

皮尔斯

过了这么多年之后，1996年，我和希拉里打算到杰姬的墓地看她。我们开车去了歌尔德斯园，两人一路无言——谁也说不出话来。仿佛有一股巨大的冲击力一般，关于那场葬礼的记忆又重现在眼前。

当时，我竟有种自己是个客人的感觉，完全同葬礼无关。我发觉，自己竟很想大吼一声：“你们都走吧！都出去！她是我姐姐，又不是你们的姐姐！”

此时此刻，巨大的愤怒、感伤和失落感错综复杂地交织在一起，酿出了我充满痛苦的眼泪。

希拉里

我俩沉默地穿过会堂。我靠墙而立，眼前有一部覆盖着破破烂烂黑布的推棺材的车子，我觉得惊诧莫名。因为在我看来，它不该在这里，而是应该摆在里面的啊。

我推开了那扇通往会堂的门——我最后一次和杰姬在一起时，便是在这里。如今我却变成了孤零零的一个人，只有身边的长椅和我的记忆相伴。我至今仍清楚地记着杰姬的灵柩覆盖着布幔的样子，我就是在这里与她告别的。

我走回皮尔斯的身边，两人一起慢慢朝墓地去了。

杰姬的名字是金色的，刻在庄严肃穆的蓝黑色花岗岩墓碑上，在初秋的阳光下闪闪发光。墓地里的玫瑰花是杰姬特意从玫瑰种植专家彼德哈克尼斯那里挑来的品种，现在，则以杰姬的名字命名了。当时，她眼睛已经看不清楚了，只能凭借花的香味来挑选玫瑰花，它们活生生地再现了杰姬的那份绚丽狂野、自由不羁的气质。

站在墓地里，我环顾四周，心情渐渐恶劣起来。为什么杰姬会在这个没有亲人陪伴、没有朋友、没有任何美好可言的地方？此地既无令人窒息的美景，也无悦耳动听的音乐。念及此，我赶紧控制住了自己的思绪。她似乎和每一个她热爱过的地方都割断了联系——我原是想着让她和母亲葬在一起的。

在我们家里，亲人之间的关系向来是亲密无间、彼此依恋的，不用说便能够感受到对方的心思。而且，我们都从母亲那里获得了参悟人生的能力，因此，一贯是凭借直觉来为人处世的。

后来，我家原本十分平衡的关系被杰姬日益显露的才华打破了，因为我们必须竭尽全力培养她那份才华。母亲带头，我们合力支持杰姬，眼看着她在舞台上慢慢地大放异彩。这样一来，杰姬逐渐成为家里的焦点人物，且是第一重要的——这一点很自然，而且也毫无争议。

我虽然一生都认为杰姬是天才，但却并没有明白天才的真正含义。直到有一天，我特意查了字典，第一条定义是这样说的："一个无论是好是坏都对他人产生极大影响的人。"还说，"天才是一种无形的化身或象征。"这样来形容杰姬确实是再准确不过了。

这种感觉难以言传，却使我们把杰姬看得高高在上。其实，那个身穿蓝色丝绸礼服，在音乐会结束后蹦蹦跳跳地跑向我们，步子迈得既笨拙又活似男人的姑娘，与舞台上的那个人截然不同——"她"才是牵动我们内心感情的杰姬。

我们是一家人，所以我们把杰姬的天赋看得很自然，也很正常。直到如今，我才知道，原来天才是非常罕见的，他们压根儿不同于常人，他们被身体里的某种未知的力量驱使着，所以根本不可能强迫他们过普通人的生活。我们只能被她所掀起的惊涛骇浪卷着往前走。

只有在一个不同寻常的特殊环境里，天才才能够茁壮成长，但必须是有天分的人才能够创造出这种环境。母亲因为接受过系统的音乐教育，且本身又具备一种本能的体悟能力，所以能够为杰姬创造出一个她所需要的成长环境。而父亲一贯听母亲的，于是便顺势成为我们家的经济支柱。

杰姬的天赋令她容易受伤，但也因而令人渴望能够保护她。譬如，很多男人都会因为爱上了她的美丽、狡黠、幽默和独特气质而希望成为能够照顾她的人。随着杰姬的名气传播得越来越远，似乎半个地球上的人都渴望能够照顾她。她这个人也好，她的才华也罢，都成为偶像了。人们的激情——或者说是狂热——完全被她的演奏激发了出来，后来，这种情感又被杰姬的不幸命运所激发，而且是同样热烈——大家都希望成为支撑她熬过可怕疾病的人。

在遇到基弗以前，我一直以为这辈子无论杰姬去哪儿，我只要把杰姬照顾好便是完成了任务。不料我是更爱基弗的，爱的力量竟令我跌跌撞撞地从原先赋予自己的宿命生活中挣脱出来。

许久以前，我的日子过得随心所欲，直到杰姬从美国打来了那个求救电话。她一下子便把我推进了过去的生活模式之中，我也毫不犹豫地同意了。

我深知，自己对杰姬已竭尽全力，但她却死了，这给了我无法遏制的挫败感，令我觉得自己到底还是没能救得了杰姬。

母亲也有过这种感觉。她无微不至地照料着杰姬。杰姬18岁那年，当她竭尽全力培养出来的孩子想要展翅高飞时，母亲勇敢地放飞了她，让她去见世面。谁知，后来母亲竟成了杰姬患多发性硬化症的替罪羊，人们纷纷说是母亲剥夺了杰姬的正常童年、正常教育，害得她没有朋友。甚至还说母亲把自己未实现的梦想强加给了杰姬，导致杰姬压力过大，郁郁寡欢，这也就难怪杰姬会得多发性硬化症了。

可怜的母亲心都要碎了，她去世之前，足足承受了13年这样的冤屈。在最应该收获感谢的岁月里，母亲却被外界的贬损弄得遍体鳞伤。杰姬是偶像，因此，她生病也好，去世也罢，都会引起极大的同情，这就像她的演奏不管是过去还是如今，都能够引起听者共鸣一样。

但是，培养杰姬的人是母亲啊！没有母亲，就没有杰姬，当然更不会有那些令人无限推崇的音乐。

其实，母亲根本就不曾逼迫杰姬，反而是外人总在逼她。和其他家人一样，母亲所做的一直都只是尽力追上杰姬的脚步罢了。

立在杰姬的坟墓旁边，我久久无语，心里想着倾注一生心血栽培杰姬的母亲。其实，同杰姬一样，母亲也是个天才。

皮尔斯近日看到了一句话：

在一个家庭中，至少应该有3个小孩才可以。这样，如果其中一个是天才的话，另外两个就可以支持他了。

我和皮尔斯沉默地站在杰姬的墓边，看着巨大的花岗岩石板上摆着的几块小石头，我们以这种传统的方式来表达敬意。

其实，在我看来，杰姬根本就不在这座坟墓里，而是在我的记忆之中，在那些我们俩曾经共享的特别的所在之中。但对于皮尔斯而言，就远非如此了——他连最后一次与杰姬独处的机会都没有。

半晌，皮尔斯终于转身道：“我总算可以与杰姬道别了。”

我们紧紧地拥抱在一起，擦干了因解开心结、放下重负而流下的眼泪。

我说：“终有一日，我们还会再回来的，那时，我们便从各自最中意的地方带来小石子放到这里。那些石子会说：‘还记得吗，我们曾经是在一起的？’”

DISCOGRAPHY
附　录

唱片编目

即使音乐家不再录唱片，为唱片编目的工作依然不像为画家编目那样好做。知名录音棚的录音变化不大。不过，对于摆在阁楼积灰尘的音乐会录音带或其他用于广播的作品，谁能说得清到底是适于发行还是“非正式”的带子？

因此，这份目录中，这类CD只列出1997年8月前发行或曾经发行过的CD——我私下揣度着，即便是最心不在焉的侦探，也能发现更多这样的资料。

对于杜普蕾专属公司EMI录的CD（还有两张CBS/SONY和DG“一次”发行的作品），我决定把目录号码尽可能减到最少。唱片目录绝不会一成不变。有的唱片发行后，一度绝迹，之后再以新的编号上市，曲目编排往往不一样。

杜普蕾1965年的《埃尔加协奏曲》，至少就出现在六张唱片上，而每一张搭配的曲目都不同。恐怕到了2010年，由于一再重新编排出版，再加上新的音乐载体，这个数字可能还会翻倍。因此，如果唱片还在发行，编目中就只列目前的一个目录号码。如果已经断货，则列过去的号码。

数位人士提供了一般渠道看不到的资料：迈克尔·安德森（过去是爱丁堡大学音乐教师图书馆的馆长）；我的搭档艾维斯（他收集的过期音乐杂志，足以弥补两家伦敦乐团的档案）；珍妮·约翰斯（曾在伦敦爱乐管弦乐团供职）；杜普蕾在EMI的唱片制作人苏维·拉伊·格拉伯，翻阅了他的日记本以修正唱片公司发布的错误的档案资料；保罗·奥兰多（费城管弦乐团）；还有威廉·皮利斯。

这份编目有疏漏吗？自然是有的，不止一位学生向我热烈地谈起杜普蕾演奏的德彪西奏鸣曲。也许她演奏过多次，有一次现场还有麦克风，因而被录了下来（不过我还是找不到）。与祖克曼和巴伦伯英合奏的勃拉姆斯二重协奏曲可能也是类似的情形，显然是从1969年布莱顿音乐节上录下来的。

查阅BBC档案令人失望时，还有伦敦皇家阿尔伯特音乐厅附近的国家音乐档案室的资料可供查询，在那里，只要先预约，就可以听到录音作品。人们捐赠的直接从广播节目录下的带子，虽然音质有好有坏，但提供了很多原本可能成为绝响的录音。

其中，有在BBC录音棚录的《伊贝尔协奏曲》，是1962年杜普蕾17岁时录的，演奏得轻快活泼（皮尔斯告诉我，她以后再也没有拉过这个曲子。我很想知道原因）。

而20世纪60年代中期转播的肖斯塔科维奇的《第一协奏曲》（雨果·里格诺尔德指挥），虽然慢板部分和华彩乐段都演奏得很出色，但也能从中发现她有一股不由自主的冲动，对帮不上忙的指挥感到局促不安（这令人想起巴伦伯英在接受访问时著名的哀叹“跟上她真难啊”）。而她早在1962年与让·马第农合作、在伦敦的一场音乐会上演奏《舒曼协奏曲》，则为她在1968年由EMI录制的同巴伦伯英合作的版本提供了虽然比较稚嫩却颇为动人的参照。

她最后一次演奏《埃尔加协奏曲》，是在1973年1月25日。当时是在节庆音乐厅，由祖宾·梅塔指挥，BBC似乎没有保存下来，只有一卷家中录的带子。从音乐中可以体会到某种令人心碎的脆弱情感，可是整体上的技巧掌握得很出色，听不出她患病的征兆。

如果想听杰姬的贝多芬三重奏、布里顿的大提琴交响曲、兴德米特和沃尔顿的协奏曲，原先都只是令人愉悦的白日梦，直到有人在阁楼意外发现这些曲目的录音资料，人们才得以一饱耳福。

以下是10年内唱片公司在录音棚灌录的作品目录，外加少许公开发行的广播节目录音。

安德鲁·基纳于1991年

1997年重新修订

1961年3月22日，BBC广播公司，伦敦

法利雅：西班牙舞曲

亨德尔：G小调奏鸣曲，欧内斯特·勒什（BBC录音，家庭服务节目“崛起的一代”）

EMI CD CDM 7 63165 2

EMI CD CDM 7 63166 2

1962 年1月7日，BBC梅达谷录音棚，伦敦

巴赫：G大调第一号组曲，作品1007（BBC录音）

EMI CD CDM 7 63165 2

1月26日，BBC梅达谷录音棚，伦敦

巴赫：D小调第二号组曲，作品1008（BBC录音）

EMI CD CDM 7 63165 2

7月10日和11日艾比路第一录音棚，伦敦

巴赫：慢板（G大调托卡塔 作品564），罗伊·杰森（风琴）

布鲁赫：晚祷，杰罗德·摩尔（钢琴）

法利雅：霍塔舞曲（西班牙舞曲），约翰·威廉斯（吉他）

门德尔松：无言歌，作品109，杰罗德·摩尔（钢琴）

帕拉迪丝：西西里舞曲，杰罗德·摩尔（钢琴）

圣—桑：天鹅（动物狂欢节），艾利斯（竖琴）

舒曼：三个幻想曲小品，作品73，杰罗德·摩尔（钢琴）

EMI CD CDC 5 55529 2

9月3日，共济会音乐厅，爱丁堡
勃拉姆斯：F大调第二奏鸣曲，作品99，欧内斯特·勒什（钢琴）
（BBC录自1962年爱丁堡艺术节）
EMI CD CDM 7 63166 2

1963 年3月17日，BBC广播公司，伦敦
库泊兰：第十三协奏曲，威廉·皮利斯（大提琴）（BBC录音）
EMI CD CDM 7 63166 2

8月22日，皇家阿尔伯特音乐厅，伦敦
埃尔加：E小调协奏曲，作品85，BBC交响乐团
马尔科姆·萨金爵士指挥（亨利伍德逍遥音乐节）
Intaglio CD INCD 7351

1965 年1月12日到14日，艾比路第一录音棚，伦敦
德利乌斯：大提琴与乐团协奏曲，皇家爱乐管弦乐团
马尔科姆·萨金爵士指挥
EMI CD CDC 5 55529 2

2月25日，BBC广播公司，伦敦
布里顿：诙谐曲，进行曲（C大调奏鸣曲，作品65），
斯蒂芬·毕晓普（钢琴）（BBC录音，音乐节目）
EMI CD CDM 7 63165 2

8月19日，金斯威音乐厅，伦敦
埃尔加：E小调协奏曲，作品85，伦敦交响乐团/巴比罗利爵士指挥
EMI CD CDC 5 55527 2

12月19日及20日，艾比路第一录音棚，伦敦
贝多芬：A大调奏鸣曲，作品69和D大调奏鸣曲，
作品102，第2号，斯蒂芬·毕晓普（钢琴）
EMI CD CDM 7 69179 2

1967年 4月17日，艾比路第一录音棚，伦敦
海顿：C大调奏鸣曲，作品VIIb:I,英国室内乐团/丹尼尔·巴伦伯英指挥
EMI CD CDC 7 47614 2

4月24日，艾比路第一录音棚，伦敦
波开里尼：降B大调协奏曲，英国室内乐团/丹尼尔·巴伦伯英指挥
EMI CD CDC 7 47614 2

9月21日，艾比路第一录音棚，伦敦
勃拉姆斯：E小调第一号奏鸣曲，作品38，丹尼尔·巴伦伯英（钢琴）
EMI，未发行（见1968年）

1968 年4月6日，艾比路第一录音棚，伦敦
施特劳斯：堂吉诃德，作品35，新爱乐管弦乐团
奥托·克伦普勒指挥，赫伯特·唐尼斯（中提琴）
EMI，未发行（见4月9日）

4月7日和8日,5月11日，艾比路第一录音棚，伦敦
舒曼：A小调协奏曲，作品129，新爱乐管弦乐团/丹尼尔·巴伦伯英指挥
EMI CD CMS 7 63283 2

4月9日，艾比路第一录音棚，伦敦
施特劳斯：堂吉诃德，作品35，新爱乐管弦乐团
阿德利安·波尔特指挥，赫伯特·唐尼斯（中提琴）
EMI CD CDC 5 55528 2

我一直到为这份编目做研究时才敢确定，上述的录音作品是存在的。原定4月6日（如上）由克伦普勒指挥的录音，录了一些片段后，因克伦普勒退出而中止。年逾八旬的波尔特两天后取代克伦普勒在皇家节庆音乐厅指挥演出。乐团彩排结束后，在艾比路录音棚继续排练录

音，经我手把克伦普勒指挥的片段加入整理后，变得可以发行。

如果杜普蕾能再度演奏堂·吉诃德，效果无疑会比现有的作品更好。不过此后她只有4年的演奏生命，这支曲子后来从未再安排灌录。这张CD虽然不够完美，但留下了音乐家巅峰时期的概貌，亦弥足珍贵。

5月20日及8月18日，艾比路第一录音棚，伦敦

勃拉姆斯：E小调第一奏鸣曲，作品38和F大调第二奏鸣曲，

作品99，丹尼尔·巴伦伯英（钢琴）

EMI CD CDM 7 63298 2

9月20日，艾比路第一录音棚，伦敦

莫恩：G小调协奏曲，伦敦交响乐团/巴比罗利爵士指挥

EMI CD CMS 7 63283 2

9月24日，艾比路第一录音棚，伦敦

圣一桑：A小调第一协奏曲，新爱乐管弦乐团/丹尼尔·巴伦伯英指挥

EMI CD CMS 7 63283 2

10月22日，皇家节庆音乐厅，伦敦

戈尔：大提琴与乐团合奏浪漫曲，作品24，新爱乐管弦乐团

丹尼尔·巴伦伯英指挥

Intaglio CD INCD 7671

杜普蕾6个月前在布莱顿音乐节首演这支曲子，这是她第二次演出。这支曲子令杜普蕾感到困惑。抒情的乐章显露出人们较熟悉的她演奏浪漫曲时的风格，演奏到较严肃的乐段则少了一些个人特色，似

平冷漠是最安全的选择。

1969年4月1日，艾比路第一录音棚，伦敦

福莱：挽歌，作品24。杰罗德·摩尔（钢琴）

EMI CD CDC 5 55529 2

这是多位音乐家向过70大寿的钢琴家杰罗德·摩尔致敬的录音之一。原来的LP唱片（HMV SAN 255）也包括德沃夏克的《G小调斯拉夫舞曲》，作品46，巴伦伯英演奏第二部分。

1969年/70年 12月29日和30日，1月3日，艾比路第一录音棚，伦敦

贝多芬：钢琴三重奏，降E大调，作品1/1；G大调，作品1/2；G小调，作品70/1《幽灵》；作品70/2；降B大调，作品97《大公三重奏》；降B大调，Woo39；《我是女裁缝师卡卡杜》G大调变奏曲，作品121a；降E大调14段变奏曲，作品44；降E大调小快板，Hess48；平切斯·祖克曼（小提琴），丹尼尔·巴伦伯英（钢琴）

EMI CD CMS 7 63212 4

EMI也出了一张相似的LP，转成CD后，少了降E大调钢琴三重奏，Woo38和降B大调竖笛三重奏，作品11。平切斯·祖克曼（小提琴），丹尼尔·巴伦伯英（钢琴）

EMI LD SLS 789

1970年8月25日和26日，厄许音乐厅，爱丁堡

贝多芬：F大调奏鸣曲，作品5/1；作品5/2；A大调奏鸣曲，作品69，C大调奏鸣曲，作品102/1；作品102/2；取自歌剧《魔笛》“懂爱情的男人”主题变奏曲，Woo46；取自歌剧《魔笛》“少女和妇人”主题变奏曲，作品66；取自亨德尔神剧《看那得胜归来的英雄》主题变奏曲，Woo45。

丹尼尔·巴伦伯英（钢琴）

EMI CD CMS 7 63015 2

这些是1970年BBC在爱丁堡艺术节录的独奏曲。观众的咳嗽和说话声贯穿始终，但这是场浑然天成的演出。短短4个月后，杜普蕾就因病无法进录音棚录这些曲目了。

11月11日，梅迪纳会堂，芝加哥

德沃夏克：B小调协奏曲，作品104，芝加哥交响乐团

丹尼尔·巴伦伯英指挥

EMI CD CDC 5 55527 2

11月12日，梅迪纳会堂，芝加哥

德沃夏克：寂静的森林，作品68，芝加哥交响乐团/丹尼尔·巴伦伯英指挥

CD CZS 56813 2

11月27日和28日，音乐学院，费城

埃尔加：E小调协奏曲，作品85，费城管弦乐团/丹尼尔·巴伦伯英指挥

CBS/Sony CD MK76529

这张唱片是从两场音乐会和排练的录音剪辑而成，是现有的杜普蕾演奏的《埃尔加协奏曲》中最好的一个版本。

1971年12月10日和11日，艾比路第一录音棚，伦敦

肖邦：G小调奏鸣曲，作品65

弗兰克：A大调奏鸣曲，巴伦伯英（钢琴）

EMI CD CDM 63184 2

上述的曲子与下面的贝多芬的作品是杜普蕾请了6个月“长假”后，以大提琴家身份在唱片公司录音棚录的最后的作品。录音前不到一星期才接获通知，经过集中排练，才录下这些曲子。

12月11日，艾比路第一录音棚，伦敦

贝多芬：F大调奏鸣曲，作品5/1(第一乐章)，

丹尼尔·巴伦伯英（钢琴）

EMI，未发行

1972年7月，曼恩礼堂，特拉维夫

柴可夫斯基：A小调钢琴三重奏，作品50，平切斯·祖克曼（小提琴），

巴伦伯英（钢琴）（录自以色列广播公司举办的独奏会）

EMI LP EG 27 0228 1

1973年1月1日和6日，塞佛伦斯音乐厅，克利夫兰，俄亥俄州

拉罗：D小调协奏曲，克利夫兰管弦乐团

丹尼尔·巴伦伯英指挥（由两场转播的音乐会剪辑而成）

EMI CD CDC 5 55528 2

1979年10月5日，亨利伍德音乐厅，伦敦

普罗科菲耶夫：彼得与狼，作品67，杰奎林·杜普蕾（旁白），

英国室内乐团/丹尼尔·巴伦伯英指挥

DG LP：2531275

图书在版编目（CIP）数据

她比烟花更寂寞/(英）希拉里·杜普蕾，（英）皮尔斯·杜普蕾著；高天航译．--天津：天津人民出版社，2019.1

书名原文：A GENIUS IN THE FAMILY

ISBN 978-7-201-13894-7

Ⅰ．①她… Ⅱ．①希… ②皮… ③高… Ⅲ．①长篇小说—英国—现代 Ⅳ．①I712.45

中国版本图书馆CIP数据核字（2018）第174464号

著作权合同登记号：图字 02-2018-193 号

她比烟花更寂寞

TA BI YANHUA GENG JIMO

出　　版　天津人民出版社
出 版 人　刘　庆
地　　址　天津市和平区西康路35号康岳大厦
邮政编码　300051
邮购电话　(022)23332469
网　　址　http://www.tjrmcbs.com
电子邮箱　tjrmcbs@126.com

责任编辑　陈　烨
策划编辑　刘丽娜
书籍设计．视觉共振设计工作室

制版印刷　天津旭非印刷有限公司
经　　销　新华书店
开　　本　880×1230毫米　1/32
印　　张　12.75
字　　数　310千字
版次印次　2019年1月第1版　2019年1月第1次印刷
定　　价　58.00元